美国南方文学经典的
文化诗学阐释

王钢 著

图书在版编目(CIP)数据

美国南方文学经典的文化诗学阐释 / 王钢著. — 北京：商务印书馆，2023
ISBN 978-7-100-22457-4

Ⅰ.①美… Ⅱ.①王… Ⅲ.①文学研究－美国 Ⅳ.①I712.06

中国版本图书馆CIP数据核字（2023）第079717号

权利保留，侵权必究。

美国南方文学经典的文化诗学阐释
王钢　著

商　务　印　书　馆　出　版
（北京王府井大街36号　邮政编码 100710）
商　务　印　书　馆　发　行
三河市尚艺印装有限公司印刷
ISBN 978－7－100－22457－4

2023 年 6 月第 1 版	开本 880×1230　1/32
2023 年 6 月第 1 次印刷	印张 8 3/4

定价：58.00 元

教育部人文社会科学规划项目"圣经之维：美国南方文学经典的文化诗学阐释"（15YJC752033）

吉林省教育厅"十三五"社科规划重点项目"美国南方文艺复兴文学经典的圣经文化诗学阐释"（JJKH20180799SK）

吉林师范大学学术著作出版基金资助项目

目 录

绪 论 美国南方文学经典生成的圣经文化语境..........1
  第一节 美国南方文学经典的圣经文化阐释：现状与反思..........3
  第二节 美国南方的圣经文化传统及其对文学创作的影响..........37
  第三节 美国南方文学圣经文化诗学阐释的基本框架、
          目标与方法..........62

第一章 现世之恶的艺术呈现与圣经文化的"原罪"观念..........69
  第一节 人的罪恶有限本质与基督教神正论观念..........75
  第二节 "南方家庭罗曼司"中罪恶的悖谬呈现与矛盾展示..........84
  第三节 种族主义罪恶的艺术化展示与反思..........122

第二章 弥赛亚观念的艺术化传达与圣经文化的救赎主题..........138
  第一节 变形的耶稣基督形象：达成救赎的关键性艺术途径..........139
  第二节 苦难的考验：通向救赎的必由之路..........171
  第三节 类型化的意象：人性拯救的象征与隐喻..........187

第三章 类型化圣经"时空体"的艺术移植与建构..........198
  第一节 伊甸园：类型化圣经"时空体"及其文化蕴涵..........200
  第二节 南方文学经典中的伊甸园"时空体"建构..........205

第四章　圣经叙事结构与话语修辞艺术...................................225
　　第一节　圣经典故的运用..225
　　第二节　圣经 U 形叙事结构的模仿....................................229
　　第三节　圣经重复叙事的再现..238

结　　论..244
主要参考文献..248
附录：20 世纪美国南方主要作家作品和重要文献出版年表................262
后　　记..271

绪 论
美国南方文学经典生成的圣经文化语境

美国南方文学经典是美国文学的重要组成部分，它以特有的文化品格、价值立场和诗学形态独树一帜。要理解美国南方文学经典的独特性，必须对其进行文化诗学的考察，即还原其赖以生成的历史文化语境，通过对制约其存在的文化结构进行梳理和阐释，来寻找它对文学的结构性渗透，进而明确其特性的生成和内在转化机制。

历史文化语境之于文学经典的影响机制，基本体现于特定历史文化语境中成就的经典作家就是这一文化结构中的典型人格，他代表着这一历史文化语境最为鲜明的特征。他既是该历史文化形态的高效塑造者，也是该历史文化形态的敏感传承者和最为积极的创造者。文化图景在形成过程中经过了作为创作主体的作家的接受、过滤和整合等程序，从而使其具有明确的文化特性和作家本人的个性特征。在此意义上，作家创作的经典作品就是作家身处特定文化图景的艺术化折射。无论作家描写的对象是什么，他的价值立场和表意方式都必然受到这个现实文化结构图景的制约，文化语境及其所展现的文化结构就是通过这样的潜在方式对文学经典文本发生着深刻的影响。

圣经文化及其所展现的结构模式之于美国南方文学经典的影响亦是如此。美国南方素有"圣经地带"（Bible Belt）①之称，被誉为"基督出

---

① Charles Reagan Wilson, "William Faulkner and the Southern Religious Culture", See Doreen Fowler and Ann J. Abadie eds., *Faulkner and Religion*, Jackson: University Press of Mississippi, 1991, p.21.

没"①的地方。在这里，以加尔文教为核心的南方新教体系构建了强大的因信仰而得救的福音观念，其突出强调《圣经》是唯一的宗教信仰基础，并由此注重个体的灵修，积极关注社会伦理和道德生活问题。在此意义上，圣经传统构成了美国南方文化体系中的一种主导要素，继而成为南方作家头脑中建构文学经典和文化图景的重要材料。圣经传统所展现的文化结构形态以及叙事模式被南方作家接受、过滤、筛选、整合，最终成为文学文本价值建构和叙事形态的依据。具体来看，圣经文化传统与美国南方文学经典的关联机制主要体现于两种重要的途径：一是圣经观念的艺术化图解与并置，即作家从主观世界出发，经过艺术的变形与重塑，将圣经文化传统置于文学经典的创造之中，这是宗教文化进入文学的过程。二是圣经人物、意象等的艺术化展现以及圣经手法的文学性运用，这是文学进入宗教文化的过程。

  基于上述圣经文化传统与美国南方文学经典的两种关联机制，本书以 20 世纪美国南方文学经典②为主要研究和阐释对象，深入研究它们与圣经文化传统之间的内在互文关系及其艺术转化机制，既注重文学经典内部圣经文化图景呈现的细致考察，又强化这种呈现与外部社会宗教文化传统之间的必然关联。换言之，本书主要致力于美国南方文学经典的圣经书写与审美呈现的多重语境阐释，发掘其艺术呈现图景、内在逻辑与美国南方社会文化"大传统"之间的联系，深入探究美国南方文学经

---

① Charles Reagan Wilson and William Ferris eds., *Encyclopedia of Southern Culture*, Vol. 4, New York: Anchor Books, 1989, p.4.
② 学术界一般将美国南方历史分为以下几个阶段："旧南方"，主要是指美国内战前的南方；"重建时期的南方"，主要是指 1867 年至 1877 年间经历美国内战创伤后恢复时期的南方；"新南方"，主要是指 1880 年至 20 世纪上半叶工业化、城市化飞速发展时期的南方；"后南方"，主要是指第二次世界大战后，尤其是 20 世纪七八十年代进入消费主义时代的南方。南方文学发展阶段的划分也大致遵循了南方历史时期的划分。因此，本书所论及的 20 世纪美国南方文学经典，主要指向的是 20 世纪上半叶的"新南方"文学和第二次世界大战后逐步发展起来的"后南方"文学，具体包括两个重要的阶段，即 20 世纪 20 年代至 50 年代左右的南方文艺复兴文学和第二次世界大战后逐步发展而来的"后南方"时期的"新生代"文学。

典的存在形态与生成方式,紧密围绕圣经文化传统本身进入作家创作活动到底有多深,以及一个作家的"思想"或"哲学"与他所处时代的宗教思想有何关系^①这两个紧密相连的问题进行翔实的论证与阐释,其中广泛涉及民族文化认同、时间与空间的建构以及生态神学等学科前沿性理论问题,从而建立一种深度的美国南方文学经典的认知模式和评价体系,并进一步构筑美国南方整体的文化观念和区域特征,从中体味美国南方文学经典的独特精神品质特征、艺术形式特征以及永恒的生命价值意蕴。

第一节 美国南方文学经典的圣经文化阐释:现状与反思

在国外,尤其是在美国,关于南方文学经典与圣经文化内在肌理联系的研究起步较早,并随着南方文艺复兴作家与南方"新生代"作家创作研究的深入而不断丰赡。

早在20世纪二三十年代,随着美国南方文艺复兴文学运动的勃兴,学者们便已经注意到了南方文学经典与圣经文化传统之间的内在关联。1935年,艾伦·泰特(Allen Tate)在《南方的文学职业》("The Profession of Letters in the South")一文中较早论及了美国南方文学中的宗教因素。在泰特看来,美国南方特殊的地理位置和历史的偶然性使其成为具有浓厚宗教背景的欧洲清教徒寻觅宗教信仰和宗教精神的最佳土壤,这直接导致南方较之美国其他地区更富有厚重的宗教气息和"坚定的超自然宗教元素"。^② 几乎是同一时期,威尔伯·卡什(W. J. Cash)在

---

① 英国学者海伦·加德纳在《宗教与文学》一书中曾指出,托·斯·艾略特自《论莎士比亚与辛尼加的斯多葛哲学》一文开始不断论证着两个紧密相连的问题:"信仰本身进入一个伟大诗人的创作活动到底有多深"和一个诗人的"思想"或"哲学"与他所处的时代的思想有何关系。参见海伦·加德纳:《宗教与文学》,江先春、沈弘译,成都:四川人民出版社,1998年,第3页。

② Allen Tate, "The Profession of Letters in the South", See Allen Tate, *Essays of Four Decades*, Chicago: Swallow, 1968, p.521.

《南方的思想》(The Mind of the South) 一书中提出了美国南方思想在本质上是"宗教性的"①观点，获得了评论界的广泛认同。随后，约翰·布拉德伯里 (John M. Bradbury) 在《南方文艺复兴：文学批评史，1920—1960》(Renaissance in the South: A Critical History of the Literature, 1920-1960)、C. 霍尔曼 (C. Hugh Holman) 在《南方文学的根源：美国南方文学论文集》(The Roots of Southern Writing: Essays on the Literature of the American South) 以及理查德·金 (Richard H. King) 在《南方文艺复兴：美国南方的文化觉醒，1930—1955》(A Southern Renaissance: The Cultural Awakening of the American South, 1930-1955) 等论及美国南方文学与文化的书籍中都曾对南方文学与圣经文化的关联进行过不同层面的论述与阐释，其中尤以刘易斯·P. 辛普森 (Lewis P. Simpson) 为丹尼尔·霍夫曼 (Danniel Hoffman) 主编的《哈佛美国当代文学指南》(Harvard Guide to Contemporary American Writing) 一书所撰写的题为"南方小说"的篇章最为突出。

在"南方小说"这一篇章中，辛普森全面回顾了美国南方从文艺复兴作家到"新生代"作家小说创作的历程，尤其是这些作家在"二战"后的小说创作特色，广泛涉及威廉·福克纳 (William Faulkner)、罗伯特·潘·沃伦 (Robert Penn Warren)、尤多拉·韦尔蒂 (Eudora Welty)、安德鲁·莱特尔 (Andrew Lytle)、卡罗琳·戈登 (Caroline Gordon)、凯瑟琳·安·波特 (Katherine Anne Porter)、弗兰纳里·奥康纳 (Flannery O'Connor) 以及沃克·珀西 (Walker Percy)、科马克·麦卡锡 (Cormac McCarthy) 等众多作家。在辛普森看来，20 世纪美国南方小说家和他们的作品展现出一种特殊的历史感，其中夹杂着他们对于作为"特殊制度"的南方蓄奴制的捍卫、对南北战争的遗憾、对南方重建愿望的渴望与讽刺等诸多情感，而宗教神话则成为他们再现南方历史、文化传统以及呈

---

① W. J. Cash, *The Mind of the South*, New York: Vintage, 1941, p.54.

现现代南方人生存状态的重要维度。

在阐释福克纳后期小说《寓言》和《修女安魂曲》等作品时，辛普森多次强调"对经典的、基督教式的混合体，即对神话传统的仪式化世界的痛心放弃"①是福克纳最重要的非"约克纳帕塔法"小说的潜在主题。辛普森认为《寓言》基本上就是改写基督教神话的耶稣受难周的核心故事，意在集中展现作家神秘的人道主义思想，"这一努力虽不及弥尔顿写人之堕落的史诗的尝试成功，却更为大胆一些。因为弥尔顿不过是借一个现成的神话做文章来肯定上帝和人的关系；而没有现成东西可循的福克纳则试图通过自己发明的神话结构来肯定人与人之间的关系"。②而《修女安魂曲》中的南茜因为杀婴而被判处绞刑，作家意在将其塑造成"修女和基督的新娘"，③与《寓言》相比，这是将世俗化的基督故事构思成为"一种历史的真实"。④

在谈及罗伯特·潘·沃伦的创作时，辛普森将其与福克纳的小说创作进行对比，突出沃伦创作观念与宗教的契合："福克纳试图在集希腊—罗马、希伯来—基督教因素之大成的人类神话和现代历史之间建立一种普遍性的关系，与此相对，罗伯特·潘·沃伦努力实现的是一个更为具体的目标，即发现自我与美国历史的关系。沃伦醉心于把美国视为自我解放的启蒙思想，但具有讽刺意味的是，他又与《圣经》中对自我和历史的理解完全合拍，他在观点上可以说主要是希伯来—基督教式的，而

---

① Danniel Hoffman ed., *Harvard Guide to Contempory American Writing*, Cambridge, MA: Harvard UP, 1979, p.157.
② Danniel Hoffman ed., *Harvard Guide to Contempory American Writing*, Cambridge, MA: Harvard UP, 1979, pp.158-159.
③ Danniel Hoffman ed., *Harvard Guide to Contempory American Writing*, Cambridge, MA: Harvard UP, 1979, p.163.
④ Danniel Hoffman ed., *Harvard Guide to Contempory American Writing*, Cambridge, MA: Harvard UP, 1979, p.163.

不是希腊—罗马古典式的。"①

而在论及安德鲁·莱特尔、卡罗琳·戈登、凯瑟琳·安·波特、弗兰纳里·奥康纳、沃克·珀西等后辈南方作家创作时，辛普森又自觉地将他们与福克纳等前辈南方作家做比较，以突出他们各自细微的宗教立场与差异。例如，辛普森认为尽管安德鲁·莱特尔、卡罗琳·戈登和凯瑟琳·安·波特可以看作是福克纳和沃伦的同时代小说家，但他们在追求绝对真理时都把重点放在了"人的堕落与赎罪的基督教神话上"。②而弗兰纳里·奥康纳和沃克·珀西则因为天主教信仰而展现出独特的宗教倾向和对南方社会历史敏感的观察与回应，从而显现出意味深长的、先知般的艺术洞察力和狂暴的对于真理之国的追求。

整体来看，辛普森的评述基本代表了20世纪70年代末期以前美国评论界的研究成果，为进一步深入研究南方文艺复兴作家与圣经文化传统之间的关联奠定了重要基础，诚如他本人在另一篇文章中所得出的结论："'南方文艺复兴'意在寻求过去的经典基督教教义对当下场景所产生的影响以及救赎功能。"③

20世纪80年代至世纪之交，随着南方文艺复兴文学研究的深入、"新生代"南方文学获得更多关注以及宗教研究"越界"现象的频繁涌现，美国南方文学与圣经文化传统之间的内在肌理联系获得了学术界更为深广的阐述。

加拿大学者大卫·杰弗里（David Lyle Jeffrey）在《圣书的子民：基督教的特质与文本传统》（*People of the Book: Christian Identity and Literary Culture*）一书的第九章"《圣经》与美国神话"中深入阐释了

---

① Danniel Hoffman ed., *Harvard Guide to Contemporary American Writing*, Cambridge, MA: Harvard UP, 1979, p.167.

② Danniel Hoffman ed., *Harvard Guide to Contemporary American Writing*, Cambridge, MA: Harvard UP, 1979, p.177.

③ Lewis P. Simpson, "The Southern Recovery of Memory and History", *Sewanee Review* 82.1 (1974), p.5.

美国南方三位代表作家弗兰纳里·奥康纳、沃克·珀西和温德尔·贝里（Wendell Berry）创作中的圣经与基督教观念。在大卫·杰弗里看来，美国现代文学中有一类作品，其核心思想就是展现基督教观念，它们为美国文学提供了不同于新英格兰遗产的有益启示："这类作品同过去的清教传统并没有直接联系，但同时又肯定了清教最初始的源泉。"①而弗兰纳里·奥康纳、沃克·珀西和温德尔·贝里就是这类文学的杰出代表，他们各自"以《圣经》为依据对当代文化中的伪圣经主义进行了有力的批判"。②在进行总括之后，大卫·杰弗里从南方教派与教义的细微差别角度，以相互比较的方式阐释了三位南方作家作品中的圣经文化传统，尤其是奥康纳与珀西作品中"神的恩典"观念。大卫·杰弗里认为，奥康纳的小说与沃克·珀西和温德尔·贝里的作品一样，"倾向于使用新约中同耶稣有关的基本主题作为精神上的权威，例如悔罪、宽恕罪恶和自我牺牲的爱"。③也正是在这样的一种信仰展现倾向下，大卫·杰弗里强调奥康纳小说中的语言和贝里小说中的语言显现出了与古老清教警告或悲叹风格的鲜明差异，并认为这种差异与奥康纳的基督教思想有着紧密的联系，因为在奥康纳的心目中"神的恩典并不是体现于某种具体的资产，也不是神对蒙他拣选的人特别的施惠"，④奥康纳强调的是"人在苦难中才会对神的恩典有强烈的体验；在艰难而谦卑的爱中，人的领悟力才能得以提升"，⑤在此意义上，"神的恩典并不是'与自然状态相脱离，不

---

① David Lyle Jeffrey, *People of the Book: Christian Identity and Literary Culture*, Grand Rapids, MI: William B. Eerdmans Publishing Co., 1996, pp.340-341.
② David Lyle Jeffrey, *People of the Book: Christian Identity and Literary Culture*, Grand Rapids, MI: William B. Eerdmans Publishing Co., 1996, p.341.
③ David Lyle Jeffrey, *People of the Book: Christian Identity and Literary Culture*, Grand Rapids, MI: William B. Eerdmans Publishing Co., 1996, pp.341-342.
④ David Lyle Jeffrey, *People of the Book: Christian Identity and Literary Culture*, Grand Rapids, MI: William B. Eerdmans Publishing Co., 1996, p.343.
⑤ David Lyle Jeffrey, *People of the Book: Christian Identity and Literary Culture*, Grand Rapids, MI: William B. Eerdmans Publishing Co., 1996, p.343.

会产生一种短暂的高涨情绪',而是使人走在受难的道路上,像基督那样对有罪的世界充满怜悯,'为了神创造的天地万物而同他/它们一起忍受空虚带来的痛苦'"。① 而在谈到沃克·珀西对"神的恩典"的看法时,大卫·杰弗里又将其与奥康纳的基督教思想联系在一起,认为尽管沃克·珀西是成年后才皈依天主教的,但他和奥康纳一样,"努力寻找某种途径,使自己能够在写作中虔诚地表现基督教信仰",② 同时"严格展现福音书中耶稣提出的选择,只不过钦定本《圣经》中的术语以及福音书中章节的出处都有意识地被隐去不提而已"。③ 在经过了一番精心的比较和辨析之后,大卫·杰弗里得出结论认为,弗兰纳里·奥康纳、沃克·珀西以及温德尔·贝里的作品"生动地显示了基督徒小说家依然能够以一种隐蔽而深刻的方式证明自己是'圣书的子民'",④ 他们的小说"明显地也是隐晦地充盈着《圣经》的真精神",⑤ 而兼具作家和基督教信徒的双重身份又促使他们理所应当地认为作家的天职就是"证实神的恩典"。⑥ 总体来看,大卫·杰弗里的分析和阐释相对比较透彻,从南方宗教教派和教义的细微差别切入来审视南方作家对圣经传统展现的相似与不同也极具启示价值。

与大卫·杰弗里的研究路径相似,由萨克文·伯克维奇(Sacvan

---

① David Lyle Jeffrey, *People of the Book: Christian Identity and Literary Culture*, Grand Rapids, MI: William B. Eerdmans Publishing Co., 1996, p.343.
② David Lyle Jeffrey, *People of the Book: Christian Identity and Literary Culture*, Grand Rapids, MI: William B. Eerdmans Publishing Co., 1996, p.344.
③ David Lyle Jeffrey, *People of the Book: Christian Identity and Literary Culture*, Grand Rapids, MI: William B. Eerdmans Publishing Co., 1996, p.347.
④ David Lyle Jeffrey, *People of the Book: Christian Identity and Literary Culture*, Grand Rapids, MI: William B. Eerdmans Publishing Co., 1996, p.348.
⑤ David Lyle Jeffrey, *People of the Book: Christian Identity and Literary Culture*, Grand Rapids, MI: William B. Eerdmans Publishing Co., 1996, p.348.
⑥ David Lyle Jeffrey, *People of the Book: Christian Identity and Literary Culture*, Grand Rapids, MI: William B. Eerdmans Publishing Co., 1996, p.348.

Bercovitch）主编的大型美国文学史——《剑桥美国文学史》（*The Cambridge History of American Literature*）在介绍和阐释美国南方文学及其作家作品时同样关注了美国南方文学经典与圣经文化传统之间的交互影响及其作用机制。

《剑桥美国文学史》第六卷着重介绍 1910 年至 1950 年间美国现代小说、哈莱姆文艺复兴小说以及少数族裔文学的发展，其中在题为"美国现代小说文化史"的第三部分"经济大萧条时期写作的命运"的第七章和第八章专门评介了南方文艺复兴文学以及威廉·福克纳的创作。第七章的标题是"南部的复兴：保守和革新的形式"，第八章的题目是"历史与小说／小说与历史：威廉·福克纳的范例"，作者都是戴维·明特（David Minter），美国著名的南方文学研究专家，《福克纳传》（*William Faulkner: His Life and Works*）的作者。在戴维·明特看来，美国南方特定的历史以及由此带来的失败和破灭感导致了现代南方社会矛盾的心态，这使得南方感受到了前所未有的最深层次的恐惧感："在一个自认为被上帝委以重任，建设自信、繁荣、工业化的典范国家中，南部是否被选出来作为罪恶、懒惰和贫穷的反面教材。"① 而正是这种沉重的历史罪孽以及由此带来的根深蒂固的疏离感使得"不论是宗教上的原教旨主义（南部的又一标志性特征），还是它几乎断裂的历史，都未曾完全将它从整个国家的纯真梦和发财梦中割裂出来"，② 甚至在这种标志性的、带有鲜明宗教色彩的、喜忧参半的历史中"包含着待开掘的文学的潜在价值"。③ 戴维·明特的观点意在说明，南方特定的历史及其宗教文化传统对文学产

---

① Sacvan Bercovitch ed., *The Cambridge History of American Literature*, Vol. 6, Cambridge: Cambridge UP, 1999, p.254.
② Sacvan Bercovitch ed., *The Cambridge History of American Literature*, Vol. 6, Cambridge: Cambridge UP, 1999, p.254.
③ Sacvan Bercovitch ed., *The Cambridge History of American Literature*, Vol. 6, Cambridge: Cambridge UP, 1999, p.254.

生着重要的影响,既是影响文学经典生成的关键因素之一,也是文学经典无法回避的表现内容之一。也正是遵循这样的观念,戴维·明特将福克纳确立为历史和道德小说家,强调其在小说中展现了南方严肃的社会和道德问题,而这种展现又往往与宗教因素紧密地纠结在一起。例如,在评价小说《八月之光》时,他就明确指出了小说是如何艺术化展现圣经文化传统对于南方种族身份问题的建构的:"在《八月之光》中,福克纳第一次直面他对种族的理解,即一个有种族歧视的社会仅仅通过种族歧视就清楚地表明种族是与身份相关的最关键的要素。福克纳笔下的南部把黑人定义为皮肤黝黑、行为受限的他者。南部一心要完全控制黑人,这样不仅使种族成为一个重要的个人问题和与个人身份相关的核心要素,而且还使种族制度化,从而成为一个重要的社会问题。之后南部又从《圣经》回顾到人类被创造之初,从而精心制造出历史证据以证明其所作所为的合理性。"①

不仅是在第六卷,《剑桥美国文学史》第七卷第三部分"南方文艺复兴之后"同样关注了南方作家与圣经文化传统之间的内在同构关系。这部分的作者约翰·伯特(John Burt)较为全面地阐释了包括罗伯特·潘·沃伦、尤多拉·韦尔蒂、卡森·麦卡勒斯(Carson McCullers)、弗兰纳里·奥康纳、沃克·珀西、雷诺兹·普赖斯(Reynolds Price)在内的众多南方作家的创作与圣经思想、主题、艺术手法的内在关联,并翔实考辨了这些南方作家在宗教信仰和宗教主题的艺术化展现方面所呈现的差异。例如,在介绍罗伯特·潘·沃伦的诗歌创作时,约翰·伯特强调了其诗歌对人性所持的"晦暗的怀疑态度"②类似加尔文教徒的人性观,其中充满了堕落和救赎的观念。在评述弗兰纳里·奥康纳的创作思

---

① Sacvan Bercovitch ed., *The Cambridge History of American Literature*, Vol. 6, Cambridge: Cambridge UP, 1999, p.272.

② Sacvan Bercovitch ed., *The Cambridge History of American Literature*, Vol. 7, Cambridge: Cambridge UP, 1999, p.327.

想时,约翰·伯特充分注意到了她"强烈的宗教信仰"是其"智识生涯和美学生活的中心",①并认为宗教信仰远远超过奥康纳所属的"性别、地域和种族以任何形式对她情感的塑造和影响"。②而在谈及奥康纳的小说创作时,约翰·伯特又详细分析了她在小说中对耶稣基督形象的塑造,指出在南方宗教文化传统中最令奥康纳珍视的就是"即使在最愚钝、最粗俗的角落也总会有活生生的、要求极其严格的耶稣存在"。③在谈及沃克·珀西的创作思想时,约翰·伯特辨析了其所信奉的天主教观念与奥康纳和卡罗琳·戈登的不同,指出奥康纳倾向于"预言式的、富于想象的"④天主教,卡罗琳·戈登信奉的是"传统的、保守的"⑤天主教,比较而言,沃克·珀西更多地关注人类看法的局限性,其思想部分来源于索伦·克尔凯郭尔(Soren Kierkegaard)和托马斯·阿奎那(Thomas Aquinas)。在约翰·伯特看来,正是由于沃克·珀西天主教思想聚焦点的独特性才导致他认为"疏远上帝并非是一个有关现代人的历史事实,而是一个有关人类天性的道德事实"。⑥而在论及雷诺兹·普赖斯的文学创作时,约翰·伯特则突出了其翻译《圣经》对文学创作的影响,指出普赖斯对耶稣的迷恋更多地来源于翻译马可福音时所感受到的魅力:"普赖斯看到在福音书的文字表述中存在一种力量,对他来说这种力量绝不

---

① Sacvan Bercovitch ed., *The Cambridge History of American Literature*, Vol. 7, Cambridge: Cambridge UP, 1999, p.347.
② Sacvan Bercovitch ed., *The Cambridge History of American Literature*, Vol. 7, Cambridge: Cambridge UP, 1999, p.347.
③ Sacvan Bercovitch ed., *The Cambridge History of American Literature*, Vol. 7, Cambridge: Cambridge UP, 1999, p.348.
④ Sacvan Bercovitch ed., *The Cambridge History of American Literature*, Vol. 7, Cambridge: Cambridge UP, 1999, p.393.
⑤ Sacvan Bercovitch ed., *The Cambridge History of American Literature*, Vol. 7, Cambridge: Cambridge UP, 1999, p.393.
⑥ Sacvan Bercovitch ed., *The Cambridge History of American Literature*, Vol. 7, Cambridge: Cambridge UP, 1999, p.394.

仅仅是字面上的。由于这种力量的存在，他深信历史的意义是深远的，神的呵护虽然无影无踪但是绝不应该对它丧失信心，人类的忍耐、奉献和勇气等崇高精神大部分都来自于这种呵护。"① 约翰·伯特指出正是在这种思想认知的影响下，普赖斯的基督教信念中才丝毫没有奥康纳的"那种先知般的激情或者反对现代主义的怒火"，② 也没有沃克·珀西的"那种在性方面的挑剔和在文化上的保守"。③

总体来看，《剑桥美国文学史》在考察美国现代文学发展历程时充分注意到了南方文学的特殊性，尤其是其与圣经文化传统之间的关联，这为理解美国南方文学提供了可供参考的现实文化路径。

除了研究专著和文学史著作，关于美国南方文学与文化的一些重要的"百科全书"类书籍和文学选编类书籍对研究美国南方文学经典与圣经文化之间的互文关系也具有一定的参考价值和启发意义，尽管它们中的有些论述和分析只是方向性的，甚至是只言片语的。

查理斯·威尔森（Charles R. Wilson）主编的《新南方文化百科全书》（*The New Encyclopedia of Southern Culture*）第一卷《宗教》（*Religion*）在介绍南方宗教教派、教义、影响等相关词条时以及第九卷《文学》（*Literature*）在介绍南方文学发展态势、作家作品、文学主题等相关词条时都曾涉及圣经文化传统与南方文学之间的相互影响与促进关系。而作为一部大型的美国南方文学指南辞书，由约瑟夫·弗洛瑞（Joseph M. Flora）和鲁辛达·麦克凯森（Lucinda H. MacKethan）主编的《南方文学指南：主题、体裁、空间、人物、运动和母题》（*The Companion to*

---

① Sacvan Bercovitch ed., *The Cambridge History of American Literature*, Vol. 7, Cambridge: Cambridge UP, 1999, p.407.
② Sacvan Bercovitch ed., *The Cambridge History of American Literature*, Vol. 7, Cambridge: Cambridge UP, 1999, p.407.
③ Sacvan Bercovitch ed., *The Cambridge History of American Literature*, Vol. 7, Cambridge: Cambridge UP, 1999, p.407.

Southern Literature: Themes, Genres, Places, People, Movements, and Motifs)一书在介绍南方文学背景、作家作品、文学主题、文学运动等相关词条时同样广泛涉及了"罪恶""救赎""圣经意象""耶稣式人物"等宗教内容,充分体现了圣经文化传统与南方文学的内在肌理联系。"诺顿"系列之《诺顿美国南方文学选集》(The Literature of the American South: A Norton Anthology)在介绍南方作家创作背景、主要作品、思想特征、艺术特色等相关内容时,也多有提及圣经主题、思想、人物、叙事手法等与南方文学文本的内在构成关联。例如,在介绍沃克·珀西的创作时,《选集》引用了珀西写给他的导师卡罗琳·戈登讲述他作为基督教作家困境的一封信:"事实上我认为自己不是一个小说家,而是一个道德家或传播家。我真正想做的是告诉人们如果他们想活下去,他们必须做什么以及他们必须相信什么。"[1] 以此为重要依据,《选集》认为沃克·珀西像奥康纳一样,作为正统的天主教作家指出了获取"基督教信仰和道德"[2] 的方式。再比如评价弗兰纳里·奥康纳的小说创作时,《选集》认为作为基督徒和虔诚的天主教徒,奥康纳通过暴力和痛苦的创造"探索了堕落世界中人类的困境",[3] 从而明确了一种带有终极价值意义的道德关怀。凡此种种,《选集》为读者解读和阐释南方文学经典提供了足够的宗教文化路径作为参照。

与宏观的、整体关注相对的则是在不同历史时期展开的南方经典个案作家与圣经文化传统之间的内在关联研究,这在威廉·福克纳、弗兰纳里·奥康纳、卡森·麦卡勒斯甚至是"新生代"的科马克·麦卡锡等

---

[1] William L. Andrews et al. eds., *The Literature of the American South: A Norton Anthology*, New York and London: W. W. Norton & Company, 1998, p.728.

[2] William L. Andrews et al. eds., *The Literature of the American South: A Norton Anthology*, New York and London: W. W. Norton & Company, 1998, p.728.

[3] William L. Andrews et al. eds., *The Literature of the American South: A Norton Anthology*, New York and London: W. W. Norton & Company, 1998, p.815.

诸多作家的研究中都表现得异常突出。

福克纳与基督教和圣经文化传统内在关联的研究兴起于20世纪50年代，这一时期集中关注福克纳小说中的宗教道德问题和隐含的基督教文化诗学主题，试图以此来深入探究作家的宗教哲学观和宗教信仰问题。在早期的福克纳研究中，基督教与圣经文化诗学研究并未受到足够的重视，只有艾文·豪（Irving Howe）、马尔科姆·考利（Malcolm Cowley）、柯林斯·布鲁克斯（Cleanth Brooks）等少数批评家偶尔论及。对此，评论家弗雷里克·J. 霍夫曼（Frederick J. Hoffman）在评述福克纳研究历史时曾指出："1940年代的大多数批评关注福克纳作品的发展性战略"，直到1950年代才开始关注福克纳小说的"道德意义"，尤其是隐含的基督教模式。① 但自20世纪60年代以来，随着全球化时代宗教复兴和宗教批评的方兴未艾，福克纳小说与圣经文化传统的内在关联研究日益受到重视，并逐渐成为福克纳研究的主要发展趋势之一。勃兰德（A. Berland）的《〈八月之光〉：黑与白的研究》（*Light in August: A Study in Black and White*）、杰西·考菲（Jessie McGuire Coffee）的《福克纳的非基督式的基督徒：小说的圣经参照》（*Faulkner's Un-Christlike Christians: Biblical Allusions in the Novels*）和乔治·比德尔（G. C. Bedell）的《克尔凯郭尔和福克纳：存在主义的形态》（*Kierkegaard and Faulkner: Modalities of Existence*）等堪称是这方面研究的初期代表性论著。勃兰德主要从基督教人道主义哲学角度出发，深入探讨了福克纳长篇小说《八月之光》中种族问题的形成与基督教人道主义之间的影响和张力关系。杰西·考菲致力于福克纳小说中某些基督教主题和基督教模式的研究，如献祭羔羊的主题、伊甸园与"约克纳帕塔法"空间主题、南方家庭中的耶稣式人物角色等，并就福克纳十九部长篇小说与《圣经》各篇章之间的引用和

---

① Theresa M. Towner, *The Cambridge Introduction to William Faulkner*, Cambridge and New York: Cambridge UP, 2008, p.98.

参照关系进行了详细的数字统计和分析，在宏观上达到了探究福克纳"引用圣经形象的哲学方法""小说中的圣经模式"和"这种圣经模式的变化规律"三方面内容的目的和效果。① 而乔治·比德尔主要是采用基督教存在主义的视角来分析福克纳小说中的宗教性问题与现代性之间的关系，尤其注重从现实和精神的双重性上来探讨基督教与人的存在和超越之间的关系问题。在福克纳小说与圣经文化关系的批评研究中，也有从艺术角度集中开掘的，约翰·亨特（J. W. Hunt）的《威廉·福克纳：神学张力中的艺术》（*William Faulkner: Art in Theological Tension*）即着眼于阐释福克纳是如何利用宗教神学的方式来营造自己独特的艺术世界的。

除早期专著外，先后出版的两部重要论文集在福克纳小说的圣经文化批评研究中占据突出位置。一部是由罗伯特·巴斯（J. R. Barth）编辑的《福克纳小说中的宗教视角：约克纳帕塔法及其超越》（*Religious Perspectives in Faulkner's Fiction: Yoknapatawpha and Beyond*），其中包含了 10 篇论文，广泛涉及福克纳与美国加尔文教传统、福克纳与南方清教思想等背景性内容以及《喧哗与骚动》《我弥留之际》《押沙龙，押沙龙！》《八月之光》《熊》等小说文本与基督教和圣经文化传统之间关系的解读。另一部则是近二十年后福克纳年会的主题论文集《福克纳与宗教》（*Faulkner and Religion*），由 11 篇文章组成，集中反映了福克纳小说基督教和圣经文化批评半个世纪以来的成果。后一部论文集的编排体例和主要内容在一定程度上继承了前一部的思路与特色，同样从福克纳与南方宗教的关系开始探讨，但在论文深度和论题广度上都要远超前者。前者侧重宗教背景和具体作品的宗教研究，后者则将个案研究与整体性宗教文化诗学研究有机结合，从而更有利于高屋建瓴地把握福克纳小说与圣经文化传统内在关联的精髓。从 20 世纪 70 年代至 20 世纪末期，除

---

① Jessie McGuire Coffee, *Faulkner's Un-Christlike Christians: Biblical Allusions in the Novels*, Ann Arbor, Michigan: UMI Research Press, 1971, p.1.

了两部论文集，代表性的宗教批评论著还包括杰瑞米·史密斯（Jeremy Smith）的《福克纳、陀思妥耶夫斯基、威弗尔和贝尔纳诺斯的宗教情感和宗教许诺》(Religious Feeling and Religious Commitment in Faulkner, Dostoyevsky, Werfel and Bernanos)、约翰·赛克斯（J. Sykes）的《天真的浪漫与历史的神话：南方文化中的福克纳宗教技巧》(The Romance of Innocence and the Myth of History: Faulkner's Religious Critique of Southern Culture) 等。

此外，自20世纪50年代以来，还有一部分关于福克纳小说与基督教和圣经文化传统内在关联研究的单篇论文在欧美重要学术期刊上发表，主要包括柯林斯·布鲁克斯发表于《宗教与现代文学》(Religion and Modern Literature) 杂志上的《威廉·福克纳：善与恶的视界》("William Faulkner: Vision of Good and Evil")、迈克克莱顿（J. McClendon）发表于《密歇根学院科学、艺术与通讯学报》(Papers of the Michigan Academy of Science, Arts, and Letters) 上的《威廉·福克纳与基督教自满》("William Faulkner and Christian Complacency")、罗伯特·巴斯发表于《思想》(Thought) 杂志上的《福克纳与加尔文传统》("Faulkner and the Calvinist Tradition")、勃兰德发表于《现代小说研究》(Modern Fiction Studies) 杂志上的《〈八月之光〉：威廉·福克纳的加尔文主义》("Light in August: The Calvinism of William Faulkner") 以及约瑟夫·布洛特纳（Joseph Blotner）发表于《二十世纪文学》(Twentieth Century Literature) 杂志上的《〈我弥留之际〉：基督教传统与反讽》("As I Lay Dying: Christian Lore and Irony")、B. M. 克劳斯（B. M. Cross）发表于《亚利桑那季刊》(Arizona Quarterly) 杂志上的《〈喧哗与骚动〉：献祭的模式》("The Sound and the Fury: The Patten of Sacrifice")、哈罗德·道格拉斯（H. J. Douglas）与罗伯特·丹尼尔（R. Daniel）发表在《田纳西文学研究》(Tennessee Studies in Literature) 上的《福克纳与南方清教主义》("Faulkner and the Puritanism of the South") 等；而诸如《现代小

说中基督名义：动机与方法》（*Pseudonyms of Christ in the Modern Novel: Motifs and Methods*）、《美国文学与基督教教义》（*American Literature and Christian Doctrine*）等研究现代小说与宗教、美国文学与宗教的专题论文集和文学史著作中也大都设有福克纳与基督教的专章，或至少对这一题目有所涉猎；《福克纳指南》（*A Companion to William Faulkner*）、《剑桥福克纳指南》（*The Cambridge Companion to William Faulkner*）等工具书性质的参考书中一般也会收录关于福克纳与南方宗教的论文。

  与福克纳研究相比，弗兰纳里·奥康纳与基督教和圣经文化传统内在关联的研究也十分突出。大致来看，奥康纳小说的这类研究和阐释可分为两大类：一类是在美国南方整体的文化语境下研究奥康纳小说的南方性与宗教性的关系，另一类则是以奥康纳小说中的宗教现象为研究对象来着重考察作家所传达的宗教思想。前一类研究的优势在于兼顾了奥康纳小说的南方性和宗教性两个紧密相连的文化维度，融会贯通两个参照系，有利于对奥康纳小说进行全面的认知和评价，但易出现主次混淆的现象，从而造成阐释的混乱和不稳定性；后者从狭义宗教视角出发，以奥康纳小说中对宗教教义、仪式等的艺术化展现为主要研究对象，阐释奥康纳小说与《圣经》文本的互文关系，相对思路比较清晰，因此阐释也比较贴切。

  罗伯特·科勒斯（Robert Coles）的专著《弗兰纳里·奥康纳的南方》（*Flannery O'Connor's South*）和拉尔夫·C. 伍德（Ralph C. Wood）的《弗兰纳里·奥康纳和基督游荡的南方》（*Flannery O'Connor and the Christ-Haunted South*）属于典型的兼具南方性和宗教性的阐释研究。科勒斯的著作在南方宏观视野下分三部分来分析阐释奥康纳小说与圣经文化传统的内在联系。第一部分科勒斯集中分析了奥康纳小说的南方社会场景，并认为奥康纳小说在南方宗教色彩下隐藏着普遍的反北方情结。第二部分科勒斯突出了对奥康纳小说中异端宗教现象的阐释。在科勒斯看来，奥康纳之所以要在小说中展现异端宗教现象，其根本在于以此形式作为应对南方宗教意识淡漠的"解毒剂"。① 第三部分科勒斯综合南方性与宗教性两方面来揭示奥康纳小说的非理性主义倾向。在科勒斯看来，奥康纳反对唯理主义的主要原因在于她认为非理性主义倾向是理性服务于启示的宗教观念的外显。拉尔夫·C. 伍德在其著作中的分析方法与科勒斯类似，着意强调南方社会文化与宗教的相关性，在此基础上来认知和评价奥康纳小说的宗教观及其艺术表现形式。

罗伯特·布林克梅尔（Robert Brinkmeyer）的《弗兰纳里·奥康纳的艺术和视野》（*The Art and Vision of Flannery O'Connor*）、辛西娅·希尔（Cynthia L. Seel）的《弗兰纳里·奥康纳小说中的圣餐仪式》（*Ritual Performance in the Fiction of Flannery O'Connor*）以及伊丽莎白·雷维尔（*Elisabeth Revell*）的《象征的异端：弗兰纳里·奥康纳小说中的圣礼》（*The Hersey of the Symbol: The Sacramental in Flannery O'Connor's Fiction*）等著作则属于典型的狭义宗教研究，这些研究大都采用原型批评等方法广泛关注了奥康纳小说与天主教圣餐、圣礼仪式之间的内在构成关系，探讨奥康纳是如何围绕宗教仪式来构建小说情节的。

此外，乔丹·科弗（Jordan Cofer）的《弗兰纳里·奥康纳的神学：弗兰纳里·奥康纳小说中的圣经再现》（*The Theology of Flannery O'Connor: Biblical Recapitulations in the Fiction of Flannery O'Connor*）探讨了奥康纳的《好人难寻》等小说与《圣经》文本的内在互文关系；布莱恩·拉根（Brian Ragen）的《去往大马士革之路的毁灭：弗兰纳里·奥康纳作品的天真、罪恶与皈依》（*A Wreck on the Road to Damascus: Innocence, Guilt, and Conversation in Flannery O'Connor*）探讨了奥康纳作品对天主教神学的吸收和显现；摩根·雷诺兹（Morgen P. Reynolds）的《福音天主教徒：在新教南方作为天主教作家的弗兰纳里·奥康纳》（*The Evangelical*

---

① Robert Coles, *Flannery O'Connor's South*, Baton Rouge and London: Louisiana State UP, 1981, p.94.

Catholic: Flannery O'Connor as a Catholic Writer in the Protestant South）则关注了奥康纳作品中天主教和新教两种思想的融合及其艺术张力显现。这些著作分别从各自角度丰富了奥康纳小说与基督教和圣经文化传统内在关联研究的不同维度。还需特别提及的是洛林·M. 盖茨（Lorine M. Getz）的《弗兰纳里·奥康纳：生平、藏书与书评》（Flannery O'Connor: Her Life, Library and Book Review），该书不仅对奥康纳关于美国南方和美国宗教的藏书情况进行了详细的记述与介绍，而且还明确指出了南方文化和基督教文化传统对奥康纳小说创作的影响："弗兰纳里·奥康纳是美国二战后最出色的短篇小说家，她以独特的方式展现了罗马天主教和美国南方的融合，没有其他作家如此敏锐地捕捉到这种融合所包含的艺术可能性，也没有别的作家对此做出如此丰富的表现。"①

除了福克纳和奥康纳，卡森·麦卡勒斯小说创作与基督教和圣经文化传统之间的关系同样受到了学术界的高度重视。

弗吉尼亚·斯潘塞·卡尔（Virginia Spencer Carr）在《孤独的猎手：卡森·麦卡勒斯传》（The Lonely Hunter: A Biography of Carson McCullers）一书中详尽挖掘了麦卡勒斯的宗教体验和经历及其对文学创作的影响。在卡尔看来，麦卡勒斯童年时期对"精神隔绝"的最初体验便与宗教经历密切相关：四岁时，麦卡勒斯路过天主修道院看到一群孩子在快乐地玩耍，而她本人却因为不是天主教徒而被关在门外，这种被群体抛弃和排斥的感受"变成了一种鸿沟的象征"，②使麦卡勒斯倍感孤独与不快乐，并影响其一生。卡尔进一步指出，麦卡勒斯娘家所属的史密斯家族有着基督教浸信会的背景，这直接导致麦卡勒斯在八岁时接受了洗礼并把宗教信仰看成是一件极其严肃的事情，以及在接下来的七年间她一直坚持

---

① Lorine M. Getz, *Flannery O'Connor: Her Life, Library and Book Review*, New York: E. Mellen Press, 1980, p.v.
② Virginia Spencer Carr, *The Lonely Hunter: A Biography of Carson McCullers*, Garden City, New York: Anchor Books, 1976, p.14.

定期参加主日学校的《圣经》诵读与祷告，直到十四岁才宣布退出："她把《圣经》的段落记得滚瓜烂熟，喜欢在星期日课上背出来，让同学和老师们都佩服她背的多。"①卡尔认为，麦卡勒斯宣布退出主日学校诵读的决定不是对宗教信仰的背离，而只是对基督教传统信仰形式的摒弃，因为她曾告诉她的表兄："她相信上帝，感到自己被保佑着，有宗教情怀，但这种宗教精神并不依赖于教条或仪式或者是否上教堂。"②卡尔还通过麦卡勒斯与好友罗伯特·沃尔登（Robert Walden）的交往经历确证，麦卡勒斯对《圣经》十分熟悉，她不仅经常与朋友们大声朗读詹姆斯王钦定本《圣经》中的段落，而且还能从她最喜欢的《诗篇》《箴言》《传道书》等篇章中任意选取诗句，甚至是准确无误地知道《圣经》中"有关音乐和爱情的段落在何处"。③而在晚年接受《纽约时报》评论人诺娜·巴拉吉安（Nona Balakian）采访时，麦卡勒斯更是明确表示，她相信通过努力便可获得"恩典"，并认为"恩典、上帝和爱是一体的"。④在另一部著作《理解卡森·麦卡勒斯》（*Understanding Carson McCullers*）中，卡尔指出麦卡勒斯在小说《没有指针的钟》中对教堂的描写带有明显而浓厚的讽刺意味："马龙的教堂已经成为权力和金钱的中心，教堂的价值已不再是它对人的灵魂的作用，而是用价值两百万美元来衡量，左右着教堂的也都是当地担任要职、头脑精明和办事稳健的头面人物，马龙的教堂已经沦为政客和商人们争相追逐的领地，丧失了提醒人们精神上的自我和满

---

① Virginia Spencer Carr, *The Lonely Hunter: A Biography of Carson McCullers*, Garden City, New York: Anchor Books, 1976, p.19.
② Virginia Spencer Carr, *The Lonely Hunter: A Biography of Carson McCullers*, Garden City, New York: Anchor Books, 1976, p.326.
③ Virginia Spencer Carr, *The Lonely Hunter: A Biography of Carson McCullers*, Garden City, New York: Anchor Books, 1976, p.428.
④ Virginia Spencer Carr, *The Lonely Hunter: A Biography of Carson McCullers*, Garden City, New York: Anchor Books, 1976, p.493.

足他们各种各样的宗教需要的功能。"① 卡尔强调麦卡勒斯之所以如此描写教堂并非是抛弃宗教信仰，相反是要在小说中树立起心中向往的纯粹的宗教精神，而其在小说中"对弱小的、无助和不可爱的人物的关注又恰恰与基督教社会伦理相一致"，② 这意味着麦卡勒斯从创作动机的角度对生活中那些比她不幸的人们的同情展现出了一种基督教的爱的伦理情怀。

另外，还有一些单篇论文也详尽地分析了麦卡勒斯小说与基督教文化之间的内在关联。这些文章大都将麦卡勒斯的小说创作置于美国南方具体的历史文化语境之中，通过阐释小说文本的宗教主题或圣经手法来深入挖掘作家对于美国南方社会、历史、文化、阶级以及性别等问题的看法。例如，埃德加·麦克唐纳（Edgar E. MacDonald）在《〈心是孤独的猎手〉的象征性统一》（"The Symbolic Unity of *The Heart is a Lonely Hunter*"）一文中分析并阐释了小说《心是孤独的猎手》的主要人物作为基督教美德象征的语言特质。③ 劳瑞·钱皮恩（Laurie Champion）在《卡森·麦卡勒斯〈心是孤独的猎手〉中的黑白基督》（"Black and White Christs in Carson McCullers's *The Heart is a Lonely Hunter*"）一文中将小说《心是孤独的猎手》的主要人物辛格所代表的白人基督与在监狱中致残的威利索代表的黑人基督进行了比较，指出人物命运异同的同时展现出了小说的反种族主义内涵和倾向，并由此探究麦卡勒斯对于南方种族和黑人问题的看法。④

---

① Virginia Spencer Carr, *Understanding Carson McCullers*, Columbia: Universtiy of South Carolina Press, 1990, p.115.
② Virginia Spencer Carr, *Understanding Carson McCullers*, Columbia: Universtiy of South Carolina Press, 1990, p.115.
③ Edgar E. MacDonald, "The Symbolic Unity of *The Heart is a Lonely Hunter*", See Frieda Elaine Penninger ed., *A Festschirft for Professor Marguerite Roberts*, Richmond: UP of Richmond, 1976, pp.168-187.
④ Laurie Champion, "Black and White Christs in Carson McCullers's *The Heart is a Lonely Hunter*", *Southern Literary Journal* 24 (1991), pp.47-52.

如果说南方文艺复兴时期的作家和他们的作品在文化传统上依赖并筑基于圣经传统与宗教观念为学术界所共识的话，那么这种情形在"新生代"南方作家和他们的作品身上则存在着某种争议。① 尽管如此，一部分评论家还是执着于"新生代"南方文学内在宗教诗学模式的阐释与开掘，努力见证着"新生代"南方文学与圣经和宗教文化传统之间的紧密联系。评论家苏珊·凯琴（Susan Ketchin）曾在20世纪末期编辑出版了《基督游荡的风景：南方小说的信仰与怀疑》(*The Christ-Haunted Landscape: Faith and Doubt in Southern Fiction*) 一书，通过对当时健在的十二位当代南方作家作品的呈现和对他们的采访，努力证明着南方宗教情感与经历对他们创作产生的重要影响。在该书的序言中，凯琴指出无论南方作家信教与否，在美国南方这样一个有着深厚的圣经文化传统和基督教氛围的区域中成长都会受到影响，且"想象力丰富的南方人在这一区域的历史上一直尝试着以某种有意义的方式来展现这种强大的文化遗产"，尽管"这一任务并不容易，因为这份遗产充满着痛苦的矛盾：一方面，它为作家提供了一种持久的亲缘、身份、群体与延续感；另一方面，该区域暴力、奴隶制、贫穷的遗产和挫败衍生出一种无可否认的悲剧和异化感"。② 在凯琴看来，其结果就是导致摆在南方小说家面前的任务"不啻灵魂的救赎或永恒的失却"。③ 凯琴认为，这种任务和使命对于南方文艺复兴时期的威廉·福克纳、弗兰纳里·奥康纳、沃克·珀西等作家如此，对于"新生代"的当代南方作家亦是如此。

　　而就研究实践来看，凯琴的结论在很大程度上获得了印证。以当

---

① 学术界部分学者认为基督教和圣经文化传统在"新生代"南方作家作品中的展现不是十分明显，呈现出一种退隐的倾向，至少不像在南方文艺复兴作家作品中起着某种程度上的决定性影响作用。
② Susan Ketchin, *The Christ-Haunted Landscape: Faith and Doubt in Southern Fiction*, Jackson: UP of Mississippi, 1994, p.xiii.
③ Susan Ketchin, *The Christ-Haunted Landscape: Faith and Doubt in Southern Fiction*, Jackson: UP of Mississippi, 1994, p.xiii.

代作家科马克·麦卡锡的南方小说研究为例，评论界高度关注了其南方小说的宗教圣经主题以及意象，努力挖掘其小说内在的深层宗教结构与人物原型，并由此阐释作家是如何借助宗教和圣经文化传统来对美国当代社会进行反思并希冀道德信仰与人性回归的。学者埃德温·T. 阿诺德（Edwin T. Arnold）和汉纳·博古塔-马塞尔（Hanna Boguta-Marchel）集中关注了麦卡锡小说中的暴力书写与圣经主题之间的关系。前者曾明确指出，麦卡锡小说中的暴力主题和意象并非可有可无，它们并非是世俗小说的暴力渲染而给人以直接的感官刺激，相反它们具有隐含的、深刻的人性探索意图，小说展现出的暴力血腥场面和极端人类行为背后反映的正是作家对于道德秩序和宗教信仰的坚定看法。① 后者则认为麦卡锡小说中的暴力书写与邪恶展现不仅涉及欲望等现代道德领域，而且还可以追溯至更为久远的圣经主题与典故，如父子关系、耶稣寓言以及启示录景象等。② 如果说埃德温·T. 阿诺德和汉纳·博古塔-马塞尔只是关注了麦卡锡南方小说书写与圣经关系的某一维度的话，那么学者曼纽尔·布隆卡诺（Manuel Broncano）在其研究专著《科马克·麦卡锡小说中的宗教：虚构的边境》（*Religion in Cormac McCarthy's Fiction: Apocryphal Borderlands*）中则全面审视了麦卡锡西南小说创作与宗教和圣经传统之间的内在肌理联系。布隆卡诺开宗明义便表示，他要探究的可能是科马克·麦卡锡研究中最具争议的话题，即"小说的宗教视野问题"。③ 布隆卡诺认为从最开始的南方小说创作，再到西部小说创作，直到创作尾声向南方回归的启示录小说《长路》，麦卡锡有关宗教和圣经

---

① Edwin T. Arnold, "Naming, Knowing and Nothingness: McCarthy's Moral Parables", See Edwin T. Arnold and Dianne C. Luce eds., *Perspectives on Cormac McCarthy*, Jackson: University Press of Mississippi, 1999, pp.44-46.
② Hanna Boguta-Marchel, *The Evil, the Fated, the Biblical: The Latent Metaphysics of Cormac McCarthy*, Newcastle upon Tyne: Cambridge Scholars Publishing, 2012, p.xx.
③ Manuel Broncano, *Religion in Cormac McCarthy's Fiction: Apocryphal Borderlands*, New York and London: Routledge, 2014, p.1.

主题的描写越来越多，并在后期的创作中达到顶峰。在布隆卡诺看来，麦卡锡试图"采用由圣经语言和修辞构筑的视野去组建一种'虚构的'美国西南叙事，并由此最大限度地延伸至整个美国，来探索作为作家文学前辈的赫尔曼·梅尔维尔和威廉·福克纳笔下所展现的、一以贯之的人类与生俱来的邪恶倾向"，[①] 从而最终表达出作家本人独特的神学价值取向和意义。

与上述国外相对丰赡和成熟的研究相比，受限于资料获取和学术视野等原因，国内关于美国南方文学与圣经文化传统之间关联的研究起步较晚，但随着美国南方文学经典的不断译介，目前也初具规模和特色。

首先，国内绝大多数美国文学史以及专题性的美国南方文化史类著作在介绍南方文学、文化发展以及作家作品时都会涉及南方文学与基督教和圣经文化传统之间的关联。

在文学史方面，以董衡巽主编的《美国文学简史》为例，该书在第四章描述两次世界大战之间的文学发展史时开辟专门的一节"福克纳与南方小说"来介绍美国南方文艺复兴时期文学的发展状况，其中多处提及经典的南方作家作品与基督教和圣经传统之间的联系。在介绍卡罗琳·戈登的创作时，该书提及了她后来皈依了天主教，并认为其小说《作恶者》实际上是一部"宗教小说"。[②] 在阐释福克纳的小说《喧哗与骚动》时，该书突出了小说第四部分与《圣经·新约》的关系，认为小说中康普生子女的自私和得不到爱与基督临死时留给门徒的箴言"你们要彼此相爱"形成强烈对照，而小说对黑人迪尔西的塑造则体现了福克纳"人性的复活"的基督教人道主义理想。[③] 在阐释福克纳的小说《圣殿》及其续篇《修女安魂曲》时，该书强调了两部作品在基督教主题上

[①] Manuel Broncano, *Religion in Cormac McCarthy's Fiction: Apocryphal Borderlands*, New York and London: Routledge, 2014, p.2.
[②] 董衡巽主编：《美国文学简史》修订本，北京：人民文学出版社，2003年，第423页。
[③] 董衡巽主编：《美国文学简史》修订本，北京：人民文学出版社，2003年，第430页。

的承续:"如果说《圣殿》写了'恶'的普遍存在,那么《修女安魂曲》则是指出:人类对这种'恶'负有责任,为了自己的解救,人们必须挑起担子,来克服'恶'。"① 也正是基于这样的主题承续,该书认为《修女安魂曲》是给《圣殿》"提供一个符合基督教教义的平衡的结局",这反映了福克纳在晚年思想上的变化,即寻求"宗教式的平静"。② 而在评述罗伯特·潘·沃伦的小说经典《国王的人马》时,该书则认为沃伦意在借此小说艺术化传达出基督教关于人生是"有罪—认罪—赎罪—新生"的过程的看法。③ 而在另一部由刘海平、王守仁主编的四卷本《新编美国文学史》的第三卷介绍美国现代小说的兴起与发展时同样也关注了南方作家的小说创作与基督教和圣经文化传统之间的联系。该书在介绍凯瑟琳·安·波特的小说成就时充分注意到了她的天主教家庭背景,并认为其小说《盛开的犹大花》在整体上是借用《圣经》中叛徒犹大被吊死在一棵开红花的树上的传说来"隐喻人们对革命理想、宗教和爱的背叛",旨在"表明人类的存在离不开古老的信仰和爱的真理"。④ 在介绍福克纳的小说创作时,该书强调了福克纳出生在基督徒家庭环境对其创作的影响,认为其作品"充满《圣经》典故和对基督教传说的影射,从而不仅极大加深了作品的文化底蕴,而且对人物的塑造和主题的深化都有重大意义"。⑤ 而正是基于这样的一种创作特色,该书进一步认为《喧哗与骚动》《八月之光》《圣殿》《沙多里斯》《押沙龙,押沙龙!》《去吧,摩西》《寓言》等福克纳众多小说都把罪恶和不幸安排在复活节和圣诞节等重要的基督教日子,意在"巧妙地将基督教的基本精神同现代社会的罪恶进行

---

① 董衡巽主编:《美国文学简史》修订本,北京:人民文学出版社,2003年,第440页。
② 董衡巽主编:《美国文学简史》修订本,北京:人民文学出版社,2003年,第440页。
③ 董衡巽主编:《美国文学简史》修订本,北京:人民文学出版社,2003年,第448页。
④ 刘海平、王守仁主编,杨金才主撰:《新编美国文学史》第三卷,上海:上海外语教育出版社,2019年,第236页。
⑤ 刘海平、王守仁主编,杨金才主撰:《新编美国文学史》第三卷,上海:上海外语教育出版社,2019年,第255页。

对照"。①

在文化史方面，陈永国的《美国南方文化》一书堪称是早期介绍研究美国南方文化专题的代表。该书第三章"宗教与黑人信仰"详细论及了美国南方宗教传统的演变及其与奴隶制的关系，并介绍了宗教意识和宗教传统对南方黑人信仰生活的影响。陈永国指出，宗教复兴人士和正统神学家"创造了一个宗教上稳固的南方"，"他们立志保存和弘扬宗教传统，指引基督徒感恩得救"。②南方的这种浓厚的宗教氛围不仅在社会阶级文化建构上发生着作用，而且深刻影响和渗透进南方作家的创作之中，该书在第七章"南方文学复兴"中多次论及这一点。在介绍罗伯特·潘·沃伦的诗歌创作时，陈永国认为沃伦的自然主义最终是与基督教的人生观结合在一起的："人是堕落的，但并非不可救药。"③在论及弗兰纳里·奥康纳的小说时，陈永国突出强调了"圣餐"在奥康纳小说创作中的核心位置，并认为奥康纳"凭直觉深信原罪说，并要把人的堕落描写出来，同时也要把傲者和被弃者的恩遇传达给世人"。④在此意义上，奥康纳的全部作品毋庸置疑始终"贯穿着对宗教主题的深刻理解和坚定不移的基督教信仰"。⑤在谈及威廉·斯泰伦（William Styron）的小说时，陈永国指出《圣经》等西方文化瑰宝扩大了斯泰伦小说的参考框架，使得他的小说得以超越日常生活。而在谈到沃克·珀西时，陈永国则认为20世纪的哲学和宗教问题是其关注的重要内容之一，其小说幽默和讽刺的艺术风格在很大程度上来源于"罗马天主教关于人必有罪的思想和南方贵族的所谓'正义'观念"。⑥除了陈永国，高卫红的专著《20世纪

---

① 刘海平、王守仁主编，杨金才主撰：《新编美国文学史》第三卷，上海：上海外语教育出版社，2019年，第256页。
② 陈永国：《美国南方文化》，长春：吉林大学出版社，1996年，第76页。
③ 陈永国：《美国南方文化》，长春：吉林大学出版社，1996年，第262页。
④ 陈永国：《美国南方文化》，长春：吉林大学出版社，1996年，第275页。
⑤ 陈永国：《美国南方文化》，长春：吉林大学出版社，1996年，第276页。
⑥ 陈永国：《美国南方文化》，长春：吉林大学出版社，1996年，第280页。

上半期美国南方文化研究》和李学欣的专著《欧洲模因与美国南方文化本土性的建构研究》也在不同程度上论及了南方基督教和圣经文化传统对文学创作的影响。前者开辟专章阐释美国南方的宗教文化形态及特征，指出基督教和圣经文化传统对于美国南方文艺复兴文学发生着潜在的影响；后者强调宗教是南方人的精神保护伞，是南方地域文化的核心要素，对维护南方奴隶制和种族主义，形成南方身份和文学文化基因具有决定性的意义。

其次，国内出现了一定数量的从宏观视角研究并深入探讨美国南方文学与圣经文化传统内在关联的代表性著作和论文。

在宏观研究专著方面，李杨在《欧洲元素对美国"南方文艺复兴"本土特色的建构》一书的第二章"欧洲基督教对'南方文艺复兴'精神世界的筑基"中，从"欧洲基督教铺设的美国南方'圣经地带'""《圣经》典故与叙事模式的模拟""《圣经》的人物、意象原型的显现"以及"《圣经》母题的'原罪—救赎'观"四个方面阐释了圣经文化传统对南方文艺复兴文学的内在促生机制。李杨认为，欧洲的基督教在被美国南方本土文化吸收融汇后所形成的圣经文化传统是支撑南方社会文化生活的基石，其精神、准则、意象等牢牢植根于南方文艺复兴作家的灵魂深处，"成为其解读、感悟、阐释人生，建构个人思想价值体系，思考现代南方问题解决之道的重要参照"，而"从文学创作艺术手法的借用到人物形象的影射和对《圣经》母题的承袭都无不折射出基督教文化对'南方文艺复兴'的多方位、多层次统摄"。① 李杨还在另一部著作《颠覆·开放·与时俱进：美国后南方的小说纵横论》中对比了"新生代"南方小说与南方文艺复兴小说宗教书写的差异，强调虽然基督教文化传统为南方文艺复兴文学运动"注入了神秘、超凡的气韵和摄人心魄的宗教启

---

① 李杨：《欧洲元素对美国"南方文艺复兴"本土特色的建构》，上海：同济大学出版社，2015年，第183页。

示",① 成为美国南方文学"区别于其他地区文学的独特身份烙印",② 但随着 20 世纪下半叶南方社会发生的翻天覆地的变化,宗教"不可避免地经历着嬗变,其道德统领地位、精神引导力量遭遇严重销蚀",③ 由此基督教和圣经文化传统对文学的影响也逐渐削弱,变得"世俗化、娱乐化、实用化"。④

在宏观研究论文方面,刘道全发表在 2007 年第 2 期《当代外国文学》上的论文《论美国南方小说的救赎意识》堪称代表。该文通过对威廉·福克纳、卡森·麦卡勒斯、弗兰纳里·奥康纳和沃克·珀西等南方作家代表性的经典小说作品的分析和阐释,集中关注了南方作家是如何再现基督教救赎观念的。刘道全认为,在宗教氛围浓厚的美国南方,基督教教义和清教思想深入每个南方作家灵魂的深处。南方作家通过"魔幻变调"和"置换变形"的手法以隐喻的方式来再现耶稣基督的原型形象,一方面是在展现世界和人类灵魂深处的罪恶,另一方面则是传达强烈的"人类寻求救赎的不懈努力",进而使他们的作品"超越了美国南方,提升到人类生存本质的形而上学高度,给人们以启迪"。⑤

最后,与国外研究情形类似,国内关于南方文学经典与基督教和圣经文化传统内在联系的个案研究同样异常突出。肖明翰、杨彩霞、王钢、蔡勇庆、黄宇洁、杨纪平等学者分别从各自的研究兴趣出发为探索南方作家与基督教和圣经文化传统的内在联系进行着有益的尝试。

---

① 李杨:《颠覆·开放·与时俱进:美国后南方的小说纵横论》,北京:中国社会科学出版社,2018 年,第 97 页。
② 李杨:《颠覆·开放·与时俱进:美国后南方的小说纵横论》,北京:中国社会科学出版社,2018 年,第 97 页。
③ 李杨:《颠覆·开放·与时俱进:美国后南方的小说纵横论》,北京:中国社会科学出版社,2018 年,第 98 页。
④ 李杨:《颠覆·开放·与时俱进:美国后南方的小说纵横论》,北京:中国社会科学出版社,2018 年,第 98 页。
⑤ 刘道全:《论美国南方小说的救赎意识》,《当代外国文学》2007 年第 2 期,第 71 页。

肖明翰是国内较早关注福克纳与基督教和圣经文化传统内在关联的学者。他在《威廉·福克纳研究》一书的第四章"福克纳与基督教文化传统"中专门讨论了福克纳的《喧哗与骚动》《八月之光》《圣殿》《寓言》等小说作品与圣经文化之间的内在联系。肖明翰认为，尽管福克纳小说的核心观念在于"人"和人道主义，但基督教—清教传统和圣经文化构成了福克纳小说创作的重要道德参照系，福克纳在小说中通过耶稣基督形象的置换与变形等艺术呈现方式，意在形成辛辣的反讽艺术风格。同时，福克纳也利用基督教思想及圣经文化传统暴露了"清教主义同南方传统的核心组成部分：父权制度、妇道观念和种族主义诸方面的密切关系"。①

杨彩霞在《20世纪美国文学与圣经传统》一书中则详细分析阐释了福克纳小说创作中所体现的基督教视角和圣经文化传统，并针对福克纳小说中的圣经母题再现、圣经叙事结构的援引与变异、圣经意象与象征的艺术化呈现以及基督原型人物与反讽结构等进行了翔实的阐述。在杨彩霞看来，福克纳虽然不是严格意义上的宣扬基督教信仰和内在精神的基督教作家，但福克纳意在借用基督教思想和圣经文化传统来"揭示南方社会的弊端和矛盾，透视人性的善与恶，批判奴隶制给南方社会带来的毁灭性破坏以及战争给南方白人后代带来的消极影响"。② 因为在福克纳的心目中，"《圣经》中反映的遥远内容在现代社会中也在不断地重复再现"，③ 这就决定了利用《圣经》古老的人类母题和文化传统可以"深刻揭示现代社会里人们之所以幸福、苦闷、凄苦、悲观的根源"，④ 这成为深入了解福克纳小说创作精髓的一种重要方式和途径。

王钢以博士论文《基督教文化诗学视阈下的福克纳小说研究》为基

---

① 肖明翰：《威廉·福克纳研究》，北京：外语教学与研究出版社，1997年，第124页。
② 杨彩霞：《20世纪美国文学与圣经传统》，北京：中国人民大学出版社，2007年，第61页。
③ 杨彩霞：《20世纪美国文学与圣经传统》，北京：中国人民大学出版社，2007年，第61页。
④ 杨彩霞：《20世纪美国文学与圣经传统》，北京：中国人民大学出版社，2007年，第61页。

础修改而成的专著《文化诗学视阈下的福克纳小说人学观》是国内相对比较全面地探讨福克纳与基督教和圣经文化传统内在联系的著作。该书从基督教和圣经文化传统对福克纳小说的影响和制约机制入手,分析阐释了福克纳创作成熟时期的多部小说作品在核心思想、框架结构、话语方式等方面所体现的潜在的基督教—清教文化特质,其中广泛涉及美国南方的宗教传统演变、基督教神学观念、生态神学思想等理论问题,进而全方位、多层次地揭示了作为南方文艺复兴中坚作家的福克纳是如何在小说作品中艺术化再现基督教思想观念以及南方圣经文化传统的。王钢认为,福克纳通过基督教文化诗学视阈下的"约克纳帕塔法"艺术世界的再现,"不仅对美国的历史传统进行了深刻的理性思索,而且还对美国南方包括种族问题在内的各种社会现实进行了犀利的剖析和无情的揭露,并试图在艺术理想和个人信仰的双重层面上寻找仅属于他自己的美国民族精神话语形态,从而充分运用文学这一可传递和交流的言语介质实现民族化叙事和民族身份认同的宏伟目标"。① 也正是在此意义上,王钢进一步强调充分研究和审视福克纳小说创作与基督教和圣经文化传统的内在关联性可以"洞见以往福克纳小说研究中被长期遮蔽的深刻宗教内涵,并相应得出一些富于启示性的结论"。② 除了研究专著,王钢还发表了一系列论及福克纳与基督教和圣经文化传统内在联系的单篇论文。刊载于《外国文学评论》2012 年第 2 期上的《福克纳小说的基督教时间观》一文从广义基督教文化语境和加尔文教传统重新审视了福克纳小说的时间哲学,从而得出结论认为"福克纳一方面强调了艺术家在时间处理上大有可为,具体到他本人就是承袭从柏格森到乔伊斯的时间表现传统;另一方面,福克纳也明确指出了他时间观念的终极所在,即通过'现在'囊括过去和将来所有的时间而达成一种瞬间向永恒的超越与

---

① 王钢:《文化诗学视阈下的福克纳小说人学观》,天津:南开大学出版社,2013 年,第 48 页。
② 王钢:《文化诗学视阈下的福克纳小说人学观》,天津:南开大学出版社,2013 年,第 263 页。

转化"。因此,"仅仅依靠柏格森的时间理论、仅就凡俗的物理时间层面探讨福克纳的时间哲学是远远不够的,不朽的信仰性宗教时间必然要参与到其中的建构与融合中来,而这正是福克纳时间观念中的深层次内容,也是被长期忽视与遮蔽的福克纳时间观的重要组成部分"。① 刊载于《圣经文学研究》第七辑的《福克纳小说中作为宗教文化符码的耶稣形象》一文通过对福克纳小说中具有物理性质的"类耶稣基督"形象、精神属性的耶稣形象以及孩童形式的耶稣形象进行详细的考察和分析阐释了福克纳是如何利用圣经传统表达他的人学观念的。此外,《苦难与救赎:〈我弥留之际〉中人的本质重建主题》《圣经类型意象:福克纳小说象征中的人性拯救隐喻》《伊甸园:福克纳小说的类型情境化空间》以及《论〈喧哗与骚动〉对伊甸园神话的互文书写》等论文则分别探讨了福克纳小说创作与基督教苦难救赎观的内在联系以及福克纳小说对圣经意象和圣经空间形态的再现等内容。②

蔡勇庆在博士论文基础上修改而成的专著《生态神学视野下的福克纳研究》则通过对《喧哗与骚动》《去吧,摩西》等作品的深度细读阐释了福克纳小说生态书写与神学思想表达之间的内在辩证关系。在蔡勇庆看来,福克纳小说呈现的生态意识与环境建构有着多方面的因素,基于此,生态神学是帮助读者认知福克纳小说文本形式、历史、宗教、种族、阶级、性别、荒野自然生态传统等丰富多维特质的重要视角与方法。而以生态神学重新观照并阐释福克纳小说,一方面有助于对作家进行整体

---

① 王钢:《福克纳小说的基督教时间观》,《外国文学评论》2012 年第 2 期,第 110 页。
② 论文《苦难与救赎:〈我弥留之际〉中人的本质重建主题》刊载于《阜阳师范学院学报》(社会科学版)2016 年第 4 期,第 61—65 页;论文《圣经类型意象:福克纳小说象征中的人性拯救隐喻》刊载于《阜阳师范学院学报》(社会科学版)2017 年第 5 期,第 42—45 页;论文《伊甸园:福克纳小说的类型情境化空间》刊载于《许昌学院学报》2017 年第 6 期,第 85—90 页;论文《论〈喧哗与骚动〉对伊甸园神话的互文书写》刊载于《沈阳工程学院学报》(社会科学版)2018 年第 2 期,第 173—177 页。

把握,"将诸多纷繁的看似不相关的问题联系起来进行思考"①;另一方面有助于"对福克纳的某些重要诗学问题进行解析",②包括"历史性与反历史、宗教性与反宗教"③等等。换言之,用蔡勇庆自己的话表述就是他"不单纯研究福克纳小说的宗教、历史、种族、性别、自然等某一方面的问题,而是在生态神学视野的观照下,将这些问题融合进福克纳的几个最根本的问题,即环境、身份、时间、共同体"④等范畴进行多维探索,进而尝试做出新的解释。

福克纳与基督教和圣经文化传统之间的内在关联受到国内学术界的重视,相比之下,美国南方女作家弗兰纳里·奥康纳和卡森·麦卡勒斯小说的宗教艺术呈现研究也毫不逊色。

黄宇洁的《神光沐浴下的再生:美国作家奥康纳研究》一书集中在"信仰与南方"的20世纪启示主义神学大背景下对奥康纳的小说创作进行翔实研究,考察奥康纳小说中的人物形象塑造、暴力书写与怪诞风格等艺术呈现与南方启示主义信仰观念之间的内在构成关系。黄宇洁认为,宗教信仰是奥康纳创作思想的核心,奥康纳"对南方的认同和排斥,对南方现实素材的取舍,都取决于对宗教信仰表达的需要",⑤但并不能据此就认为奥康纳的基督教创作是南方意识的变体。与此相反,黄宇洁主张"奥康纳笔下的南方是一个宗教隐喻,她借南方表达了启示主义的信仰观念,以南方风俗来传达宗教奥秘"。⑥

杨纪平的《对西方神学和两性关系的颠覆与重构——弗兰纳里·奥

---

① 蔡勇庆:《生态神学视野下的福克纳研究》,北京:中国社会科学出版社,2012年,第1页。
② 蔡勇庆:《生态神学视野下的福克纳研究》,北京:中国社会科学出版社,2012年,第1—2页。
③ 蔡勇庆:《生态神学视野下的福克纳研究》,北京:中国社会科学出版社,2012年,第2页。
④ 蔡勇庆:《生态神学视野下的福克纳研究》,北京:中国社会科学出版社,2012年,第37页。
⑤ 黄宇洁:《神光沐浴下的再生:美国作家奥康纳研究》,北京:中国社会科学出版社,2010年,第13页。
⑥ 黄宇洁:《神光沐浴下的再生:美国作家奥康纳研究》,北京:中国社会科学出版社,2010年,第42页。

康纳作品的女性主义再解读》和《走向和谐：弗兰纳里·奥康纳研究》两部专著都对奥康纳小说创作的基督教思想与圣经文化传统进行了集中研究。前一部著作从女性主义视角切入，旨在阐释奥康纳是如何运用上帝话语来质疑父权制的意识形态，从而打破传统宗教和西方性别歧视的联盟，为女性提供艺术化救赎之路的；后一部著作则在整体研究的基础上专注于奥康纳在《智血》《暴力夺取》《流离失所的人》《好人难寻》等主要小说作品中是如何艺术化展现天主教思想观念以及如何塑造"不合时宜的耶稣"和女救世主形象的。

潘静文在《奥康纳作品中的宗教意识研究》一书中则详细考察了奥康纳作品宗教意识的社会来源、模糊的教派意识以及罪与救赎的寓言形式等内容，并详细论证了奥康纳宗教思想的形成是对托马斯·阿奎那、马里坦（Jacques Maritain）和德日进（Pierre T. de Chardin）基督教思想吸收与借鉴的结果。在潘静文看来，作为有着强烈基督教信仰的作家，奥康纳"从对现实的人类处境的分析出发，引入植根于现实生活的神启观念和存在，从而试图规范和重新界定正确的基督教信仰态度和认识，以此来拯救世风日下、物欲横流的社会"。[①] 因此，潘静文认为奥康纳在作品中采用"人因罪导致信仰失落—恩典来临—认罪并回归信仰"[②] 等文学模式，意在"表达基督教信仰的永恒主题——罪与救赎"。[③]

上述专著以外，孙丽丽发表在《外国文学研究》2005 年第 1 期上的《一个好人难寻的罪人世界——奥康纳短篇小说中的原罪观探析》、周铭发表在《外国文学评论》2014 年第 1 期的《"上升的一切必融合"——奥康纳暴力书写中的"错置"和"受苦灵魂"》以及肖明文发表于《国外文学》2021 年第 1 期的《饥饿、呕吐和生命之粮——〈暴力夺取〉中的

[①] 潘静文：《奥康纳作品中的宗教意识研究》，成都：四川大学出版社，2017 年，第 212 页。
[②] 潘静文：《奥康纳作品中的宗教意识研究》，成都：四川大学出版社，2017 年，第 212 页。
[③] 潘静文：《奥康纳作品中的宗教意识研究》，成都：四川大学出版社，2017 年，第 212 页。

城乡饮食与圣餐隐喻》等论文也从不同角度论述分析了奥康纳小说创作与基督教和圣经文化传统之间的关系。孙丽丽的论文认为奥康纳之所以要在小说中呈现暴力和死亡,不是学术界所认为的冷漠无情和仇视人类。相反奥康纳是以此种极端的方式揭示导致人物悲惨遭遇的根本原因——基督教的原罪观。在孙丽丽看来,奥康纳致力于展现人类的罪恶目的是让世人承认其罪人的身份并皈依上帝,并以此为人们提供"从追求外在的物质享受转向对内在的精神生活自省的机会",① 即为"二战"后沉湎于享乐的美国南方人指出一条通向光明的救赎之路。周铭的论文同样聚焦奥康纳小说的暴力书写问题。在周铭看来,奥康纳小说中的暴力意象是判定其宗教立场的试金石,同时也是符合正统天主教教义的表现。在此意义上,奥康纳文学世界的基石不是个体自我,而是一种"关系",即"自我与天主的关系,具象与精神的关系,'人情'与'奥秘'的关系"。② 周铭认为奥康纳通过艺术化展现这种具有"圣仪"性质的"关系"意在表明"世人必须在苦难中理解外在和内在的统一",进而让自身"成为天主恩宠的承载物"。③ 肖明文的论文以奥康纳小说《暴力夺取》的"圣餐"仪式书写为主要研究内容,强调奥康纳通过饥饿、呕吐和生命之粮三个关键意象,将感官体验和救赎信仰结合,"以文学隐喻的方式向读者昭示了神性的充裕和人类的新生"。④

而对麦卡勒斯小说与基督教和圣经文化传统之间的内在联系进行集中阐述的主要是林斌发表在 2011 年第 6 期《外国文学研究》的《"精神

---

① 孙丽丽:《一个好人难寻的罪人世界——奥康纳短篇小说中的原罪观探析》,《外国文学研究》2005 年第 1 期,第 91 页。
② 周铭:《"上升的一切必融合"——奥康纳暴力书写中的"错置"和"受苦灵魂"》,《外国文学评论》2014 年第 1 期,第 64 页。
③ 周铭:《"上升的一切必融合"——奥康纳暴力书写中的"错置"和"受苦灵魂"》,《外国文学评论》2014 年第 1 期,第 64 页。
④ 肖明文:《饥饿、呕吐和生命之粮——〈暴力夺取〉中的城乡饮食与圣餐隐喻》,《国外文学》2021 年第 1 期,第 128 页。

隔绝"的宗教内涵：〈心是孤独的猎手〉中的基督形象塑造与宗教反讽特征》以及宗连花发表在《外国文学研究》2015 年第 5 期的《卡森·麦卡勒斯关于基督教爱的伦理的隐性书写》等论文。林斌的论文以麦卡勒斯的长篇小说代表作《心是孤独的猎手》为研究文本，详细阐释了麦卡勒斯小说"精神隔绝"主题的宗教文化内涵。在林斌看来，宗教是麦卡勒斯社会身份建构的重要组成部分，通过在小说中塑造"怪异"的基督形象，麦卡勒斯试图在宗教反讽特征中展现"精神隔绝"的深层次价值意义，即"内在上帝"的怪异特征是"主体与客体分裂的产物"。① 宗连花的论文则集中关注了麦卡勒斯小说的基督教隐性主题书写问题。在宗连花看来，麦卡勒斯的小说虽然没有将基督教作为主题，但却没有一部作品不涉及基督教。麦卡勒斯通过将主人公设置为基督教的叛逆者和将次要人物展现为上帝的坚定信念者，隐性地表达了对基督教爱的伦理的肯定与渴望。在此意义上，基督教爱的伦理思想构成了麦卡勒斯全部作品的"精神核心"，麦卡勒斯在"上帝之死"的 20 世纪文化氛围中只是抛弃了基督教的形式，"却在挣扎、背离之后树立起真正的上帝，充满了'普世之爱'的真正的上帝，不抛弃，不放弃，眷顾着人间每一件微不足道的小事的上帝"。②

除此之外，沃克·珀西、凯瑟琳·安·波特等其他南方文艺复兴作家与基督教和圣经文化传统之间的关联也为国内学术界所关注。王建平在论文《沃克·珀西的末世情结与美国南方的历史命运》中认为珀西的《最后的绅士》《基督再临》等小说充满浓郁的基督教末世论色彩。在王建平看来，珀西通过将基督教的末世隐喻转化为普世神话来表达对人性和人的存在本质的终极关怀。王晓玲则在论文《一个独立而迷惘的灵

---

① 林斌：《"精神隔绝"的宗教内涵：〈心是孤独的猎手〉中的基督形象塑造与宗教反讽特征》，《外国文学研究》2011 年第 6 期，第 90 页。
② 宗连花：《卡森·麦卡勒斯关于基督教爱的伦理的隐性书写》，《外国文学研究》2015 年第 5 期，第 154 页。

魂——凯瑟琳·安·波特的政治和宗教观》中探索了波特是如何从政治上的失望和悲观转向对宗教意义的探索的。①

不仅是美国南方文艺复兴经典作家作品与基督教和圣经文化传统的关联受到详尽阐释，随着"新生代"南方作家研究的深入，他们的创作与基督教文化传统的契合也逐渐成为国内研究者探讨的重要维度。

贺江在《孤独的狂欢：科马克·麦卡锡的文学世界》一书中介绍麦卡锡的早期南方小说创作时，不同程度强调了麦卡锡文学创作对圣经典故及其思想内涵的套用，强调作家通过这种方式达成了"从一个更广阔的视角来考察美国南方"并"思考人类的暴力本性"的目的。②李碧芳在专著《科马克·麦卡锡南方小说研究》中关注了麦卡锡《外围黑暗》《苏特里》等早期南方小说以及后期南方启示录小说《长路》等作品中的圣经典故运用问题，强调这些小说从人物设置到情节安排均与《圣经》之间存在紧密的互文联系。③相较于贺江和李碧芳的广泛性探索，陈爱华在其专著《传承与创新：科马克·麦卡锡小说旅程叙事研究》一书中则专门阐释了麦卡锡小说旅程叙事模式与圣经主题意蕴之间的内在关联。陈爱华认为，麦卡锡对《圣经》的熟稔以及受到家庭宗教环境的影响熏陶使其在《外围黑暗》《长路》等南方小说中得以"借用《圣经》中放逐、负罪、流浪与朝圣救赎旅程模式作为框架结构和隐喻媒介来透视人性中的善与恶"，④进而实现"对原罪、救赎与存在等问题进行深刻探索"。⑤此外，陈爱华还具体展现了《外围黑暗》和《长路》两部小说是如何艺术化

---

① 王建平：《沃克·珀西的末世情结与美国南方的历史命运》，《国外文学》2011年第2期，第112—119页；王晓玲：《一个独立而迷惘的灵魂——凯瑟琳·安·波特的政治和宗教观》，《当代外国文学》2002年第2期，第110—114页。
② 贺江：《孤独的狂欢：科马克·麦卡锡的文学世界》，上海：上海三联书店，2016年，第24页。
③ 李碧芳：《科马克·麦卡锡南方小说研究》，厦门：厦门大学出版社，2018年，第185—190页。
④ 陈爱华：《传承与创新：科马克·麦卡锡小说旅程叙事研究》，北京：中国社会科学出版社，2015年，第50页。
⑤ 陈爱华：《传承与创新：科马克·麦卡锡小说旅程叙事研究》，北京：中国社会科学出版社，2015年，第50页。

呈现"亚当夏娃式的负罪流浪之旅"和"艰难求生与朝圣救赎之旅"的。

综上对国内外学术研究史的梳理,应该客观承认从基督教和圣经文化传统角度切入进行的相关研究在很大程度上揭示出了美国南方文学的自足性和丰赡性,对于认知美国南方文学经典内在的复杂品质具有重要的理论和现实意义。但就目前研究现状和水平来看,仍有进一步进行学术深化的空间。首先,现有研究论文和专著的数量在全部美国南方文学研究中的占比仍然相对偏少,且绝大多数情形下深度略显不足,大都是针对美国南方文学经典与基督教观念或圣经原型等维度进行影响性的比附和对应研究;无论是从宗教兼及文学,还是从文学兼及宗教,事实联系和分析相对较多,深入的沉思性宗教道德观念的阐释相对较少;而能揭示小说审美机制与宗教文化诗学内在、深层次联系以及二者之间相互作用和转化机制的研究更是凤毛麟角。其次,将美国南方文学经典的圣经文化阐释作为系统而独立的问题进行整体研究相对较少,大都是将这一类研究纳入文学与宗教的关系或美国南方文学整体研究的一部分来考察,这无疑不能充分凸显美国南方文学经典与基督教和圣经文化传统之间内在关联的重要性。最后,以南方经典作家作品的个案为目标对象加以考察的较多,相反以南方文学经典整体为考察和分析对象的研究亟须开拓。鉴于此,从基督教和圣经文化传统角度切入深入探讨美国南方文学经典思想和艺术的内在肌理,重新阐发其在精神层面和社会历史层面的价值意义便显得十分必要。

第二节　美国南方的圣经文化传统及其对文学创作的影响

地域性不仅是作家艺术世界的现实来源,而且还在很大程度上塑造着文学艺术的基本面貌,决定着文学艺术的品质和特性,甚至可以成为作家产生力量的源泉。对此,美国著名的文学评论家韦勒克(R. Wellek)和沃伦(A. Warren)在他们合写的《文学理论》(*Theory of Literature*)

一书中指出:"伟大的小说家们都有一个自己的世界,人们可以从中看出这一世界和经验世界的部分重合,但是从它的自我连贯的可理解性来说它又是一个与经验世界不同的独特世界。有时,它是一个可以从地球的某区域中指划出来的世界,如特罗洛普笔下的州县和教堂城镇,哈代笔下的威塞克斯等。"① 美国作家兼评论家赫姆林·加兰(H. Garland)从文学创作的生命力角度出发也有类似观念。在加兰看来,地域特征仿佛如"一个具有独特个性的人",因其"无穷的、富于生气的魅力"而构成"文学作品的生命"。②

关于文学与地域的关系,威廉·福克纳、尤多拉·韦尔蒂、弗兰纳里·奥康纳、卡森·麦卡勒斯、鲍比·安·梅森(Bobbie Ann Mason)以及罗伯特·潘·沃伦等众多南方作家由创作实践总结出了一系列真知灼见。福克纳深谙地域文化之于小说创作的玄妙,早在1922年发表于《密西西比人》(*Mississippian*)杂志上的一篇题为《美国戏剧:尤金·奥尼尔》("American Drama: Eugene O'Neill")的文学评论中,他便对此作过一番清晰地论述:"有某个人说过——也许是位法国人吧;反正一切妙语都让他们说掉了——艺术最基本的要素就是它的乡土性:也就是说,它是直接由某个特定的时代和特定的区域所产生。这是一个非常深刻的论点;因为《李尔王》《哈姆雷特》与《皆大欢喜》除了在伊丽莎白统治下的英国是不可能在别处写成的(这一点也从出自丹麦和瑞典各种版本的《哈姆雷特》与法国喜剧里的《皆大欢喜》得到证明),《包法利夫人》也只有在十八世纪的罗讷河谷才可能写成;正如巴尔扎克是十九世纪巴黎的产儿。"③ 在福克纳看来,正是地域和它的乡土性生成并决定了文学

---

① 韦勒克、沃伦:《文学理论》,刘象愚等译,南京:江苏教育出版社,2005年,第249页。
② 赫姆林·加兰:《艺术中的地方色彩》,董衡巽译,见董衡巽选:《美国十九世纪文论选》,上海:上海译文出版社,1991年,第173页。
③ William Faulkner, "American Drama: Eugene O'Neill", See William Faulkner, *Essays, Speeches & Public Letters*, Ed. by James B. Meriwether, New York: The Modern Library, 2004, p.314. 其中"《包法利夫人》也只有在十八世纪的罗讷河谷才可能写成"一句原文如此,疑为有误。

经典的品质，它们构成文学经典不可或缺的因素。尤多拉·韦尔蒂也有类似看法。在《小说中的地方》("Place in Fiction")、《地方与时间：南方作家的遗传特征》("Place and Time: The Southern Writer's Inheritance")以及《我怎样写作》("How I Write")等篇章中，韦尔蒂多次论及地域对于作家创作的建构意义及其在经典作品生成过程中的作用与功能。在韦尔蒂看来，小说依靠地域获得生命力，地域是艺术家的根，是文学作品的生命源泉，是"证明'发生了什么事？谁在这里？谁要来？'的基础"。① 她还进一步认为地域和情感、历史紧密联系，因此地域可以为艺术家提供"参照的基础"和"观点的基础"，甚至起到激励小说家进行艺术创作的功用："它告诉我重要的事情。它指引我的航向，使我一直向前，因为地域定义和限定我的行为。它帮助我识别和阐释。……至少，地域不可或缺。时间和地域是建构任何一个故事的框架基础。在我心目中，一个小说家的真诚开始于此，忠实于时间和地域这两个基本事实。从那里，想象力完全可以到达任何地方。"② 而弗兰纳里·奥康纳、卡森·麦卡勒斯、鲍比·安·梅森和罗伯特·潘·沃伦四位作家更多的是从特定的地域即家乡的角度来与福克纳和韦尔蒂论及同一个问题。奥康纳认为，"一个作家所能拥有的巨大祝福，也许是最大的福分，就是在家乡发现其他人必须去别处寻找的东西"，③ 这促成了"最好的美国小说总是地域性的"。④ 麦卡勒斯明确表示："不论政局如何，不论一位南方作家的自由主义程度或者非自由主义程度如何，他仍旧是跟这种关于语言、乡

---

① Eudora Welty, "Place in Fiction", See Eudora Welty, *The Eye of the Story: Selected Essays & Reviews*, New York: Vintage Books, 1990, p.118.
② Peggy W. Prenshaw ed., *Conversations with Eudora Welty*, Jackson: University of Mississippi Press, 1984, p.87.
③ Flannery O'Connor, "The Regional Writer", See Sally Fitzgerald ed., *Flannery O'Connor: Collected Works*, New York: The Library of America, 1988, p.844.
④ Flannery O'Connor, "The Regional Writer", See Sally Fitzgerald ed., *Flannery O'Connor: Collected Works*, New York: The Library of America, 1988, p.847.

音、树叶和记忆的奇异的地域性紧密相连的。"① 她还认为："作家的创作，断然并非仅是来自于他个人，同时还与他出生的地点密切相关。"② 梅森则多次提及对家乡的情感眷恋："无论我们来自哪里，我们总是随身携带对家乡梦幻般的信念，一种源自我们的出身，我们的文化根脉的理念——故乡就在那里。这是我们的归属地，她让我们明白我们是谁。"③"我们之所以能够随心所欲地浪迹天涯，皆因我们从来没有忘记何处是家园。"④ 而对于已经定居北方多年的罗伯特·潘·沃伦来说，当被问及是否是南方作家时，他不假思索地回答道："除此之外我不可能是其他什么……我在肯塔基出生并长大，我认为在你头脑中形成的早期意象是永远不会衰退的。"⑤ 很显然，作为家乡的南方故土在沃伦的心目中已经被永恒地定格为了"一种心灵状态"和"一份与这个世界的和谐关系"。⑥

就地域指向来看，美国南方在美国历史上被认为是一个迥异于北方、乃至美国的独特"他者"区域。在局外人看来，南方只不过是曾经与林肯兵戎相见的一个地理区域，而在南方人心目中它却承载着更多的文化心理意义，是他们魂牵梦绕的精神寄托之地和实现理想的美好家园。由于强烈的"恋地情结"，⑦ 南方人以本土区域文化的与众不同而感到骄傲和自豪，强调作为精神载体的南方代表了他们曾经的光荣、梦想与情感，并由此界定了自身在美国文化中的独特地位。可以说，正是依赖对

---

① 卡森·麦卡勒斯：《抵押出去的心》，文泽尔译，北京：人民文学出版社，2012 年，第 205 页。
② 卡森·麦卡勒斯：《抵押出去的心》，文泽尔译，北京：人民文学出版社，2012 年，第 206 页。
③ Bobbie Ann Mason, *Clear Springs: A Memoir*, New York: Random House, 1999, p.280.
④ Bobbie Ann Mason, *Clear Springs: A Memoir*, New York: Random House, 1999, p.12.
⑤ Richard Slade, "An Interview in New Heaven with Robert Penn Warren", *Studies in Novel*, Fall 1970, p.326.
⑥ Peter Stitt, "An Interview with Robert Penn Warren", *Sewanee Review*, 1977, p.477.
⑦ 美国学者段义孚在《恋地情结》一书中提出的重要概念。在段义孚看来，"地方与环境其实已经成为了情感事件的载体，成为了符号"。因此，"恋地情结"这一概念的提出意在"广泛且有效地定义人类对物质环境的所有情感纽带"。参见段义孚：《恋地情结》，志丞、刘苏译，北京：商务印书馆，2018 年，第 136 页。

南方区域"内在性"和"根基性"的特别情感认同，南方人获得了强烈的身份意识和归属感。对此，南方评论家柯林斯·布鲁克斯曾指出，南方是"一个非常特殊的社会"，它并非指向随意凑合在一起的人群，而是指向"一个社区"，"一群由共同的价值观念结合在一起的人们"。① 很明显，布鲁克斯认为南方社会的特殊性在于提供了认同和归属的"共同的价值观"，而正是这种具有共同体性质的价值观因素将南方人联结在了一起。评论家查尔斯·伯纳（Charles H. Bohner）也有类似看法。在伯纳看来，南方社会"家族和地域的骄傲感，以及对丰富的、英勇的过去的沉重历史感共同赋予了南方生活的本体以一种特殊的强度和连贯性"，而这一切使"南方人拥有一种共同的观念：一种继承而来的秩序感，一种情感的统一性……"② 而身处其中的南方作家们更是有着切身的感受。福克纳认为："南方是美国唯一还具有真正的地方性的区域，因为在那里，人和他的环境之间仍然存在着牢固的联系。在南方，最重要的是，那里仍然还有一种共同的对世界的态度，一种共同的生活观，一种共同的价值观。"③ 尤多拉·韦尔蒂则强调："不生活在南方就无法熟稔它的历史——一种基于死亡与毁灭的记忆。虽然它不断地嬗变，我仍能感受其中蕴含的南方特质——一种基于特定生活方式的观察和认知，无论世事如何变迁，它始终得以留存。"④ 那么，上述评论家和作家所声称的美国南方得以留存的"共同观念"抑或是"特定生活方式"究竟指什么呢？要回答这一系列问题，就不得不提"南方性"（southernness）了。

"南方性"与南方地域文化本质紧密相连，它被认为是构成南方文化

---

① Louis D. Rubin and C. Hugh Holman, *Southern Literary Study: Problems and Possibilities*, Chapel Hill: University of North Carolina Press, 1975, p.201.
② Charles H. Bohner, *Robert Penn Warren*, New York: Twayne Publishers Inc., 1964, p.20.
③ James B. Meriwether and Michael Millgate eds., *Lion in the Garden: Interviews with William Faulkner, 1926-1962*, Lincoln: University of Nebraska Press, 1968, p.72.
④ Richard Ford and Michael Kreyling eds., *Eudora Welty: Stories, Essays, & Memoir*, New York: The Library of America, 1998, p.785.

内核最基本的属性，是凸显南方影响力和文化生命力的精神支撑，是洞察南方社会历史、文化、经济诸多方面的关键因素。"南方性"同时也是最为复杂的一个话题，有学者认为是单纯的地理空间要素组成了"南方性"的核心，也有学者认为是"历史"而不是"地理"要素"塑造了坚实的南方"。① 因此直到今天，"南方性"的准确内涵在众多学者那里仍莫衷一是。尽管如此，还是可以从地理范围、政治经济、文化传统、历史意识等几方面来大致梳理一下作为美国"最大谜团之一"②的"南方性"复杂而丰富的内涵。

从地理范围来看，美国南方通常指北起"梅森-迪克逊分界线"（Mason-Dixon line）南至墨西哥湾、西起得克萨斯东至大西洋之间的地理区域，这是美国地理版图上面积最大、人口众多的区域。根据盖洛普（Gallup Poll）统计的结果，南方主要包括美国现今的弗吉尼亚（Virginia）、北卡罗莱纳（North Carolina）、南卡罗莱纳（South Carolina）、佐治亚（Georgia）、肯塔基（Kentucky）、田纳西（Tennessee）、路易斯安那（Louisiana）、密西西比（Mississippi）、阿拉巴马（Alabama）、阿肯色（Arkansas）、佛罗里达（Florida）、得克萨斯（Texas）以及俄克拉荷马（Oklahoma）等在内的十三个州府的广袤土地，这片区域在殖民历史上是法国、西班牙和英国殖民者最早到达美洲的区域之一，其在种族、语言、民族心理特征、乃至是气候都有着极大的相似性，从而使生活在这一区域的人们形成了具有普遍价值意义和强烈心理认同感的共同思想观念。

从社会经济形态来看，美国南方拥有醇厚而独立的重农主义经济形态，与北方先进的资本主义大工业经济存在天壤之别，并曾因这种经济形态的根本差别及其不平衡性发展导致一场改变南方人命运的内战的爆

---

① Pupert Bayless Vance, *Human Geography in the South: A Study in Regional Resources and Human Adequacy*, Chapel Hill: University of North Carolina Press, 1932, p.482.
② I. A. Newby, *The South: A History*, New York: Holt, Rinehart and Winston, Inc., 1978, p.xiv.

发。美国南方的重农主义包括农耕的价值观念、田园的生活理想及其伦理道德等多重内涵，具体表现在以下几个方面：珍视土地的基础性作用，推崇农业文化和农耕的田园生活方式，排斥工业文明，认为工业发展滋生罪恶和道德堕落；歌颂伊甸园般自然生活状态，抵触现代城市生活，认为这有利于培养优雅高尚闲适的生活情趣；主张接近大自然，强调大自然有利于培养朴素的情感和高尚的道德，而这又是公民美德的源泉。南方的重农主义思想在内战前表现得尤其突出，成为南方区别于北方重要的区域文化标志之一。尽管内战后这一思想曾有所改变和动摇，但它仍被视为铸造南方文化传统的根基之一。

从社会政治文化来看，南方存在着根深蒂固的种族主义观念。黑人问题与种族对立始终是美国南方最为敏感的政治话题，它是长期困扰美国南方社会并积淀在南方白人深层次文化结构和心理结构中的一种特定的思想意识形态，成为美国南方又一显而易见的地域区别性标识。这种思想意识形态早在蓄奴时代便已根深蒂固，其中隐含着"看"与"被看"、惩罚与被惩罚、想象与被想象等一系列二元对立的思维模式。在这些隐藏的思维模式的运作和控制下，白人习惯于种族癔症和种族隔离，黑人往往被看作是低劣的、暴力的、无教养的可怕族群，他们无时无刻不受到白人的监视，成为白人眼中绝对的"他者"。白人始终处于高高在上的"看"的主体地位，可以决定以什么方式"看"或"不看"，而黑人通常既无权力反视白人，也不能决定自己如何被"看"。黑人一旦逾越了这种种族思维的界限，就会遭受白人的惩罚。可见，在美国南方社会中，黑人与白人之间存在着明显而普遍的不平等权力关系，白人对黑人的"看"与凝视已不再是单纯的视觉感知，而是"对可见之物的种族生产，是对'看'的意义施加种族限制的运作机制"。[①] 在这种明显的种族

---

① Judith Butler, "Endangered/Endangering: Schematic Racism and White Paranoia", See Robert Gooding-Williams ed., *Reading Rodney King, Reading Urban Uprising*, New York: Routledge, 1993, p.16.

权力关系的催生下,种族偏见、种族歧视甚至是种族迫害在美国南方不断升级、演化,黑人彻底沦为南方主流社会的边缘。

从社会历史意识来看,"怀旧的情绪""沉重的历史感"以及"向后看"的社会历史观念构成了"南方性"的重要组成部分,并由此带来一种超现实的、恒定的对待时间和记忆的认知方式,即南方文化中所呈现出来的"浪漫的保守主义":"南方一直在其世界观中保留着某种疯疯癫癫的非现实成分,因而它比美国其他部分都更坚定地相信,生活中最美好的东西不是现存的事物,而是那些应该存在、或那些据说过去曾经存在过的事物。"① 南方人之所以会形成"固恋过去"②的历史观念,内战起到了至关重要的作用。内战是美国南方历史的分水岭,它使南方人深刻地领教了历史的力量,他们长期沉浸于其中而无法自拔,因为这场战争无论在文化上还是在心理上都给南方人以毁灭性的打击,它牢牢地印刻在了南方人的记忆里,无法摆脱也挥之不去。对此,作家马克·吐温(Mark Twain)曾描述认为,内战是南方人谈话最为主要的一种题材,"人们对于战争的兴趣是强烈而且持久的,对其他话题的兴趣却只是暂时的。只要一提起这场战争,一些沉闷的人马上就会兴奋起来,把话匣子打开,而别的话题却差不多都没有这种效果"。③ 因此,"在南方,这场战争就等于别处的耶稣纪元;人们拿它来作为纪年的标准"。④ 罗伯特·潘·沃伦同样认为内战构成了南方历史的一种特殊情况和记忆,在

---

① 罗德·霍顿、赫伯特·爱德华兹:《美国文学思想背景》,房炜、孟昭庆译,北京:人民文学出版社,1991年,第453—454页。
② 王钢在《福克纳小说的基督教时间观》一文中依托法国哲学家萨特对福克纳小说《喧哗与骚动》时间观念的分析与阐释,将福克纳小说中所呈现出的明显的"向后看"的历史意识和时间观念特征概括为"固恋过去"。参见王钢:《福克纳小说的基督教时间观》,《外国文学评论》2012年第2期,第106—118页。
③ 马克·吐温:《密西西比河上》,张友松译,见马克·吐温:《马克·吐温文集》第8卷,北京:人民文学出版社,2016年,第289页。
④ 马克·吐温:《密西西比河上》,张友松译,见马克·吐温:《马克·吐温文集》第8卷,北京:人民文学出版社,2016年,第289页。

沃伦看来，内战中南方"打了败仗，遭受了磨难"，① 这种心态和历史现实"赋予了过去重要的意义"。②

除上述几大方面外，贵族意识与荣誉至上观念、男权意识、高雅的骑士制度乃至是"哥特式"的暴力传统等也是"南方性"不可忽视的其他重要维度。概而言之，代表南方地域文化特征的"南方性"不是一个单一体，它是一个复杂的、多层次的、由不同文化维度组合而成的聚合体，而每一维度又从各自不同角度体现并反映着作为主体的"南方性"的一个方面。这是否意味着在"南方性"这一观念中没有中心或更为基础的要素呢？事实并非如此。深入研究"南方性"观念每一个维度的内涵和外延便可发现，它们往往与更为基础的文化要素紧密相连，即南方的宗教思想。在美国南方，宗教信仰及其价值观念构成了南方人世世代代精神的依托和行为的内在规范，它支撑着南方社会政治、经济、历史意识的各个方面，奠定了南方主流社会文化传统的基石，铸就了南方独特的精神崇拜之魂。它渗透至南方社会重农主义田园理想的生活方式之中，控制着南方人思想和日常生活的基础，规定着南方人的历史观念和思维意识，制定着南方社会生活和道德的基本行为准则，甚至为南方奴隶制和种族主义提供神学依据。它在很大程度上提供给南方人观察世界和辨识身份的独特视角，构成南方文化的内聚方式和主导性意识形态，进而成为全方位的、名副其实的"将美国南方打造成有特色的区域的一种基础性力量"。③ 诚如学者们所言："宗教为南方人提供了一种世界观，塑造了一种南方身份和使命意识。南方独特的宗教模式与顽固的种族主

---

① Floyd C. Watkins and John T. Hiers eds., *Robert Penn Warren Talking: Interviews, 1950-1978*, New York: Random House, 1980, p.74.
② Floyd C. Watkins and John T. Hiers eds., *Robert Penn Warren Talking: Interviews, 1950-1978*, New York: Random House, 1980, p.74.
③ Frederick L. Gwynn and Joseph L. Blotner eds., *Faulkner in the University: Class Conferences at the University of Virginia, 1957-1958*, Charlottesville: University of Virginia Press, 1959, p.41.

义、农业经济和乡村生活一起共同赋予南方文化的地域独特性。"①"对于出身于虔诚的英国新教徒家庭的美国南方人来说，他们的骨子里蕴含着深刻的罪孽感和对宗教的虔诚……"②

宗教在美国南方有着悠久的历史传统和广泛的信教基础，以加尔文教为核心的基督新教和清教思想在这里得到迅猛发展，成为"除路易斯安那州以外所有南方各州占统治地位的宗教势力"。③众所周知，在美国早期的宗教移民中，信奉加尔文教的清教徒主要是在新英格兰地区有着强大影响，后来他们流转到美国南方，并在内战结束后迅速发展起来。南方学者威尔伯·卡什曾用为自身创建一个"更安全的堡垒"④来解释南方宗教兴盛的原因。在他看来，南方宗教的勃兴与内战有着紧密的关联。在内战中，南方以失败而告终，北方军队占领了南方，南方固有的原始农业经济遭到了致命的破坏和打击，北方资本主义经济开始涌入南方。随着经济基础的变化，旧南方的一切都发生了动摇，南方人感到前所未有的苦难和不公正待遇。在新的社会条件下，他们相信只有退回到原始的信仰状态中去，只有退回到具有神秘力量的宗教之中，才能获得重生的机会与力量。姑且不论卡什的解释是否具有合理性，但调查数据显示，南方的宗教势力确实是在内战后如雨后春笋般勃兴起来的，并在意识形态领域逐步取得了无可争辩的绝对统治地位。仅在内战结束后的十五年间，南方的主教派信徒就增加了近一倍，美以美教派、浸礼会教派和长老会教派的信徒也有所增加。1906 年人口普查中，浸礼会教派和美以美教派信众在美国南方社会中的比例高达 85%，远远高于美国其他地区

---

① Richard Gray and Owen Robinson eds., *A Companion to the Literature and Culture of the American South*, Oxford: Blackwell Publishing Ltd., 2004, p.238.
② 陈永国：《美国南方文化》，长春：吉林大学出版社，1996 年，第 74—75 页。
③ Monroe L. Billington, *The American South: A Brief History*, New York: Charles Scribner's Sons, 1971, p.304.
④ W. J. Cash, *The Mind of the South*, New York: Vintage Books, 1941, p.134.

47%的比例，而在密西西比河以东的南方地区这个数字更是高达95%。①几乎南方每一个家庭成员都是宗教信徒，且信教人数在20世纪中后期还在成倍增长。按照这样的增长速度，可以说美国南方社会的新教信徒数量要远超其发源地的信众数量了。难怪作家奈保尔（V. S. Naipaul）在20世纪80年代末游历美国南方后曾慨叹这一区域宗教的发达："在世界的其他地区，我从未发现人们被如此好的行为和如此好的宗教生活所驱使和引导。"②

聚焦美国南方宗教信仰体系，可以发现其存在着自身的内部复杂性。美国文化地理学者通常根据区域的不同将整个国家划分为七个宗教区域，每个宗教区域有一个占据主导性统治地位的宗教教派形态。美国南方主要是由浸礼会教派来统治，居于次要影响地位的是美以美会，它们共同构成了美国南方区别于其他区域的明显标志。③福克纳在"斯诺普斯三部曲"之一的《小镇》中曾借小说人物查尔斯·莫立逊之口将杰弗逊这样的南方小镇描述为是"由雅利安浸礼会教徒和美以美会教徒为雅利安浸礼会教徒和美以美会教徒而创建的"，④形象地说明了浸礼会教派和美以美会教派在当时的南方势力之大。

浸礼会是基督新教的主要宗派之一，因主张"受洗者必须全身浸入水中，以象征受死埋葬而重生"⑤得名。浸礼会虽然传入美国南方较晚，但发展趋势迅猛，至1775年前后该派的信徒人数远远超越南方的圣公会、长老会等其他基督教派别，成为美国南方具有较大影响力的基督新教派别之一。内战后，浸礼会更是保持强势发展，成为美国南方信众最

---

① Monroe L. Billington, *The American South: A Brief History*, New York: Charles Scribner's Sons, 1971, p.304.
② V. S. Naipaul, *A Turn in the South*, New York: Alfred A. Knopf, 1989, p.164.
③ Charles Reagan Wilson, "William Faulkner and the Southern Religious Culture", See Doreen Fowler and Ann J. Abadie eds., *Faulkner and Religion*, Jackson: University Press of Mississippi, 1991, p.24.
④ William Faulkner, *The Town*, New York: Vintage Books, 1961, p.306.
⑤ 卓新平主编：《基督教小辞典》修订版，上海：上海辞书出版社，2008年，第59页。

多的教派。进入 20 世纪，浸礼会在美国南方的发展更是达到惊人的地步，"在 1936 年它已经拥有 270 多万信徒，到 1965 年其信徒已经超过 1000 万"。① 浸礼会教派传入美国南方后积极与南方本土文化因素融合，其思想在很大程度上传承了加尔文教派的神学思想，关注上帝的万能权威、人的原罪等内容。

美以美教派是新教卫斯理派（或称"循道宗"）的一个分支。卫斯理派因强调遵循道德规范，主张严苛的宗教生活而著称。卫斯理派在美国南方的传播经历了相对比较曲折复杂的过程。早期南方卫斯理派的信众相对较少，1775 年前后有所增加并逐步形成规模，至内战前取得了迅猛发展，成为美国南方信众最多的基督新教派别之一。该教派虽不属于加尔文宗，但其强调人的意志和社会改良等主张与加尔文宗有相似之处。

除了浸礼会和美以美会外，福音派是另一较大的、长期主导南方社会宗教生活的教派。福音派在欧洲宗教改革时期专指路德宗新教会，以便与信奉加尔文主义的归正宗相区别。福音派集中宣传和强调耶稣基督的福音以及个人的悔改得救，突出《圣经》是唯一的宗教信仰基础，并注重个人认信、灵修和道德生活，积极关注社会的伦理和政治问题。福音派虽与加尔文教派分属不同的新教派别，但二者的理论主张有诸多共通之处，因此信众也十分广泛，尤其是 19 世纪末 20 世纪初，福音派与千禧年运动和基要主义思潮相关联得以进一步发展，其大规模的巡回传教使"数百万南方人都成了'上帝的选民'，进入被拯救的行列"，② 这极大地增强了福音派在美国南方的影响力。

南方影响力最大的基础性教派无疑是加尔文教，其构成了理解和阐释南方宗教框架的核心，南方众多教派的思想和教义都与加尔文神学思

---

① Alfred Kazin, "William Faulkner and Religion: Determinism, Compassion, and the God of Defeat", See Dorren Fowler and Ann J. Abadie eds., *Faulkner and Religion*, Jackson: University Press of Mississippi, 1991, p.18.
② 陈永国：《美国南方文化》，长春：吉林大学出版社，1996 年，第 86 页。

想有着密切联系。

加尔文教派又称"长老教派""归正宗",是基督新教主要宗派之一,原在 17 世纪英国清教运动中获得巨大发展,后传入美国,并兴盛于南方。加尔文教派宣称人因为信仰而获得拯救,《圣经》是唯一的信仰源泉。《牛津美国文学词典》(*The Oxford Companion to American Literature*)之"加尔文主义"(Calvinism)词条将加尔文神学思想概括为五个方面:第一是完全的堕落(total depravity),即人的原罪,主要指向人类自降生之日起便继承了亚当堕落的罪恶;第二是无条件的拣选(unconditional election),上帝的智慧预定了个体的被拣选或被弃绝,而不依靠人类自己的救赎行为;第三是前定的、不可抗拒的神的恩典与荣光(prevenient and irresistible grace),但这种恩典与荣光只能赐予被拣选者;第四是圣徒的坚忍(the perseverance of saints),那些预定的被拣选者不可避免地要在通往神圣的道路上坚忍前行;第五是有限的救赎(limited atonement),强调人的传承性堕落部分因基督的受难而获得救赎,但这种拯救通过圣灵只能赋予那些被拣选者,且他们要遵从《圣经》中所显示的上帝的旨意。① 这五个方面各自独立,又相互补充与诠释,共同构筑完整的教义思想体系。

"原罪"(original sin)观念和被拣选、被救赎的"预定论"(Predestination)观念是加尔文神学思想的核心,其在美国南方宗教思想观念中占据不可动摇的地位。所谓"原罪",主要是指人类继承了他们的祖先亚当和夏娃所犯下的罪恶,背离神而无法实现自我拯救,唯有上帝的力量才能拯救人类及其灵魂。很显然,"原罪"观念确立了加尔文神学体系中上帝的绝对权威。而这又正好连接和支持着"预定论"思想。所谓"预定论"主要是指世界的一切皆由上帝的旨意所决定,包括人的被拣选与被

---

① James D. Hart ed., *The Oxford Companion to American Literature*, Fifth Edition, Oxford: Oxford UP, 1983, p.119.

弃绝，在此过程中人是无能为力的。而在宗教实践中，代表上帝行使这一至高裁夺权的则是教会组织。加尔文曾明确表示"预定论"为上帝的永久教会，上帝依据这个教会决定他将把怎样的命运降临到每个人的头上。一个人得救不是建立在他的德行或善行的基础之上，而是依据"永久教会"。① 因此，教会和教堂便顺理成章取得了相应的现实地位，甚至在内战前一度充当了自我认知的南方神学的中心传输者。② 福克纳在谈及自己家乡的宗教势力对黑人以及种族隔离问题的影响时，也不得不惊叹教会在南方社会中所发挥的权威作用。他不仅称教会是美国南方的"另外一种声音"，而且认为"它是所有声音中至高无上的一种，因为它是上帝的光辉、权威与人的希望、冀求之间有生命力的联系环节"，是"南方生活中最强大的凝聚力量"，因为"所有的南方人都信教"。③

上述以加尔文教为核心的基督新教各个教派在南方不同历史时期迅猛发展的同时，英国国教安立甘宗和罗马天主教对南方宗教思想构成的影响也不容忽视。安立甘宗曾经是传入美国南方殖民地最早且影响最大的基督新教派别，一度发展成为弗吉尼亚、南卡罗莱纳、北卡罗莱纳、马里兰、佐治亚早期南部五个殖民地的官方宗教。但随着时间的推移和北美人民反英情绪的高涨，安立甘宗的影响力明显衰退，信众越来越少。但其所倡导的仁慈美德以及为社会服务的责任意识等"仍然作为南部社会伦理道德的重要成分而被南方上层阶级长久信奉"。④ 罗马天主教又称"罗马公教"，是与正教、新教并列的基督教三大派别之一。罗马天主教

---

① "原罪"和"预定论"观念部分，参考了史志康主编的《美国文学背景概观》（上海：上海外语教育出版社，1998 年）一书的相关内容。
② Richard Gray and Owen Robinson eds., *A Companion to the Literature and Culture of the American South*, Oxford: Blackwell Publishing Ltd., 2004, p.242.
③ William Faulkner, "On Fear: Deep South in Labor: Mississippi", See William Faulkner, *Essays, Speeches & Public Letters*, Ed. by James B. Meriwether, New York: The Modern Library, 2004, p.99.
④ Charles Reagan Wilson and William Ferris eds., *Encyclopedia of Southern Culture*, Vol. 3, New York: Anchor Books, 1989, p.6.

在美国南方的传播可上溯至 16 世纪下半叶法国和西班牙对北美南部的传教拓殖活动。学术界一般认为，天主教在美国南方的正式传播是从马里兰殖民地开始的。但天主教在南方的发展并不顺利，呈现出明显的迟滞特征，其中最为主要的原因在于新教徒对天主教的排斥与抵制，这在很大程度上限制了天主教的传播。尽管天主教仅在肯塔基、马里兰和路易斯安那等少数几个南部区域有较强的影响力，但其教义中所宣传的耶稣基督救赎人类、受难复活以及末日审判等思想观念还是对南方宗教思想的建构起到了至关重要的作用。

综上所述，教派、教会、神学思想与观念构成了美国南方全方位、多角度、立体式的区域宗教文化体系。宗教俨然已经成为一种"文化力量",[①] 在南方人的生活中起着举足轻重的作用，成为南方地域文化最为核心的要素之一。诚如弗兰纳里·奥康纳所说，整个南方"肯定是基督最常出没之地",[②] 且每一个南方人生活在这种宗教信仰极其浓厚的氛围里都能够"感悟人性的堕落，并如实地刻画道德上的罪人"。[③]

美国南方宗教多层次、全方位影响最直接也是最重要的表征领域无疑就是文学。基督教和圣经文化传统为南方文学提供了基础性的文化氛围，它们在很大程度上沉淀为南方作家的一种现实心理结构，决定着他们想象南方的主要精神视阈，影响着他们的思维、创作灵感和精神依存，进而使得南方文学打上了浓厚的宗教烙印。南方作家在创作过程中汲取圣经思想、主题、人物原型以及叙事技巧等诸多文化元素来丰富他们的文学创作内涵，甚至将基督教和圣经文化上升至诗学的高度加以艺术化

[①] Richard Gray and Owen Robinson eds., *A Companion to the Literature and Culture of the American South*, Oxford: Blackwell Publishing Ltd., 2004, p.238.

[②] Flannery O'Connor, "Some Aspects of the Grotesque in Southern Fiction", See Sally Fitzgerald ed., *Flannery O'Connor: Collected Works*, New York: The Library of America, 1988, p.818.

[③] 苏珊·巴莱:《弗兰纳里·奥康纳：南方文学的先知》，秋海译，北京：世界知识出版社，1998 年，第 16 页。

展现，从而使得他们的创作形成区别于美国其他区域文学的显著标志。南方作家无论信教与否，基督教和圣经文化传统在其文学想象中都时隐时现，其作为强大的文化遗产力量不断地在一次又一次的想象力构筑中得以凸显。对此，奥康纳评述道："探索宗教主题的作家尤其需要一个地区，在那里，从人们的生活中能够找到对这些主题的反应，而这种条件只能在南方才能得到满足，别无他处。"① 她还进一步认为："我们必须有故事，需要用故事来创造故事。它需要一个神秘维度的故事，一个属于任何人的故事，一个在任何人都能辨认出上帝之手的故事，并能想象它降临在自己身上。在新教的南方，《圣经》担当了这个角色，抽象具体化的古老的希伯来精神决定了南方人观察事物的方式。这就是为什么南方是故事最为发达的区域的主要原因之一。"② 在此意义上，完全可以认为，忽视了基督教和圣经文化传统的因素就无法充分理解南方经典作家与经典文学。或者说，要想真正理解南方作家及其文学创作，就必须走进其复杂的宗教文化和宗教传统中去。

福克纳是受基督教和圣经文化传统影响最为深刻的南方作家之一。福克纳曾明确表示："基督教传说是所有基督徒的背景的一部分，特别是一个农村孩子，一个南方农村孩子的背景的一部分。我的生活，我的童年，是在密西西比州的一座小镇上度过的，那是我的背景的一部分，我就是那样长大的……它就在那儿，这与我在多大程度上相信或不相信它没有关系。"③ 在谈及文学创作目标时，他又表示："我发现，我那一块像邮票一样小的土地上有值得我去写、在我有生之年都写不完的东西。我

---

① Flannery O'Connor, "The Catholic Novelist in the Protestant South", See Sally Fitzgerald ed., *Flannery O'Connor: Collected Works*, New York: The Library of America, 1988, p.857.
② Flannery O'Connor, "The Catholic Novelist in the Protestant South", See Sally Fitzgerald ed., *Flannery O'Connor: Collected Works*, New York: The Library of America, 1988, pp.858-859.
③ Frederick L. Gwynn and Joseph Blotner eds., *Faulkner in the University: Class Conferences at the University of Virginia, 1957-1958*, Charlottesville: University Press of Virginia, 1959, p.86.

会试着把发生在那里的故事升华为'《圣经》外传',用尽自己所有的才能去实现可能达到的最高点。"①

　　福克纳出生在一个传统的基督教家庭,家庭的宗教熏陶和耳濡目染为他日后宗教思想的形成打下了良好的基础。据他本人回忆说,他的祖父是个温厚而和善的苏格兰人,虽然没有摆出一副道貌岸然和声色俱厉的样子,但却有一套不成文的用餐规定,即"每天早晨大家坐下来吃早饭时,在座的人中从小孩子到每一个成年人,都得准备好一节《圣经》的经文,要背得烂熟,马上就能脱口而出。谁要是讲不出来,就不许吃早饭,可以让你到外边去赶紧啃一段,好歹要背熟了才能回来"。②福克纳说这一规定使得他不仅对《圣经》的某些段落很熟悉,甚至对整本《圣经》都很熟悉,因为祖父还会要求他们经常换篇章,总背诵一段是不行的。对此,福克纳补充道:

　　　　起初我们年纪还小,只要有一节经文获得通过,就可以天天早上来这一节;后来年纪稍稍大了一点,迟早就会有那么一个早上(此时你这一节经文已经可以倒背如流,你就有口无心地匆匆念完,因为你早已等了好大一会儿,火腿、牛排、炸子鸡和麦片、甘薯、花色热面包等等早已摆满在你面前了)你会突然发觉太公的一双眼睛盯在你的身上——他的眼睛是湛蓝湛蓝的,目光很温厚很和善,即便在此刻也并不严厉,然而却是一副寸步不让的神气;于是到第二天早上,你自然就换上一节新的经文了。可以这么说吧,到那时你也发现自己的童年时代已经过了:你已经不是个小孩子了,已经

---

① Jay Parini, *One Matchless Time: A Life of William Faulkner*, New York: Harper Perennial, 2004, p.102.
② Frederick L. Gwynn and Joseph Blotner eds., *Faulkner in the University: Class Conferences at the University of Virginia, 1957-1958*, Charlottesville: University Press of Virginia, 1959, p.250.

开始懂得人世间的事了。①

除了祖父，福克纳的家庭宗教教育还来源于母亲。他的母亲莫德（Maud）是个典型的南方浸礼会教徒，十分笃信宗教。在她的影响下，福克纳尽管没有成为浸礼会成员，但在孩童时代还是与几个弟弟一起短暂地加入了循道宗。那一时期，福克纳不仅经常上主日学校，而且还参加在牛津附近举行的一些兼有社交和宗教双重目的的夏令营活动。② 尽管福克纳后来很少提及幼年的宗教信仰问题，而循道宗在美国南方也倾向流于形式，不太注重实质，但这段生活经历还是影响到了福克纳日后的生活。据福克纳的妻子艾斯苔尔（Estelle Oldham）向传记作家约瑟夫·布洛特纳讲述，在他们婚后的一年多时间里，福克纳和她都会定期参加圣公会的礼拜式，他"不仅手中拿着一本英国国教的祈祷书，而且还参与会众一起唱圣歌，出席圣诞节前夜的礼拜式"。③ 福克纳本人也曾明确表示过他对上帝的信仰："我信仰上帝。有时候基督教引起相当大的争论，但我信仰上帝。"④ 他还赞美上帝的美德对南方之美的贡献："南方的美——精神与物质上的美——之所以存在，是因为为了它，上帝做了那么多而人类却做得那么少。"⑤ 而在接受采访被问及最喜欢阅读什么书的时候，福克纳也总是毫不犹豫地回答是《圣经》，甚至他还不厌其烦地向他人推荐阅读《圣经》。

基督教和圣经文化传统不仅参与了福克纳个人思想体系和价值认知

---

① James B. Meriwether and Michael Millgate eds., *Lion in the Garden: Interviews with William Faulkner, 1926-1962*, Lincoln: University of Nebraska Press, 1968, p.250.
② Frederick R. Karl, *William Faulkner: American Writer*, New York: Ballantine Books, 1989, p.64.
③ Frederick R. Karl, *William Faulkner: American Writer*, New York: Ballantine Books, 1989, p.431.
④ James B. Meriwether and Michael Millgate eds., *Lion in the Garden: Interviews with William Faulkner, 1926-1962*, Lincoln: University of Nebraska Press, 1968, p.100.
⑤ William Faulkner, "Verse, Old and Nascent: A Pilgrimage", See William Faulkner, *Essays, Speeches & Public Letters*, Ed. by James B. Meriwether, New York: The Modern Library, 2004, p.239.

观念的建构，而且还渗透至其文学作品的肌理之中。据杰西·考菲的统计，在十九部长篇小说中，福克纳共引用和参照《圣经》三百七十九处，其中《旧约》一百八十三处，《新约》一百九十六处。《喧哗与骚动》《寓言》《去吧，摩西》和《八月之光》位列引用参照的前四位，引用频次均超过三十次，分别为五十五次、四十次、三十九次、三十四次；引用频次最少的是《掠夺者》，引用一次。而在《圣经》篇章方面，《马太福音》和《创世记》居前两位，分别引用九十四次和九十次，接近总引用参照频次的二分之一。① 福克纳在小说中引用《圣经》数量如此之多，篇章分布如此之广，对此有评论家评述道："《圣经》的内容弥漫在福克纳的小说里。遍布小说的这类内容可能为作家提供了小说里最为深刻——尽管不一定是最为显著——的互文性例子。对于身处福克纳时代和地方的人而言，包括对福克纳本人而言，《圣经》是如此地成为文化与环境的一部分，乃至于在现代批评家们看来，一些词语具有明确的福克纳式语气。"② 甚至还有评论家认为福克纳有效而戏剧性地"再现了基本的基督教观念"，堪称是时代"最重要的基督教作家"。③

奥康纳是南方文艺复兴时期另一位深受基督教和圣经传统影响的作家。评论家拉尔夫·C.伍德曾明确指出，对于奥康纳生活和作品的理解离不开她的信仰。④ 奥康纳本人也宣称她是从正统的基督教立场来看问题的。奥康纳兼具小说家和天主教徒双重身份，这使得她很好地在现实生活和宗教之间建立了一种密切的联系，从而透过文学作品更好地传达独特的宗教感悟，并巧妙地将宗教问题作为剖析美国南方社会现实的重要

---

① Jessie McGuire Coffee, *Faulkner's Un-Christlike Christians: Biblical Allusion in the Novels*, Michigan: UMI Research Press, 1971, pp.129-130.
② Michel Gresset & Noel Polk eds., *Intertextuality in Faulkner*, Jackson: University Press of Mississippi, 1985, p.114.
③ Randall Stewart, "*American Literature and Christian Doctrine*", See Alwyn Berland, *Light in August: A Study in Black and White*, New York: Twayne Publishers, 1992, p.24.
④ Ralph C. Wood, "Such a Catholic", *National Review*, 2009, Vol. 3, p.38.

切入点,从"距离现实主义"的角度客观地审视美国南方。

奥康纳自幼生活在浓厚的天主教文化氛围之中,她长期居住生活的佐治亚州萨凡纳市有着古老的天主教历史,其公共场所的路标和标识常被用来宣扬基督教,天主教势力的强大和福音派教义的影响构成了这一区域精神文化最为显著的特征之一。而作为爱尔兰罗马天主教的后裔,奥康纳全家每个礼拜都要去教堂作弥撒、唱赞美诗,这使得她自幼就深受家庭天主教氛围的熏陶。此后,奥康纳更是进入天主教女子学校圣文森特小学学习,在那里她接受了一整套天主教教义的教育。即使后来她备受疾病折磨的阶段,她也从来没有放弃宗教信仰,反而坚定这是宗教赋予她生的力量和死的勇气的一次机会:"在某种意义上来说,得病比长途跋涉去欧洲更有教益。病中之人永远是孤独的,谁也不能随你而去。死前患病是再自然不过的事,我觉得没有患过病的人失去了上帝的一次恩惠。"[1] 在她生命的最后阶段,她还接受了圣餐礼和涂油礼,完成了人生最后的对宗教的虔诚与信仰。

基督教不仅对奥康纳的精神生活和思想观念产生了决定性的影响,而且也渗透至她的文学创作观念和实践之中。她将南方特殊的历史和现实境遇以宗教隐喻的方式艺术化地呈现出来,从而在文学作品中传达出强烈地对人生终极奥秘探寻与追索的倾向。奥康纳坚信宗教信仰为她的文学创作打开了新的观察视角,使她生成了独特的看待世界和人生的方式,对此她论述道:"我听人说,基督教信仰对于作家是一种妨碍,但是我自己没有发现任何偏离真理的东西。实际上,它让小说家得以自由地去观察。它不是一套确定你在世界上看见什么的规则。它保证了作家对神秘的尊重,从而在本质上影响到他的写作。"[2] "在基督教信仰的光照下

---

[1] 苏珊·巴莱:《弗兰纳里·奥康纳:南方文学的先知》,北京:世界知识出版社,1998年,第131—132页。

[2] Flannery O'Connor, "The Fiction Writer and His Country", See Sally Fitzgerald ed., *Flannery O'Connor: Collected Works*, New York: The Library of America, 1988, p.804.

观察事物的作家，在当下，将会拥有最为锐利的目光来识别怪异、堕落和不可接受的东西。"① 在奥康纳看来，美国南方在本质上就是宗教性的，无论是看待世界的方式还是看待人的方式都离不开基督教和圣经文化传统。她曾多次断言南方对待人的一般观念"主要是神学意义上的"，② 因此作为作家的重要任务和职责就在于如何"在一个特殊的十字路口操作"，以寻找到"时间、空间和永恒"③ 相会的地方。要想做到这一点，身体力行地回归宗教体验十分必要。对此，她明确表示："我从基督教正统的立场来观察事物。这意味着对我来说，生活的意义集中在基督对我们的救赎上，我是在世界和救赎的关系上来看待世界的。"④ 她还认为："在这个国家，没有任何东西能像圣经的复兴那样确保天主教文学的未来。"⑤

尽管奥康纳与福克纳的创作都表现出对基督教和圣经传统的依赖，但二者之间还是有着本质的差别。奥康纳是真正意义上出于信仰的"基督教作家"，她的文学创作与作为个体的宗教信仰追寻并行不悖、相得益彰。她独特的双重身份融合了天主教与南方现实文化传统，从而使得她的作品兼具文学性的同时包含更多的具有艺术可能性的、对终极价值的关怀。

沃克·珀西、卡森·麦卡勒斯以及凯瑟琳·安·波特同样也是南方

---

① Flannery O'Connor, "The Fiction Writer and His Country", See Sally Fitzgerald ed., *Flannery O'Connor: Collected Works*, New York: The Library of America, 1988, p.805.
② 奥康纳在《南方小说中的某些怪异方面》("Some Aspects of the Grotesque in Southern Fiction")和《新教南方的天主教小说家》("The Catholic Novelist in the Protestant South")等文章中都曾提及这一观点。See Sally Fitzgerald ed., *Flannery O'Connor: Collected Works*, New York: The Library of America, 1988, pp.817, 861.
③ Flannery O'Connor, "The Regional Writer", See Sally Fitzgerald ed., *Flannery O'Connor: Collected Works*, New York: The Library of America, 1988, p.848.
④ Flannery O'Connor, "The Fiction Writer and His Country", See Sally Fitzgerald ed., *Flannery O'Connor: Collected Works*, New York: The Library of America, 1988, pp.804-805.
⑤ Flannery O'Connor, "The Catholic Novelist in the Protestant South", See Sally Fitzgerald ed., *Flannery O'Connor: Collected Works*, New York: The Library of America, 1988, p.858.

文艺复兴时期受基督教和圣经传统影响比较深入的作家。

沃克·珀西的思想深受罗马天主教和丹麦基督教存在主义思想家索伦·克尔凯郭尔的影响。克尔凯郭尔宗教信仰是人生脱离苦海的唯一出路的思想使得沃克·珀西在对现代精神危机和人的本质异化的艺术展现中加入了凝重的宗教思索成分。而成年后对天主教的皈依则更是迫使沃克·珀西积极思考文学创作与基督教信仰之间的内在关系。他曾明确指出，圣经传统对于南方作家来说是潜在于生命基因之中的，因为与北方陶醉于新以色列神话对应，南方"醉心于耶稣的存在"。① 在这种文化传统中，"南方的作家即使不是信徒，他也无法逃避、不想逃避耶稣的存在"。② 珀西还认为，基督教与圣经文化传统的精神特质构成了南方作家创作的重要基础，这种基础并不是为作家的叙述提供一个情节或神话蓝本那么简单，而是取之不尽的创作源泉，是使文学中的"人"具有价值意义的本质所在。对此，他论述道："基督教的精神特质是支撑叙述的基石，由于我们已经非常熟悉这种特质，所以可以不明确提到它。小说不可缺少的基本属性中就包含着这种精神特质：我说的是人类生命的神秘，生命的窘困感，它的误入歧途之感，生命如旅途、如朝圣之感，对时间的丰富性和直线性的感受，对事物精神本体的感受。上帝通过道成肉身参与人类的历史，这使得个人的故事有了意义和价值，而对小说家来说，这就像是银行中的存款。"③ 可以说，在物欲横流、道德畸变的美国现代社会中，沃克·珀西和奥康纳一样不约而同地呼吁通过基督教和圣经文化传统精神来超越信仰缺失的美国南方现代社会，并将这种深切的宗教体验和宗教感悟谱写进独特的南方艺术世界之中。诚如米歇尔·吉莱斯皮（Michael P. Gillespie）所评述的那样，沃克·珀西和奥康纳"作为罗马天

---

① Walker Percy, *Signposts in a Strange Land*, New York: Farrar, Straus and Giroux, 1993, p.177.
② Walker Percy, *Signposts in a Strange Land*, New York: Farrar, Straus and Giroux, 1993, p.177.
③ Walker Percy, *Signposts in a Strange Land*, New York: Farrar, Straus and Giroux, 1993, p.178.

主教徒,他们将神学观点渗透到他们的作品中,其所呈现出的宗教气质与南方地区的基督文化十分相似,每一位作家都以其独特的方式将罗马天主教元素与他们各自风格迥异的叙事结合起来"。①

卡森·麦卡勒斯同样将基督教和圣经文化传统精神视为建构美国南方现代社会身份的重要因素,并在小说中孜孜不倦地进行着或隐或显的书写。麦卡勒斯的娘家史密斯家族所拥有的基督教浸礼会背景曾对年幼的麦卡勒斯产生过重要影响。而麦卡勒斯的作品尽管在表面看来宗教的内容相对不够明显,但仔细阅读却能发现其中隐藏着深厚的宗教伦理内涵。她在题为"创作笔录:开花的梦"("The Flowering Dream: Notes on Writing")的随笔中讲到《伤心咖啡馆之歌》爱的主题时明确表示,炽烈的、奇异的、古老的特里斯坦与伊索尔德之爱与厄洛斯之爱"比之对上帝的爱、友谊之爱、无私大爱"②都要稍显逊色。她还多次将写作中灵感的获得比喻为受到了神的启示,是"与神明同行""神启照临"和"神赐的火花",③这都足以说明宗教在其创作中是不可或缺的要素。

而与沃克·珀西和卡森·麦卡勒斯相比较,凯瑟琳·安·波特的宗教思想及文学表现要更为复杂矛盾,宣称自己是虔诚的基督教徒与对宗教的指责和嘲讽在波特的不同人生阶段和作品中并行不悖地呈现着。波特早年丧母,因此她的宗教影响主要来自于有着新教背景且常去卫理公会教堂的祖母。1906年,波特嫁给了约翰·亨利·库恩兹(J. H. Koontz),随后皈依了天主教并在名义上一直维持到她生命的终结。波特时常提起童年时期所受到的宗教影响和在修道院里接受教育的经历,以

---

① Michael P. Gillespie, "Baroque Catholicism in Southern Fiction: Flannery O'Connor, Walker Percy, and John Kennedy Toole", See Melvin J. Friedman and Ben Siegel eds., *Traditions, Voices, and Dreams: The American Novel since the 1960s*, Newark: University of Delaware Press, 1995, pp.44-45.
② 卡森·麦卡勒斯:《抵押出去的心》,文泽尔译,北京:人民文学出版社,2012年,第207页。
③ 卡森·麦卡勒斯:《抵押出去的心》,文泽尔译,北京:人民文学出版社,2012年,第198、201、206页。

此来证明她是虔诚的基督教徒。但与此同时,波特成年后绝大多数时期对宗教又持怀疑、否定甚至是批判的态度,她在散文随笔以及《查巴卡尔可的鸽子》等小说作品中都曾无情地揭露过教会的腐败。第二次世界大战期间,她对宗教的怀疑和悲观情绪更为突出。表面看来,波特对待宗教信仰问题是矛盾而冲突的,但结合波特所生活的科学现世主义时代又可以发现,这种矛盾冲突恰恰反映出她在内心深处对可信赖的宗教的强烈渴望与不变热情。波特始终珍藏着一本圣·奥古斯丁(Saint Augustine)的《忏悔录》(Confessions),这本时间标注为1936年2月"第七版"的书的扉页上留有她的亲笔:"上帝赐福于那些追寻他的人们。"[1] 由此可见,波特在内心中仍渴望宗教的精神支撑,因为在她看来,宗教能够映射出思想、情感以及美学感受方面的敏感性,而这是认知人、社会、文化传统等问题的本质的重要途径,也是她本人性格发展的外在展现形式之一。诚如波特的传记作者琼·吉夫纳(Joan Givner)所言:"她既强烈地渴望相信宗教,又深深地怀疑宗教,这两方面正好是其性格矛盾的又一侧面。"[2]

事实上,不仅是福克纳、奥康纳、沃克·珀西、卡森·麦卡勒斯、凯瑟琳·安·波特这样的南方文艺复兴作家明显受到基督教和圣经文化传统的影响,雷诺兹·普赖斯、理查德·福特(Richard Ford)、科马克·麦卡锡等"新生代"南方作家也大都如此。

雷诺兹·普赖斯对基督教信仰的笃定以及对耶稣的迷恋与沃克·珀西和奥康纳相似,与其患过一场大病、九死一生的经历有着直接的关系。作为"精神机制中的一个齿轮"[3] 的疾病极大地改变了普赖斯的内心世界,使得他对彼岸世界充满希冀,对人的存在等哲学形而上问题有了深入的

---

[1] Janis P. Stout, *Katherine Anne Porter: A Sense of the Time*, Charlottesville: UP of Virginia, 1995, p.271.
[2] Joan Givner, *Katherine Anne Porter: A Life*, Athens: University of Georgia Press, 1991, p.102.
[3] 王钢:《20世纪西方文学经典研究》,沈阳:辽海出版社,2016年,第104页。

思考。1994 年，普赖斯撰写了《全新的生活》（*A Whole New Life*）一书，忠实地记录了他与疾病搏斗的人生经历。在普赖斯看来，病床上的生活虽然十分琐碎，也令人时而感觉沮丧，但从另一角度却是不断积累勇气的过程，他由此日益感受到一种顽强的宗教信仰力量，同时也对道德等伦理问题的理解变得更加清晰。① 除个人经历外，普赖斯的宗教思想和圣经观念还与其教学生涯中开设的弥尔顿（John Milton）专题研究课密不可分。普赖斯执教杜克大学英语系期间，每年都要开设以弥尔顿为专题对象的研究班课程，从弥尔顿的思想和艺术作品的宗教构建中感受信仰的力量。也正是基于此，普赖斯明确表示他是正统的基督徒而不是原教旨主义者。②

科马克·麦卡锡的浓郁宗教情结无疑与他的家庭环境紧密相关。麦卡锡出生在一个传统的天主教家庭，其父母都是虔诚的天主教徒，他们的家庭宗教教育对幼年的麦卡锡产生了至关重要的影响，加之上大学前的天主教学校背景经历，这一切使得麦卡锡对《圣经》及其文化传统异常熟稔，因此"原罪""救赎""末世"等基督教思想观念常常成为麦卡锡小说展现的重要内容，善与恶也随之构成了其早期南方小说与后期南方启示录小说的关键伦理指向。

如果说雷诺兹·普赖斯和科马克·麦卡锡这样的"新生代"南方作家与基督教和圣经文化传统之间的关联尚属于有迹可循的话，那么如理查德·福特等另一些"新生代"南方作家与宗教传统之间的联系则不那么明显。即使如此，南方整体的宗教文化传统与氛围仍对后者的创作产生了同样潜移默化的深刻影响。以福特的小说代表作《体育记者》为例，故事的开头被安排在复活节前的星期五，这是耶稣受难瞻礼的日子，且小说的主

---

① Sacvan Bercovitch ed., *The Cambridge History of American Literature*, Vol. 7, Cambridge: Cambridge UP, 1999, p.407.

② Sacvan Bercovitch ed., *The Cambridge History of American Literature*, Vol. 7, Cambridge: Cambridge UP, 1999, p.407.

要情节都发生在复活节的礼拜天，小说的这种艺术构造与时间安排明显具有宗教指向性，意在暗示并传达某种宗教的深层次内涵和意蕴。

概而言之，从南方文艺复兴作家到"新生代"南方作家无不深受基督教和圣经文化传统的深刻影响。基督教和圣经文化传统的精神内蕴、主题模式、意象隐喻等牢牢植根于南方作家的心灵深处，一方面为他们的创作思想和个人价值体系的建构提供精神动力；另一方面形塑着他们作品的内在精神与整体面貌，为他们艺术化再现20世纪美国南方社会现实并由此提出解决社会问题之道提供信仰层面的可比较的平行参照。在此意义上，完全可以认为，美国南方文学在20世纪迎来空前的繁荣，基督教和圣经文化传统在其中发挥了无可替代的深层次规约作用。

第三节 美国南方文学圣经文化诗学阐释的基本框架、目标与方法

从基督教和圣经文化传统出发，美国南方作家在他们的作品中充分展现了人的罪恶本质以及现实生存状态。他们聚焦于堕落的人性开掘，并在基督教神正论的启示中对人堕落的根源进行了神学维度的追问与探索。虽描写罪恶与堕落，但在美国南方作家心目中他们从未对美国南方社会现实和人类发展的未来失去信心，相反，在有限的现实世界和无限的艺术世界的张力关系中，他们仍孜孜不倦地致力于重建人的本质，希冀为人类寻找到真正的精神家园，在此意义上，救赎构成了美国南方文学经典的重要主题之一。南方作家善于发现人身上忍受苦难的能力和"类基督"的神圣品质，通过对苦难意识的传达和"道成肉身"的耶稣基督形象的塑造构建起了人类本质重建的艺术化途径与渠道。而对基督教"永恒"观念的向往以及对伊甸园传统的艺术化再现则从时间和空间角度显示出了南方作家对人存在的规约性的强烈关注。总之，美国南方作家通过基督教文化诗学和圣经文化传统视阈下的艺术世界的构筑，不仅对

美国的社会历史传统进行了深刻的理性思索，而且还对美国南方包括种族问题在内的各种社会现实进行了犀利的剖析和无情的揭露，从而营造出了一个反映美国南方、美国社会乃至整个人类现实生存困境的"最高真实"，并试图在艺术理想和个人信仰双重层面上寻找到得以彰显美国民族精神的话语形态，进而充分运用文学这一可传递和可交流的介质实现民族化叙事与民族身份认同的宏伟目标。在此意义上，美国南方文学经典达成了"突出地表现出来的地方色彩和作品的自在的普遍意义"①的完美融合。

为了更好地展现美国南方文学经典兼具区域性、美利坚民族性和人类普遍性价值的内在品质，充分理解美国南方作家作品中所呈现出的基督教文化内蕴和圣经文化传统，本书设定了如下研究目标和研究方法：

第一，本书不以美国南方文学各个历史时期的全部作品作为研究对象，亦不针对美国南方作家的某个单部小说做出相应的、明确的价值判断，而是撷取20世纪20年代至50年代包括威廉·福克纳、罗伯特·潘·沃伦、卡森·麦卡勒斯、尤多拉·韦尔蒂、弗兰纳里·奥康纳、托马斯·沃尔夫（Thomas Wolfe）、威廉·斯泰伦、艾伦·泰特、田纳西·威廉斯（Tennessee Williams）、理查德·怀特（Richard Wright）、凯瑟琳·安·波特、沃克·珀西等在内的美国南方文艺复兴时期的主要作家，兼及理查德·福特、雷诺兹·普赖斯、巴瑞·汉纳赫（Barry Hannah）、鲍比·安·梅森、科马克·麦卡锡等"新生代"南方作家为主要研究对象，系统梳理并考察他们的主要作品的审美呈现方式与基督教和圣经文化传统之间的内在生成和转化关系，侧重探讨和研究这些美国南方文学经典的深度模式及其文化意义，揭示南方作家作品既作为美国经典、同时更作为世界经典的基本风貌和特色。换言之，即在多视角、多侧面展示20

---

① T. S. 艾略特：《〈美国文学和美国语言〉一文摘录》，吕国军译，见《美国作家论文学》，刘保瑞等译，北京：生活·读书·新知三联书店，1984年，第201页。

世纪美国南方文学经典与基督教和圣经文化传统之间内在肌理联系与外在呈现形态关系的同时，竭力彰显出美国南方文学本身的复杂性、普适性、民族超越性以及独特的艺术魅力。

第二，聚合"文化诗学"（cultural poetics）、"文学文化史"（history of literary culture）、"整体-扩展性细读"（overall-extended close reading）等各种批评研究方法，生成一个持续不断的动态的方法论视阈体系，力图呈现20世纪美国南方文学经典的多维度价值。

所谓"文化诗学"，在新历史主义理论家格林布拉特（Stephen Greenblatt）那里主要指向文学和艺术与其他社会实践之间的整体联系，以便在一种复杂的结合中形成一种区域的总体文化观念。[①] 具体来说，文化诗学力图要在一个整体的社会历史文化语境中综合考虑影响作家创作的多元因素，充分立足于作家创作的原初文化背景和语境，进而上升到本体论"诗学"诉求的理论高度，来审视作家作品的文本内涵，从而在本质上将作家的文本研究真正推进到文学文化的视野之中，并透过文本最大限度地发掘作家的思想观念和根本创作原则。

文化诗学仍然是广义的诗学，其在本质上兼具审美批评和文化批评两方面的基本原则，能充分将文学的"内部研究"和"外部研究"有机融合、贯通起来。通过对文学文本的细致分析，文化诗学能在"历史优先原则""对话原则""诗意追求"等几个维度全方位立体式地诠释并把握文本。首先是"历史优先原则"。文学研究的重要原则之一就是还原历史，即将问题放置到原有的文化语境中加以体察和构建，使我们所探讨的问题进入原初产生它的历史、社会和文化语境之中，从而使问题有针对性地凸显出来。其次是"对话原则"。文学阐释不是独语，而是一种对话。这种对话包含多重关系，研究对象与研究主体之间是一种对话关系，

---

① M. H. Abrams, *A Glossary of Literary Terms*, Seventh Edition, New York: Holt, Rinehart and Winston, 1999, p.187.

研究对象内部的局部与整体之间是一种对话关系，研究对象与其他毗邻对象之间也是一种对话关系。在对话中，对象的生命力被激活，同样研究主体的思绪也无限敞开，其间形成一种交融关系，在最大限度范围内发掘出文本的意义和阐释者的思想。文化诗学的这种开放式探究模式使作为研究对象的文本和研究主体都不再处于自我封闭的状态之中，而是处于平等的交流状态之中，这在很大程度上改变了传统的研究路径。最后是"诗意追求"。尽管文化诗学着眼于文化视角，但其并未摒弃对文学文本的诗意追求。它在强调文化视角的同时，注重对文学文本审美机制的审视，关注文学文本自身呈现出来的语言修辞等方面的诗意美，可以说，文化诗学方法是文学文本诗情画意的守望者。

总体来看，"文化诗学"的真正构想是推动宏观与微观的双向拓展，即在注重文学文本审美机制、以审美评价活动为中心的同时，一方面向宏观的文化视野拓展，另一方面向微观的言语视野拓展。前者要求以历史文化的眼光来关注作为研究对象的文学文本，将其置于原初生成时的历史文化语境中加以把握，不把文学文本孤立起来研究，而是要充分考虑"历史的关联""社会的关联"等外部因素，从而将文学文本看作是更为广阔的文化的产物。在此层面，"文化诗学"的根本任务之一就在于"重建文化语境"。① 后者则强调了"文学性"是阐释的根本原则，因为语言永远是文学的第一要素。这就要求将文学文本看作一种审美的精神文化来加以对待，关注文学文本自身呈现出来的语言修辞等方面的内在诗意美，进而体会出文学文本内部所蕴含的审美情趣与诗情画意。在此层面，"文化诗学"所要做的就是"恢复语言与意义、话语与文化、结构与历史本来的同在一个'文学场'的相互关系，给予它们一种互动、互构的研究"。②

---

① 李春青：《论文化诗学的研究路向——从古今〈诗经〉研究中的某些问题说开去》，《河北学刊》2004年第3期，第107页。
② 童庆炳：《中国当代文学理论的经验、困局与出路》，北京：北京师范大学出版社，2015年，第363页。

具体到美国南方文学经典的基督教和圣经文化阐释，"文化诗学"所要达到的效果就是在充分注重美国南方文学经典产生的历史文化语境的同时，着重研读文学经典的内在审美呈现机制，努力构建出真正的、具有艺术性的美国南方文学世界，使文学艺术在"文化诗学"的观照下真正回归到文学艺术本身。

而作为研究方法和文学史编撰原则的"文学文化史"观念则是由当代美国东亚文学研究学者宇文所安（Stephen Owen）提出并实践的。宇文所安基于西方文学理论和文学批评话语，综合运用文化历史学、文化社会学、文化人类学以及文化传播学等多种方法和视阈构筑起了"文学文化史"观念，意在突出并强调将文学文本置于其生成的文化语境及其流传的社会文化氛围中加以重新诠释和考察的重要性。在宇文所安看来，以往的文学研究过于强调文本本身的解读，文学史研究也相应地呈现出一种按历史时间顺序叙述的单向度趋向，其研究的整体性和学科交叉性明显不足。而"文学文化史"观念则视文本、文学史以及文化三者为有机统一的整体，力图构建点、线、面三个层级的全方位文学观念。具体来说，就是要高度关注精神文化与物质文化及制度文化之间的互动和影响关系，将文学整合为与文化密不可分的、甚至是紧密相关的整体，关注社会历史文化之于文学创作和文学文本生成的深刻影响，系统梳理文学内部规律与外部规律之间的互补关系。同时注重文本在传播过程中的阐释与接受、变异与过滤等过程，探究文化因素在文学文本传承过程中的影响作用，着重于性别意识、文学社团、制度文化、地域特色等文化要素在形成和阐释文学文本过程中的独特价值功能，从而在理性层面阐明文化诸要素与文本内在变化之间的呈现机制与转化关系。在此意义上，"文学文化史"观念所要做的既不是"描述一个变化的过程"，也不是"给出一幅大小作家的全景图"，而是要"透过不同类型的文本和文体来探讨一系列相互关联的问题"，而"这些具体的问题就其本身的性质而言与文化史或社会史等更大的领域息息相关"。①

宇文所安所提出的"文学文化史"观念虽然主要指向的是如何突破既有的中国文学研究范式，从而实现在宏观的文化生态层面重新阐释并观照中国文学经典，但其对美国南方文学经典的研究同样具有方法论的启示意义。事实上，"文学文化史"观念与"文化诗学"的方法在某种程度上具有异曲同工之妙，它们都注重对文学经典原初文化语境的深入挖掘，都重视整体与局部关系的系统考察，亦都强调如何在思想和艺术的双重层面上更好地阐释文学经典，进而揭示文学经典恒久的艺术魅力。有鉴于此，"文学文化史"观念和"文化诗学"方法的综合运用，再辅以对经典文本的"整体-扩展性细读"，②这使得本书得以在最大限度范围内廓清美国南方文学经典的内在品质特征与独特艺术风貌，并让作为研究对象的经典文本不再处于自我封闭的状态之中，而是时刻能与社会、历史、文化传统、宗教思想等外在因素达成平等的交流与对话，从而在注重美学特征的内部研究路径与注重社会文化语境考察的外部研究路径之间构筑起有效的沟通渠道。

第三，在广义基督教和圣经文化传统中观照美国南方文学经典，突出美国南方文学经典的地域文化特征，特别是南方宗教文化传统与它们之间的内在联系，从而反映出美国南方文学经典具有代表性的、有别于美国其他区域的独特的宗教道德观念。

美国南方作家以圣经典故、圣经思想、圣经框架结构以及圣经话语

---

① 宇文所安：《中国"中世纪"的终结：中唐文学文化论集》，陈引驰、陈磊译，北京：生活·读书·新知三联书店，2014年，第1页。
② "整体-扩展性细读"的提法见于中国学者申丹的《叙事、文本与潜文本——重读英美经典短篇小说》一书。申丹认为，"整体-扩展性细读"方法比起新批评的"文本细读"更有利于发掘小说深层次的意义。而所谓的"整体性原则"主要表现在三方面：一是对作品中各成分之间的相互作用加以综合考察；二是对作品和语境加以综合考察；三是对一个作品与相关作品的相似和对照加以互文考察。参见申丹：《叙事、文本与潜文本——重读英美经典短篇小说》，北京：北京大学出版社，2009年，第13页。

方式等来构筑他们作品的艺术底蕴和价值向度，从而为独特而艺术化地再现美国南方社会现实提供了诗性的想象话语空间。这不仅构成了美国南方文学经典最为重要的诗学原则之一，而且还广泛体现着美国南方作家对美利坚民族文化和民族精神的认同。基于此，本书立足于美国南方宗教文化语境与宗教思想传统，将其上升至"诗学"诉求的高度，一方面挖掘美国南方文学经典诗学原则背后的宗教文化要素，另一方面反向揭示这些要素又是如何影响南方文学经典生成的。或者说，本书意在将美国南方作家的创作诗学置于真正的美国南方宗教文化中加以重新审视与再诠释，以窥见其作为"南方"作家的内涵，从而将文化批评真正推进到文学的视野之中。

第一章
现世之恶的艺术呈现与圣经文化的"原罪"观念

"原罪"是基督教的基本教义之一,也是《圣经》最为重要的基本信念之一。① "原罪"之"罪"(sin)主要指向的是人类之罪,而所谓的"原"(original)既可以理解为"起源",也可以理解为"原因"。② 基督教的"原罪"观念主要依据的是保罗的《罗马书》。保罗虽然没有使用"原罪"这一词语,但在《罗马书》第五章中他论述了人在上帝面前犯罪的原因和后果:"这就如罪是从一人入了世界,死又是从罪来的;于是死就临到众人,因为众人都犯了罪。"(罗 5:12)③ "然而从亚当到摩西,死就作了王,连那些不与亚当犯一样罪过的,也在他的权下。亚当乃是那以后要来之人的预像。"(罗 5:14)在这里,保罗明确点出"罪"的观念与《圣经·旧约》中记载的人类始祖亚当和夏娃有着直接的关联,而"罪"的结果则是人之"死性"的降临。古罗马哲学家奥古斯丁依据拉丁语《圣经》译本进行解释时,就曾将亚当视为一切犯罪致死的"型相",而人类的"罪性"和"死性"则对应成为"分有"原罪的结果。④ 据《旧约·创世记》记载,人类始祖亚当与夏娃在伊甸园中受到蛇的引诱,违

---

① 参见贝尔考韦尔:《罪》,刘宗坤、朱东华、黄应全译,香港:道风书社,2006 年,第 21 页。
② 赵敦华:《中世纪哲学十讲》,上海:复旦大学出版社,2020 年,第 80 页。
③ 本书所引《圣经》文本均来自中国基督教三自爱国运动委员会和中国基督教协会编订的新标准修订版(New Revised Standard Version)简化字和合本(Chinese Union Version with Simplified Chinese Characters)中英文版。注释时只在所引《圣经》文本后标出篇章,不再一一详注。
④ 赵敦华:《中世纪哲学十讲》,上海:复旦大学出版社,2020 年,第 81 页。

背了上帝的旨意而偷吃了分辨善恶树上的果子，这是人类犯罪的开端，也是人类一切罪恶的根源，它使得整个人类具有了"罪性"而无法自救，从此堕落下去。作为基督教文化的核心观念之一，"原罪"具有特定的宗教含义，一方面它规定了"罪"的界定，即违背上帝的旨意，放纵人自身的自由意志。小到自私、冷酷、骄傲、嫉妒等人性弱点，大到杀人放火等暴力行为，都是人放纵自由意志的表现，在基督教文化中都属于"罪"的范畴；另一方面因为"罪"的存在而使得救赎成为可能。尤其是"神—人"二性的耶稣基督的降临，意在替"作为亚当后裔的人类偿还罪责"，从而实现"代偿"与"赎身"，[①] 即耶稣被钉在十字架上而完成"赎罪祭"。美国南方经典作家充分借鉴这一圣经文化观念来丰富作品的内涵，其集中体现在南方文学作品对现世之恶或"阿特柔斯房屋的倒塌"（the collapse of Atreus' house）主题的艺术化呈现之中。

所谓"阿特柔斯房屋的倒塌"，喻指因为罪恶和不可抗拒之痛苦的承担而导致的一种人在本质方面的失落，其故事本源见于古希腊神话传说。阿特柔斯是珀罗普斯和希波达弥亚的儿子，坦塔罗斯的孙子，阿伽门农和墨涅拉奥斯之父，伯罗奔尼撒半岛西北部伊利斯国国王。阿特柔斯家族的父辈们，或为了满足自我扭曲的情感，或为了满足物质上的收益而不断残害亲子，遭至诅咒，从此整个家族开始了持续长达五代的血亲仇杀、并终致衰败。美国评论家弗莱德里克·R. 卡尔（Frederick R. Karl）在评价福克纳小说的罪恶主题及其所折射出的人的本质堕落时对此进行过详细分析："福克纳思想的神话内核是阿特柔斯房屋的悲剧性倒塌，父子相残，兄弟反目，诅咒已经进入家庭生活的每一个缝隙，毁掉了所有的关系。"[②] 卡尔界定了福克纳小说"阿特柔斯房屋的倒塌"主题的

[①] 参见安瑟伦《信仰寻求理解——安瑟伦著作选集》（傅林译，北京：中国人民大学出版社，2005 年）第 355—358 页的相关论述。亦可参见赵敦华《中世纪哲学十讲》（上海：复旦大学出版社，2020 年）第 84 页的相关论述。

[②] Frederick R. Karl, *William Faulkner: American Writer*, New York: Ballantine Books, 1989, p.161.

两个关键点：其一是"阿特柔斯房屋的倒塌"就本质而言是一种社会道德的沦丧，人性的式微，是人在善和美好遭受破坏之后的一种重要心理感受，其中蕴含着堕落与救赎的内在逻辑联系。通过"阿特柔斯房屋的倒塌"这一宏大主题，福克纳为南方现世罪恶找到了一种普遍的共性支撑，继而将"南方的话题"成功地转换成了"美国的话题"，并实现了对南方地域主义的超越。其二是"阿特柔斯房屋的倒塌"揭示出了福克纳小说艺术呈现的一个重要链接点，即美国南方以家族血亲为纽带的家庭观念，这使得福克纳得以从家庭的视角显现和窥视整个南方的社会面貌，并以此为艺术切入点来延展小说的现实视野。柯林斯·布鲁克斯认为福克纳早期作品的一个重大主题就是"发现邪恶"，因为"这是人类开始进入现实本质的一部分"。[①] 评论家路易斯（R. W. B. Lewis）结合《熊》中体现的善恶冲突问题也发表了类似的观点："福克纳的作品自《熊》开始，都描写人的天性及道德世界中正面积极力量包围并吞没了邪恶；而且《熊》本身比其他任何作品都更强调这一思想。人生历来存在堕落、毁灭与绝望，但在《熊》中，我们却完全是通过它们同创造力、滋养力的对抗和屈从来了解这些阴暗面的。《熊》表达的内容之一，就是这个认识的过程：因为善而认识恶，通过善而对恶有所认识。"[②] 而作家博尔赫斯（Jorge L. Borges）则从艺术角度体验和揭示了福克纳小说的罪恶主题，他说："有人会反对说，福克纳的粗犷风格并不亚于我们的高乔文学的作者。我知道确实如此，但福克纳的风格有点引起幻觉。有地狱的而非人间的意味。"[③] 事实上，无论是思想方面还是艺术风格方面，福克纳在"约

[①] Cleanth Brooks, "William Faulkner: Vision of Good and Evil", See G. B. Tennyson & Edward E. Ericson Jr., eds., *Religion and Modern Literature: Essays in Theory and Criticism*, Grand Rapids, Michigan: William B. Eerdmans Publishing Company, 1975, p.312.

[②] R. W. B. 路易斯：《〈熊〉：超越美国》，陶洁译，见李文俊编：《福克纳的神话》，上海：上海译文出版社，2008年，第168—169页。

[③] 博尔赫斯：《纳撒尼尔·霍桑》，王永年译，见博尔赫斯：《探讨别集》，《博尔赫斯全集·散文卷》（上），王永年、徐鹤林等译，杭州：浙江文艺出版社，1999年，第399页。

克纳帕塔法"世系小说中始终保持着对社会现世之恶的高度关注。早在小说《沙多里斯》中，福克纳便描绘了人性堕落而导致家庭衰败和没落的主题；紧接着在《喧哗与骚动》中，通过人性的矛盾冲突福克纳进一步强化了家族没落和南方失落的主题；而1931年长篇小说《圣殿》的出版则标志着福克纳展现罪恶主题达到了"峰值"；① 而在其后创作的《八月之光》《押沙龙，押沙龙！》《去吧，摩西》等小说中，福克纳也一再重复人性堕落、道德沦丧的罪恶主题。这种情形一直持续到"约克纳帕塔法"世系小说的尾声，甚至在《寓言》等非"约克纳帕塔法"世系小说中福克纳也始终没有忘记这一主题，以致有些读者认为福克纳仅仅是一位运用耸人听闻手法故意宣扬邪恶的作家，甚至有人将他与南方"强硬派"作家厄斯金·考德威尔（Erskine Caldwell）相提并论。对此台湾学者朱炎评论道："在这个内在的国度里，人们被迫丧失了纯真，面对艰苦的选择，通过难堪的经历，而认识残酷的现实；原来现代社会所提供给人类的生活规范，根本剥夺了他们的人格，使他们日益堕落，无力回头，终至走向灭亡之途。这就是福克纳作品中现代人的悲剧。"②

　　福克纳在小说中展现现世之恶或"阿特柔斯房屋的倒塌"主题并非个案，南方其他作家也是如此。托马斯·沃尔夫在小说《蛛网与磐石》中多次描写人性之恶所引发的暴力场面：性虐待的屠夫及其家人的生存状态；一个黑人由于狂暴杀人而被处以私刑；韦伯与情妇伊斯特之间的争吵与谩骂以及韦伯在慕尼黑与德国歹徒的打斗；等等。这些场景的再现强烈表达出了托马斯·沃尔夫对人类邪恶本质和暴力倾向的深沉思索，为其小说主题的开拓和转变奠定了重要基础。理查德·怀特的小说创作大都与他的个人经历有关，尤其是他在美国南方亲身经历的歧视与暴力

---

① "The School of Cruelty", *Saturday Review of Literature* 7, May 21, 1931, See A. Nicholas Fargnoli, Michael Golay & Robert W. Hamblin eds., *Critical Companion to William Faulkner: A Literary Reference to His Life and Work*, New York: Facts On File, 2008, p.247.
② 朱炎：《美国文学评论集》，台北：联经出版事业公司，1976年，第108页。

事件。在怀特看来，他所熟悉的南方只承认人及其性格中的一部分，而那些人心灵和精神中最优秀、最深切的内在品质则被盲目无知和仇恨所抛弃。正因为如此，理查德·怀特将其亲眼所见的人性之恶视为小说创作中的破坏性力量，而通过这种破坏性力量的艺术化展示，意在召唤能够充分维持人生、并赋予人以永恒持久力量的人性尊严。凯瑟琳·安·波特从其短篇小说故事到唯一的一部长篇小说《愚人船》都在展现一个主题，即圣贤与恶魔的串通，也就是善与恶的斗争及其共谋关系。在波特看来，人能达到"尽恶"，却永远都无法达到"尽善"。她通过在小说中对善恶斗争过程的展现，希冀为人类普遍的问题寻找到解决之道。[①] 沃克·珀西小说中充斥着大量的关于可怕战争、车祸、自然灾害以及性暴力的描写，这些描写作为一种文学隐喻，暗示人性的堕落与毁坏，映射社会道德和价值体系的崩塌。诚如他在小说《看电影的人》的结尾借人物宾克斯·博林所总结的那样："人性已经泯灭，疾病像瘟疫一样扩散，人们真正的恐惧不是炸弹会落下来，而是炸弹迟迟不落下来。"[②] 面对人性之恶以及惶惶不可终日的恐惧，沃克·珀西认为小说家应该担负起责任，成为"原罪观念和灾难降临为数不多的见证者"。[③] 而在众多的南方文艺复兴作家中，奥康纳堪称是集中展现现世之恶最为重要的作家之一，怪诞、暴力以及死亡等各种极端之恶频频出现在其小说作品之中。在《〈玛丽·安回忆录〉的前言》("Introduction to *A Memoir of Mary Ann*")

[①] 关于凯瑟琳·安·波特小说对人性之恶的艺术化展现，国外可以参考约翰·爱德华·哈代（John Edward Hardy）的相关著述。在约翰·爱德华·哈代看来，发现并刻画人性中的邪恶是波特所有小说共同的主题。See John Edward Hardy, *Katherine Anne Porter*, New York: Frederick Ungar, 1973, p.1. 国内学者也有类似观点。黄铁池在《论凯瑟琳·安·波特〈愚人船〉》一文中曾指出，小说《愚人船》集中"显示了人类道德的堕落和精神失落的处境，衡量善性与罪恶在这个世界中的尺度"。参见黄铁池：《论凯瑟琳·安·波特〈愚人船〉》，《外国文学研究》1995年第4期，第89—95页。

[②] Walker Percy, *The Moviegoer*, New York: Alfred A. Knopf, 1980, p.52.

[③] Walker Percy, *The Message in the Bottle*, New York: Farrar, Straus and Giroux, 1954, p.106.

一文中，奥康纳曾这样写道："我们多数人已学会对恶无动于衷，我们紧盯着恶的面貌，却常在上面发现我们自己咧嘴笑的反影，因而并不与其争论。"① 如其短篇小说集《好人难寻》的书名所预示的那样，奥康纳在其小说艺术世界里展现了人类"罪"的各种存在状态：自恃清高、自私虚伪、冷酷残忍，等等。在奥康纳眼中，人类始终处于负罪而不自知的处境之中，而为了将人类的各种隐性之罪最大程度地凸显出来，奥康纳艺术化地描写了人性的弱点与卑污，刻意避开人性中美好与光明的一面，着重展现现代生活中各种令人厌恶的怪诞和罪恶现象，从而使"对这些现象习以为常的读者认识到他们的怪诞面貌"。② 诚如她本人所说，对于一个基督教作家而言，"对耳背者你要大喊，对近似失明者，你要画出大而惊人的形体"。③

不仅是南方文艺复兴时期的作家，"新生代"南方作家也充分继承了展现现世之恶的写作传统。理查德·福特的早期作品以密西西比为主要背景，广泛触及乱伦、暴力等现世邪恶的主题，让人不经意间联系到福克纳的《喧哗与骚动》《圣殿》《押沙龙，押沙龙！》等小说作品的风格，被评论家称为"新福克纳派"。巴瑞·汉纳赫有"坏小子"之称，他的作品之所以引人注目，原因之一就在于彰显暴力与怪诞的强烈震撼效应。科马克·麦卡锡自第一部南方小说《守望果园》开始便不断书写暴力与犯罪等极端的人性之恶。《守望果园》展现凶杀与走私的犯罪场面，《外围黑暗》间接描写乱伦与弑子的伦理之恶，《上帝之子》展现凶杀与奸尸，《苏特里》充斥盗窃与抢劫的情节，而在南方启示录小说《长路》中则借助末日恐慌心理来描写人类自相残杀甚至相食的可怕场景。可以

---

① Flannery O'Connor, "Introduction to *A Memoir of Mary Ann*", See Sally Fitzgerald ed., *Flannery O'Connor: Collected Works*, New York: The Library of America, 1988, p.830.
② Flannery O'Connor, "The Fiction Writer and His Country", See Sally Fitzgerald ed., *Flannery O'Connor: Collected Works*, New York: The Library of America, 1988, p.805.
③ Flannery O'Connor, "The Fiction Writer and His Country", See Sally Fitzgerald ed., *Flannery O'Connor: Collected Works*, New York: The Library of America, 1988, p.805.

说，在继承"南方哥特"传统的基础上对人性黑暗和人世间罪恶的描写成为麦卡锡南方小说最为显著的特征之一，诚如他本人所说："从来没有不流血的生活，认为物种可以改良，人类可以和谐生活的观念极为危险。那些受困于这个观念的人一定是首先丢掉灵魂、失去自由的人。"① 整体来看，在"新生代"南方作家笔下，历史的丑陋和现实的罪恶与残酷被毫不留情地、坦率地揭露出来，他们在留恋过去的同时也直面当代南方的各种罪孽，以虚无主义历史观把现世邪恶作为否定历史的主要证据，从而粉碎了南方文艺复兴作家对历史充满希冀的传统观念，正如美国学者马修斯·吉恩（Matthew Guinn）评述科马克·麦卡锡的小说创作时所感知的那样："他像奥康纳那样继续书写——堕落、荒唐、痛苦、暴力以及怪诞的世界——但没有逃脱的希望。他吸收了她的技巧但摒弃了她的目的论。"②

总之，20世纪美国南方作家在他们的作品中通过描写和再现形形色色的人类现世罪恶，将隐喻南方衰落的"阿特柔斯房屋的倒塌"主题纳入基督教和圣经文化传统之中，揭示认罪和悔罪的重要性，并强调这是获得宗教救赎的唯一重要前提。

第一节 人的罪恶有限本质与基督教神正论观念

神人交通问题是基督教最为重要的核心问题之一，它紧密地联系着彼此相属的两个主体：神和人。从历史角度来看，基督教对人的本质的认知是在犹太教基础上发展而来的。据《旧约·创世记》记载，上帝在创世第六天创造了人：

---

① Richard B. Woodward, "Cormac McCarthy's Venomous Fiction", *The New York Times Magazine*, 19 April 1992, p.31.
② 马修斯·吉恩:《美国当代南方小说》，杜翠琴译，兰州：兰州大学出版社，2018年，第113页。

> 神说:"我们要照着我们的形像,按着我们的样式造人,使他们管理海里的鱼、空中的鸟、地上的牲畜和全地,并地上所爬的一切昆虫。"神就照着自己的形像造人,乃是造着他的形像造男造女。(创 1:26—27)

这段关于人的创造的描述,直接表明人在世界万物中居于特殊地位。他不仅是世界其他万事万物的掌管者,更为重要的是人的形象是神按照自己的形象创造的。在此意义上,人与上帝之间具有相通的关系,人的本质中具有与上帝相应和沟通的本质,在禀赋等方面类似上帝。或者说,在外形和内在本质的双重性中,原初的人和神是没有根本区别的,人与神是合一的。上帝在本质上是一种人格化的类的存在,是人的类本质的外化,是映现人的本质存在的存在,而人则是所有生灵中唯一被上帝赋予超自然、超位格的属灵动物,他兼具神性和神的本质,并与神一样无限。

人原初神性的赋予十分重要,它不仅为理解人的本质提供了一个关键性的前提,同时也为人"罪性"的产生埋下了伏笔。基督教与犹太教一个重要的区别就在于基督教无限夸大了人的"罪性",并将其引入人的本质领域之中。基督教认为人在本质上是罪恶和堕落的,人由于在主观上有意违背上帝的意志,与神相疏远、背离,"亏缺了神的荣耀"(罗3:23),从而形成"原罪"。这一观念在《圣经》中主要通过第二创世神话暨亚当神话展示出来。法国哲学家保罗·里克尔(Paul Ricoeur)在分析亚当神话之后认为其包含有"双重旋律",一方面"它倾向于将所有历史的罪恶都集中在个别人及个别行为上——也就是集中在唯一的事件上";另一方面"神话又在一幕戏剧中展开这个事件,这幕戏剧把时间引进一连串事件中,并使一些人物鲜活起来"。① 暂且搁置艺术性分析不论,里克尔所谓的"个别人",毫无疑问指向亚当,即人类的始祖;所谓

---

① 保罗·里克尔:《恶的象征》,公车译,上海:上海人民出版社,2003 年,第 249—250 页。

的"唯一的事件",指向人类始祖亚当在夏娃的怂恿和蛇的引诱下偷吃了禁果,眼睛从此明亮,有如"神能知道善恶"(创3:5)。这就是人罪恶本质的开始,"一方面,它使一个清白时代终结;另一方面,它又开始了一个可诅咒的时代"。① 人犯下"原罪"使人脱离了自身原初的神性和无限性,从而进入到必死的有限性的悲剧之中,但人却自此获得了相对独立的自由意志。这一获罪过程,从认识论角度来解析,是人对既有的宇宙秩序和永恒法则的破坏;从神人关系来看,是人冒犯了神而失去了本性的天真并堕落的具象;而从最终结果来看,则是人自由意志觉醒的标志和遭受惩罚与苦难的开始。在故事中亚当所吃的能够分辨善恶的树上的果子其实就是人的自由意志的隐喻叙事方式,蛇是人的自由意志中无限欲望的外化形态,而女人夏娃则充当了"有限自由对来自恶的无限的假伪的要求的最佳导体"。②

通过以上分析看出,基督教是在犹太教思想的基础上以人与上帝之间的关系作为主要契入点来理解人的本质的。它认为人在本质上是倾向于恶和堕落的,人的本质是"原罪",而"原罪"的根源不在上帝,而是人的自由意志,即人不安心于自己的位置,妄图以自身的自由意志取代上帝的意志,结果背离了上帝,与上帝关系断裂,使自身的道德严重扭曲,染上恶的顽疾,失去了向善的倾向性。简而言之,基督教观念认为人是一种因滥用自由意志而充满罪与恶的存在形态。美国南方以加尔文教为主导的宗教思想强调"原罪"观念在很大程度上就是承袭了基督教思想的结果。但就人的本质问题探索到这里,还有一个关键问题没有解决,即为何全知、全能、全善的上帝能容忍人的罪恶存在?或者说,上帝创世时"预定"人的本质是善的,为何不阻止人的本质后来"倾向"于恶?在"预定"与"倾向"二者的悖谬中,其意义何在?

---

① 保罗·里克尔:《恶的象征》,公车译,上海:上海人民出版社,2003年,第251页。
② 保罗·里克尔:《恶的象征》,公车译,上海:上海人民出版社,2003年,第259页。

回答上述问题，需引入基督教神正论观念。所谓神正论，又称"神义论"，由德国哲学家莱布尼茨（Gottfried Wilhelm Leibniz）在其著作《神义论》（*Theodicy: Essays on the Goodness of God, the Freedom of Man and the Origin of Evil*）中最先命名。"神义"（德语 Theodizee）一词来源于希腊语 θεδζδιχη，是"上帝"（θεδς）与"正义"（οιχη）两个希腊语的组合，其意义为上帝之正义。因此，神正论要解决的核心问题即是恶和苦难与全知、全能、全善的上帝之间的关系，或者说是从神学角度替"世界上的邪恶、罪孽和祸害是与智慧的、善良的和正直的上帝形象不相容的"[①]进行辩解。纵观基督教思想发展史，可以发现神正论一直是神学家们争论不休的一个问题，其由来已久。据《旧约·约伯记》记载，约伯苦苦探求之根本正是正直善良的人何以受难、恶人何以得福，也就是上帝之正义如何体现的问题。约伯数次向上帝哀叹并询问："恶人为何存活，享大寿数，势力强盛呢？"（约 21:7）"恶人的灯何尝熄灭？患难何尝临到他们呢？"（约 21:17）他虽没有质疑上帝的全知、全能、全善，也清楚人在上帝面前的渺小，但其对恶与上帝之间的关系还是存有迷惑的。而基督教另一思想来源——古希腊哲学也曾涉及神正论的相关探讨："那些积极肯定神存在的人，就不能避免陷于一种不虔敬。因为如果他们说神统御着万物，那么他们就把他当成是罪恶事物的创作者了；另一方面，如果他们说神仅只统御着某些事物或者不统御任何事物，那么他们就不得不把神弄成是心胸狭隘的或者是软弱无能的了，而这样做便显然是一种十足的不虔敬。"[②]但无论在《约伯记》中还是在古希腊哲学那里，现世邪恶与神之正义的矛盾都无法得到完满解决，其始终处于问题的提出阶段。而真正试图解决这一问题的当首属古罗马哲学家奥古斯丁。

---

① 费尔巴哈：《对莱布尼茨哲学的叙述、分析和批判》，涂纪亮译，北京：商务印书馆，1979 年，第 118 页。
② 罗素：《西方哲学史》（上卷），何兆武、李约瑟译，北京：商务印书馆，1996 年，第 304 页。

奥古斯丁对恶的探讨大致分为三个方面：一是恶的性质问题；二是恶的种类划分；三是恶的缘由分析。关于恶的性质，奥古斯丁认为是"善的缺乏"。在奥古斯丁的宗教哲学范畴里，世界上只有一个本体或实体，即至善，或上帝。恶并非一个真正的实体，只是善的缺乏而已。他极力否定善与恶并存的二元论观念，认为主张意志具有两面性、人有两个灵魂，一善一恶观点的人简直就是"信口雌黄""妖言惑众"。他明确表示"恶并非实体，而是败坏的意志叛离了最高的本体，即是叛离了你天主，而自趋于下流，是'委弃自己的肺腑'，而表面膨胀"；[①] 他还认为"凡是存在，即便是有缺欠的存在，就其是一存在而言都是善的，而就其缺欠而言则是恶的"。[②] 奥古斯丁反复辩证地说明善恶的关系，无非是在强调至善，或上帝的唯一实体性，这样相对唯一实体，恶自然就只能是"有欠缺"的善了。关于恶的种类划分，奥古斯丁突出了恶是人滥用自由意志的结果。他把恶分为三类：物理的恶、认识的恶和伦理的恶。"物理的恶"是指人与万能的造物主上帝相比所呈现的一种天然的缺陷或不完满，是人类普遍存在的恶；"认识的恶"是指人的智慧有限性与上帝无限性相比而产生的差距。奥古斯丁认为这两种恶是必然的，是人自身无法克服的。而唯有第三类恶——伦理的恶，或称"道德的恶"才是真正的恶，是人主动犯罪、放纵自由意志的结果。在《论自由意志》(*On Free Choice of the Will*)一书中，他详细阐述了"伦理之恶"的问题："上帝是全能的，而且在最小的方面都是不可变的；他是一切好事物的创造者，但他自己比所有这些事物更完善；他是他所造万物的至上公义的主宰；他不借助任何存在进行创造，而是从无中创造万有。"[③] 因此，全知、全

[①] Saint Augustine, *Confessions of Saint Augustine*, Trans.by Rex Warner, New York: New American Library, 2009, p.143. 译文参考了周士良中译本《忏悔录》(北京：商务印书馆, 1997年, 第130页)。
[②] 奥古斯丁：《论信望爱》，徐一新译，北京：生活·读书·新知三联书店，2009年，第35页。
[③] 奥古斯丁：《论自由意志：奥古斯丁对话录二篇》，成官泯译，上海：上海人民出版社，2010年，第74页。

能、全善的上帝创造的一切也必然都是善的，所有美好的事物都来自上帝，无论从事实上还是从动机上上帝从未创造过恶。而自由意志则是上帝赋予人的一种重要禀赋，"是为了让人能正当地生活",① 因为人在上帝眼中是一种格外的恩宠，上帝希望人按照必然性和因果关系行动，但结果却是人辜负了上帝的信任，滥用了上帝赋予的自由，产生了罪，用奥古斯丁的话来说即是"邪恶的意志就是万恶之原因"。② 在此，奥古斯丁明确了关键性的一点，即上帝赋予人的自由意志本身不是罪，唯有自由意志被滥用才是罪。上帝良好的愿望与人的实际行为之间存在悖谬，而正是通过这种悖谬的解说奥古斯丁使上帝与罪恶脱离了干系，完成了神正论的辩解。

奥古斯丁神学思想在神正论探讨过程中具有开创性意义，它奠定了后世探讨的基本方向和思路，莱布尼茨正是受奥古斯丁辩证思想的启发和影响才提出更为全面的神正论思想的。

莱布尼茨的神正论思想是筑基于法国作家、思想家伏尔泰（Voltaire）哲理小说《老实人》所嘲笑的"最佳世界"之理想观念的基础之上的。他认为现世虽然存在罪恶，但它仍是一切可能世界中最好的一个，因为现世是上帝经过周密权衡的结果。在莱布尼茨那里，创造物是有局限的存在物，这种局限性决定了创造物自身的缺陷，而上帝"不仅对创造物的邪恶而言是无辜的，而且对创造物的本质而言也是无辜的",③ 因为"上帝是创造物本性和行动中所包含着的完美的原因，而创造物之接受性能的局限则是它活动中的缺陷的原因"。④ 很显然，莱布尼茨的哲学推论同

---

① 奥古斯丁：《论自由意志：奥古斯丁对话录二篇》，成官泯译，上海：上海人民出版社，2010年，第 100 页。
② 奥古斯丁：《论自由意志：奥古斯丁对话录二篇》，成官泯译，上海：上海人民出版社，2010年，第 170 页。
③ 费尔巴哈：《对莱布尼茨哲学的叙述、分析和批判》，涂纪亮译，北京：商务印书馆，1979年，第 233 页。
④ 莱布尼茨：《神义论》，朱雁冰译，北京：生活·读书·新知三联书店，2007 年，第 126—127 页。

样将罪恶产生的根源归咎于主体自身的缺陷，从而将上帝排除在罪恶的诱因之外。为了进一步实现替上帝和现世和谐辩护的目的，莱布尼茨还延展了奥古斯丁对恶的划分理论，用以强化人自身的局限导致恶的产生的观点。他同样将恶分成三类。第一类为"形而上学的恶"，其本质就是欠缺，这类似奥古斯丁所说的"恶是善的缺乏"；第二类是"道德的恶"，类似奥古斯丁的伦理之恶，包括原罪和世人所犯的本罪，主要是人滥用自由意志的结果；第三类是"形体上的恶"，即人们在现世所遭受的恶，如痛苦、死亡等。这种恶是上帝的一种公正惩罚，目的是为了阻止人类继续犯更大的罪。而三类恶中，只有第二类才是真正意义的恶，其他两类则是上帝为了彰显和谐世界整体平衡的结果。上帝永远只是存在物的创造者，而非存在物本质的规约者，存在物"此在"的样子，只能归功于它自己。

美国南方以加尔文教为核心的新教思想体系使南方作家可以通过多个渠道了解并熟稔基督教和圣经文化传统中关于人的罪恶有限本质以及神正论的相关学说。首先，如前所述，加尔文教教义突出强调人的"原罪"观念，这为南方作家接受基督教相关理论学说提供了整体的宗教文化氛围与可能性。其次，对《圣经》的直接阅读成为南方作家接受基督教相关理论学说最为首要的途径。福克纳曾多次表示《圣经》是他最喜欢阅读的书籍之一。在接受《巴黎评论》记者琼·斯坦因（Jean Stein）采访时他说几乎每年都要读一遍《圣经》。[1] 在日本访问期间，当记者问他愿意向日本读者推荐哪些作家时，福克纳回答说愿意推荐"法国的和十月革命前的俄国作品，我们的《圣经》以及莎士比亚"。[2] 在福克纳看来，《圣经》中的《旧约全书》"充满了人物，特别是普通的、正常的、

---

[1] See James B. Meriwether and Michael Millgate eds., *Lion in the Garden: Interviews with William Faulkner, 1926-1962*, Lincoln: University of Nebraska Press, 1968, p.251.

[2] See James B. Meriwether and Michael Millgate eds., *Lion in the Garden: Interviews with William Faulkner, 1926-1962*, Lincoln: University of Nebraska Press, 1968, p.197.

为今天每一个人所熟识的英雄和背景",① 这为文学创作提供了最形象化的源泉。此外,据约瑟夫·布洛特纳编辑整理的福克纳藏书目录显示,福克纳还藏有一套十四卷本的大型《圣经》,包括《新约外传》。② 而阿瑟·金妮(Arthur F. Kinney)在《弗兰纳里·奥康纳的图书馆:存在的资源》(*Flannery O'Connor's Library: Resources of Being*)一书中对奥康纳私人宗教藏书书目的展示及相关研究同样证实了作为天主教作家的奥康纳对《圣经》文本以及基督教理论学说无比熟悉。该书显示奥康纳不仅藏有多种《圣经》版本,③ 而且还对《创世记》《马太福音》等篇章进行过详细的阅读、批注与圈画,这足以让我们确信奥康纳完全可以透过《圣经》文本熟识"原罪"等基督教正统观念。不仅是福克纳和奥康纳,罗伯特·潘·沃伦、卡森·麦卡勒斯、沃克·珀西、凯瑟琳·安·波特等众多南方文艺复兴作家以及科马克·麦卡锡等"新生代"南方作家都对《圣经》及基督教正统观念异常熟悉,他们作品中对人的罪恶本质的艺术展现与伦理思索无不充满着神正论的色彩与因素。最后,对奥古斯丁神学思想的关注可能成为部分南方作家了解神正论等基督教观念的重要途径。作为重要的基督教思想家,奥古斯丁的宗教哲学思想及其相关著述随着加尔文教主导地位的确立在美国产生了广泛而深远的影

---

① Annette T. Rubinstein, *American Literature Root and Flower, Significant Poets, Novelists & Dramatists, 1775-1955*, Vol. II, Beijing: Foreign Language Teaching and Research Press, 1988, p.537.
② See Joseph Blotner Compiled., *William Faulkner's Library-A Catalogue*, Charlottesville: University Press of Virginia, 1964, p.87.
③ 阿瑟·金妮所记载的奥康纳宗教藏书部分的《圣经》文本主要包括如下几种:(1) *The Holy Bible: Douay Version*, Trans. from the Latin Vulgate, Preface by the Cardinal Archbishop of Westminster, Notes compiled by Bishop Challoner, London: Catholic Truth Society, 1957. (2) *The Old Testament*, Newly trans. from Latin Vulgate by Msgr. Ronald Knox, Vol. 1, *Genesis to Esther*, New York: Sheed and Ward, 1948. (3) *The Old Testament*, Newly trans. from Latin Vulgate by Msgr. Ronald Knox, Vol. 2, *Job to Machabees*, New York: Sheed and Ward, 1948. (4) *The New Testament of Our Lord and Saviour Jesus Christ*, Trans. by R. A. Knox. New York: Sheed and Ward, 1948. 以上文献参见 Arthur F. Kinney, *Flannery O'Connor's Library: Resources of Being*, Athens: The University of Georgia Press, 1985, pp.38-39, 43。

响，在宗教氛围强烈的美国南方更是如此。这种影响可以从福克纳、罗伯特·潘·沃伦和奥康纳三位南方作家身上得到佐证，并由此窥其全貌。虽然没有证据显示福克纳阅读过奥古斯丁的《论自由意志》《忏悔录》等著作，但有确凿证据表明福克纳接触过奥古斯丁晚年写作的《上帝之城》（The City of God）。据约瑟夫·布洛特纳编辑整理的福克纳藏书目录显示，福克纳所收藏的 1958 年由风采书屋（Image Books）出版的《上帝之城》虽是节略版，但该版本保留了《上帝之城》一书绝大多数的精华篇章，且该书附有前言和介绍部分，详细阐述了奥古斯丁哲学的成就和贡献。《上帝之城》由于篇幅的庞大几乎涵盖了奥古斯丁一生所有思想的主导方面，福克纳所收藏和阅读的这版恰恰收录了所有奥古斯丁论及罪及人性之恶的篇章，这使得福克纳完全有可能透过精简凝缩的文字对奥古斯丁神正论思想观念的要义和精髓达到高度认知的程度。罗伯特·潘·沃伦较之福克纳则更为熟悉奥古斯丁的著作与思想。沃伦自幼熟读《圣经》并深受奥古斯丁思想的巨大影响，坚信基督教人性之恶等正统思想观念。在多本诗集中沃伦都曾明确提及奥古斯丁的著作或名字，其中诗集《在这里：1977—1980 的诗》的扉页上更是直接引用奥古斯丁《忏悔录》卷十一中的文字，这一切都充分展现了他对奥古斯丁著作与思想的熟稔。而奥康纳对奥古斯丁思想的了解则来自她对奥古斯丁多本著作的详细阅读。就目前来看，奥康纳至少读过《忏悔录》《奥古斯丁关于赞美诗的九篇布道》（Nine Sermons of Saint Augustine on the Psalms）等著作，[1] 还有一部奥古斯丁著述的选集《观点与思想》（The Mind and Heart of Augustine: A Biographical Sketch）。[2] 而且还有明确证据显示奥康纳曾在阅读其他宗教书籍时特别关注过奥古斯丁的相关学说，例如，她在阅

---

[1] See Arthur F. Kinney, *Flannery O'Connor's Library: Resources of Being*, Athens: The University of Georgia Press, 1985, pp.41, 73.

[2] See Arthur F. Kinney, *Flannery O'Connor's Library: Resources of Being*, Athens: The University of Georgia Press, 1985, p. 54.

读英国宗教哲学家许革勒男爵（Baron Friedrich von Hügel）的著作《宗教哲学散文与通信·第二辑》（*Essays and Addresses on the Philosophy of Religion: Second Series*）时，就曾特别标注了一段论述奥古斯丁宗教思想的内容。①

整体来看，通过美国南方社会浓厚的圣经文化氛围和基督教文化传统以及对奥古斯丁相关神学、哲学著述的阅读，南方作家们充分认识到人性中"罪"的普遍性及其辩证的宗教内涵，并将这一观念自觉运用于"南方家庭罗曼司"（the Southern family romance）的内部与外部展现之中。

第二节 "南方家庭罗曼司"中罪恶的悖谬呈现与矛盾展示

美国南方以农业，尤其是庄园经济为基础的独特经济形态决定了家庭在社会的中心地位，它不仅是实质意义上美国南方社会的基本构成单元，而且也是文化和思想上整个美国南方社会的缩影。对此，艾伦·泰特明确指出，"南方的中心是家庭"。②霍华德·奥登（Howard W. Odum）在《南方之路》（*The Way of the South: Toward the Regional Balance of America*）一书中也认为"家族势力"是美国南方文化的"重要组成部分"，③是最能体现南方思想和观念的纽带组织，就好比中国家庭珍藏家谱一样，每一个美国南方家庭也珍藏属于自己的"家庭圣经"（family Bible），记录家族的历史和心路历程。而理查德·金更是通过对南方历史和文化现状的细致考察而提出"南方家庭罗曼司"的概念来论证家庭观念在美国南方的重要性，并阐述了这一概念对 20 世纪 20 年代以后美国南方作家的深

---

① See Arthur F. Kinney, *Flannery O'Connor's Library: Resources of Being*, Athens: The University of Georgia Press, 1985, p. 32.
② Allen Tate, "A Southern Mode of the Imagination", See Allen Tate, *Essays of Four Decades*, Chicago: Swallow, 1968, p.588.
③ Howard W. Odum, *The Way of the South: Toward the Regional Balance of America*, New York: The Macmillan Company, 1947, p.74.

刻影响。在理查德·金看来，"每一种文化都存活在自己的梦想之中，而南方家庭罗曼司就是南方的梦想"。① 他进一步指出，所谓"南方家庭罗曼司"既是一个现实概念，同时也是一个心理学概念。从现实出发，"南方家庭罗曼司"与美国南方固有的"种植园神话"密不可分。它不仅构成了南方文化的"情感结构"，体现出"南方白人对南方区域自身，包括其中的家庭观念、种族和性别的关系、精英和人民大众关系在内的一切价值、态度和信仰的表达"，而且还广泛决定着"个体和区域的身份、自我价值及其地位"等。② 甚至毫不夸张地说，"整个南方区域都被看作是一个按等级有序组织起来的、依靠假想的血亲关系联系在一起的巨大的隐喻性家族"，③ 这构成了"南方文化的中心性想象结构"。④ 而从心理学出发，"南方家庭罗曼司"在弗洛伊德（Sigmund Freud）和奥托·兰克（Otto Rank）那里又是一个典型的"俄狄浦斯故事的置换"，⑤ 用以"解释英雄的起源及其命运"⑥ 以及"儿童现实性地看待已经被他们理想化的、集人性所有优点的父母时的心理情形"。⑦ 也就是说，在心理层面"南方

---

① Richard King, *A Southern Renaissance: The Cultural Awakening of the American South, 1930-1955*, New York: Oxford UP, 1980, pp.26-27.

② Richard King, *A Southern Renaissance: The Cultural Awakening of the American South, 1930-1955*, New York: Oxford UP, 1980, p.27.

③ Richard King, *A Southern Renaissance: The Cultural Awakening of the American South, 1930-1955*, New York: Oxford UP, 1980, p.27.

④ Richard King, *A Southern Renaissance: The Cultural Awakening of the American South, 1930-1955*, New York: Oxford UP, 1980, p.27.

⑤ Richard King, *A Southern Renaissance: The Cultural Awakening of the American South, 1930-1955*, New York: Oxford UP, 1980, p.28.

⑥ Richard King, *A Southern Renaissance: The Cultural Awakening of the American South, 1930-1955*, New York: Oxford UP, 1980, p.28.

⑦ 理查德·金认为"家庭罗曼司"一词源自弗洛伊德，他在给奥托·兰克的著作《英雄诞生的神话》(*The Myth of the Birth of the Hero*) 所写的序言中首次使用了它。后来这篇序言单独成篇，收录于菲利普·瑞福（Philip Rieff）编辑的《儿童的性启蒙》(*The Sexual Enlightenment of Children*) 一书中。See Richard King, *A Southern Renaissance: The Cultural Awakening of the American South, 1930-1955*, New York: Oxford UP, 1980, p.27.

家庭罗曼司"的核心是处理子辈的成长与父辈之间的关系问题,这正是南方现实家庭最重要、也最急需重新思考和定位的问题。

理查德·金所提出的"南方家庭罗曼司"构成了美国南方文学文化的重要基石,代表着南方人的集体幻想,是美国南方宗教信仰方式和价值体系的重要外在表现形式。以父权制为核心、以血亲关系为纽带、以奴隶制为主要保障形式的美国南方在某种意义上就是家庭观念拓展的一个隐喻。在美国南方,家庭即代表社会,身份、价值以及阶级关系等都通过家庭关系得以确立。在此意义上,"南方家庭罗曼司"成为美国南方社会生活方方面面的"镜像",而对"南方家庭罗曼司"中罪恶的悖谬呈现与矛盾展示则相应地成为美国南方作家创作的重要维度之一。

一、挥之不去的父辈罪恶及其影响

理查德·金从父权制的南方实际出发,认为尽管实际上南方妇女可能很强大,但在"南方家庭罗曼司"中她们还是不得不屈从于英雄般的父亲们,"南方家庭罗曼司的中心仍然是父亲"。[①]

父亲在南方社会家庭生活中拥有绝对的话语权,是家庭实际的掌控者和无可争辩的主宰者,这不仅是由美国南方特有的社会和经济结构决定的,同时也是以加尔文教为核心的南方基督教文化从宗教角度极力维护父亲这一阶级结构在家庭中的统治地位的结果。在基督教和圣经文化传统中,上帝的一个重要"位格"属性就是"父"性。基督教的信仰告白《使徒信经》开头便称呼上帝为"全能的父",而结尾又说到复活后的基督"坐在全能的父上帝的右边"。当时的以色列人之所以称上帝为"父",与当时以色列人实行族长制的家庭结构密不可分。在族长制中,父亲是整个部族的首领,照看和统治部族的每一个人,这种现实社

---

① Richard King, *A Southern Renaissance: The Cultural Awakening of the American South, 1930-1955*, New York: Oxford UP, 1980, p.34.

会的等级观念被《旧约》作者用来说明上帝对人类和万事万物的照看与统治。据相关数据统计，上帝被称为"父"，在《旧约》中共出现二十二次，而《新约》中上帝的"道成肉身"形式耶稣基督仅在福音书中称呼上帝为"父"就高达一百七十次以上，说明基督教《新约》更加推崇上帝的"父"性观念。① 上帝的这种"父"性身份为美国南方加尔文教、福音派等多个基督教派所推崇，并与美国南方现实社会阶级结构有机融合，从而在南方家庭文化中发挥重要作用。对此，有评论家评述道："关于上帝是天父的观念至关重要。这意味着把一个简单的家庭关系提高到神圣的位置。……虽然在耶稣时代，早期希伯来社会中那种扩大的家长制家庭已经有所变化，但人们并没有偏离父亲乃是家庭首脑这一根本信条。"② 作为家庭首脑的父亲不仅有着发号施令的权力，也有着惩罚其他家庭成员的权力。

杰伊·帕里尼认为，"家族成员之间隐蔽的恶意，是福克纳小说中一个让人过目难忘的主题"。③ 福克纳在表现这一主题时往往将焦点首先集中于"南方家庭罗曼司"中人性和道德缺失的父亲或父辈形象之上。

《八月之光》是福克纳最重要、最具挑战性，同时也是被研究得最为广泛的一部力作。福克纳在小说中成功地塑造了一系列凶狠的、本质为恶的父亲形象，他们的共性之一是都带有明显的宗教色彩，或是借上帝的名义，或是源于清教徒狂热的加尔文主义教义，对下一代施加影响，造成人物的悲剧命运。小说主人公乔·克里斯默斯的继父麦克伊琴是其中的典型。

从小说文本长度来看，对麦克伊琴的描述仅有短短的三章（第七至

---

① 关于上帝"父"性的论述和引述，参考了许志伟：《基督教神学思想导论》，北京：中国社会科学出版社，2001 年，第 44—46 页。
② Andrew G. Truxal and Francis E. Merrill, *The Family in American Culture*, New York: Prentice-Hall, 1947, p.52.
③ Jay Parini, *One Matchless Time: A Life of William Faulkner*, New York: Harper Perennial, 2004, p.18.

第九章），但其在小说中的地位和对主人公乔·克里斯默斯的个性影响作用却与这三章的文字量远非成正比关系。在小说中，麦克伊琴既是乔的继父和实际监管人，同时也是乔宗教观念的强制灌输者。小说以乔回忆性叙事视角来展开对麦克伊琴暴虐性格和宗教狂热主义者身份的描述。麦克伊琴的家庭环境本身就带有一种明显的宗教知识权力场域的象征，福克纳描述说整洁简朴的房间中不仅充满了"礼拜日的意味"，而且在房间的显著位置还摆放着"巨型《圣经》"和"长老教派的《教义问答手册》"。① 毫无疑问麦克伊琴在家庭环境和宗教知识场域中被赋予了双重角色，既是一个虔诚的加尔文教信徒，又是一个代替上帝发号施令的"天父"。当年幼的乔无法背诵《教义问答手册》，无法与麦克伊琴的"天父"身份形成认同时，遭受严厉的惩罚就在所难免了。小说对此情节有详细描述：

  麦克伊琴等待着，手里握着皮鞭。他说："放下。"孩子把书放在地上。

  "别放在那儿，"麦克伊琴冷冰冰地说，"你以为马厩地面，牲畜践踏的地方，可以放上帝的教义。为了这个我也要教训教训你。"他亲自拾起书来放在壁架上，"把裤子脱下，咱们别把它打脏了。"

  然后孩子站在那儿，裤子垮到脚背，两条腿露在短小的衬衣下面。他站着，身材瘦小却立得直直的。皮鞭落在身上，他不畏缩，脸上也没有丝毫的颤动。他直视前方，凝神屏气，像画面里的和尚。麦克伊琴慢条斯理地开打，一鞭又一鞭地用力抽，同先前一样既不激动也不发火。很难判断哪一张面孔更显得全神贯注，更为心平气和，更富自信。②

---

① William Faulkner, *Light in August*, London: Vintage Books, 2005, p.111.
② William Faulkner, *Light in August*, London: Vintage Books, 2005, pp.113-114.

在这段描写中，麦克伊琴的性格特征暴露无遗。他不惜以冒犯"安息日"为代价仪式般地惩罚乔，无非是要显示他在家庭中的绝对威严和对上帝的绝对虔敬。然而他以上帝名义进行的这一切在本质上却与上帝仁慈、博爱的精神相背离，其"空心人"的性格特征可见一斑：既没有思想和真正的信仰，也不具备完全独立的人格，暴力、变态和不安定的因素主导着他的全部精神世界。究其根本原因，这与麦克伊琴的人际关系处理和行为方式密不可分。

人存在于关系之中，活着就意味着需要不断处理与他人和他物之间的关系。关系在人生活中的重要性不仅表现在是一种交流的满足，更为重要的是，它还能体现出文化的本体论和价值论等深层次问题。这方面犹太哲学家马丁·布伯（Martin Buber）的宗教哲学理论为我们提供了一种有借鉴意义的参考。马丁·布伯以人与世界的存在状态为其理论的基本出发点，从"我-你"（I-Thou）和"我-它"（I-It）两种关系予以积极地思考和建构，试图回答置于世界中的人如何实现自身的超越性这一终极价值问题。他认为，人与其对象之间的关系可以分为"我-你"和"我-它"两种，前者是主体对主体之间直接的、相互的、彼此信赖的、对话式的交流状态，其本质是体验对方，包容对方，呈现出一种主客合一的理想存在方式；而后者则是一种主体对客体之间从物的、功能性的、可利用的不平等式的看待方式，作为客体的"它"为作为主体的"我"所感知，从而形成一种主客分离的工具性存在方式。两种人与世界关系的建构方式存在本质的差别，"'我-你'源于自然的融合，'我-它'源于自然的分离"，[①] 在"我-你"关系中，"我"向"你"敞开，形成交互式的主体间性，而在"我-它"关系中，"它者"的观念时刻在"我"的心中。因此，以"我-它"关系看待世界并行动，是永远无法建立真正的人的终极价值的，自然也无法实现人自身的超越。在马丁·布伯的心目中，

---

① 马丁·布伯：《我与你》，陈维纲译，北京：生活·读书·新知三联书店，2002年，第21页。

人与世界理想的生存状态是"我-你"关系,而非"我-它"关系。

将麦克伊琴置于马丁·布伯的理论逻辑体系中加以检视,可以看到无论是与乔的关系还是与妻子的关系,他都是建立在"我-它"关系的思维模式之上的。小说曾以乔的视角描述了与麦克伊琴第一次见面的场景:"可是他感到那人在观察他,正在目不转睛地注视着,冷漠但并非有意严峻。他会以同样的目光去估量一匹马或一张用过的犁,如果他事先相信会发现纰漏,事先有了购买的打算。"① 在乔的感受中,麦克伊琴是在以看马或看农具的眼神注视他,完全没有将他看作人。在麦克伊琴眼中,乔与物没有根本区别。小说还进一步交代,麦克伊琴不仅视乔为"物",而且他还以"物视"和暴力的冷漠态度对待自己的妻子,结果导致麦克伊琴太太总是"神色沮丧",仿佛如"一副视听器",为"操纵杆"所操控。② 最终当乔在麦克伊琴的压制下精神彻底崩溃,并进行"以暴制暴"的绝望反抗时,悲剧不可避免地在这个家庭中发生。这不仅是麦克伊琴一个人的人生悲剧,同时也是受其影响的主人公乔的人生悲剧的开始。小说暗示读者正是由于麦克伊琴对乔幼小心灵的伤害,才导致乔暴力和扭曲心理的爆发,在此意义上,读者完全有理由相信乔的悲剧人生轨迹与麦克伊琴残酷的、不尽人性的童年教育方式有直接联系。

在《八月之光》中,与麦克伊琴角色相类似的父亲形象还有乔的外祖父道克·汉斯以及乔安娜的祖父。道克·汉斯在某种程度上比麦克伊琴更凶狠。他仅凭怀疑就认定自己的女儿与有黑人血统的男子发生关系,并将黑人男子杀死,不许包括自己妻子在内的家人去照顾已经快生产的女儿,终致自己的女儿死于难产。他还以毁灭自己的外孙乔的一生作为生活的唯一目的,整天在孤儿院外监视乔的一举一动,并不断散布乔是黑鬼的消息。福克纳把道克·汉斯这一人物完全塑造成仇恨和罪恶的化

---

① William Faulkner, *Light in August*, London: Vintage Books, 2005, p.108.
② William Faulkner, *Light in August*, London: Vintage Books, 2005, p.112.

身，其假借上帝旨意放任意志所做的恶行，实质上只是为了满足自己的快意和荒诞的想法。正如小说中道克·汉斯的妻子所指出的那样，他仅仅是以"上帝的名义"来为他自己身上的魔鬼做辩护并找借口。乔安娜的祖父在表面行为方式上显得与麦克伊琴和道克·汉斯有所不同，作为一个典型的天主教徒，他不仅在家里常常用西班牙语大声朗读《圣经》，而且还身体力行地努力成为一个蓄奴制的坚定反对者。但小说中交代，究其实质他之所以这么做是因为在他的内心中认为解放黑奴是替白人赎罪的一种重要方式。他并非真正喜欢黑人，相反却认为黑人是上帝为白人留下的永恒诅咒。他不仅在内心深处有着罪恶的种族主义思想，而且还将这种思想深深烙印在乔安娜的心中，这在很大程度上成为乔安娜心灵扭曲的重要原因，并为她后来的人生悲剧设定了罪恶的基础，埋下了无法挽回的祸根。

除了《八月之光》，在《喧哗与骚动》《押沙龙，押沙龙！》《去吧，摩西》等其他小说中福克纳也塑造了"现世之恶"的父亲或父辈形象。他们有的贴近现实生活，有的相对来说更富传奇色彩。《押沙龙，押沙龙！》中的托马斯·萨德本以及《去吧，摩西》中的卡洛塞斯·麦卡斯林就是其中的典型。

在小说《押沙龙，押沙龙！》中，萨德本的形象分别映像于罗沙小姐、康普生先生、昆丁和施里夫等几个不同人物的视角中，尽管每位叙事者所"虚构"出来的萨德本形象有所不同，但有一点却出奇的一致，即萨德本形象多少都带有暴君和恶魔的成分。在萨德本的百里地中，他是绝对的统治者，对家庭和家庭中的每一个成员来说，他拥有无可争辩的生杀大权，是一个令人畏惧的一家之长。尤其是在罗沙小姐的眼中，他简直就是"穷凶极恶的无赖和魔鬼""邪恶的源泉与由来"，[①] 是具有某种"超自然"力量的人物，是"天堂不会、地狱不敢收留"的"罪恶

---

① William Faulkner, *Absalom, Absalom!*, London: Vintage Books, 2005, p.15.

的渊薮",①甚至让人感觉"他不是在这个世界里组装的","是一个行走的影子"和"蝙蝠般的影像","由地壳底下那狰狞、邪恶的灯照射出来的"。②在罗沙小姐对其复杂的情感纠结中,既有仇恨和恐惧,也有某种神秘的敬畏。小说写到萨德本为了实现自我心中"宏伟的蓝图",不惜一切代价,采取一切手段,抛妻弃子,禁止女儿的婚姻,使得四个女人和四个孩子先后成为无辜的牺牲品,大有不达目的誓不罢休的气势。可惜最后还是归于徒劳,萨德本百里地在大火中瞬间倒塌,这不仅是萨德本自我酿造的个人悲剧,也是整个家庭、整个南方的社会悲剧。

1958年任弗吉尼亚大学住校作家期间,曾有人向福克纳求证《押沙龙,押沙龙!》的主人公究竟是萨德本还是昆丁·康普生,福克纳斩钉截铁地表示故事的"中心人物是萨德本",是讲述"一个男人想得到一个儿子,结果得到的太多了,而这些儿子又毁灭了他"的故事。③在福克纳看来,毫无疑问萨德本百里地的覆灭和消失,就是整个南方社会衰败的隐喻和象征,也是人所拥有的自负意志造成的必然结果。在此意义上,人的现世之恶与堕落本质获得了形象化的展示与呈现。正像某些评论家描述《押沙龙,押沙龙!》这部小说的风格时所说的那样,小说展现的是"一个作家将视阈推演至极致时所呈现的可怕恐怖的印象",是"邪恶的梦魇"与"浪漫的恐怖"世界的结合。④

与萨德本相似的传奇父亲形象还有《去吧,摩西》中的卡洛塞斯·麦卡斯林,他同样是为了满足自己的私欲,不顾他人的感受而放任意志去胡作非为。他不仅强奸了家中的女黑奴,而且后来又与自己的亲生女儿发生乱伦关系。他把所有人都当成满足欲望的工具,其制造的灭

---

① William Faulkner, *Absalom, Absalom!*, London: Vintage Books, 2005, p.18.
② William Faulkner, *Absalom, Absalom!*, London: Vintage Books, 2005, pp.166, 171.
③ Frederick L. Gwynn and Joseph Blotner eds., *Faulkner in the University: Class Conferences at the University of Virginia, 1957-1958*, Charlottesville: University Press of Virginia, 1959, p.71.
④ A. Nicholas Fargnoli, Michael Golay & Robert W. Hamblin eds., *Critical Companion to William Faulkner: A Literary Reference to His Life and Work*, New York: Facts On File, 2008, pp.26,27,30.

绝人性的噩梦不断折磨着后代的子孙，其冷酷无情、寡廉鲜耻的性格在小说中获得了逼真的再现。

综上几个人物形象的分析，可以看到福克纳笔下的父亲或父辈形象大都是人性恶的化身，他们不仅本身社会道德意识淡薄，放任自由意志以满足宗教的、种族主义的，甚至是肉欲兽性的需要，而且还将罪恶遗传给子孙后代。他们的形象与《圣经》和人们心目中的上帝"父性"形象相去甚远。《圣经》中的"父性"上帝虽有威严的一面，但更有慈爱的一面，而在福克纳的小说中，类似上帝地位和形象的父亲们却是慈爱不足，威严、罪恶丛生。他们的罪恶思想和行径及其所折射出的人性堕落与衰败在很大程度上构成了南方家庭悲剧，甚至是整个南方社会悲剧的重要原因，这也正是福克纳从始至终积极表现"父子关系"这一核心主题的根本原因。

挥之不去的父辈阴影及罪恶也出现在艾伦·泰特的长篇小说《父亲们》以及奥康纳的短篇小说《家的慰藉》《树林风景》等作品中。

艾伦·泰特与福克纳一样对南方父权制家族故事情有独钟，其长篇小说《父亲们》集中展现的就是巴肯家族的盛衰与南方历史的变迁。小说中的人物乔治·珀西是标题所说的父亲形象之一，泰特将这一人物塑造成了世俗的白人资本主义的代表，其体现出鲜明的利己主义罪恶特征。珀西为了买一匹马竟然卖掉了自己同父异母的混血兄弟，小说这一情节预示着资本原始积累的残酷与罪恶。泰特通过追溯南方家族历史，描绘父辈们的所作所为，对南方即将逝去的生活传统表达出强烈的忧虑。

奥康纳在短篇小说《家的慰藉》中成功塑造了一个深受父亲影响而最终犯下弑母之罪的小说人物——托马斯的形象。作为中年知识分子的托马斯沉湎于家庭的温暖平静之中。"女色情狂"[①]莎拉的到来打破这一

---

① 弗兰纳里·奥康纳：《家的慰藉》，见弗兰纳里·奥康纳：《上升的一切必将汇合》，仲召明译，北京：新星出版社，2012年，第133页。

切。在托马斯的心目中，电热毯和打字机代表着家的温暖与舒适，其苍白无力的性格与莎拉热情洋溢的生命活力形成鲜明的对比。尽管托马斯的母亲认为莎拉本质上是一个善良的女孩，只是环境使她变坏，但在托马斯看来并非如此，莎拉就是他口口声声所说的典型的"小荡妇"。① 面对莎拉的可怕和挑衅，在愤怒和恍惚之中，托马斯在内心深处感到了他父亲的复活与深刻影响。托马斯仿佛听见父亲在说："任她对你为所欲为，……你不像我，不像个男人。"② 当得知莎拉因酗酒即将被房东赶出时，"父亲的鬼魂在托马斯的面前升起。打电话给治安官，老头提醒他。'打电话给治安官，'托马斯大声说，'打电话给治安官，叫他去那里把她弄走'"。③ 小说情节的叙述表明，不在场的父亲的强大思想时刻控制着托马斯的行为。也正是这种父亲挥之不去的影响，托马斯最终才误杀了自己的母亲，成为以死去的父亲为代表的父权制的受害者和牺牲品。奥康纳以此小说深刻揭示出代表父权制的父亲形象成为下一代男权思想和性别歧视的支持者，是新的罪恶产生的重要思想根源。

如果说在短篇小说《家的慰藉》中父辈的罪恶还是通过隐秘的影响关系展现出来的，那么相比之下，短篇小说《树林风景》中的父辈人物形象——福琼先生及其自私、冷酷的本质则在奥康纳的笔下被展现得更为直接、现实。小说中的福琼先生是一个对权力和金钱有着强烈欲望且控制欲极强的人物。在福琼先生看来，他是整个家庭的中心，有着至高无上的权力主宰地位，控制并决定着家庭中每一位成员的喜怒哀乐，甚至是他们的人生命运。小说的中心情节围绕着福琼先生对女婿皮茨一家

---

① 弗兰纳里·奥康纳：《家的慰藉》，见弗兰纳里·奥康纳：《上升的一切必将汇合》，仲召明译，北京：新星出版社，2012年，第143页。
② 弗兰纳里·奥康纳：《家的慰藉》，见弗兰纳里·奥康纳：《上升的一切必将汇合》，仲召明译，北京：新星出版社，2012年，第145页。
③ 弗兰纳里·奥康纳：《家的慰藉》，见弗兰纳里·奥康纳：《上升的一切必将汇合》，仲召明译，北京：新星出版社，2012年，第145页。

的刁难展开。之所以如此,最主要的原因在于他发现自从女儿嫁给皮茨以后,他在女儿心目中的地位就远远不如以前了,女儿"喜欢皮茨胜过这个家"①,这种境况在自私、狭隘的福琼先生的心目中是无论如何都无法容忍和接受的。于是,为了继续显示作为一家之主的权威,更为了报复女儿对自己的忽视和背叛,福琼先生决定禁止皮茨打井取水,并时不时地把土地卖掉一块,用这样的方式给皮茨一家人以实际的教训,让他们明白"皮茨挣的全归皮茨,但土地还是福琼的",而且"他经常有意让他们意识到这一事实"。②很明显,小说中福琼先生的这种行为方式一方面充分显示出了他作为"南方家庭罗曼司"中父辈家长的不可置疑、无法替代的权威地位;另一方面也充分暴露出了他嫉妒与仇恨的狭隘心理与罪恶本质。奥康纳的小说在展现堕落的人性本质所带来的"原罪"时,擅长聚焦于人性的弱点,擅长通过艺术化人物的塑造剥去人伪善的外衣,暴露人为了一己私利而犯下不可饶恕的罪恶,这在短篇小说《树林风景》中也展现得异常清晰完满。小说中描写福琼先生虽然处处刁难皮茨一家,但却对小外孙女玛丽·福琼疼爱有加。他不仅偷偷写下遗嘱将全部财产留给外孙女,而且还在内心中默默认同玛丽是他的同宗同族,"是他唯一尊重的家人"③,是他生命的真正意义的延续。然而当福琼先生意识到这一切不过是他的一厢情愿之际,当他看到玛丽为了父亲皮茨的利益竟然顶撞自己时,他再次体验到了如同当初自己女儿一样的背叛,这使得他"恶魔型"的罪恶本质彻底显现,最终他竟然亲手杀死了自己的外孙女。小说中的福琼先生这一父辈人物形象,既包含"原罪"中人性的弱点因

---

① 弗兰纳里·奥康纳:《树林风景》,见弗兰纳里·奥康纳:《上升的一切必将汇合》,仲召明译,北京:新星出版社,2012年,第63页。
② 弗兰纳里·奥康纳:《树林风景》,见弗兰纳里·奥康纳:《上升的一切必将汇合》,仲召明译,北京:新星出版社,2012年,第63页。
③ 弗兰纳里·奥康纳:《树林风景》,见弗兰纳里·奥康纳:《上升的一切必将汇合》,仲召明译,北京:新星出版社,2012年,第62页。

素，也包含由"原罪"引发而出的令人发指的极端暴力行为，可谓是奥康纳笔下最为典型的罪恶形象之一。

二、邪恶堕落的女性形象与"南方淑女神话"的解构

除了父亲的角色，"南方家庭罗曼司"中女人也占据不可忽视的重要地位。理查德·金曾用一整段的文字来描述女人在南方家庭中的地位和角色：

> 如果"南方家庭罗曼司"置父子关系为其核心的话，那么白人女性则被期望扮演母亲的角色。如种植园中的女管家一般，她表现出慷慨和大方，满足家庭的需要和愿望，无论是白人家庭，还是黑人家庭。虽然是美国南方的晚期，但这类女性形象的一个典型例子就是《飘》中斯嘉丽的母亲艾伦·郝思嘉。南方女性被期待具有双重社会角色：面对男性，她应该是屈从的、温柔的和有礼貌的；而面对孩子和奴隶以及从家庭管理的角度出发，她应展示出有技能、有创新精神和有魄力的一面。但是她仍然是影子人物（a shadowy figure），总是在那儿，也是必需的，但很少以全部面貌出现。她是"家里的皇后"（queen of the home）。①

理查德·金的这段描述与威尔伯·卡什在《南方的思想》一书中对女性的浪漫化描述几乎如出一辙：

> 她是南方的庇护，南方女性如身着铠甲的雅典娜在云天之上闪耀着炫目的光辉。她是南方人面对敌人时集合的旗帜，是传奇般的

---

① Richard King, *A Southern Renaissance: The Cultural Awakening of the American South, 1930-1955*, New York: Oxford UP, 1980, p.35.

象征。她是阿斯托拉脱城百合般的少女，是皮奥复山上的狩猎女神。同时，她又是令人心生怜悯的圣母。仅仅提到她的名字，强壮的男人就会为之垂泪或者高声呐喊。没有哪一个布道不是从歌颂她的荣耀开始而又以此结束，没有哪一个慷慨的演讲不是由捍卫她的尊严开篇而又以此收尾。①

理查德·金和威尔伯·卡什的描述共同指向的都是南方父权制下对女性形象的建构，即"南方淑女神话"。所谓"南方淑女神话"，其本质是美国南方遗留的贵族荣誉的重要组成部分。在美国南方思想的精神领域，女性代表着一系列被认同的最优秀的价值观，集温柔贞洁、柔弱顺服、文静谦卑等美好品质于一身，成为男人们"所有爱的圆心和圆周，直径和周长，弦、切线和割线"。② 而在现实生活中，女性又成为默默承担繁重家务、辛苦劳作、任劳任怨的典范，她们相夫教子、维持南方种植园的运转、管理奴仆，且拥有旺盛的生育能力，这一切都映射出南方社会对女性的双重要求与期待，即女性既要贤淑、温柔，照顾好家庭，满足男人的各种需要，同时又要不仅是"花瓶"，而是面对家庭问题要表现出一定的决断力，唯有这样的女性才配得上忠勇、正义、慷慨的南方骑士精神，也才符合南方主流社会价值观念的规范。

尽管美国南方作家笔下不乏淑女型女性形象，但更多的则是与淑女形象相反、具有叛逆精神甚至是充满人性之恶的女性形象。南方作家通过这些女性形象的塑造，一方面解构传统的"南方淑女神话"；另一方面则在更为深广的领域探索人性，深化"南方家庭罗曼司"的罪恶。

福克纳对堕落女性形象的描述和刻画表现出强烈的兴趣，甚至在某些方面不亚于对其他人物形象的描绘。对此，柯林斯·布鲁克斯就曾在福

---

① W. J. Cash, *The Mind of the South*, New York: Vintage, 1941, p. 89.
② W. J. Cash, *The Mind of the South*, New York: Vintage, 1941, p. 89.

克纳的小说中读出了女人与邪恶的内在关联:"几乎在福克纳的每一部长篇小说中,男性发现邪恶与现实都与他们发现女性的真正本质密切相关。男人把女人理想化和浪漫化,但问题的关键是,女人和邪恶有着男人所没有的关联。她们秉性灵活、柔韧,能够调整自我,适应邪恶,而不至于被碎为齑粉。女人是理想化的目标,但她们完全不是理想主义者。"①

　　福克纳众多描写女性堕落并由此折射出"现世之恶"的小说中,《圣殿》毫无疑问是最为关键和突出的一部。小说出版于1931年,是福克纳所有小说中甫一面世就成为畅销书的作品。1932年福克纳为《圣殿》的现代文库版写了一篇序言,直言创作这部小说最主要的目的是为了赚钱,是希望使用骇人听闻的手法制造出轰动效应:"我开始从可能获利的角度考虑写书的问题。我决定还不如自己想法子搞到点钱呢。我抽出了一小段时间,设想在密西西比州一个人会相信什么是合乎当前潮流的,选择了我认为是正确的答案,构思了我能想象到的最最恐怖的故事,用了大约三周的时间将它写出来,然后寄给刚刚接受《喧哗与骚动》的史密斯,他立刻给我写信说:'好上帝呀,我可不能出版这玩意儿。咱们俩都会进监狱的。'"②小说以哥特式手法,结合侦探故事的叙事技巧叙述主人公女大学生谭波儿·德雷克自甘堕落、被残忍强奸的故事。福克纳同时代的著名作家海明威(Ernest Hemingway)曾在小说作品中间接揶揄和讽刺过《圣殿》的主题和风格:"人家打听得消息告诉我说,由于有了威廉·福克纳先生的优秀作品,出版商现在也不要你把作品的大部分都删去,他们倒是什么都肯出版了。我期待着有一天写写我年轻时候在这块土地上最好的妓院里花的那些日子,在那里结识的最聪明的朋友。这个

---

① Cleanth Brooks, *William Faulkner: The Yoknapatawpha Country*, New Haven & London: Yale UP, 1963, pp.127-128.
② William Faulkner, "Introduction to the Modern Library Edition of *Sanctuary*", See William Faulkner, *Essays, Speeches & Public Letters*, Ed. by James B. Meriwether, New York: The Modern Library, 2004, p.177.

背景材料我一直留着到我晚年再来写的,到了那个时候,由于年代相距远了,就可以把当时情况看得非常清楚。"① 柯林斯·布鲁克斯则以"邪恶的发现"(Discovery of Evil)为标题来探讨《圣殿》的主题,认为小说不仅是对"现实本质的认识和随之而来的对邪恶的认识",而且其对于邪恶和暴力的描写体现出"令人不寒而栗的强大力量"。② 评论家俄康纳也有类似的看法,他认为《圣殿》里集中描写了"性欲的罪恶",而这种罪恶既"同世界的衰老和腐败有关",也同"葡萄、忍冬花四季的变迁"有关,集中反映"在这个社会中,性只是一种欲望,而人与人之间的关系,也只是一种不道德的结合而已"。③ 秘鲁作家巴尔加斯·略萨(Mario Vargas Llosa)也撰文认为如果从《圣殿》"令人毛骨悚然的恐怖主义、有可能令人眩晕、使人感到阴暗、悲观的残暴和愚昧来看,它几乎是让人无法忍受的"。④ 将《圣殿》定位为是福克纳将邪恶主题推向顶点的一部小说的说法事实上获得了绝大多数评论家的认可,福克纳的这一主题和倾向也确实可以从后来出版的《圣殿:原始文本》(Sanctuary: The Original Text)中得到进一步证实。

审视《圣殿》小说文本,结合小说标题的暗示,毫无疑问居于邪恶中心、最能体现作家情感倾向的人物是女主人公谭波儿·德雷克。英国当代小说家、评论家戴维·洛奇(David Lodge)曾指出:"小说里的名字决不是无的放矢。就算它们是再平常不过的名字,它们肯定也有特殊的意义。"⑤ 评论家俄康纳也提醒我们说:"在福克纳小说里,角色的名

---

① 海明威:《死在午后》,金绍禹译,上海:上海译文出版社,2004年,第173页。
② Cleanth Brooks, *William Faulkner: The Yoknapatawpha Country*, New Haven & London: Yale UP, 1963, p.116.
③ 威廉·范·俄康纳:《威廉·福克纳》,叶珊译,见威廉·范·俄康纳编:《美国现代七大小说家》,张爱玲等译,北京:生活·读书·新知三联书店,1988年,第166页。
④ 巴尔加斯·略萨:《藏污纳垢之所——评〈圣殿〉》,见巴尔加斯·略萨:《谎言中的真实》,赵德明译,昆明:云南人民出版社,1997年,第285页。
⑤ 戴维·洛奇:《小说的艺术》,卢丽安译,上海:上海译文出版社,2010年,第43页。

字占该角色性格很重要的地位。"① 从文字构成来看，小说的标题《圣殿》（*Sanctuary*）与女主人公的名字谭波儿·德雷克（Temple Drake）确实存在内在逻辑联系。"德雷克"（Drake）这个姓在英语中的意思是"公鸭"，西方文化中令人生厌的动物形象；"谭波儿"（Temple）的英语意思是"庙宇"或"圣殿"，在《圣经》中指代"肉体"，典出《新约·哥林多前书》："岂不知你们的身子就是圣灵的殿吗？"② 这样，在小说中"谭波儿"就具有了双重意义：从小说文本出发，作家主要是表现女主人公谭波儿没有灵魂，没有思想和主见，在生活中一切全凭本能的欲望和肉体的冲动，自甘堕落，受欲望控制和奴役的本性。而就形而上学意义来看，喻指以谭波儿为代表的女性失去了精神的家园和人生的终极意义，在现实生活中因背离上帝而导致生活迷失、人性堕落。

尽管在《圣殿》研究批评史上关于谭波儿的人物形象存在巨大争议，③ 但无可否认的一个基本事实是，即从小说文本描述来看，谭波儿确实与人性恶有着密不可分的联系，甚至在许多场景中她是放任自由意志去主动贴近和迎合恶的到来的。回归小说文本可以清楚发现，在谭波儿的性格特征中，非理性和放任自由意志是主导方面之一。当她被带到老法国人宅院时，她不断恳求他人帮助，并告诫自己要离开，结果她却没有主动离开。她在"金鱼眼"这帮私酒贩子中间穿来穿去，刻意展示自己，以吸引他们的注意。鲁碧告诫她待在一个地方不要乱动，她却置若罔闻，竟然在就寝时当着男人的面脱掉外衣，并拿出胭脂盒涂抹起来。小说中这些细节描述无疑都是典型的故意挑逗行为，而这正是她后来遭

---

① 威廉·范·俄康纳：《威廉·福克纳》，叶珊译，见威廉·范·俄康纳编：《美国现代七大小说家》，张爱玲等译，北京：生活·读书·新知三联书店，1988 年，第 173 页。
② 和合本《圣经》译为"岂不知你们的身子是基督的肢体吗？"（林前 6:15）
③ 关于谭波儿人物形象的批评梳理与争论可以参考陶洁的文章《〈圣殿〉究竟是本什么样的小说》，参见陶洁：《灯下西窗——美国文学和美国文化》，北京：北京大学出版社，2004 年，第 201—203 页。

受性侵犯无可推卸的自我主观方面的因素。接下来小说写到当"金鱼眼"来到床前抚摸她时，她的心情竟然是既恐惧又渴望，把自己想象成"头发花白、戴着眼镜的老师"和"长着长长白胡子的老头"。[①] 当她被强奸、继而被带到巴莉小姐的妓院后，她更是学会了酗酒，并对性爱越来越感兴趣。她开始随波逐流，自暴自弃，心甘情愿地接受"金鱼眼"的控制，称其为"爹爹"，直接与自己的父亲等同。在小说结尾的法庭场景中，她不仅带着骄傲讲述自己的遭遇，而且还当庭作伪证，把"金鱼眼"的罪恶行径完全推到戈德温身上，从而导致无辜者戈德温被暴徒活活烧死，她本人却对此没有一丝的愧疚感。以上小说细节证明，视谭波儿为一个单纯的受害者形象，既不客观也不符合文本实际。事实上，在《圣殿》中福克纳还塑造了一个类似谭波儿的女性形象——娜西莎。她不仅在《圣殿》中出现，同时还在短篇小说《曾经有过这样一位女王》中出现。在后者中，福克纳集中描述了她因偷情事件被一陌生男子知晓，为了守住秘密，不得不以肉体交换的方式换回证据、保全自己的故事。通过这篇短篇小说故事情节的描述，福克纳已经暗示读者娜西莎本质上就是一个没有灵魂的、堕落的女人。而在《圣殿》中她亦是如此。为了避免哥哥高文·斯蒂文斯卷入案件中，也为了尽早有个结果了却事端，她不顾哥哥的胜败，也不在乎谁是真正的杀人凶手，不分善恶以及是非曲直，放任自己的行为，主动向对手通风报信，助纣为虐，帮助别有目的的检察官把无辜的戈德温定为凶手。娜西莎的性格主导和本质与谭波儿相差无几。

那么，在同一部小说中，为什么福克纳要如此热衷塑造出两个堕落的女性形象呢？福克纳又为何不沿袭"南方家庭罗曼司"固有的女性形象传统而非要反其道而行之？《圣殿》中一段关于"伊甸园神话"的

[①] William Faulkner, "Sanctuary", See Joseph Blotner and Noel Polk eds., *William Faulkner: Novels, 1930-1935*, New York: The Library of Amerca, 1985, p.331.

摹仿叙事也许为解决相关问题提供了一种可靠的路径。福克纳这样描述："她说那蛇早就看见夏娃了，但要等到几天后亚当让夏娃挂上一片无花果树叶时才注意到她。你怎么知道的？她们说，她就说因为蛇早就在伊甸园里，比亚当还早，因为它是第一个被赶出天国的；它一直就在那儿啊。"① 福克纳在这里暗示出一种重要的女性观念，即在基督教和圣经文化中女性形象的原初定位就与罪恶紧密相连。在《圣经·创世记》的伊甸园故事中，女性夏娃被看作是诱惑男性亚当犯罪的工具，女性夏娃从一开始便是有罪的，便是受上帝诅咒的，后世女人即使没有完全遗传夏娃之罪，至少也是倾向于重复夏娃行为的。而蛇则代表"欲望的心理投影"，是人性腐化的动物本能的反映，是"通向撒旦主题路上的起始点"。② 蛇与女性二者的结合正是构成罪恶的生命基始。福克纳在女性形象塑造上与圣经文化传统明显具有承袭性，他以圣经文化观念为基准和出发点，探讨现世之恶的宗教起源，并结合自己对南方的复杂情感，从解构南方传统淑女形象角度来揭示南方"阿特柔斯房屋的倒塌"总主题。换言之意味着，堕落的女性形象是揭示"阿特柔斯房屋的倒塌"主题的一个侧面，一种载体和表现方式。正像评论家拉瑞·莱文格（Larry Levinger）所说，不管福克纳小说最终能衍生出多少个主题，但其中最基本的一个主题和观念是福克纳始终认为"小说是社会的镜子"，要照出笼罩在黑暗力量之下的那个社会。③ 在此意义上，回顾马尔科姆·考利对《圣殿》主题的评价便显得公允得多："它是颠倒过来的弗洛伊德公式的一个实例，它充斥着性的梦魇，其实它们都是社会的象征。在作者的

---

① William Faulkner, "Sanctuary", See Joseph Blotner and Noel Polk eds., *William Faulkner: Novels, 1930-1935*, New York: The Library of Amerca, 1985, p.284.
② 保罗·里克尔：《恶的象征》，公车译，上海：上海人民出版社，2003年，第260、262页。
③ Jay Parini, *One Matchless Time: A Life of William Faulkner*, New York: Harper Perennial, 2004, p.136.

头脑里，反正此书与他认为南方被强奸被败坏的看法有关联。"① 以女性主义福克纳研究而擅长的戴尔尼·罗伯兹（Diane Roberts）也表达过类似观点，她认为福克纳在《圣殿》中再现了南方淑女文化观念在资本主义新南方社会中是如何瓦解崩溃的。② 这意味着女性的身体及其罪恶行为和堕落本质都是具有象征意义的，是与南方整个社会内在肌理联系在一起的。福克纳本人也明确表述过这种观点："我书中那些不讨人喜欢的女人并不是我故意把她们写成让人不舒服的人物，更别说不讨人喜欢的女人。她们是被我用来当工具，做手段的，目的是为了讲故事，讲一个我想讲的故事，我希望借此表现不公正确实存在，你不能光是接受这个不公正，你必须想点办法，采取一点措施。"③

作为展现南方家庭和社会肌理颓败的叛逆、罪恶女性形象也出现在卡森·麦卡勒斯的长篇小说《金色眼睛的映像》以及尤多拉·韦尔蒂的小说《月亮湖》《六月演奏会》《乐观者的女儿》等作品中。

《金色眼睛的映像》是麦卡勒斯所有小说中色调相对来说比较灰暗的一部。尽管麦卡勒斯本人称这部小说是她的"童话故事"，但小说中充斥的性反常、窥淫癖、谋杀以及自残等情节还是使小说在出版伊始便论争不断，甚至饱受诟病。按照小说叙述者的说法，小说故事发生在20世纪30年代美国南方腹地的一个兵营，围绕"两名军官，一位士兵，两个女人，一个菲律宾人和一匹马"④来展开。这里所说的"两个女人"指的就是小说中性格鲜明的两个女性形象利奥诺拉和艾莉森。麦卡勒斯并未按照美国南方传统的淑女形象来塑造这两个人物，相反，小说中的她们充

---

① Malcolm Cowley, "Introduction", See Malcolm Cowley ed., *The Portable Faulkner*, New York: Penguin Books, 2003, p.xxi.
② See Diane Roberts, *Faulkner and Southern Womanhood*, Athens and London: The University of Georgia Press, 1994, pp. 129-139.
③ James B. Meriwether and Michael Millgate eds., *Lion in the Garden: Interviews with William Faulkner, 1926-1962*, Lincoln: University of Nebraska Press, 1968, p. 125.
④ 卡森·麦卡勒斯：《金色眼睛的映像》，陈黎译，上海：上海三联书店，2007年，第2页。

满叛逆性格、甚至是他人眼中的罪恶女人,这在利奥诺拉身上显现得更加明显。小说中描写,利奥诺拉虽然年轻貌美,但却丝毫没有南方淑女的美德,小说中描写她的笑声"既温柔又粗野",面对肉体的展现又十分自然,甚至让她的丈夫都觉得她的姿态与举止"真像个妓女":

> 她脱掉套头衫,卷成一个球扔到屋子的墙角。她又故意脱掉马裤,光着双腿走了出来。转眼间壁炉旁的她已经是赤身裸体。金黄的炉火前她的身体美丽异常。肩膀很平,锁骨的线条衬得清晰完美。饱满的乳房间能看见纤细的蓝色血管。几年之后她的身体会像玫瑰花瓣一样绽放,但是现在圆润柔软的身体却因为运动更加结实和紧凑。尽管她静静地站立,她的身体仍像是在微微颤动,给人一种假象,——抚摸她美妙的肉体就能感觉到体内鲜血缓慢的流淌。上尉望着她,像是被扇了一耳光,脸上带着吃惊的义愤,她则安详地向连着楼梯的门厅走去。①

小说中还写道,利奥诺拉表现得"无所畏惧,不管男人、野兽还是魔鬼"②,甚至"她也从不认识上帝"③。由于丈夫的性无能,她的婚姻早已名存实亡,因此她也就顺理成章拥有了好几个情人。也正因为此,她被哨所的太太们津津乐道为"情场老手,经验丰富,战果辉煌"④。不仅如此,小说还描写利奥诺拉似乎先天就有些与众不同,让人觉得"天性中有什么地方不对劲,却搞不清是什么",⑤仿佛"有一点弱智"。⑥很明显,

---

① 卡森·麦卡勒斯:《金色眼睛的映像》,陈黎译,上海:上海三联书店,2007年,第15页。
② 卡森·麦卡勒斯:《金色眼睛的映像》,陈黎译,上海:上海三联书店,2007年,第17页。
③ 卡森·麦卡勒斯:《金色眼睛的映像》,陈黎译,上海:上海三联书店,2007年,第17页。
④ 卡森·麦卡勒斯:《金色眼睛的映像》,陈黎译,上海:上海三联书店,2007年,第17页。
⑤ 卡森·麦卡勒斯:《金色眼睛的映像》,陈黎译,上海:上海三联书店,2007年,第18页。
⑥ 卡森·麦卡勒斯:《金色眼睛的映像》,陈黎译,上海:上海三联书店,2007年,第18页。

利奥诺拉无论在行为上还是在内在品质上都不具备传统南方淑女的特质，她的婚外恋与南方传统伦理观念相悖，她也不具备南方淑女精明能干的品质，小说中甚至描写她可能连最基本、最简单的琐事也无法应对："就算严刑拷打她，她也算不出十二乘十三等于多少。有些信是必须要写的，诸如感谢叔叔的生日礼物的支票，或者定购马的缰绳，那可真要伤透她的脑筋。"① 《金色眼睛的映像》中的利奥诺拉完全不是传统意义上的"南方淑女"，相反她却处处显现为淑女的反面和对立面，在此意义上，麦卡勒斯是将行为放荡堕落、头脑简单的利奥诺拉塑造成了男性眼中"坏女人"和"恶女人"的形象，是《圣经》中堕落的夏娃，只是与福克纳笔下的谭波儿表现程度不同而已。

类似利奥诺拉的人物形象也出现在了尤多拉·韦尔蒂的小说中。短篇小说《月亮湖》是尤多拉·韦尔蒂小说集《金苹果》中的重要篇章，小说围绕"月亮湖"这一地域环境以及与其紧密相连的莫加纳的孤儿伊斯特尔的言行来展开。在谈及《月亮湖》的创作动机时，韦尔蒂曾明确表示小说探讨的是"主流性别体系中女性的过去如何被清除、未来如何被危及这一问题"。② 为了更好地展现这一主题，小说塑造了一个充满叛逆个性的女性伊斯特尔的形象，并集中展现了她潜藏的有别于南方传统淑女的自我意识。在小说伊始，韦尔蒂就集中描写了伊斯特尔对两性关系的觉醒，从中读者便可以清晰地看到伊斯特尔与南方传统淑女的明显差别。当月亮湖营地的成员结束晚间活动躲进各自的帐篷时，小说集中展现了"夜"对于她们的威胁与侵袭：

> 帐篷外，粗鲁地站着沉思的夜。黑夜从帐篷的缝隙里钻进来，像人一样站在帐篷里。它仿佛长着长长的胳膊或翅膀，站在帐篷中

---

① 卡森·麦卡勒斯：《金色眼睛的映像》，陈黎译，上海：上海三联书店，2007年，第18页。
② See Patricia S. Yaeger, "The Case of the Dangling Signifier: Phallic Imagery in Eudora Welty's *'Moon Lake'*", *Twentieth Century Literature*, No. 28, 1982, p. 431.

央撑杆的地方。尼娜躺在床上，悄悄躲开黑夜。但黑夜却了解伊斯特尔，对她了如指掌。热纳瓦把她挤到床边。伊斯特尔的手伸到床外，手掌朝外悬着。她也许在说，来吧，黑夜。对这个巨人，对如此黑暗的东西，如此温柔。黑夜温顺而优雅，跪在她的面前。伊斯特尔长满老茧的手伸到床外，朝帐篷里的黑夜张开。①

小说的这一段描写很隐晦，同时也极具象征意味。在评论家路易斯·韦斯林（Louise Hutchings Westling）看来，"夜"的这一意象明显充斥着性爱的暗示，是"带有阳物特征的"，相应地"帐篷"则"形似于女性的阴道"。② 面对"夜"的入侵，尼娜等传统淑女选择躲避，而伊斯特尔却主动逢迎，显然作家并没有将伊斯特尔纳入"南方家庭罗曼司"传统淑女的窠臼之中，而是将其塑造成了传统观念的颠覆者。在此意义上，伊斯特尔也是典型的"邪恶而堕落的夏娃"形象。

短篇《六月演奏会》同样也是小说集《金苹果》中的重要篇章。在这篇小说中，尤多拉·韦尔蒂集中塑造了另一个颠覆传统淑女形象的人物——维尔吉·雷尼。在《六月演奏会》的开篇，小说集中描写了维尔吉的外貌特征。小说中的维尔吉虽然有着花季少女的年龄，但却看起来十分像个假小子："维尔吉·雷尼十岁或十二岁时，头发便自然拳曲，乌黑亮丽，柔滑浓密——但从不梳理。"③ 在清教传统盛行的美洲大陆，"浓密"而"乌黑"的头发有着特殊的象征意义，即浪漫与情欲，既指向情欲诱惑的源泉，也暗指罪恶的渊薮。维尔吉头发的特点已经鲜明表

---

① 尤多拉·韦尔蒂：《月亮湖》，见尤多拉·韦尔蒂：《金苹果》，刘浩波译，南京：译林出版社，2013年，第132页。
② Louise Hutchings Westling, *Eudora Welty*, Totowa, New Jersey: Barnes and Noble Books, 1989, p.144.
③ 尤多拉·韦尔蒂：《六月演奏会》，见尤多拉·韦尔蒂：《金苹果》，刘浩波译，南京：译林出版社，2013年，第39页。

示出了她性格中的随性与散漫以及对秩序规则的不屑。关于维尔吉的性格特点，小说还从她的穿着进行了补充描写："她穿着红色水手衫，扣子总是松松垮垮的，红色丝带实际上是用美洲商陆果汁染过的女鞋鞋带。她野性十足，无论对自己还是对别人都喜怒无常、我行我素。"① 小说紧接着讲述了维尔吉成长的经历，进一步暴露了其性格中的桀骜不驯。在莫加纳支配阶层看来，作为典型的南方家庭淑女，通晓音乐并具备一定的艺术修养是必需的，而维尔吉恰巧是所有女孩子中最具艺术天赋的，但她却拒绝遵守学习的时间，甚至对老师也不屑一顾："有时候维尔吉要先送奶，会晚到一个小时。有时候她从后门进来，边进屋还边啃着熟透了的无花果的皮。有时候她索性就不来上课。"② "艾克哈特小姐非常准时，要求严格。小女孩们一个接一个撩开珠帘进去，然后又离开，彼此俨然素不相识。只有维尔吉露出嘲笑的眼神。"③ 维尔吉独特的个性和偏离传统淑女的行为反映着她的人生选择和价值取向，即追求自由、主张个性张扬。这与传统的"南方家庭罗曼司"为女性制定的规则截然不同，她不想做纯洁而顺从的天使，只想自由地表达自己的情感，包括对性的追求与渴望。小说中描写维尔吉成为妙龄少女后毫不掩饰自己的情欲，并主动引诱水手偷食禁果，这不仅与小说中的另一女性人物卡西形成鲜明的对比，而且面对众多其他女性异样的眼光，她都毫无羞耻之感："她从台阶上跑下来，来到人行道上，鞋跟发出咔嗒咔嗒的声音。……好像之前或身后什么都没有发生似的，好像她无论成为什么，

---

① 尤多拉·韦尔蒂：《六月演奏会》，见尤多拉·韦尔蒂：《金苹果》，刘涛波译，南京：译林出版社，2013年，第39页。
② 尤多拉·韦尔蒂：《六月演奏会》，见尤多拉·韦尔蒂：《金苹果》，刘涛波译，南京：译林出版社，2013年，第37页。
③ 尤多拉·韦尔蒂：《六月演奏会》，见尤多拉·韦尔蒂：《金苹果》，刘涛波译，南京：译林出版社，2013年，第35页。

都是自由的。"① 维尔吉对生命本能的张扬和对南方淑女文化传统的挑战鲜明地表明她选择站在绝大多数人的对立面,无疑这又是一个较之传统规约充斥邪恶与堕落的女性形象。

《乐观者的女儿》是尤多拉·韦尔蒂长篇小说的代表作之一,作品曾获得 1973 年的普利策文学奖。小说发表之时,作家已经六十九岁,可以说,这是一部代表尤多拉·韦尔蒂晚年成熟思想的重要作品。小说的情节并不复杂,主要讲述一个成年女儿对行将辞世的年迈父亲的临终观照以及由此引发的一系列恩怨爱恨纠葛,集中反映了南方家庭中父亲、继母和女儿之间的复杂情感关系,充满了独特的南方韵味。小说的女主人公费伊与芒特卢斯小镇上其他女性不同,她既轻佻又自私。她在病房中将自己的丈夫麦凯尔瓦摇晃致死,非但没有为此感到内疚,反而抱怨自己的丈夫竟然在她生日那天死去。在办理丈夫丧事期间,当其他朋友讲述丈夫生前的美好事情来加以缅怀的时候,费伊却在朋友面前炫耀自己和家人。此后,小说集中叙述了费伊与继女劳雷尔相处的情形,其中充满了激烈的争执与矛盾。费伊不仅冷漠无情地让劳雷尔独自收拾遗物,而且还在劳雷尔最为看重的一块面板上毫不留心地留下累累刀痕,而这块面板对劳雷尔来说象征着昔日家庭的幸福与和睦。韦尔蒂通过象征邪恶的女性形象费伊的塑造,不仅解构了美国南方传统的淑女形象,而且通过昔日幸福家庭的一去不复返暗示出传统南方家庭观念面临着严峻的挑战和解体的危险。

"新生代"南方作家对叛逆、邪恶的女性形象塑造最为接近福克纳、卡森·麦卡勒斯、尤多拉·韦尔蒂等南方文艺复兴作家的当属科马克·麦卡锡。麦卡锡小说世界中的女性不但丧失了传统南方淑女的特质,而且愈发向畸形、扭曲、阴郁的方向发展,从而展现出独特的哥特式风

---

① 尤多拉·韦尔蒂:《六月演奏会》,见尤多拉·韦尔蒂:《金苹果》,刘浡波译,南京:译林出版社,2013 年,第 81 页。

格。《守望果园》中韦斯利的母亲被塑造成一个复仇的女性形象，不仅"吞咽时眼睛鼓得像癞蛤蟆"，① 而且"身上还散发着糖醋味"。②《苏特里》中的非裔女巫玛拉小姐被描述成"驼背的老丑婆"，散发出"老女人死尸般肉身的恶臭"。③ 麦卡锡的这些对女性带有明显贬义和邪恶特质的描写构成了小说的一道刺眼风景，其中透过人物所折射的当代美国南方社会现实图景可见一斑。

三、乱伦主题与南方传统伦理价值的崩溃

除了人物形象的塑造，乱伦主题的艺术化呈现成为南方作家表现人性之恶和"阿特柔斯房屋的倒塌"趋势的又一重要方式。

从词源学角度来看，"乱伦"（incest）来源于拉丁语"incestus"一词，原意为"不贞洁"，柯林斯高级英语词典解释为"同一家庭两个成员之间发生性关系的一种犯罪，比如父亲和女儿或者兄长和妹妹"。④ 可见，原初严格意义上的乱伦是限定于家庭内部亲属之间的性行为关系的，后泛化引申为存有近亲血缘关系的人或群体间的不当性行为。乱伦的超越伦理道德性决定了这种行为方式必然与人性罪恶和堕落有着无法分割的联系。

在现代心理学范畴中，乱伦与弗洛伊德所说的"弑父娶母"的"俄狄浦斯情结"（Oedipus complex）密切相关。在弗洛伊德心理学中，俄狄浦斯情结是力比多理论和人格学说的重要延伸和衍化，是人类的一种普遍心理和社会现象，"宗教、道德、社会及艺术的肇始都汇集于俄狄浦斯情结之中"，⑤ 它甚至构成了人类内心深处潜意识中的某种原型。弗洛伊

---

① Cormac McCarthy, *The Orchard Keeper*, New York: Vintage, 1993, p. 61.
② Cormac McCarthy, *The Orchard Keeper*, New York: Vintage, 1993, p. 67.
③ Cormac McCarthy, *Suttree*, New York: Vintage, 1992, p. 427.
④ *Collins Cobuild Advanced Learner's English Dictionary*, Fourth Edition, Glasgow: Harper Collins Publishers, 2003, p. 733.
⑤ 弗洛伊德：《图腾与禁忌》，赵立玮译，上海：上海人民出版社，2005年，第186页。

德认为，对父亲的态度充满矛盾冲突，对母亲则形成专一的充满深情的对象关系，在一个男孩身上构成了简单明确的俄狄浦斯情结的内容。① 而拉普兰彻（Jean Laplanche）和庞塔里斯（Jean-Bertrand Pontalis）在《心理分析的语言》（*The Language of Psychoanalysis*）一书中则进一步给出了具体而明确的界定："在它所谓的肯定形式中，该情结出现在'俄狄浦斯王'理论中：一种希望对手死亡的欲望——对手是与他（她）同性的父（母）亲；以及对异性母（父）亲的性欲望。就其否定形式而言，我们看到方向相反的画面：爱同性的父（母）亲，恨异性的母（父）亲。"② 艾布拉姆斯（M. H. Abrams）在《文学术语汇编》（*A Glossary of Literary Terms*）中解释相关词条时则认为它是将人类原初的性的欲望指向"占有母亲而排斥掉另一方父亲"③，以自己的母亲或母亲的替代品，如妹妹等为性的目标和对象，其超越伦理道德的倾向性显而易见。

评论家杰伊·帕里尼认为，以"罪恶—惩罚"循环模式为原型的俄狄浦斯式的"乱伦的可能性"是福克纳"许多作品中的一个重要话题"。④ 福克纳充分利用这一主题，透过表象，揭示出乱伦的内在深度模式，将现世之恶的展示与美国南方传统价值崩溃、南方家庭解体和"阿特柔斯房屋的倒塌"主题所体现的衰落丧失感完满地呈现出来。在从《沙多里斯》到《喧哗与骚动》，再到《押沙龙，押沙龙！》等一系列"约克纳帕塔法"世系的主要小说中，福克纳不仅描绘了形形色色的乱伦模式，包括父女乱伦、母子乱伦、兄妹乱伦等，而且还将美国南方社会特有的奴隶制和种族罪恶与乱伦模式融合，从而在最大限度范围内揭示出了罪恶

---

① 参见埃里希·弗洛姆在《弗洛伊德思想的贡献与局限》（申荷永译，长沙：湖南人民出版社，1986 年）一书中第 32—45 页有关"恋母情结"的论述。
② Jean Laplanche & Jean-Bertrand Pontalis, *The Language of Psychoanalysis*, London: Hogarth Press, 1973, pp. 282-283.
③ M. H. Abrams, *A Glossary of Literary Terms*, Seventh Edition, New York: Holt, Rinehart and Winston, 1999, p. 250.
④ Jay Parini, *One Matchless Time: A Life of William Faulkner*, New York: Harper Perennial, 2004, p. 117.

放纵与因果报应的宿命观念，不仅加深了读者对于人的本质的深入思考，而且影射了美国南方的社会现实，进而探寻南方衰落和倒塌的内在深层次原因。

《喧哗与骚动》是公认的20世纪美国最为重要的长篇小说之一，也是福克纳进入创作成熟初期最为重要的代表作。小说的名字取自莎士比亚戏剧《麦克白》第五幕第五场中的一段著名台词："人生不过是一个行走的影子，一个在舞台上指手画脚的拙劣的伶人，登场片刻，就在无声无臭中悄然退下；它是一个愚人所讲的故事，充满着喧哗和骚动，却找不到一点意义。"① 从标题来看，可以清晰地领悟到福克纳意欲展示的中心主题，即人生的失落与无意义以及家庭的衰败和颓废。整部小说由四部分组成，分别由四个叙事者来讲述美国南方康普生家族的生活现状，其中前三部分的叙事者班吉、昆丁、杰生分别叙述了他们心目中妹妹凯蒂的形象和故事，暗示出他们三人之于凯蒂的特殊情感，尤其是昆丁和杰生的叙述，充斥着乱伦的性的欲望及与之相连的现世之恶和人性堕落、扭曲的趋势，小说的现实历史价值和文化隐喻价值于其中淋漓尽致地展示出来。

在福克纳的家庭小说中，家庭共同体往往都是悲剧性的，作为家庭重要支撑的父亲和母亲也相应地处于失职的状态。在《喧哗与骚动》中，昆丁的母亲康普生太太既不是一位好太太，更不是一位好母亲。她总是抱怨孩子们是她的负担，是她"造孽"的结果，她甚至这样形容她与孩子之间的关系："他们不是我的亲骨肉，他们是陌生人，与我没有一点关系，我真怕他们。"② 从中可以看出康普生太太性格的主导方面：冷酷、无

---

① William Shakespeare, *Macbeth*, London: Penguin Books, 1994, p.101. 中文译文参考了朱生豪先生的翻译。
② William Faulkner, "The Sound and the Fury", See David Minter ed., *The Sound and the Fury: An Authoritative Text, Backgrounds, and Context Criticism*, Second Edition, New York and London: W.W.Norton & Company, 1994, p.66. 原文为意识流部分，无标点，为了行文的连贯性，添加了标点。

情、自私自利，对孩子毫不关心。而作为一家之主的康普生先生也是如此。他一味沉溺于缅怀过去的情愫之中，借酒浇愁，丝毫没有父亲的威严。生活在这样一个死气沉沉的家庭中，昆丁感到生活既没有希望也没有目标。他曾几度在绝望的情绪中呼喊："如果我有母亲，我就可以说，母亲啊母亲。"① 在如此的现实家庭环境下，作为妹妹的凯蒂便在昆丁的生活中扮演了"替代母亲"的角色。评论家弗莱德里克·R. 卡尔认为"昆丁的乱伦感情实际上是从母亲向妹妹的偏转，他之所以产生这种感情仅仅是因为他被逐出了乐园。"② 也就是说，昆丁所希望得到的家的归属感以及家庭中爱的温馨在凯蒂的身上获得了重燃。凯蒂不仅在精神上、同时也在肉体上为昆丁提供了一种现实性的寄托，小说中"树的香味""忍冬的香味"等意象鲜明地表达了这一点。下面是小说中描述的昆丁与凯蒂在树丛中进行的具有强烈典型性和暗示性的一段对话：

  你没有干过那样的事是吗
  什么干过什么事
  就是我干过的事我干的事
  干过干过许多次跟许多姑娘
  接着我哭了起来她的手又抚摸着我我扑在她潮湿的胸前哭着接着她
  向后躺了下去眼睛越过我的头顶仰望天空我能看到她眼睛里虹膜的
  下面有一道白边我打开我的小刀

---

① William Faulkner, "The Sound and the Fury", See David Minter ed., *The Sound and the Fury: An Authoritative Text, Backgrounds, and Context Criticism*, Second Edition, New York and London: W.W.Norton & Company, 1994, p.109. 原文为意识流部分，无标点，为了行文的连贯性，添加了标点。

② Frederick R. Karl, *William Faulkner: American Writer*, New York: Ballantine Books, 1989, p.343.

你可记得大姆娣死的那一天你坐在水里弄湿了你的衬裤
记得
我把刀尖对准她的咽喉
用不了一秒钟只要一秒钟然后我就可以刺我自己刺我自己然后
那很好你自己刺自己行吗
行刀身够长的班吉现在睡在床上了
是的
用不了一秒钟我尽量不弄痛你
好的
你闭上眼睛行吗
不就这样很好你得使劲往里捅
你拿手来摸摸看
可是她不动她的眼睛睁得好大越过我的头顶仰望着天空
凯蒂你可记得因为你衬裤沾上了泥水迪尔西怎样大惊小怪吗
不要哭
我没哭啊凯蒂
你捅呀你倒是捅呀
你要我捅吗
是的你捅呀
你拿手来摸摸看
别哭了可怜的昆丁①

在这一大段亦真亦幻的描述中,性的暗示比比皆是,兄妹二人心理

---

① William Faulkner, "The Sound and the Fury", See David Minter ed., *The Sound and the Fury: An Authoritative Text, Backgrounds, and Context Criticism*, Second Edition, New York and London: W.W.Norton & Company, 1994, pp. 95-96. 原文为意识流部分,无标点。

和生理上的双重依赖暴露无遗。如评论家弗莱德里克·R.卡尔所说:"乱伦将是福克纳晚期作品中一个醒目的主题,而《喧哗与骚动》中凯蒂和昆丁则是最明显的和最重要的。"① 正是这种特殊的关系和情感才导致昆丁人格的失衡,最终以自杀的方式而告终。昆丁希冀一个人永远独自拥有他心目中凯蒂的纯真性,这种想法促使他发现凯蒂和其他男人在一起并逐渐堕落的时候,感觉到"忍冬是所有香味中最悲哀的一种了",而且还和"别的一切掺和在一起了"。② 在这种情况下,如果说昆丁编造自己与凯蒂发生关系是为了挽回荣誉,为自己失衡的人格和心理找寻安慰的话,那么他最终选择自杀则是一种带有置之死地而后生意味的行为,是"在绝望地意识到他所怀抱的美的意象被毁污时"以"自杀来赋予存在以某种意义",并以此行为来"变无意义的堕落为有意义的毁灭"。③ 柯林斯·布鲁克斯认为昆丁的乱伦暴露了他作为清教徒的一种"对性道德崩溃的警示",④ 这一含义固然不能否定,但其实质并不全在于此。事实上,与其说昆丁留恋凯蒂,不如说昆丁更留恋凯蒂所代表的纯洁,而这种纯洁是与南方素有的荣誉感紧密联系在一起的。这样,凯蒂的堕落便成为南方堕落的隐喻,昆丁因为凯蒂的堕落而人格失衡便转化为了南方堕落的象征方式或"客观对应物",最后昆丁自杀则意味着是对南方挽留无果情形下彻底绝望的一种无奈选择。如此说来,昆丁的乱伦行为在某种角度上来看便具有了形而上的意义和价值,诚如理查德·金所做出的精辟概括与总结,即昆丁的"乱伦欲望与他企图中断时间的欲望密切关

---

① Frederick R. Karl, *William Faulkner: American Writer*, New York: Ballantine Books, 1989, p.151.
② William Faulkner, "The Sound and the Fury", See David Minter ed., *The Sound and the Fury: An Authoritative Text, Backgrounds, and Context Criticism*, Second Edition, New York and London: W.W.Norton & Company, 1994, p.107.
③ 朱炎:《美国文学评论集》,台北:联经出版事业公司,1976年,第94页。
④ Cleanth Brooks, *William Faulkner: The Yoknapatawpha Country*, New Haven & London: Yale UP, 1963, p.331.

联",① 其重要性只有在"南方家庭罗曼司和文化秩序瓦解的大背景下才能获得更为深刻的考察"。②

如果说昆丁的乱伦意识反映的是"阿特柔斯房屋的倒塌"主题的失落感的话,那么杰生的乱伦观念则是福克纳从人性本恶的角度对相关主题的有力补充。小说以"我总是说,天生的贱坯就永远都是贱坯"③开始杰生部分的叙事,充分体现出福克纳对杰生这一人物形象的构思与定位。福克纳曾明确表示:"对我来说,杰生纯粹是恶的代表。依我看,从我的想象里产生出来的形象中,他是最最邪恶的一个。"④ 而福克纳在小说中通过迪尔西和凯蒂眼中的杰生也暗示出了这一点。迪尔西认为即使杰生算是个人,也一定"是个冷酷的人";凯蒂则描述杰生在成功的人的外表下"血从来都是冷冰冰的"。⑤ 杰生与昆丁在本质上有所不同,他是以憎恨女人的方式来留恋凯蒂,甚至将这种复杂的情感转化到凯蒂的私生女小昆丁身上。他想尽各种办法羞辱小昆丁,骂她是母狗、妓女和荡妇,贬低小昆丁的人格,称其为女黑鬼、怪兽等,这些都是杰生陷入与外甥女小昆丁乱伦情感的语言潜意识表达,是其渴望乱伦的痛苦表现。小说还集中描写了杰生与小昆丁发生激烈争吵、乃至肢体冲突的过程。当时小昆

---

① Richard King, *A Southern Renaissance: The Cultural Awakening of the American South, 1930-1955*, New York: Oxford UP, 1980, p.6.

② Richard King, *A Southern Renaissance: The Cultural Awakening of the American South, 1930-1955*, New York: Oxford UP, 1980, p.6.

③ William Faulkner, "The Sound and the Fury", See David Minter ed., *The Sound and the Fury: An Authoritative Text, Backgrounds, and Context Criticism*, Second Edition, New York and London: W.W.Norton & Company, 1994, p.113.

④ "Faulkner Discusses *The Sound and the Fury*: Remarks in Japan, 1955", See Michael H. Cowan ed., *Twentieth Century Interpretations of The Sound and the Fury: A Collection of Critical Essays*, Englewood Cliffs, N. J. : Prentice-Hall, Inc., 1968, p.14.

⑤ William Faulkner, "The Sound and the Fury", See David Minter ed., *The Sound and the Fury: An Authoritative Text, Backgrounds, and Context Criticism*, Second Edition, New York and London: W.W.Norton & Company, 1994, pp.130-131.

丁穿着浴衣，而杰生却把她拖到了餐厅里，小说描写此时小昆丁的"浴衣松了开来，在身边飘动，里面简直没穿什么衣服"。① 而面对如此情形，杰生却"死死地盯着她"，② 甚至最后还要抽出皮带来教训她。在小说的这一场景中，杰生不仅看到了小昆丁"在系浴衣的带子"，③ 而且还肆无忌惮地展现出男性之于女性的暴力倾向。作为舅舅的杰生与穿着浴衣的外甥女小昆丁撕扯，而且还清晰地看到了外甥女少女般的胴体，这一方面反映出杰生对小昆丁充满仇恨，但另一方面如评论家弗莱德里克·R. 卡尔所指出的那样，也反映出了仇恨关系的另一面，即作为舅舅的杰生必须应付小昆丁"就像昆丁必须应付她的母亲、他的妹妹一样"。④ 卡尔的评述清晰地表明，小说这一场景中的杰生事实上已经深深陷入了与小昆丁之间"两性纠葛的范畴"。⑤ 换言之，杰生的暴力行为中带有强烈的乱伦欲望倾向。

如果说福克纳在《喧哗与骚动》中对过于亲密、倾向于"精神乱伦"⑥ 的血亲关系的表达尚处于隐晦阶段的话，那么小说《押沙龙，押沙龙！》对这一主题关系则表现得更加直接、充分，也更加复杂。评论家弗莱德里克·R. 卡尔认为《押沙龙，押沙龙！》达到了福克纳"小说创作的巅峰"，是20世纪美国文学继"亨利·詹姆斯的《大使》《鸽翼》和

---

① William Faulkner, "The Sound and the Fury", See David Minter ed., *The Sound and the Fury: An Authoritative Text, Backgrounds, and Context Criticism*, Second Edition, New York and London: W.W.Norton & Company, 1994, p.116.
② William Faulkner, "The Sound and the Fury", See David Minter ed., *The Sound and the Fury: An Authoritative Text, Backgrounds, and Context Criticism*, Second Edition, New York and London: W. W. Norton & Company, 1994, p.116.
③ William Faulkner, "The Sound and the Fury", See David Minter ed., *The Sound and the Fury: An Authoritative Text, Backgrounds, and Context Criticism*, Second Edition, New York and London: W. W. Norton & Company, 1994, p.116.
④ Frederick R. Karl, *William Faulkner: American Writer*, New York: Ballantine Books, 1989, p.331.
⑤ Frederick R. Karl, *William Faulkner: American Writer*, New York: Ballantine Books, 1989, p.331.
⑥ C. H. Hall, *Incest in Faulkner: A Metaphor for the Fall*, Ann Arbor: UMI Research Press, 1986, p.49.

《金碗》后最伟大的小说"。① 卡尔之所以会给这部小说如此高的评价，与小说本身宏大的历史叙事规模和前所未有的众多主题的并置糅合密不可分，尤其是贯穿小说始终的乱伦主题，更使得小说在细节和悬念上成为难得的优秀佳作。

《圣经》中所记载的亲属乱伦、血亲相残的故事情节和人物原型成为小说《押沙龙，押沙龙！》重要的平行对比来源。根据《圣经·撒母耳记下》的记载，大卫是希伯伦的王，登基的时候三十岁，在位四十年（撒下 5:4）。由于无意中他"藐视"了耶和华的命令，导致上帝耶和华不悦而遭受惩罚，即"刀剑必永不离开你的家"（撒下 12:10）、"嫔妃赐给别人"（撒下 12:11）以及"你所得的孩子必定要死"（撒下 12:14）。上帝耶和华的公开"报应"注定了大卫王家族永无安宁之日，悲剧无可避免地发生。接下来《圣经》便集中叙述了大卫王的儿女们如何走向手足相残、兄妹乱伦直至家族衰败毁灭的历程。"大卫的儿子押沙龙有一个美貌的妹子，名叫他玛，大卫的儿子暗嫩爱她。暗嫩为他妹子他玛忧急成病。他玛还是处女，暗嫩以为难向她行事"（撒下 13:1—2），于是向大卫长兄示米亚的儿子约拿达求助。在狡猾的约拿达的教唆下，暗嫩装病，并成功说服父亲大卫王派妹妹他玛来照顾他，并趁机强行"玷辱她，与她同寝"（撒下 13:14），从而犯下兄妹乱伦之罪。他玛随后被暗嫩赶出家门，遇到胞兄押沙龙，并将实情告诉了他。押沙龙一面安抚妹妹，另一面却憎恨暗嫩，决定替妹妹报仇，最终在剪羊毛时将酣畅饮酒的暗嫩除掉，犯下兄弟手足相残的罪行。故事的最后，押沙龙篡夺了父亲的王位，并与父亲的嫔妃亲近，进一步犯下更大的、难以饶恕的罪行，终为大卫王的仆人约押所杀。当大卫王知晓了押沙龙的死讯后，悲痛不已，哀哭道："我儿押沙龙啊！我儿，我儿押沙龙啊！我恨不得替你死，押沙龙啊！我儿，我儿！"（撒下 18:33）

① Frederick R. Karl, *William Faulkner: American Writer*, New York: Ballantine Books, 1989, p.582.

作为福克纳"约克纳帕塔法"世系小说的"枢纽作品",[①]《押沙龙,押沙龙!》的小说故事情节单就罪恶与乱伦主题来看基本上复刻了《圣经·撒母耳记下》大卫王家族的故事。小说集中讲述了包括邦与同父异母的妹妹朱迪斯之间的特殊关系,亨利对朱迪斯的暧昧情感以及萨德本与妻妹罗莎小姐之间的婚姻等,甚至在潜藏的结构叙事线索和情节中,读者可以感受到父女之间的特殊情感。亨利与邦争夺朱迪斯,并在萨德本的怂恿和鼓励下杀死邦,从某种角度可以看作是父子二人潜意识之中欲留存朱迪斯永远在身边而达成的心灵契约的集中表现。而小说中一切与乱伦相关的情节又在根本上转化为了罪恶产生的动机和根源,并由此导致了一系列自我毁灭事件的发生。

《押沙龙,押沙龙!》在叙事技巧方面以多重变化的对话式想象为主,以此达到文本无限开放和自由回溯的艺术效果。具体来说就是小说通过不同叙事者对萨德本百里地的描述,使得"阿特柔斯房屋的倒塌"主题逐渐展开,同时伴随着对人物关系和身份的追溯。尤其是在人物关系展示部分,福克纳充分发扬了在《沙多里斯》《喧哗与骚动》《圣殿》《蚊群》《标塔》等以往小说中表现出来的对道德伦理问题的特别兴趣和关注,集中笔墨以乱伦主题为重要切入点来检验人类言行的边界以及人的罪恶本质倾向。小说在叙述邦与朱迪斯的情感纠葛时,福克纳明确指出"亨利和朱迪斯之间竟有过比通常的兄妹的忠诚之间更为亲密的关系",尽管这种关系在很多人看来是"一种古怪的关系"。[②]小说中亨利是个乡巴佬,但他却清楚地意识到"他对妹妹贞操的狂热",而且很有可能期待:

[①] 威廉·范·俄康纳:《威廉·福克纳》,叶珊译,见威廉·范·俄康纳编:《美国现代七大小说家》,张爱玲等译,北京:生活·读书·新知三联书店,1988 年,第 174 页。
[②] William Faulkner, *Absalom, Absalom!*, London: Vintage Books, 2005, p.79.

那纯正而完美的乱伦：哥哥理解到妹妹的贞操必须被破坏，这样它才能存在，而取走贞操的人又体现在那位妹夫身上，这正是他愿意当的那个人如果他能成为，能化身为情人和丈夫的话；也愿意被此人掠夺，选中此人当掠夺者若是他能成为，能化身为那妹妹、情人和新娘的话。也许这就是亨利所期盼的，不是他的心智而是他的灵魂在这么期盼。①

通过上述亨利心理过程的间接描写，毫无疑问其对妹妹的爱是带有伦理道德所无法容忍的畸形和变态倾向的，其妄图在思想上和肉体上占有朱迪斯的强烈欲望暴露无遗。如果推定小说中亨利的内心真实想法即是如此，那么小说中亨利杀死邦的动机便呈现出另一番阐释的可能，即亨利在父亲的怂恿下为了维护百里地的种族纯洁而杀掉可能具有黑人血统的亲哥哥邦只是表层原因，其内心中深层次的动机是为了能更完整地独占朱迪斯，亨利完全是在通过表面的罪恶行径来掩盖自己内心深处更为可怕的隐秘的罪恶。对此，福克纳在小说中给予强烈暗示，以此加强读者的阅读效果和感受：

是的，是亨利；而不是邦，是亨利目击了邦与朱迪斯婚恋那平静得出奇的全过程——这场婚约，如果它也能算是婚约的话，持续了整整一年却只由两次假日的拜访组成，邦被朱迪斯的哥哥作为客人邀请来，在这期间邦的时间不是花在和亨利一起骑马打猎上，便是用在扮演一种优雅、慵倦、珍贵的温室花卉的角色，这花卉就使用一个城市的名字来表明其来历和过去，而环绕着这些，艾伦梳理、编织出她那一厢情愿的花蝴蝶的回春期；他，一个大活人，简直被霸占了，你明白吧。在日程排得满满的那几天里他根本没有时间，

---

① William Faulkner, *Absalom, Absalom!*, London: Vintage Books, 2005, p. 96.

没有空隙，没有一个隐蔽的角落可以去向朱迪斯求婚，你甚至都没法想象他能和朱迪斯单独待在一起。①

而福克纳在描写邦与朱迪斯关系疏离的同时，又暗示实际关系亲近的是邦和亨利，这表明福克纳在揭示乱伦偏执的同时，也隐约揭示出了一种隐藏的同性冲动，诚如评论家康斯坦斯·豪尔（Constance Hill Hall）所分析和评述的，邦、亨利和朱迪斯三人之间的关系不仅违反了乱伦的禁忌，而且也违反了"同性恋、混血通婚、手足相残"等诸多禁忌。② 福克纳充分表现了这种多重复杂的乱伦关系很有可能是萨德本百里地伟业最终轰然倒塌的直接原因之一，从而使得罪与罚的循环因果报应模式象征性地在小说结尾处得以验证并凸显。如果说《圣经》中所记载的发生在大卫王家族内部的一系列诸如兄妹、父女甚至是母子乱伦尚属无法控制的天意，是上帝耶和华预先安排的诅咒，甚至是大卫王家族走向衰落和灭亡的劫数的话，那毫无疑问《押沙龙，押沙龙！》这一现代南方家族乱伦故事更加具有悲剧色彩，无论是在精神层面还是在故事隐喻层面都留给读者以更为深刻的关于美国南方现代家庭关系问题的思考。诚如福克纳本人所说，小说《押沙龙，押沙龙！》故事的核心之一就在于讲述"一个男人想得到一个儿子，结果得到的太多了，而这些儿子又毁灭了他……"③

乱伦及其引发的罪恶主题也同样出现在威廉·斯泰伦的小说《躺在黑暗里》中。小说集中讲述美国南方一城市中产阶级家庭分崩离析的故事。小说的女主人公佩登在具有乱伦倾向的畸形家庭关系中导致性格的扭曲变态，并最终自杀身亡。佩登的父亲米尔顿是弗吉尼亚一个富裕的中产阶级，他与妻子海伦育有两个女儿。大女儿身体残疾、智力低下，

---

① William Faulkner, *Absalom, Absalom!*, London: Vintage Books, 2005, p. 97.
② C. H. Hall, *Incest in Faulkner: A Metaphor for the Fall*, Ann Arbor: UMI Research Press, 1986, p. 73.
③ Joseph Blotner ed., *Selected Letters of William Faulkner*, New York: Random House, 1977, p. 84.

唯有小女儿佩登相貌漂亮、聪明伶俐。由于米尔顿酗酒成性，对妻子海伦漠不关心，夫妻关系逐渐疏远。天资聪慧的佩登由此得到父亲米尔顿的特别宠爱，而米尔顿也把小女儿佩登作为情感寄托，最后发展成为病态且带有乱伦倾向的"不伦"之爱。在妻子海伦看来，女儿佩登利用并勾引了自己的丈夫米尔顿，女儿的"年轻、漂亮是让海伦感到最难忍受的痛苦"。① 于是海伦疯狂地报复女儿，咒骂她像条"无耻的母狗"。佩登也由此成为父母不幸婚姻的受害者和替罪羊。斯泰伦通过这一带有乱伦性质的家庭生活的描写，意在突出美国南方传统家庭观念的瓦解，并由此指出传统南方价值观念和伦理道德已达到无可救药的状态，暗示佩登在这样的社会环境下寻找家的温暖的努力只能归于绝望和徒劳。

"新生代"南方作家与文艺复兴时期的南方作家一样对乱伦主题情有独钟，通过乱伦及其所带来的罪恶的呈现，"新生代"南方作家进一步揭示无论历史发展到哪一时期、文明如何进步，美国南方家庭的缺陷总是根深蒂固的，家庭成员之间的情感缺失都是常态，南方传统的家庭道德伦理更是荡然无存。以麦卡锡的早期南方小说为例，在《外围黑暗》中男主人公霍姆与妹妹发生乱伦关系却没有表现出任何爱意和其他动机，纯粹的动物性生理需求愈发明显。小说还描写霍姆在乱伦后弃子的罪恶行为，不禁让读者联想到人类祖先亚当和夏娃的彻底堕落，从而引发关于家庭中道德与人性问题的深层次思考。在小说《上帝之子》中拾荒者鲁贝尔一家更是混乱，九个女儿非但没有得到应有的父爱，反而成为父亲打骂，甚至是强奸的对象，赤裸裸的乱伦与兽性的罪恶欲望被作家展现得淋漓尽致：

  她们一个接一个地怀孕。他就揍她们。他的妻子哭了又哭。那个夏天有三个孩子出生……一天，他去到垃圾堆的另一头，在树林

---

① William Styron, *Lie Down in Darkness*, New York: The Viking Press, 1951, p.82.

的野葛丛中撞见两个正在交合的人。他躲在树后看了一会儿才发现那是他的一个女儿。他试着慢慢靠近他们,但那男孩十分警觉,立马跳起身,从林子里逃走了,裤子都还来不及拉上去。老头开始用随身带着的棍子揍那女孩。她抓住棍子,他便失去了平衡。他们一起摔趴在叶子里。她那肥嫩的下体飘出炽热的腥臭味,桃红色的内裤挂在一丛灌木上。他周围的空气里都带上了一股电流。紧接着他就发现自己的工装裤已经褪到了膝盖下面,人也骑到了女孩身上。爸爸,快住手,她说,爸爸,呜呜。①

以麦卡锡为代表的"新生代"南方作家通过无缘由的乱伦主题的直白艺术展现,无限放大了人类本性中的罪恶倾向,并显现出明显的回归人类最原始的兽性状态的趋向。

第三节 种族主义罪恶的艺术化展示与反思

奥康纳曾经指出:"犹太—基督教传统形成了西方人;我们往往经常被看不见的关系与之绑定在一起,但是,虽然如此,这些纽带确实就存在那里。这一传统塑造了我们世俗主义的形状。"② 在美国南方,基督教和圣经文化传统对现实的世俗主义影响最为深刻的当属"南方家庭罗曼司"的外在延展形态——种族主义思想观念。对此,美国作家托尼·莫里森(Toni Morrison)就曾明确指出:"肤色的区别就有着巨大的影响——影响远远超过了性别、年龄或其他任何事情。"③ 种族问题在美

---

① 科马克·麦卡锡:《上帝之子》,杨逸译,郑州:河南文艺出版社,2020年,第26—27页。
② Flannery O'Connor, *Mystery and Manners: Occasional Prose*, Selected and edited by Sally and Robert Fitzgerdld, London: Faber & Faber, 1972, p.155.
③ 托马斯·勒克莱尔:《语言不能流汗:托尼·莫里森访谈录》,少况译,宋兆霖选编:《诺贝尔文学奖获奖作家访谈录》,杭州:浙江文艺出版社,2005年,第339页。

国南方由来已久，南方社会特殊的种植园农业经济形态是催生并维持种族制度的经济基础。在某种意义上来说，谈论南方就是谈论种族和黑人问题，"当现代南方人热烈的说起维持南方的生活方式这一话题时，他不仅仅是在谈论旧有的南方古老经济或区域民间模式，……在他的头脑中还存有一个特别的主题——种族关系"。① 尽管经过美国内战的洗礼和制度变革，但南方始终没有迎来真正意义上的黑人解放，种族的"张力始终在那儿，因为黑人始终在那儿"。② 20世纪以来，种族问题及其衍生而来的社会罪恶仍然是美国南方十分突出的问题，并且已经远远超出单纯的社会生活范畴，成为美国南方文学热衷表现的题材内容。诚如美国学者戴维·埃斯蒂斯（David C. Estes）所言，种族和黑人问题不仅"是一个现实问题"，同时也是一个"具有象征意义"的问题。③

与大规模使用非洲黑奴的种植园经济形态相适应，在美国南方特有的宗教文化传统中"白人至上"（white supremacy）观念十分流行。白人是"上帝的选民"，而处于社会边缘的黑人，则是危险和卑微低下的象征。尤其是作为美国南方基督教思想体系核心的加尔文教思想，其"预选论""命定论"和"圣经至上"等思想观念都在无形中成为南方种族主义思想和制度的依据。种族主义被公然地视为合法的存在，以黑人为奴隶不但被习以为常地认为是南方社会生活的特色，而且由此产生的"白"与"黑"之间的二元对立思维模式深深渗入社会文化的各个领域之中，成为南方整个意识形态和价值观念的重要组成部分。美国南方白人为了维护种族主义制度而从《圣经》中寻找证据从而为白人优越论提供神圣依据，尤其是《圣经·创世记》第四章该隐（Cain）杀弟和第九章含

---

① Thomas D. Clark, *The Emerging South*, Second Edition, New York: Oxford UP, 1968, pp. 206-207.
② Joel Williamson, *The Crucible of Race: Black-White Relations in the American South since Emancipation*, New York and Oxford: Oxford UP, 1984, p. 31.
③ 戴维·埃斯蒂斯：《威廉·福克纳关于白人种族主义的观点》，李冬译，《外国语》1983年第5期，第58页。

（Ham）冒犯父亲诺亚（Noah）的身体而遭到诅咒与惩罚的记载更为南方奴隶制和种族主义思想的合理化提供了最为令人满意的解释。前者记述该隐由于嫉妒上帝对亚伯（Abel）的垂青而起杀机，亲手杀死了弟弟亚伯并因此遭受诅咒。该隐担心自己因犯大罪同样被他人所杀，请求上帝的宽恕和帮助，上帝许诺"凡杀该隐的，必遭报七倍"，并为该隐"立一个记号，免得人遇见他就杀他"（创4:8—16）。这个故事被白人种族主义者所利用，他们宣称黑人的黑色皮肤即为上帝当初为该隐所立之标志记号。后者则记述含因冒犯父亲诺亚的赤身裸体遭到诺亚的诅咒，"必给他弟兄作奴仆的奴仆"（创9:20—26）。这个故事后来同样为白人种族主义者所利用，他们宣称黑人即是含的后裔，按照《圣经》的说法，黑人理应世世代代成为白人的奴仆，这成为南方实行种族主义的又一重要神学依据。由于《圣经》中的上述记载，在那些"高尚的"白人奴隶主看来，黑人祖祖辈辈都带有该隐身上的记号，或者因犯下大不敬之罪而受到诅咒，从而世世代代要为奴隶。这样，白人和黑人之间的奴役与被奴役关系便成为上帝的意志和恩赐，具有了宗教信仰的合理性，而废除奴隶制则成为对上帝意志的忤逆和亵渎，是触犯神意的罪孽行为。在南方历史上，《圣经》所记载的这两个故事曾经不断被演绎，从而为白人构筑种族优越论的藩篱提供源源不断的原型动力。16世纪去非洲旅行的英格兰探险家乔治·贝斯特（George Best）就是其中之一。他将黑人与魔鬼、淫欲和违抗意志联系在一起，认为黑人皮肤的"自然污染性"是魔鬼对诺亚的儿子含的诱导，是上帝对其不轨行为的诅咒与惩罚。作为惩戒，上帝使含生出了全身乌黑、长相丑陋的名为"古实"（Cush的字面意思就是黑色）的长子，而古实就是黑人的祖先，因为《圣经·耶利米书》这样记载："古实人岂能改变皮肤呢？豹岂能改变斑点呢？若能，你们这习惯行恶的便能行善了。"（耶13:23）可以说，美国南方为种族主义和白人优越论、黑人低劣野蛮论披上宗教神学的外衣由来已久，尽管其中阐释的主观性和随意性十分明显，但其却在南方历史中长期占据主导地位，甚至产生了奠基性影响。

无论是南方文艺复兴时期的作家还是"新生代"作家,他们都致力于开拓南方种族问题。奥康纳在《人造黑人》《上升的一切必将汇合》《发冷不已》《天竺葵》《审判日》《启示》等多部小说作品中广泛探讨了种族罪恶及其带来的观念上的影响,批判了白人至上的思想,表达出强烈的因种族隔阂所带来的悲剧观念以及希冀南方种族关系得以改善的愿望。拉尔夫·艾里森(Ralph Ellison)则在小说《看不见的人》中通过"看"与"被看"关系的艺术化描写探索了白人凝视与黑人种族身份建构之间的关系。"新生代"和后南方黑人文学的作家们则在鲜明的意识形态指向下投射出黑人渴求摆脱种族歧视、实现自由平等的政治愿望。而既能结合南方的社会历史现实,又能从宗教角度重新审视种族问题实质的首推福克纳。

福克纳在小说中对种族问题的关注有一个渐进的过程。他的早期小说作品,如《士兵的报酬》《蚊群》等虽然偶有触及黑人角色,但主要描述的都是白人角色的困境,基本没有对黑人形象和种族主题的详细叙述。即使是在《喧哗与骚动》这样的小说中塑造了黑人女仆迪尔西的形象,黑人和种族问题成为小说叙述的中心还是十分有限。而这种局面的改观要属1932年创作的长篇小说《八月之光》了,种族混杂和黑人身份的确证与追寻第一次成为福克纳小说展现的中心。对此,评论家菲利普·韦恩斯坦(Philip Weinstein)认为,《八月之光》"可能是福克纳对种族叙述最深的作品了",它宣布了福克纳对自己的家乡最让人困扰的事件——种族关系的"新关注"。[①] 在小说中,福克纳"第一次触及了故乡种族真相的残忍",小说和后续的《押沙龙,押沙龙!》《去吧,摩西》组成了一个系列的三部曲,是一部典型的"以白人作家身份写出的揭露

---

① 菲利普·韦恩斯坦:《成为福克纳:威廉·福克纳的艺术与生活》,晏向阳译,南京:南京大学出版社,2018年,第124页。

这个国家种族创伤反响最大的作品"。① 学者朱迪斯·威腾伯格（Judith B. Wittenburg）也持类似观点。她认为《八月之光》是福克纳所属的那个时代的作品中"最核心地关注种族问题的文本"。② 福克纳本人对《八月之光》的主人公乔·克里斯默斯悲剧原因的分析和阐释似乎印证了韦恩斯坦和威腾伯格的观点："我认为他的悲剧在于，他不知道自己是谁——究竟是白人或是黑人，因此他什么都不是。由于他不明白自己属于哪个种族，便存心地将自己逐出人类。在我看来，这就是他的悲剧，也就是这个故事悲剧性的中心主题：他不知道自己是谁，一辈子也无法弄清楚。我认为这是一个人可能发现自己陷入的最悲哀的境遇——不知道自己是谁却只知道自己永远也无法明白。"③

乔·克里斯默斯的故事几乎占据了《八月之光》故事情节的三分之二，是小说并行的三条线索中叙述得最为详细、最为连贯的一个。作家主要采用"闪回"（flashback）的手法追溯乔的童年和成长记忆，并由此引出乔对自我身份的认知、迷茫、探索，直至最后抗争的过程。小说叙述乔的童年记忆始于大约五岁的时候。由于偷吃牙膏而意外窥见女营养师的一次性爱经历，他第一次听到他人对自己身份的定位："你这讨厌鬼！小密探！敢来监视我！你这小黑杂种！"④ 尽管幼小的乔对这种带有种族主义倾向的身份认定尚不能形成明确的认知，但毫无疑问，这次夹杂着食物、性、恐惧和严厉惩罚的记忆注定要影响他未来的人格发展以及对现实世界的观念态度和行为方式。"人类的身份不是自然形成的，稳

---

① 菲利普·韦恩斯坦：《成为福克纳：威廉·福克纳的艺术与生活》，晏向阳译，南京：南京大学出版社，2018年，第143页。

② Judith B. Wittenberg, "Race in *Light in August*: Wordsymbols and Obverse Reflections", See Philip M. Weinstein ed., *The Cambridge Companion to William Faulkner*, Cambridge: Cambridge UP, 1995, p.149.

③ Frederick L. Gwynn and Joseph L. Blotner ed., *Faulkner in the University: Class Conferences at the University of Virginia, 1957-1958*, Charlottesville: University of Virginia Press, 1959, p.72.

④ William Faulkner, *Light in August*, London: Vintage Books, 2005, p.94.

定不变的，而是人为建构的，有时甚至是凭空生造的。"不仅如此，"身份的建构与每一社会中的权力运作密切相关"。① 在乔幼小的心灵中，正是从当时作为权力主体的女营养师这个"他人"的口中开始了永远也没有办法探寻清楚的漫漫身份追寻之路，种族与身份的关键性链接在这里开始呈现出来。

从小说中乔的生命轨迹来看，由于可能的黑人身份导致其现实生活趋势注定是一个不断被放逐、被驱赶出"共在世界"的过程。对乔来说，其生命中比较重要的人物有四个：外祖父道克·汉斯、养父麦克伊琴以及恋人博比和情人乔安娜。他们由于共同的种族观念和思想一步步将乔驱逐出原有的共在生活世界，使乔最终成为一个真正意义上的肉体与精神遭受双重打击的流浪者。乔本应在外祖父和养父那里得到父爱的关怀，然而实际得到的却是抛弃和宗教训诫；本应在博比和乔安娜这两位女性身上得到男人的尊严，但实际得到的却是蔑视和吼叫。当乔曾经爱过、甚至为了她而去"害命"和"偷钱"的博比听说乔有可能存在黑人血统问题时，反过来对乔大声吼道："讨厌鬼！狗娘养的！把我给陷进去，而我一直把你当白人看待。当白人！"② 在博比的心中，接受乔的前提条件是"白人"，言外之意"黑人"她是瞧不起的，是无论如何也接受不了的。与黑人恋爱，无异于"陷进警察会插手的事"，③ 带来无穷无尽的麻烦。而乔生命的最后阶段是与乔安娜·伯顿共同生活的三年多的时光及其余波，福克纳在这一阶段为乔安排了更为激烈的种族交锋场景。乔安娜·伯顿的出现表面上是乔的救命稻草，实则是导致乔人生最终悲剧的致命导火索。

由于情感上的孤独与寂寞，乔安娜虽然暂时允许了乔这个可能带有

---

① 爱德华·W. 萨义德：《东方学》，王宇根译，北京：生活·读书·新知三联书店，1999年，第 427 页。
② William Faulkner, *Light in August*, London: Vintage Books, 2005, p.164.
③ William Faulkner, *Light in August*, London: Vintage Books, 2005, p.165.

黑人血统的男人对她的肉体和精神世界进行入侵，并赋予他"合法黑人"的身份，但正如她的家族姓氏"伯顿"（Burden）所暗示的那样，她无法摆脱和承受家族历史和早期白人种族主义教育的"负担"（burden）。事实上，乔安娜和女营养师、海因斯、麦克伊琴、博比一样充满着强烈的白人至上观念，她在做爱达到高潮时高喊"黑人！黑人！黑人！"[①] 无疑就是种族主义潜意识的流露。小说集中描写了乔安娜在童年时期接受家族白人优越论教育的影响。尽管乔安娜的祖父加尔文·伯顿在内战时是个激进的废奴主义者，但他却认为黑人是堕落和罪恶的象征。小说这样描写加尔文发现儿子带回来一个墨西哥女人结婚时的"愤懑不已"：

"伯顿家又出了个黑杂种，"他说，"乡亲们会以为我养的儿子成了该死的奴隶贩子，而现在他自己又养了个祸害。"……"该死的，那些低贱的黑鬼，他们之所以低贱是由于承受不了上帝愤怒的重量，他们浑身油黑是因为人性固有的罪恶沾染了他们的血和肉。"他凝重的目光呆滞模糊，充满狂热与自信。[②]

乔安娜曾经受诅咒的父亲纳撒尼尔反过来继承了祖父的教义同样教育她：

记住这个。你爷爷和哥哥躺在这儿，杀害他们的不是白人，而是上帝加在一个种族上的诅咒，注定要永远成为白种人因其罪恶而招致的诅咒和厄运的一部分。记住这个。他的厄运和他的诅咒。永远永远别忘。……这是每个已经出生的和将要出生的白人孩子会受

[①] William Faulkner, *Light in August*, London: Vintage Books, 2005, p.195.
[②] William Faulkner, *Light in August*, London: Vintage Books, 2005, p.186.

的诅咒。谁也逃脱不了。①

　　李·杨金斯（Lee Jenkins）认为，正是乔安娜父亲在儿童时期对其进行以白人种族优越论为核心的启蒙教育以及基于此灌输给她的黑人受上帝诅咒的观念让她幼小心灵中"本能的、正在苏醒的人道主义同情心及其可能性"被"一阵不能自制的惊愕和一种将黑人等同于值得帮助的对象的错觉消除、腐蚀"，进而使得她认为黑人是"罪恶的根源自身"。②对此，小说这样描述乔安娜认知的转变："但自那以后，我仿佛第一次发觉他们不是人而是物，是一个我生活在其中的影子，我、我们、整个白人，其他所有的人，都生活在这个影子里。我认为所有的投生世上的孩子，白人孩子，他们一出世，在他们开始呼吸之前，就已经罩上了这个黑影。而且我仿佛在一个十字架形状里看见这个黑影。"③很明显，乔安娜对黑人态度转变的逻辑是"黑种人受到的诅咒是上帝的诅咒，而白种人受到的诅咒是黑种人的诅咒"，④在此意义上，黑人便成为白人终生无法逃脱的宿命。换言之，乔安娜之所以热衷废奴事业并非出于对黑人的同情和怜悯，相反却是因为她坚信那是自我作为白人无法逃脱的诅咒。

　　正是这样带有明显的宗教色彩的种族主义观念和白人意识让乔日益无法忍受，他开始感觉到饭菜是专门"为黑鬼准备的"；⑤他开始意识到与乔安娜的生活并不是他的生活，他与之"格格不入"；⑥他的潜意识甚至暗示"我最好离开，最好离开这儿"。⑦当乔安娜强迫他去黑人学校时，

---

① William Faulkner, *Light in August*, London: Vintage Books, 2005, p.190.
② Lee Jenkins, *Faulkner and Black-White Relations: A Psychoanalytic Approach*, New York: Columbia UP, 1981, p.87.
③ William Faulkner, *Light in August*, London: Vintage Books, 2005, p.190.
④ William Faulkner, *Light in August*, London: Vintage Books, 2005, p.191.
⑤ William Faulkner, *Light in August*, London: Vintage Books, 2005, p.179.
⑥ William Faulkner, *Light in August*, London: Vintage Books, 2005, p.194.
⑦ William Faulkner, *Light in August*, London: Vintage Books, 2005, p.195.

他彻底明白了在这个白种女人眼中他并无特殊之处，他始终被以黑人看待。他不愿承认可能的黑人身份，但又在白人主流意识的强迫下不得不接受他就是黑人的事实，白人意识中根深蒂固的对黑人的偏见以及居高临下的傲慢态度再一次刺激了乔脆弱而敏感的内心。于是，他萌生了"我早该动手了"①的想法。最后，乔安娜强迫乔下跪并向上帝做忏悔和祷告，重演了"麦克伊琴式"的规训与惩罚，这对乔来说意味着直接击中了其可能的黑人血统缺陷，乔一生的困扰瞬间爆发，终于酿成人生悲剧。

　　从小说故事情节来看，福克纳在描写乔与乔安娜最后的生活时光时凝缩了整个社会黑白对立关系的所有要素：作为可能的黑人的乔通过"性主导"的方式进入作为白种女人的乔安娜的生活世界，然后经历了白人暂时赋予的"合法黑人"身份，再到白人意识对黑人身份的强制归类，直到最后白人与黑人无法解决的对立冲突的彻底爆发。而且值得注意的是，福克纳还特别描写了凶杀案发生后小镇人们的心理反应："他们各个都相信这是桩黑人干的匿名凶杀案，凶手不是某个黑人，而是所有的黑种人；而且他们知道，深信不疑，还希望她被强奸过，至少两次——割断喉咙前一次，之后又一次。"②福克纳强调"不是某个黑人"（not by a negro）而是"所有的黑种人"（but by negro）意在指出，南方黑人与白人之间的对立不是单纯的"个体性"问题，而是白人群体对黑人群体的整体歧视与偏见，其具有强烈的挥发性。在白人群体的意识中，黑人由于先天的"生理缺陷"决定了他们不仅被"诅咒"，而且从本质上黑人与野蛮、邪恶、犯罪紧密相连。"黑人即野兽"的传统形象已经被固化在白人的认识之中，以至于任何涉及种族歧视的描述中都会提到它。作为主观想象和心理恐慌的结果，白人群体极大地夸大黑人，尤其是黑人男性的性能力。在他们看来，黑人男性性欲旺盛且无法自控，他们的阴茎时刻

---

① William Faulkner, *Light in August*, London: Vintage Books, 2005, p.210.
② William Faulkner, *Light in August*, London: Vintage Books, 2005, p.216.

威胁着南方白种女人的淑女形象。黑人男性被想象成为时刻准备强奸白人女性的色欲狂，其心理预期也被规定为穷凶极恶的强奸犯和凶手，这是白人意识中典型的黑人"强奸情结"妄想，小说中当格雷姆杀死乔后说"现在你会让白人妇女安宁了"①也意在指向此种白人心理。对此，韦恩斯坦评述认为，乔安娜生前只不过是个性格古怪的洋基女人，死后却成了"彰显南方荣耀的烈士"和"黑人兽性的受害者"。②埃瑞克·桑德奎斯特（Eric Sundquist）则更为直接地指出乔安娜代表了美国南方"白人妇女"，"典型地隐喻了南方的白人淑女崇拜和与之伴随而来的'强奸情结'"。③而在更为深广的意义上，这种带有明显宗教色彩和妄想特征的对黑人群体合法身份的质疑将为美国现代社会带来更为严重的灾难性后果，诚如有学者所指出的那样："乔自我认知和身份确认的旅途，无非是要从根本上解决'我是谁'的问题。在乔这个'倒置的耶稣'的特殊角色中，在其颇具古希腊悲剧意味的命运中，福克纳不仅出色地表现了一颗敏感的心灵是如何被白人宗教观念和传统驱逐到暴力、性、种族歧视等各种邪恶势力交织的网罗之中，而且更为重要的在于，他通过对生活于南方土地上为种族主义、宗教压迫所带来的身份困扰的人们的心理展示，揭示出种族问题本质上乃是民族社会认同的问题。"④

与《八月之光》赤裸裸地将种族罪恶和人性堕落直接描写出来，展示黑人在美国南方社会的"边缘人"地位不同，《去吧，摩西》和《押沙龙，押沙龙！》两部作品更多地从种族主义罪恶的起源、种族对立的本质以及解决种族罪恶的途径等方面展开沉思，从而将种族问题与家庭和

---

① William Faulkner, *Light in August*, London: Vintage Books, 2005, p.349.
② 菲利普·韦恩斯坦：《成为福克纳：威廉·福克纳的艺术与生活》，晏向阳译，南京：南京大学出版社，2018年，第175页.
③ Eric Sundquist, *Faulkner: The House Divided*, Baltimore and London: Johns Hopkins UP, 1983, p.82.
④ 王立新、王钢：《〈八月之光〉：宗教多重性与民族身份认同》，《南开学报》（哲学社会科学版）2011年第1期，第12页.

历史叙事有机结合，在理性主义层面实现种族罪恶与"阿特柔斯房屋的倒塌"主题的呼应与认同。

《去吧，摩西》共由七部分组成，代表一个事物的七个刻面，即种族主义的不同表现形态，是福克纳展示种族关系和种族罪恶最为成功的小说之一。评论家莱昂内尔·特里林（Lionel Trilling）称赞这部小说"既温和又激烈""比任何关于南方种族问题的复杂悲剧故事都更令人心悦诚服"。① 小说的主人公是艾萨克·麦卡斯林，主要描写这一人物所属的大家族两个支系几代人围绕种族问题的悲剧命运，尤其突出了主人公艾萨克发现自己祖先的罪恶在不断循环时主动放弃家产、虔心赎罪的故事。通过这部小说，福克纳一方面触及了美国南方社会的本质问题——种族罪恶，另一方面展示了南方历史的变迁以及南方不断衰落的内在原因。

在小说中，福克纳首先从神正论角度解构和阐释了美国南方种族主义和种族罪恶的圣经来源。前文已经提及，为了维护种族制度的合法性，南方奴隶主曾在《圣经》文本中为种族主义寻找神学基始，从而证明种族主义在本质上是"上帝的恩赐"。福克纳采用类似神学独白的方式从多个角度对这一问题进行了理性的思考和澄清。在福克纳看来，基督教中全知、全能、全善的上帝从未支持过种族主义，所谓种族主义的神学依据完全是望文生义、无限引申的结果："他在《圣经》里是说了一些话，不过有些话人家说是他说的其实他并没有说。"② 福克纳还进一步借小说人物之口强调上帝创世之初的美好："在这片土地上，在这个南方，他为南方做了那么多的事，提供了树林使得猎物得以繁衍，提供河流让鱼儿

---

① Lionel Trilling, "The McCaslins of Mississippi", See A. Nicholas Fargnoli, Michael Golay & Robert W. Hamblin eds., *Critical Companion to William Faulkner: A Literary Reference to His Life and Work*, New York: Facts On File, 2008, p. 102.

② William Faulkner, *Go Down, Moses*, New York: Vintage Books, 1990, p. 249. 引文中的"他"（He）指"上帝"，这是福克纳在小说《去吧，摩西》中的一种习惯性的指代和称呼方式，以下出自《去吧，摩西》引文中的"他"，如前后语境没有明确的指代关系皆指"上帝"，不再一一注明。

得以生长，提供深厚、肥沃的土地让种子藏身，还提供青翠的春天让种子发芽，漫长的夏天使作物成熟，宁静的秋天让庄家丰收，还提供短促、温和的冬天让人类和动物可以生存。"① 上帝创造的一切都是那么和谐，犹如伊甸园一般，而在这和谐之中自然也包括上帝最为骄傲的杰作——人类。"他先创造世界，让不会说话的生物居住在上面，然后创造人，让人当他在这个世界上的管理者，以他的名义对世界和世界上的动物享有宗主权，可不是让人和他的后裔一代又一代地对一块块长方形、正方形的土地拥有不可侵犯的权利，而是在谁也不用个人名义的兄弟友爱气氛下，共同完整地经营这个世界，而他所索取的唯一代价就只是怜悯、谦卑、宽容、坚韧以及用脸上的汗水来换取面包。"② 然而原初在上帝那里"充满友爱"、不分肤色的最令其骄傲和期许的人，却在自身利益的驱动下创造出种族主义的罪恶和残暴，使上帝无法再看到希望，使整个世界都延伸着"暴行与不义"，白人"利用黑人受奴役的镣铐和破衣烂衫，就如他们在别的场合下利用啤酒、彩旗，用红火焰和硫磺烧成的标语、戏法和能奏出音乐来的手锯一样"，③ 结果导致上帝创造的用以给人类安息的"圣殿"和"避难所"成了完全相反的充满罪恶的地域和场所。福克纳的这番兼有议论色彩的描述意在说明如果连上帝都宣称"我的姓氏也叫布朗"④ 的话，那么人世间的种族罪恶唯有人自己负责，将此归结为上帝的意志完全是一种亵渎上帝神圣性的行为和做法。事实上，福克纳对种族主义和种族罪恶的根源有着清晰而深刻地认识，在《论恐惧——阵痛

---

① William Faulkner, *Go Down, Moses*, New York: Vintage Books, 1990, p.271.
② William Faulkner, *Go Down, Moses*, New York: Vintage Books, 1990, p.246.
③ William Faulkner, *Go Down, Moses*, New York: Vintage Books, 1990, p.271.
④ William Faulkner, *Go Down, Moses*, New York: Vintage Books, 1990, p.272. "布朗"（Brown）一词在英语中的意思是"棕色"，福克纳在这里宣称上帝说自己的名字是布朗暗示基督教观念中没有肤色人种之分，上帝是公正的，不会因为肤色而偏袒白人或黑人中的任何一方。这是福克纳通过小说语言在种族问题上进一步表明立场的重要标志，也从根本上否定了南方社会所流行的种族身份是"神意"选择的结果的思想和说法。

中的边远南方：密西西比》("On Fear: Deep South in Labor: Mississippi")一文中，他尖锐地指出："对黑人的恐惧并非对作为个人甚至亦不是作为种族的黑人，而是作为一个经济上的阶级、阶层或是因素，因为黑人所威胁的并非南方白人的社会制度而是南方白人的经济制度"，白人奴隶主真正恐惧的是"黑人，没有机会，却做出那么多的事，要是得到平等的机会，真不知会做出多大的成绩呢，他很可能把白人的经济夺过去，黑人成了银行家、商人、种植园主，而白人成了佃农或是长工"。① 在《喧哗与骚动》中，福克纳借昆丁之口也含蓄地强调了这一点："我早就知道，黑鬼与其说是人，还不如说是一种行为方式，是他周围的白人的一种对应面。"② 可见，从经济角度白人为了维护自身的社会和经济地位而滥用自由意志，编造宗教神话作为掩护并强行施加于社会大众才是种族主义和种族罪恶泛滥真正的深层次原因和本质，其他一切只是表象而已。在这里，福克纳明确地指出了种族主义背后隐藏的复杂的经济权力话语，诚如霍夫曼所评价的那样，福克纳不仅在小说中充满了"对黑人的关切"，而且认识到了这一问题"跟土地问题有着密切的关系，不仅仅是象征性的关系，而是作为一个道德经济学问题"。③

其次，从美国南方整体出发，福克纳充分认识到了种族主义和种族罪恶是南方衰落的一个重要原因，是"阿特柔斯房屋的倒塌"最为内在的肌理之一。福克纳认为"南方——不仅仅是密西西比而是整个南

---

① William Faulkner, "On Fear: Deep South in Labor: Mississippi", See William Faulkner, *Essays, Speeches & Public Letters*, Ed. by James B. Meriwether, New York: The Modern Library, 2004, pp.95-96.
② William Faulkner, "The Sound and the Fury", See David Minter ed., *The Sound and the Fury: An Authoritative Text, Backgrounds, and Context Criticism*, Second Edition, New York and London: W.W.Norton & Company, 1994, p.55.
③ 弗雷里克·J.霍夫曼：《威廉·福克纳》，姚乃强译，沈阳：春风文艺出版社，1994年，第88页。

方——因为黑人问题,在不到一百年里两次毁掉自己"。① 在福克纳看来,黑人及种族问题是关系南方社会生死存亡的关键因素。所谓"两次毁掉",第一次是指 1861 年至 1865 年的美国内战,虽宣告废除奴隶制和种族制度,但实际效果却微乎其微,并没有从根本上改变美国南方白人根深蒂固的种族意识,充其量只能是一场表面消灭种族罪恶的战争,甚至连这一效果都远未达到,在福克纳心中其实质对于南方无异于一场灾难。而第二次则无疑指向作家本人所处的时代,种族问题再一次恶化,成为南方社会恶的重要来源。之所以问题始终得不到解决,本质上就在于南方白人始终认为从语言文化到生活习惯"黑人所有的一切,都得自于我们白人",而且在福克纳看来这种思想已经达到了"严重"的程度,"不仅是很悲惨,而且还令人震惊。"② 在《去吧,摩西》中福克纳也曾谈到种族主义与南方衰落的内在本质联系,甚至认为这种由种族罪恶所带来的本质联系已经达到了受"诅咒"的可怕程度:"这整片土地,整个南方,都是受到诅咒的,我们所有这些人从它那里孳生出来的人,所有被它哺育过的人,不管是白人还是黑人,都被这重诅咒笼罩着。"③

面对种族主义的罪恶和对南方社会的诅咒,福克纳并没有失去信心,他认为黑人自身的优秀品质在解决这一问题中会发挥关键作用,南方的社会现实能够改观,南方仍然是存有希望的,这就是福克纳借《押沙龙,押沙龙!》结尾部分昆丁回答施里夫是否怨恨南方这一问题时反复强调"我不。我不! 我不恨它! 我不恨它!"④ 的原因和道理,也是福克纳对种

---

① William Faulkner, "Address to the Southern Historical Association", See William Faulkner, *Essays, Speeches & Public Letters*, Ed. by James B. Meriwether, New York: The Modern Library, 2004, p.151.
② William Faulkner, "Letter to the Memphis *Commercial Appeal*", See William Faulkner, *Essays, Speeches & Public Letters*, Ed. by James B. Meriwether, New York: The Modern Library, 2004, p.348.
③ William Faulkner, *Go Down, Moses*, New York: Vintage Books, 1990, p.266.
④ William Faulkner, *Absalom, Absalom!*, London: Vintage Books, 2005, p.378.

族问题进行理性思考和探寻的第三个重要方面和维度。尽管福克纳目睹了南方正在因为罪恶而堕落、倒塌,但其对美国南方的特殊眷恋之情仍促使他在敢于直面社会之恶和人性堕落的同时,有充分的信心提出解决问题之道,这正是福克纳不同于同时代绝大多数南方作家一味粉饰南方的伟大之所在。在福克纳看来,对南方罪恶的认知和对南方拯救的观念是同一问题理性沉思的两个不可分割的方面,它们彼此间相互转化、相互依存。他坚信上帝会为"自己所做的事情承担责任",也坚信黑人凭借"怜悯、宽容、克制、忠诚以及对孩子的爱"等美好品质一定会"挺过去",因为毕竟黑人"比我们优秀""比我们坚强","他们的罪恶是模仿白人才犯下的,或者说是白人和奴隶制度教给他们的"。① 通过这些传导给小说人物的思想观念,可以看出福克纳对种族问题和种族罪恶的认识已深入到本质与根底之中,其对于在种族歧视观念下生存的南方黑人的现实状况的反思及由此而产生的心理焦虑也于字里行间清晰可见。福克纳之所以选择《去吧,摩西》作为小说标题,是希望白人能如《圣经·出埃及记》中摩西到"百姓那里去"(出 19:10)一样到黑人那里去,从而在根本上实现黑人和白人和平相处,共同融入南方社会,这不仅是南方生存的希望,也是整个美国生存的希望。福克纳还进一步强调这种融合是美国人"必须"面对的坚定选择,也是必须坚决维护的基本原则,因为只有践行这一基本原则,"全体美国人面向全世界时才能以一个平等、不可摧毁的整体战线出现,不管我们是白色美国人还是黑色、紫色、蓝色或是绿色的美国人"。②

尽管福克纳在解决种族问题的途径上确实存有一定的保守性和矛盾

---

① William Faulkner, *Go Down, Moses*, New York: Vintage Books, 1990, pp. 270, 281-282.
② William Faulkner, "Press Dispatch Written in Rome, Italy, for the United Press, on the Emmett Till Case", See William Faulkner, *Essays, Speeches & Public Letters*, Ed. by James B. Meriwether, New York: The Modern Library, 2004, p. 223.

性,① 但透过"约克纳帕塔法"世系的主要小说还是可以看到一个不争的事实,即福克纳始终没有放弃对种族问题进行艺术化的关注和探讨,也从未停止过对种族罪恶的批判和鞭挞,并试图以恰当的方式在力所能及的范围内为种族问题积极寻找解决之道。他既从宗教角度切入看到了种族制度和观念"本质化、象征性排斥和野蛮化"②三个特征之间的相互联系与影响作用关系,衷心地希望黑人获得解放,种族罪恶得以停止并消失,又表现出面对南方社会现实性的种族环境没有丝毫的改善迹象的失望与彷徨,这种理想与现实的矛盾和差距构成了福克纳心中南方最为突出和亟待解决的现实困境之一。而通过《去吧,摩西》和《押沙龙,押沙龙!》等带有明显的历史性的小说,福克纳成功地将南方的困境转化成了美国的困境,将南方的制度和生活方式转化为了美国的制度和生活方式,并在其中凭借对种族问题和种族罪恶的理性反思而触及了美国社会文化的核心。诚如评论家弗莱德里克·R.卡尔所说,福克纳"把种族融入了历史,融入了一种特定的历史观念之中",③ 使种族、南方社会和历史都成为他艺术技巧的一部分,成为一种具有"创造性的"历史,即达成"种族问题蕴含于历史之中,蕴含于创造的过程之中"④ 的特殊艺术效果。

---

① 所谓福克纳在种族问题上的保守性和矛盾性主要指向其提出的"慢慢来"的解决种族问题的方式,即福克纳主张黑人采取温和的、非暴力的"甘地的方式"解决问题。这引起了20世纪美国黑人民权运动领袖杜波依斯的强烈不满。杜波依斯向福克纳公开提出挑战,福克纳予以拒绝。在福克纳看来,他在种族问题上的根本立场和基本态度没有变化,且与民权运动领袖们的终极目标完全一致,只是达成方式不同而已。对此美国黑人作家詹姆斯·鲍德温(James Baldwin)和爱丽丝·沃克(Alice Walker)都曾提出批评。前者评述说:"在经历了二百多年的奴隶制和九十多年的准自由之后,人们很难对威廉·福克纳的'慢慢来'的建议有很高的评价。"后者指出:"同托尔斯泰不一样,福克纳不准备用斗争来改变他所生活于其中的那个社会的结构。"参见肖明翰:《威廉·福克纳研究》,北京:外语教学与研究出版社,1997年,第231—232页。
② 皮埃尔-安德烈·塔吉耶夫:《种族主义源流》,高凌瀚译,北京:生活·读书·新知三联书店,2005年,第46页。
③ Frederick R. Karl, *William Faulkner: American Writer*, New York: Ballantine Books, 1989, p.550.
④ Frederick R. Karl, *William Faulkner: American Writer*, New York: Ballantine Books, 1989, p.550.

第二章
弥赛亚观念的艺术化传达与圣经文化的救赎主题

如果说"原罪"观念是基督教思想与圣经文化的根本出发点,"只有在罪责意识中"[①]才能找到进入基督教的入口的话,那么,救赎论则体现了基督教和圣经文化的终极关怀。所谓"救赎",其实质在于使人摆脱"原罪"及各种"分有"的结果,从而实现神人关系的正常化。总体来看,救赎论包括:上帝救赎人类的旨意;上帝圣父为救世人而差圣子降生成人;耶稣基督舍身死于十字架,流血牺牲,代人类祭献上帝,以作赎价;基督完成在世工程后,复活升天,作世人中保等。[②]在《旧约》时代,救赎主要是上帝通过施以天灾人祸或颁布训令等方式来告诫人之罪,使人心生敬畏,从而远离罪恶,保持身心的平安并由此获得精神的重生。唯有到了《新约》时代,救赎才真正实现了完全的救恩,即上帝"道成肉身",以自己的独子耶稣基督的血和死来承担世人的罪恶,以爱的方式达成救赎,鼓励人通过祈祷和忏悔来实现精神的升华与灵魂的复活。

美国南方浓厚的地域宗教文化氛围和加尔文教传统使得在此环境下成长起来的作家对基督教和圣经文化传统中的神恩救赎论有着切身的领悟,他们创作的某些作品甚至就是对神恩救赎论的艺术化诠释。尽管在"阿特柔斯房屋的倒塌"的宏大趋势下南方文学经典深刻揭示了南方社会的现世之恶和人的堕落本质,但南方作家对现实的批判往往有所保留,

---

① 索伦·克尔凯郭尔:《基督徒的激情》,鲁路译,北京:中央编译出版社,1999年,第150页。
② 卓新平主编:《基督教小辞典》修订版,上海:上海辞书出版社,2008年,第390—391页。

他们希冀通过恶的展示来警示现实以及人类的生存状态，并最终为人类找到合适的生存之路。换言之，展示现世之恶和人的堕落本质并非南方作家创作的根本目的，救赎并通向人类的幸福之路才是他们欲传达的终极目标。由此，变形的耶稣基督形象塑造、带有终极信仰色彩的苦难考验之路的描绘以及具有人性拯救意味的类型化圣经意象的描摹构成了美国南方文学经典最为常见的艺术呈现内容。

第一节　变形的耶稣基督形象：达成救赎的关键性艺术途径

在基督教和圣经文化传统中，作为文化符码的耶稣具有独特的意义和价值。基督教神学和信仰的中心是恢复与上帝的关系，使陷于最终与上帝隔绝的人得到救赎，与神重新和好。这一特殊任务只能通过一个既具有完全的神性同时又具有完全的人性的救赎者来完成。而耶稣基督作为一个"位格"，恰好具备神人二性。《圣经·提摩太前书》中说："只有一位神，在神和人中间，只有一位中保，乃是降世为人的耶稣基督。"（提前2:5）对耶稣基督的这种特殊身份，查尔斯顿大公会议这样评述："（耶稣）是惟一的基督，是子，是主，是独生的，被承认具有二性，不相混淆，保持不变，不存在分裂，不存在隔离。二性的联结不会破坏二性之间分别拥有的特征；神性与人性会合在一个位格、一个实质之内，他们个别的特点反而得以保全。"[1] 英国诗人拜伦（George Gordon Byron）也说过："如果曾经有过人是神，或神是人的话，那就是基督。"[2] 可见，无论在信仰方面还是在神学方面耶稣基督都理应成为恢复神人关系并实现救赎的核心。通过耶稣基督，被创造的人得以恢复与上帝之间的神——

---

[1]　J. N. D. Kelly, *Early Christian Doctrines*, Revised Edition, San Francisco: Harper & Row, 1978, p.340.
[2]　转引自朱维之：《基督教与文学》，上海：青年协会书局，1941年，第35页。

人联系，并获得精神的超越与回归。相应地，耶稣基督也被赋予了基督教教义与文化的多重意蕴：启示、救赎、生活典范及新天新地的盼望。正如基督教神学家所言，耶稣基督在基督教中占据无可替代的中心地位，他是文化与信仰的历史起点。人在耶稣基督的死亡与复活中孕育新的生命，获得拯救与崭新的启示。换言之，基督教突出和强调的不是"怎样"（how）拯救与救赎，而是"谁"（who）在实施拯救与救赎："圣经中描绘救赎的种种图像欲要表述的不是一个具有普遍性真理的抽象思想，而是关于道成肉身的上帝之耶稣基督的生平事迹，以及他如何在十字架上拯救世上的每一个人。这正是基督教救赎观独特的地方。"①

作为拯救者和救世主的耶稣基督与弥赛亚观念密切相连。所谓"弥赛亚"，源于希伯来语 māshīah，原意为"受膏者"，意指上帝所派遣者，后转变为"复国救主"的专称。法国启蒙主义思想家伏尔泰（Voltaire）曾在《哲学辞典》（*Dictionnaire Philosophique*）一书中详细考证过"弥赛亚"一词的语源学含义及其流变过程："Messie, Messias［弥赛亚］，这个词出自希伯来语，与希腊语 Christ［基督］一词涵意相同。二者都是在宗教中的祝圣用语，现今只用于指称杰出的受膏者，或说敷过圣油的人。这位救世主就是古代犹太民族等候而且在他降临后仍在追求他降临的那个人，而在基督徒的心目中，他则是玛利亚之子耶稣，基督徒把耶稣视作主的受膏者，许诺给人类的弥赛亚。"② 伏尔泰的这番考察充分说明耶稣基督被认定等同于弥赛亚有着漫长的历史过程。③ 在《旧约》中，弥赛亚原初并没有拯救之意，也不是专指以色列民族期盼的救星，更不涉及上帝那些真诚而忠贞的信徒们，而是仅仅指向一些"杰出的受膏者"，主要包括国王、先知和大祭司们，如《利未记》和《列王纪上》所记述的膏

---

① 许志伟：《基督教神学思想导论》，北京：中国社会科学出版社，2001年，第206页。
② 伏尔泰：《哲学辞典》下册，王燕生译，北京：商务印书馆，2005年，第627—628页。
③ 以下关于弥赛亚观念的流变过程，部分参考了梁工的论文《弥赛亚观念考论》，《世界宗教研究》2006年第1期，第72—82页。

立大祭司和先知的活动等。而随着时代的变迁，尤其是巴比伦之囚时期，国家逐渐开始衰亡，人民渴求拯救和回归的心理随之增强，这时弥赛亚开始转变为一些理想的军事首领和君王形象，如大卫王等。至希腊化中后期，弥赛亚再一次发生变化，转变为末世救主和发挥权威作用的人物。至此，弥赛亚方成为获得后世普遍认可的拯救者的典型形态。在《新约》中，基督教充分继承《旧约》弥赛亚的文化传统，将"受膏者"弥赛亚引申为具有"上帝拯救之意"的"救主"，并专指耶稣基督，强调和突出耶稣基督的"弥赛亚和最后救主"身份，相信耶稣基督的最后拯救能将人类带入一个纯粹精神性的上帝之国，从而确立了耶稣基督在基督教中独特的神学文化符码意义。当代德语新教神学的代表人物潘能伯格（Wolfhart Pannenberg）对此评述说："耶稣的神圣性和他对我们的释放与救赎意义之间的关系，可以说已经密切到了无以复加的地步"，甚至"人再不能把耶稣基督的救赎工作与这个具有神性和人性的人分开"，[①] 总之，耶稣基督在宗教文化体系中被理解为一系列与救赎相关的角色，如"告知上帝临在于人们身边的宣告者""十字架受难者""死而复活者"等，成为人类在苦难的现实中期盼的希望和人类向往彼岸世界美好生活的重要载体。

加拿大批评家诺思洛普·弗莱（Northrop Frye）认为，"伟大的经典作品仿佛存在一种总的趋势，要回归到原始形态去。这与我们大家都曾有过的一种感觉是吻合的，即平庸的文学作品，不管写得多么有力，我们对其研究始终仅是我们批评经验中一种随意而无关痛痒的形式；相反，寓意深刻的文学杰作却宛如将我们吸引到一种境界，此时我们发现大量的具有含义的原型融汇成浑然一体"。[②] 弗莱这里所提出的"原型"，主

[①] Wolfhart Pannenberg, *Jesus-God and Man*, Trans. by Lewis L. Wilkins and Duane A. Priebe, Philadelphia, Pennsylvania: Westminster Press, 1968, p.38.
[②] 弗莱：《文学的原型》，黄志纲译，吴持哲编：《诺思洛普·弗莱文论选集》，北京：中国社会科学出版社，1997年，第86页。

要是作为社会事务和交流模式的文学中"典型的或反复出现的意象"。①这种意象既是植根于程式化联想之中的蕴含无限潜力的可交流的力量,也是变化的、可变形的某种象征。美国南方作家运用得最多的原型意象便是耶稣基督形象。一方面,通过高度赞扬和认同耶稣基督高洁而伟大的品格,南方作家显示出了对于基督教拯救观念和美国南方社会现实以及人类命运的深切关注;另一方面,他们艺术化地呼唤人类以耶稣基督为言行楷模,不断认识自我,拯救他人。

福克纳本人不仅十分熟悉《圣经》中关于耶稣基督生平事迹的描述,②而且还曾多次反复强调"基督的故事是人创造的最美好的故事之一"。③ 在福克纳看来,耶稣基督的故事和言行有助于人类"看清自己",它可以"给人提供一个忍受苦难、自甘牺牲的无比崇高的榜样,给人指出光明的前途,让人在本人的能力与抱负的范围之内自己形成一套道德准则、道德标准"。④ 这样,通过耶稣故事、品德的对比和参照,福克纳意在把小说纳入范围更大、意蕴更深的宗教模式之中,进而获得带有共性的普遍意义和价值。

尽管福克纳提倡在小说中塑造耶稣形象,但并非亦步亦趋地机械模仿,而是经过"置换变形"(displacement)而达到最佳艺术效果的。弗莱认为以神话结构的方式隐喻和虚构现实作品,必然会涉及到某些技巧

---

① Northrop Frye, *Anatomy of Criticism: Four Essays*, With a Foreword by Harold Bloom, Princeton and London: Princeton UP, 2000, p.99.
② 福克纳对耶稣基督故事的熟悉可以从约瑟夫·布洛特纳编辑整理的福克纳藏书中管窥一斑。这些藏书主要包括怀特(Ellen G. White)的《伟大的论战:在基督与撒旦之间》(*The Great Controversy: Between Christ and Satan*)、路德维格(Emil Ludwig)的《人之子:耶稣的故事》(*The Son of Man: The Story of Jesus*)等。See Joseph Blotner compiled, *William Faulkner's Library-A Catalogue*, Charlottesville: University Press of Virginia, 1964, pp.56-57, 107.
③ Frederick L. Gwynn and Joseph Blotner eds., *Faulkner in the University: Class Conferences at the University of Virginia, 1957-1958*, Charlottesville: University Press of Virginia, 1959, p.117.
④ James B. Meriwether and Michael Millgate eds., *Lion in the Garden: Interviews with William Faulkner, 1926-1962*, Lincoln: University of Nebraska Press, 1968, p.247.

的处理，而"解决这些问题的手法则可以统一命名为'置换变形'"。^① 也就是说，"置换变形"在本质上追求的是一种内在的相似性，甚至是某种倒置的联想。弗莱在《批评的剖析》(*Anatomy of Criticism: Four Essays*)中曾举撒旦的形象变化为例来说明"置换变形"手法。《圣经》中的撒旦是上帝的对立面，是堕落的天使和邪恶的化身，但在弥尔顿和拜伦等作家的笔下，撒旦被赋予了崭新的形象和意义，成为富于反抗和叛逆精神的斗士。以这种"置换变形"的手法来关照福克纳小说中的耶稣基督形象，可以发现其与《新约》中的耶稣形象存在很大的差别。福克纳更多地是把耶稣基督的形象发展成为一种人的精神状态和人学品格，其小说中的人物只是部分与耶稣形象具有相似性或关联性。福克纳意在以此强调形似不是根本，内在的相似才具有本质和终极性意义，即塑造和影射耶稣形象不是终极目标，其所代表的救赎精神才是人的神性本质重建所必需的。

　　福克纳小说中最常见的耶稣基督形象即杰西·考菲所说的"类耶稣基督"(Christlike)形象。在《福克纳的非基督式的基督徒：小说的圣经参照》一书中，杰西·考菲这样概括"类耶稣基督"形象的总体特征：第一，他可能具有耶稣基督的某种象征性表征。第二，他在献祭或承受某种十字架苦难方面类似耶稣基督的行为方式。第三，在某些方面他是反基督的。他可能是《启示录》中提及的"他们的份就在烧着硫磺的火湖里"(启21:8)的那些罪孽者之一。^② 据此标准，《喧哗与骚动》中的班吉、《八月之光》中的乔·克里斯默斯、《去吧，摩西》中的艾克·麦卡斯林以及《寓言》中的无名下士等人物形象都属于典型的"类耶稣基督"形象。

---

① Northrop Frye, *Anatomy of Criticism: Four Essays*, With a Foreword by Harold Bloom, Princeton and London: Princeton UP, 2000, p. 136.
② Jessie McGuire Coffee, *Faulkner's Un-Christlike Christians: Biblical Allusions in the Novels*, Ann Arbor, Michigan: UMI Research Press, 1983, p. 30.

"四福音书"在《新约》中占据重要地位，是基督教文化思想的基石之一，是"上帝默示的整部圣经的诸多书卷中"的"佼佼者"。①"四福音书"按先后顺序分别记述了耶稣的降生、耶稣的传道、耶稣的受死以及耶稣的复活，从不同角度阐释了耶稣是救主的观念，意在说明耶稣是上帝的仆人和儿子，代替上帝拯救世人，完成神的救赎计划，并在死而复生中向世人显示和证明其神性。"四福音书"的基本结构大同小异，意在通过其中所描述和记载的耶稣生平事迹以及耶稣宣讲基督教教义和精神实质的情形，组成一幅完整而生动的神人两性的耶稣画像，并使"耶稣受难成为故事发展的最终高潮"，②从而凸显出基督教拯救灵魂的核心主题。尽管福克纳任弗吉尼亚大学住校作家期间多次否认《喧哗与骚动》中的人物和情节与"四福音书"和耶稣基督形象之间存在对比和映照关系，③但就整体结构和细节运用来说，还是可以清晰见出二者之间存在明显的同构关系。

首先，据杰西·考菲的统计，福克纳小说中对"四福音书"的引用频率高达一百四十次，其中《马太福音》最多，九十四次；《路加福音》次之，二十五次；《约翰福音》第三，十七次；《马可福音》相对较少，但也有四次。其总引用量占福克纳小说中《圣经》引用总量的三分之一和《新约》引用总量的三分之二。④对应《喧哗与骚动》，其对《圣经》的引用绝大多数都集中在"四福音书"部分，且分布广泛，涉及耶稣的

---

① 奥古斯丁：《论四福音的和谐》，S. D. F. 萨蒙德英译，许一新中译，北京：生活·读书·新知三联书店，2010 年，第 13 页。

② Leland Ryken, *Words of Delight: A Literary Introduction to the Bible*, Grand Rapids, Michigan: Baker Book House, 1992, p. 374.

③ 关于福克纳否认《喧哗与骚动》以基督教和圣经人物为参考的谈话，See Frederick L. Gwynn and Joseph Blotner eds., *Faulkner in the University: Class Conferences at the University of Virginia, 1957-1958*, Charlottesville: University Press of Virginia, 1959, p. 17.

④ Jessie McGuire Coffee, *Faulkner's Un-Christlike Christians: Biblical Allusions in the Novels*, Ann Arbor, Michigan: UMI Research Press, 1983, pp. 129-130.

出生、十字架受难、童贞性、具体言行等多个方面。

其次，尽管福克纳否认《喧哗与骚动》中的时间标识具有象征意义，[①]但对照之后可以发现《喧哗与骚动》中每一个时间标识皆与耶稣基督密切相关。小说第一部分的日期标示为1928年4月7日，这一天正好是复活节的前夕。在这一天，耶稣基督在冥界拯救了特赦之前死去的可敬之人，控制了地狱和地狱的主人撒旦，将爱与希望带到了冥界。与耶稣基督在这一天的希望相对比，人世间却充满了冷漠与无助。当班吉的母亲知晓他是一个白痴时，不愿将母爱赋予他，这使得班吉无依无靠，生活于痛苦和绝望之中，其对比反讽效果可见一斑。小说第二部分的日期是1910年6月2日，基督圣体节的第八天，这是庆祝耶稣复活周的洗足沐曜日所引导出的最愉快的一天。这部分在时间上有个特殊意义的圣周四（Holy Thursday）。这是基督教纪念最后的晚餐的一个特殊日子，通常以圣餐礼作为体现耶稣仁爱的爱宴，以曜足礼来仿效耶稣的谦卑和无私。昆丁经历的许多事件都与洗足沐曜的"圣周四"相暗合。比如"圣周四"中要出现携圣餐巡游的场面，小说中对应昆丁与意大利小女孩带着面包寻找家的情节。第三部分的日期是1928年4月6日，这一天是耶稣基督的受难日。与耶稣被钉死在十字架上，以此拯救地狱中值得拯救之灵魂的高尚品质相反，杰生处处显现出人性的极端自私和虚伪。小说最后是黑人女仆迪尔西部分，日期是1928年4月8日，复活节当天。这一天耶稣基督复活，其坟墓除了被丢弃的墓衣外空无一物。对应小说的情节则是凯蒂的女儿小昆丁逃走，房间中除了剩余的杂乱衣物外，也空无一物。可见，不仅康普生家历史中的这四天时间与耶稣基督受难的四

[①] 福克纳在1957年3月13日与弗吉尼亚大学师生的第八次座谈中曾谈及《喧哗与骚动》的时间象征问题，他否认《喧哗与骚动》是在写"耶稣受难周"的故事，认为选择耶稣形象只是充当"工具"而已。See Frederick L. Gwynn and Joseph Blotner eds., *Faulkner in the University: Class Conferences at the University of Virginia, 1957-1958*, Charlottesville: University Press of Virginia, 1959, p. 68.

个主要日子有关联，而且其中人物的具体言行也潜在地与福音书中记载的耶稣基督的遭遇大致平行。

最后，福克纳还直接安排班吉在三十三岁那年被阉割，来影射耶稣基督在三十三岁被钉死在十字架上，进一步明确小说中存在耶稣基督影像的映射。

那么福克纳为什么要使用如此多的暗示和对应关系来影射耶稣基督呢？美国评论家卡维尔·考林斯（Cavel Collins）对此解释说："《喧哗与骚动》有好多这样的对比系统。对比系统最容易说明的例子是，康普生的孩子们所牵连的事件与基督所牵连的事件之间的对比，特别是与耶稣受难周间发生的事件比较。小说中的这种对比是嘲讽的：简单的说，对比所强调的是康普生家的悲剧源于缺乏爱，拿他们失败的生活与基督临死时的生活做个比较，基督临死时给他的门徒第 11 戒——'你们得彼此相爱。'——然后便死了。基督徒相信由于他的爱，他曾拯救他的门徒。在乔伊斯的《尤利西斯》里，古典神话中能干有力的奥德修斯与 20 世纪都伯林城中懦弱的里奥柏·布隆姆之间讥讽的对比，大大的丰富了我们对布隆姆地位的概念。同样的，在福克纳的《喧哗与骚动》里，基督遗爱人间的动人日子与康普生家人所遇的苦难日子之间讽刺性的对比，大大的丰富了我们对生活悲剧在美学上的认识。"① 考林斯的评述着力强调了福克纳在小说中通过对比系统产生"反讽"的叙事效果。所谓"反讽"，按照美国学者华莱士·马丁（Wallace Martin）的定义是一种"夸张性的模仿"，从而形成"语言上、结构上、或者主题上与所模仿者的种种差异"，② 达到不掩盖事实真相的独特艺术功能。"反讽"诚如考林斯所说能产生美学上的再思索，但对于小说《喧哗与骚动》而言，"反讽"更为重

---

① C. 考林斯：《福克纳的〈喧哗与骚动〉》，田维新译，叶舒宪编选：《神话—原型批评》增订版，西安：陕西师范大学出版总社有限公司，2011 年，第 317 页。
② 华莱士·马丁：《当代叙事学》，伍晓明译，北京：北京大学出版社，2005 年，第 183 页。

要的意义在于揭示一种深刻的模式：堕落与拯救的辩证关系。现代人在现实面前自私冷漠，迷失自我，甚至堕落为动物性存在的生活方式，与耶稣基督的博大胸怀和为拯救人类而牺牲自我的献身精神形成巨大反差，进而启迪我们重新思考人与世界之间的关系，这正是福克纳所欲传达的关于人的本质重建与世界秩序之希望的关键所在。

在基督教文化中，耶稣基督的一个重要文化身份就是替罪羊（scapegoat）。弗莱认为所谓"替罪羊"就是"一个典型的或偶然的成为牺牲品的形象"。[①] 其最初是英国人类学家弗雷泽（James George Frazer）考察世界各地"神王被杀"和"王子献祭"等神话故事后提出的一个人类学术语。作为献祭仪式的产物，替罪羊主要体现以下观念：只要把部落的腐败转嫁到一头神圣动物或一个圣人的身上，然后再把这头动物或这个人杀死，这个部落就得以净化和赎罪，而这是获得自然和灵魂再生所必需的。[②] 在《旧约》中，关于献祭的替罪羊仪式的记录主要集中于《利未记》："也要照你所估定的价，把罪愆祭牲，就是羊群中一只没有残疾的公绵羊，牵到耶和华面前，给祭司作为赎愆祭。祭司要在耶和华面前为他赎罪，他无论行了什么事，使他有了罪，都必蒙赦免。"（利 6:6）"亚伦为圣所和会幕并坛献完了赎罪祭，就要把那只活着的公山羊奉上。两手按在羊头上，承认以色列人诸般的罪孽、过犯，就是他们一切的罪愆，把这罪都归在羊的头上，藉着所派之人的手，送到旷野去。要把这羊放在旷野，这羊要担当他们一切的罪孽，带到无人之地。"（利 16:20—22）而根据圣经类型学观点，《新约》是隐藏于《旧约》之中的，《旧约》借助《新约》得以显现。这样，《旧约》中出现的一切事件和意象便成为《新约》的前在模型或预兆，由此《旧约》中的替罪羊仪式与《新约》中的耶稣基督

---

① Northrop Frye, *Anatomy of Criticism: Four Essays*, With a Foreword by Harold Bloom, Princeton and London: Princeton UP, 2000, p.41.
② 关于"神王被杀"和"王子献祭"的故事分析可以参考詹·乔·弗雷泽：《金枝》上册，徐育新、汪培基、张泽石译，北京：中国民间文艺出版社，1987 年，第 391—429 页。

受难仪式便成为了相互印证的事件，耶稣基督也就具备了替罪羊的身份和角色，对此《新约》有多处暗示。如《约翰福音》中，施洗约翰一见耶稣便说："看哪，神的羔羊，除去世人罪孽的。"（约 1:29）耶稣自己也清晰地意识到了这一特殊身份，他说："人为朋友舍命，人的爱心没有比这个大的。"（约 15:13）所以在《启示录》中耶稣才以被宰杀的羔羊的形象出现。作为重要的神学仪式形象，替罪羊一方面平息了神因人犯下的罪而产生的怒火；另一方面也实现了人自身的飞升与超越，促进了精神人格的提升，即弗莱所说的"和解"或"上帝重新与人合二为一"。福克纳小说《八月之光》中的主人公乔·克里斯默斯就是一个典型的"基督—替罪羊"式人物。

福克纳赋予乔诸多"类耶稣基督"性质，如他的名字"Joe Christmas"的首字母与耶稣基督相同，他的姓即是圣诞日；他被处以私刑是在星期五，基督受难日；他因遭受苦难和社会歧视而在三十三岁悲惨死去等。乔与耶稣基督的相仿性不言而喻，但其生活态度和处世方式却与耶稣基督形成天壤之别。耶稣基督仁爱、宽容、富于同情心，以救赎为自己的责任；乔却充满仇恨、暴力，性格冷漠。之所以让外在特征相似的两个形象于内心品质上形成如此反差，福克纳意在突出乔社会局外人的生存现实。弗莱在阐述替罪羊时曾说："替罪羊既不是无辜的，也不是有罪的。说他无辜是指他所得到的报应远远超过他所做过的任何过失，好比登山运动员，他的喊声竟引来了一场雪崩。说他有罪则指他是有罪恶的社会的一个成员，或者他生活在一个不公正已成为存在本身无法回避的一部分的世界上。"[①] 乔的生活现实正是这种替罪羊式的矛盾结合体。乔抗争以及身份追寻的过程，正是他逐渐步入种族主义替罪羊的过程。与耶稣基督以流血的方式完成拯救世人的任务、弥合神与人之间的矛盾相

---

① Northrop Frye, *Anatomy of Criticism: Four Essays*, With a Foreword by Harold Bloom, Princeton and London: Princeton UP, 2000, p.41.

对应，乔在很大程度上也是以牺牲自我的方式试图弥补现实美国南方社会中白人与黑人之间的矛盾。在此意义上，乔的死亡从宗教角度具有替代救赎的意义，其中蕴含着新生的希望。在小说中，福克纳曾以优美而富有生气的语言来描述乔死亡的瞬间，让读者感觉没有丝毫的恐怖，相反却呈现出一种精神飞升与目睹曙光相交织的境界与情景："可是躺在地上的人没有动弹，只是躺在那儿，眼睛还睁着，但目光中除了残留的意识，什么也没有了，嘴边挂着的也许是一丝阴影。他长时间地仰望着他们，带着安静、深不可测、令人难以忍受的目光。然后，他的面孔、身躯、身上的一切，似乎一齐瓦解，陷落在自己身上。在划破的衣服下面，淤积的黑色血液从他的大腿根和腰部像呼出的气息般汹涌泄出，像腾空升起的火箭所散发的火花似的从他苍白的躯体向外喷射；他仿佛随着黑色的冲击波一起上升，永远进入了他们的记忆。他们不会忘记这个情景，无论在多么幽静的山谷，在多么清幽宜人的古老溪边，从孩子们的纯洁如镜的面孔上，他们都将忆起旧日的灾难，产生更新的希望。这情景将留在人们的记忆里，沉思静默，稳定长存，既不消退，也并不特别令人可畏；相反，它自成一体，安详静谧，得意扬扬。"①

与《八月之光》中多少带有倒置意味的耶稣基督形象相比，福克纳对耶稣基督及其救赎观念最直接明了，也是最正面的一次艺术化图解当属小说《寓言》。

《寓言》是福克纳后期创作的最为重要的小说作品之一，曾先后荣膺普利策小说奖和美国国家图书奖。诗人兼评论家德尔莫尔·斯瓦兹（Delmore Schwarts）称赞它是"一部杰作"，是"福克纳创作天才的独特显现"；② 评论家海因里希·斯特劳曼（Heinrich Straumann）评价它对于欧洲读者来说是"美国作家写作的最为重要的小说"，是"自第二次世界

---

① William Faulkner, *Light in August*, London: Vintage Books, 2005, pp. 349-350.
② *Perspectives U. S. A.* 10(1955), p.127.

大战以来英语世界最重要的史诗篇章"；① 马尔科姆·考利则在《纽约先驱论坛报》上撰写书评，强调《寓言》尽管不够"完美"，但仍是"傲立于作家其他作品之上的一座大教堂"。②

《寓言》的故事背景并非是作家所熟识的"约克纳帕塔法"，而是发生在第一次世界大战行将结束的1918年的凡尔登。小说主要讲述了战争中维护和平的力量与制造邪恶的力量之间相互斗争和逐力的过程，塑造了一个为和平而勇于献身的平凡的"圣人"形象。小说故事情节的核心是"兵变"，主人公——一位下士——是一个和平主义者，他鼓动战壕两边的士兵放下武器，使得法军前线的三千名士兵和对阵的德国军队迎来了短暂的和平，喧嚣了四年的战场暂时归于平静。法、英、美三国联军统帅大为震惊，经过紧急密谋，他们决定向手无寸铁的士兵们开火，并当众处决了引发兵变的下士，使得战争得以继续下去。小说围绕战争中老军需官将军的心理变化过程、哨兵和传令兵关于对待战争不同立场的争执，以及发动兵变的下士和老元帅之间不为人知的父子关系等多条线索展开叙事，详细叙述了法、英、美三国高层如何着手调查兵变事宜，又是如何掩盖事实真相、惩处下士以致让战争得以维系的全过程，彰显了战争中的残酷与冷漠无情，具有鲜明的反战倾向。

纵观整部小说，《寓言》最为显著的特征就是从构思到人物再到艺术形式都是对新约福音书的互文类比。根据杰西·考菲的统计，《寓言》对《圣经》的引用量高达四十次，在福克纳所有引用《圣经》的小说中仅次于《喧哗与骚动》居于第二位。③ 而仔细考辨《寓言》对《圣经》的引

---

① Heinrich Straumann, "An American Interpretation of Existence: Faulkner's *A Fable*", See Henry Claridge ed., *William Faulkner: Critical Assessments*, Vol. IV, East Sussex: Helm Information Ltd., 1999, p.225.
② *The New York Herald Tribune*, August 1, 1954.
③ Jessie McGuire Coffee, *Faulkner's Un-Christlike Christians: Biblical Allusion in the Novels*, Ann Arbor, Michigan: UMI Research Press, 1971, p.129.

用，又会发现绝大多数都聚焦于描述耶稣生平与言行的福音书部分。对此，评论家丹尼尔·J. 辛格（Daniel J. Singal）认为，《寓言》是"一部关于基督第二次降临、竟然降临到第一次世界大战战壕中的含混不清的寓言故事"。① 而评论家弗莱德里克·R. 卡尔则认为福克纳通过《寓言》意在"把约伯、耶稣、苦难、殉道、忏悔——所有基督的经历都混合在一起，移植到一个战争故事中去，于是战争就变成了一个永无止境的经历，从而与人类最伟大的牺牲，即耶稣受难联系在一起"。②

追溯《寓言》原初的创作动因，可以发现福克纳在构思之初便有明确的意识将小说的故事情节和人物与新约福音书中耶稣的形象和生平联系在一起。在《寓言》的小说献词里，福克纳写道："献给加利福尼亚州比弗利山庄威廉·贝彻和亨利·哈撒韦，正是基于他们的想法，本书得以发展成形。"③ 福克纳在这里提及的威廉·贝彻（William Bacher）是一名电影制片人，而亨利·哈撒韦（Henry Hathaway）则是一名电影导演。面世于1954年的《寓言》最早构思于1943年，源于福克纳就职于好莱坞期间的一场讨论，当时的话题涉及一部有关"无名战士"的电影拍摄计划。威廉·贝彻和亨利·哈撒韦等人曾提议将"无名战士"刻画成耶稣基督转世，带给人类最后一次和平的机会，福克纳听到这个想法后异常兴奋。尽管后来这一设想并未付诸实施，但却一直停留在福克纳的头脑中。

福克纳要在《寓言》中塑造耶稣转世的"无名战士"的想法在其后来的创作过程中不断获得强化。1943年11月17日写给哈罗德·欧博（Harold Ober）的信中，福克纳曾提及小说故事要通过"三次诱惑、受难

---

① Daniel J. Singal, *William Faulkner: The Making of a Modernist*, Chapel Hill and London: The University of North Carolina Press, 1997, p.285.
② Frederick R. Karl, *William Faulkner: American Writer*, New York: Ballantine Books, 1989, p.699.
③ William Faulkner, *A Fable*, New York: Vintage Books, 1978, p.1.

和复活"①的情节加以展开，这明显是指向新约福音书的内容。1948年，在与马尔科姆·考利的谈话中，福克纳再一次提到了《寓言》的创作情况，他这样告诉考利小说的大概内容："讲述的是法军中的基督，一个下士和由十二个人组成的小分队——一个反基督的将军把下士带到了一座山上，让他看看世界。除了三百页胡言乱语讲述田纳西的一匹三条腿的赛马之外，其他内容都是象征性的、不真实的。玛丽·玛格达林和另外两个玛丽。发生了一场奇怪的叛乱，两边的士兵都简单地拒绝参战。下士的身体被安葬在无名士兵之中。基督（或他的门徒）在人群中再次复活。"②而小说《寓言》正式出版后的两次重要访谈也印证了福克纳原初的创作目的。1955年8月访问日本期间，福克纳表示："《寓言》出自一种揣测：无名烈士墓中究竟是谁？如果基督在1914至1915年再度出现，他是否会再次被送上十字架？"③他还进一步补充道："我主要是讲一个我认为是悲剧的故事，一个父亲要在牺牲或拯救儿子之间做出决定。"④1956年接受琼·斯坦因（Jean Stein）采访时，福克纳又进一步确证说："《寓言》的故事，要写成寓言就只能写成基督教寓言，正好比要造长方形的房子就只要把墙角造成方形而把一边的墙壁放长一样。"⑤从小说最终的完成情况来看，福克纳所描述的预想的小说人物和情节经历基本都得以实现：下士在耶稣受难周成为无名战士，成为一个基督式的人物；下士三十三岁，这注定了他要向耶稣一样牺牲自我；作为兵变始作俑者的下

---

① Joseph Blotner ed., *Selected Letters of William Faulkner*, New York: Random House, 1977, p.179.
② Malcolm Cowley, *The Faulkner-Cowley File: Letters and Memories, 1944-1962*, New York: The Viking Press, 1966, p.105.
③ James B. Meriwether and Michael Millgate eds., *Lion in the Garden: Interviews with William Faulkner*, Lincoln: University of Nebraska Press, 1968, p.178.
④ James B. Meriwether and Michael Millgate eds., *Lion in the Garden: Interviews with William Faulkner*, Lincoln: University of Nebraska Press, 1968, p.179.
⑤ James B. Meriwether and Michael Millgate eds., *Lion in the Garden: Interviews with William Faulkner*, Lincoln: University of Nebraska Press, 1968, p.246.

士和他的十二名追随者,对应耶稣和他的十二个门徒;下士被其中的一个追随者出卖,对应新约福音书中犹大出卖耶稣;下士被捆绑在木桩上与两名小偷被一同处决后,被他同母异父的两位姐姐和与之订婚的女孩拉回故土埋葬,其坟墓在一阵炮火中被炸平,只剩下一些棺木残片,尸体也不见了踪影等情节,与新约福音书中所记载的耶稣被钉死在十字架上,埋葬于各各他附近的一个墓室中,三天后复活,里面没有了遗体,只剩下裹尸布的情形如出一辙。小说文本的多处细节和线索为读者确证了下士这一人物与耶稣基督之间的互文关联,从而使小说在主题上印证了耶稣转世的观念。对此,弗莱德里克·R.卡尔评述认为,《寓言》的核心内容就是围绕着"一个耶稣式的无名战士"[1]来展开的。卡尔进一步详细论述道:"埋葬在巴黎凯旋门下的无名战士在某种意义上与另一个牺牲者相联系,也就是基督教信仰的耶稣。二者都是人们必须注意的价值体系的再生。福克纳对再生的耶稣基督的兴趣并不是一时突发的热情,而是在战争年代,当全世界的年轻人都在牺牲时,他的感情的自然发展。他认为这场战争中的年轻人与所有牺牲的年轻人都彼此联系;于是,他们也与基督神话中所有伟大的牺牲密切相关。"[2]

福克纳在小说中把社会现世之恶升级为战争,意欲考量人类面对战争的不同态度和决断能力,从而在更大的题材范围内"表现人、人类的冲突,跟自己的心灵、冲动、信仰、艰苦持久而无生命的土地舞台的冲突,"[3]并为人类的心灵痛苦找寻终极的解决之道。福克纳明确表示小说中的三个人物分别代表人的意识和行为方式三位一体的三个重要维度,也是人面对邪恶的三种态度:"莱文,年轻的英国飞行员,他象征着虚无主义的那个三分之一;那位年老的法国军需官将军,他象征着被动的那个

---

[1] Frederick R. Karl, *William Faulkner: American Writer*, New York: Ballantine Books, 1989, p.698.
[2] Frederick R. Karl, *William Faulkner: American Writer*, New York: Ballantine Books, 1989, p.698.
[3] William Faulkner, "Note on A Fable", See William Faulkner, *Essays, Speeches & Public Letters*, Ed. by James B. Meriwether, New York: The Modern Library, 2004, p.270.

三分之一；而那位英国的军营里的奔跑者，他则象征着主动的那个三分之一——莱文，他见到了恶，以毁灭自我的方式表示拒绝接受；他说，'在虚无与邪恶之间，我宁愿选择虚无'，他实际上是在毁灭邪恶的同时，把世界也给毁灭了，这里指的是，代表着他，代表着他自己的那个世界——那位老军需将军，他在最后的一场里说道，'我不是在笑。你们见到的真实是眼泪'；这就是说，世界上是存在着恶的；对于这两者，即恶与世界，我都会加以忍受，并为他们感到悲哀——而军营里奔跑的那个人，那个明显可见的疮疤，他在最后的一场里说，'那很对；正是颤抖。我不打算死——永远也不打算。'也就是说，世界上存在着恶，对此我准备采取一些行动的。"① 很明显，福克纳的选择更倾向于第三个人物，因为他的思想和行为显示出了强烈的自觉性。在福克纳看来，拯救的希望正蕴藏于这种人的自觉性之中，诚如评论家刘易斯·P. 辛普森所肯定的那样，福克纳正试图通过把这种自觉性"想象为人之子对历史的干预"来"说明人有能力作为人而使自己的历史得到净化和升华"。② 也正是在此意义上，《寓言》成为一部以"耶稣的故事"作为比喻来"加强人的故事"的典型。③

在基督教文化中，耶稣基督既是具象的神之子与人之子的存在，也是一种精神与品质属性的象征表达。《圣经》中说爱是每条基督教诫命的依归与宗旨，爱构成"福音书和使徒一切道理的总纲"，④ 基督徒安身立本的"信、望、爱"之中，"最大的是爱"（林前 13:13），甚至全能的"神就是爱"（约壹 4:16）。可见，爱在基督教思想文化中占据核心地位。作

---

① William Faulkner, "Note on A Fable", See William Faulkner, *Essays, Speeches & Public Letters*, Ed. by James B. Meriwether, New York: The Modern Library, 2004, p. 271.
② Danniel Hoffman ed., *Harvard Guide to Contemporary American Writing*, Cambridge, MA: Harvard UP, 1979, p. 159.
③ 弗雷里克·J. 霍夫曼：《威廉·福克纳》，姚乃强译，沈阳：春风文艺出版社，1994 年，第 106 页。
④ 奥古斯丁：《论信望爱》，许一新译，北京：生活·读书·新知三联书店，2009 年，第 115 页。

为"神之子"和上帝"道成肉身"形式的耶稣基督,自然首先是爱的化身。在《新约》中,耶稣基督常常告诫自己的门徒:"你们要彼此相爱,像我爱你们一样,这就是我的命令。"(约 15:12)约翰也宣称:"主为我们舍命,我们从此就知道何为爱,我们也当为弟兄舍命。"(约壹 3:16)耶稣基督的这种爱的本质属性及其传达出的对社会和人的终极关怀在福克纳的小说中也有极好的表达。在《喧哗与骚动》中,黑人女仆迪尔西就是典型的基督之爱的象征。福克纳曾多次谈到在《喧哗与骚动》中他塑造了"好人",而迪尔西就是其中的一个。他说:"迪尔西是我自己最喜爱的人物之一,因为她勇敢、大胆、豪爽、温厚、诚实。她比我自己可要勇敢得多。诚实得多,也豪爽得多。"① 他还说:"迪尔西,黑人女仆,她是一个好人。她支撑和聚合那个家庭不是希望获得奖赏和报答,而是因为她认为那是一件正确的、值得去做的事情。"② 在福克纳眼中,迪尔西是一个朴素而善良的妇女形象,在她身上体现出一种基督式的人性之爱与终极情怀。从小说中,迪尔西部分是以全知叙事视角来展开的,通过对迪尔西的叙述,小说呈现出更为敞开的艺术视野和精神境界。具体来说,小说着力描写了复活节礼拜日早晨迪尔西带班吉去黑人教堂聆听牧师布道的情景:"盲目的罪人啊!弟兄们,我告诉你们;姐妹们,我对你们说,当上帝掉过他那无所不能的脸去时,他说:我不想使天堂承受过重的负担!我可以看见鳏居的上帝关上了他的门;我看见洪水在天地间泛滥;我看见一代又一代始终存在的黑暗与死亡。接下去呢,看啊!弟兄们!是的,弟兄们!我看见了什么,罪人们啊?我看见了复活和光明;看见温顺的耶稣说:正是因为他们杀死了我,你们才能复活;我死去,为的是使看见并相信奇迹的人永远不死。弟兄们啊,弟兄们!我见

---

① James B. Meriwether and Michael Millgate eds., *Lion in the Garden: Interviews with William Faulkner, 1926-1962*, Lincoln: University of Nebraska Press, 1968, pp.244-245.
② Frederick L. Gwynn and Joseph Blotner eds., *Faulkner in the University: Class Conferences at the University of Virginia, 1957-1958*, Charlottesville: University Press of Virginia, 1959, p.85.

到了末日的霹雳,也听见了金色的号角吹响了天国至福的音调,那些铭记羔羊鲜血的事迹的死者纷纷复活!"① 很明显,牧师布道的主要内容是讲述耶稣基督作为羔羊被宰杀,并被钉死于十字架上的受难、复活画面,带有强烈的救赎意味和震撼人心的宗教力量。福克纳安排迪尔西带着具有基督性的班吉倾听,意在强调和突出人性复活并走向新生的重要性。在福克纳看来,康普生家唯一真正的精神支柱就是迪尔西,因此唯有她能充分理解布道之真谛,并切身体会基督之爱。在此意义上,评论家考林斯认为《喧哗与骚动》通过与基督教的对比意在嘲讽、揶揄康普生家"缺乏爱",在很大程度上是切中主题的。而柯林斯·布鲁克斯对布道情节的评述则再一次印证了这一点:"它表达了一种对于永恒的信念,赋予了时间以意义,通过对于善行的最终辨明,对于伤者的全面宽慰而吹干了所有的泪水。"②

如果说迪尔西是康普生家唯一基督之爱的化身的话,那么《八月之光》中的莉娜·格罗夫则是一种超自然的、跨越时空的爱的象征。福克纳曾这样解释《八月之光》标题的含义:"在密西西比的八月份,八月中旬的什么时候,有几天会突然出现秋天将至的迹象,空气凉爽宜人,阳光显得柔和与澄明,仿佛不是来自现在而是来自远古,光线中似乎有来自古希腊和奥林匹斯山上的众神。这种日子持续一两天后就消失了,但是每年八月我的故乡都会出现这种日子……这个题目使我想起那种日子,想起比我们的基督教文明更古老的一种澄明。也许它与莉娜·格罗夫有关,她身上有一种对一切都能顺其自然的异教色彩。"③ 在福克纳看

---

① William Faulkner, "The Sound and the Fury", See David Minter ed., *The Sound and the Fury: An Authoritative Text, Backgrounds, and Context Criticism*, Second Edition, New York and London: W.W.Norton & Company, 1994, pp.184-185.
② Cleanth Brooks, *William Faulkner: The Yoknapatawpha Country*, New Haven & London: Yale UP, 1963, p.345.
③ Frederick L. Gwynn and Joseph Blotner eds., *Faulkner in the University: Class Conferences at the University of Virginia, 1957-1958*, Charlottesville: University Press of Virginia, 1959, p.199.

来，所谓"八月之光"有两层含义：其一是家乡的一种自然现象，其二是一种精神和品质的象征，而后者又与作家本人的宗教人文观念直接相连。小说中多处情节暗示出莉娜·格罗夫超然淡定的态度以及宽容、仁爱、不惧困难、勇于前进的高贵人格品质，从而使她客观地呈现为一个集善、爱、美于一身的至纯理想型人物。对于家庭，她表现出无比忠贞的信念；对于自己怀孕在身的现状，她不仅坦然面对，而且充满孕育新生的快乐和希望。她超然于自己身边罪恶的社会现实，依靠自身能力实现了生命的超越与升华。就小说情节来说，她的故事补充和修正了乔·克里斯默斯的故事；就象征层面来说，她是充满仇恨的乔的对立面。乔身上承载着罪恶，在种族歧视的美国南方社会需要救赎，而这一艰巨任务象征性地通过莉娜·格罗夫这一人物最终完成。她腹中新生命的孕育与降生在很大程度上暗示了乔的复活与新生，乔生命中存在的两极对立在莉娜·格罗夫这里得以化解并实现包容。可以说，莉娜·格罗夫这一形象既指引了小说中其他人物的现世生存道路，又在很大程度上启迪和救赎了他们的人生。

　　福克纳小说中除了"类耶稣基督"形象和精神属性的耶稣基督形象值得关注外，还有一类特殊的耶稣形象不容忽视：孩童。孩童在人性上处于完全的单纯状态，没有受到世俗的污染与遮蔽，其纯真性与神性最为相通，《新约》中对此有多处表述。《马太福音》中耶稣曾告诫说："我实在告诉你们：你们若不回转，变成小孩子的样式，断不得进天国。所以，凡自己谦卑像这小孩子的，他在天国里就是最大的。"（太 18:3—4）耶稣还曾明确说："让小孩子到我这里来，不要禁止他们，因为在天国的，正是这样的人。"（太 19:14）类似的说法在《马可福音》中也曾多次出现："我实在告诉你们：凡要承受　神国的，若不像小孩子，断不能进去。"（可 10:15）"凡为我名接待一个像这小孩子的，就是接待我；凡接待我的，不是接待我，乃是接待那差我来的。"（可 9:37）圣经学者弗莱在评述基督教思想观念时对此也有明确表述。他说："在基督教中,历来认为儿童最接近伊甸园,他们处在堕落以前的天真年代,当时人类、禽兽和花卉树木都和谐又安定地生存在一起。"① 而在分析华兹华斯(William Wordsworth)的《颂不朽的暗示》时,他又再一次重申"童年是一种非我们成年生活所能达到的更接近于伊甸园生活的天真无邪状态"。② 而法国作家福楼拜(Gustave Flaubert)在谈到文学创作经验时也曾感悟到这一点:"有了关于上帝的最初观念,诗的最初感情随之产生,并寻找其表现方式,很容易在孩子和蛮子身上找到。"③

福克纳对此感同身受,在接受琼·斯坦因采访时,他说:"小孩子有股干劲,自己却不知道。等到知道时,劲头已经没有了。在二十至四十岁这段期间,干事的劲头格外的大,也格外具有危险性,可是人却还没有开始懂事。由于环境和种种压力的原因,这股干劲被推入了邪恶的渠道,因此虽已身强力壮,却尚无道德观念。世界人民的痛苦,就是由二十至四十岁之间的人造成的。"④ 在福克纳看来,罪恶主要是成年人的产物,他们放任自己的意志从而导致无道德行为的发生。相比之下,孩童就要好得多,虽然他们暂时意识不到自己的力量,但他们身上存有希望。在小说《坟墓的闯入者》中,福克纳借人物之口进一步明确了这一观念:"要是万一你有件事想找个不是一般的普通人来做,千万别在男人身上浪费时间;找女人和小孩子去做。"⑤

福克纳笔下最典型的孩童式耶稣形象当属《喧哗与骚动》中的班吉。福克纳曾谈及这一人物的构思过程:"我先从一个白痴孩子的角度来讲这个故事,因为我觉得这个故事由一个只知其然,而不能知其所以然的人

---

① 诺思洛普·弗莱:《神力的语言》,吴持哲译,北京:社会科学文献出版社,2004年,第94页。
② 诺思洛普·弗莱:《神力的语言》,吴持哲译,北京:社会科学文献出版社,2004年,第241页。
③ 福楼拜:《福楼拜文学书简》,丁世中译,北京:北京燕山出版社,2012年,第27页。
④ James B. Meriwether and Michael Millgate eds., *Lion in the Garden: Interviews with William Faulkner, 1926-1962*, Lincoln: University of Nebraska Press, 1968, p.254.
⑤ 威廉·福克纳:《坟墓的闯入者》,陶洁译,上海:上海译文出版社,2004年,第61页。

说出来，可以更加动人。"① 从表面来看，班吉的叙述使小说生动有趣，但就文化象征意义而言远非如此。福克纳曾阅读过约瑟夫·康拉德（Joseph Conrad）的《特务》、陀思妥耶夫斯基的《罪与罚》等小说，其中以"白痴式"孩童隐喻耶稣基督的例子屡见不鲜。陀思妥耶夫斯基在《罪与罚》中就直接表述说："孩子是基督的形象。"② 福克纳由此深受这些作家创作思想的影响而视孩童为耶稣基督便是很自然的。1955年访日期间，福克纳曾直接表明他视孩童和白痴形象为耶稣基督的思想。他说《喧哗与骚动》"开始只是一个短篇故事，一个没有太多情节的故事，一些孩童在外祖母葬礼期间被送离房子。他们年龄太小以致不能告诉他们正在发生的是什么事情，在他们眼中所见到的事物仿佛就是他们偶然间看到的孩子们正在玩的游戏一般，从房间中移走死尸是一件多么令人悲伤的事情。接着，一种思想吸引住了我，这种思想使我从盲目的、以自我为中心的天真中看到了更多的东西，其典型就是孩子们，如果那些孩子们中的一个果真如此天真，那他就是一个白痴。这样，白痴就诞生了，接下来，我又对白痴与世界之间的关系产生了浓厚的兴趣，白痴身处世界之中，但又不能够应付与世界之间的关系，也不知道如何从中获得温柔、帮助以便保护他的这种天真。我的意思是'天真'在某种程度上就是在其出生时上帝使其遭受一种盲目性，也就是出生时的无知，他曾经能做的一切都是虚无"。③ 可见，已三十三岁、但却只有三岁智力水平的班吉在文本中所具有的文化功能更能体现人与世界的救赎关系，福克纳通过赋予班吉耶稣基督式的超自然神秘力量，让其具有先在的感知现实的能力来

---

① James B. Meriwether and Michael Millgate eds., *Lion in the Garden: Interviews with William Faulkner, 1926-1962*, Lincoln: University of Nebraska Press, 1968, p.245.
② 陀思妥耶夫斯基：《罪与罚》，岳麟译，上海：上海译文出版社，1979年，第384页。
③ "Remarks in Japan, 1955," See Michael H. Cowan ed., *Twentieth Century Interpretations of The Sound and the Fury: A Collection of Critical Essays*, Englewood Cliffs, New Jersey: Prentice-Hall, Inc., 1968, p.14.

传达其重建人的生活秩序的强烈愿望。小说中一个典型的情节就是每当凯蒂外出约会出现性生活堕落的迹象时，班吉都会以号叫的方式表达抗议。只有凯蒂用清水将身上的香水味洗掉，他才能再一次恢复平静。这种反复出现的情节在本质上是一种高度的象征，虽然智力低下的班吉只能以有限的号叫来阻止凯蒂和整个家庭的堕落，但在这有限的嚎叫中却蕴含着无限的期盼与希望，整个故事的内涵也相应地在班吉绝望的号叫中得以深化并取得一种"有意味的形式"。

福克纳小说中的另一位典型的"孩童"耶稣形象是《我弥留之际》中的卡什。他在小说中的身份是一个木匠，有着与耶稣基督相同的神圣职业以及孩童般纯洁的心灵和诚实的品格。他不仅精心为母亲制作棺木，而且还亲自护送母亲的遗体前往杰弗逊镇。尽管最后他失去了一条腿，付出了很大的人生代价，但仍无怨无悔。福克纳通过卡什的精神，警示世人笃守与上帝的契约、完成道德的自我恪守以及担负各自应有的责任才是获得终极拯救的可靠途径。

不仅是在福克纳的小说创作中，类似的"置换变形"的耶稣基督形象也常见于弗兰纳里·奥康纳的小说创作中。奥康纳的生活与创作主要是在第二次世界大战之后，这一时期相较于20世纪二三十年代福克纳小说创作的成熟期，美国社会有了新的变化，"后现代困境"所带来的虚无主义问题成了时代最严重的威胁。随着社会的不断进步，生活水平的逐步提高，人们对道德、精神以及信仰上的追求开始慢慢减弱，反而物质享受蔚然成风。在一个没有信仰和精神依托的世界中，人们变成了虚无主义者，"去中心化"带来的混乱和无序改变了旧有的生活方式与习惯。在这样的文化语境下，有些人试图重新寻回上帝的权威，找到生活的归属感。于是，文学作品中的耶稣基督形象便成为救赎希望的寄托者，人们希望以这一超然的人物形象的重构来建立一种新型的主客体关系，重拾人类信仰的根基。加之奥康纳对自身强烈的天主教徒身份的认同感，这一切使得她小说中的耶稣基督形象塑造十分明显。对此，奥康纳曾明确声称:"生活的中心意义是基督的拯救。我衡量世界的标准就是根据它与这一事件之间的关系。"① 奥康纳甚至还在小说《智血》中借人物霍克斯之口警告黑兹尔"不能离开耶稣",因为"耶稣是事实",② 以此来表明她对耶稣基督这一基督教和圣经文化传统之中心人物的高度重视。

尽管这一时期以奥康纳为代表的南方作家仍然将耶稣基督形象的再现视为寻找通向光明的救赎之路,但往往他们笔下变形的耶稣都是被颠覆的"不合时宜"的形象,面对虚无主义盛行的世界要么束手无策,要么无能为力,类似于福克纳笔下倒置的耶稣基督形象。《救人就是救自己》中的史福特利特、《善良的乡下人》中的曼利·波恩特等人物形象就属于典型的"不合时宜"的耶稣基督形象。

史福特利特和曼利·波恩特这两个人物身上都具有"类基督"的明显特征。前者与耶稣基督有过类似的做木匠的经历,后者以推销《圣经》的身份进入霍普韦尔太太的农庄让人联想到耶稣基督和他的门徒为了传播福音而历尽千难万险的过程。但在奥康纳的笔下,他们两人虽然具有耶稣基督的外在特征,却都严重缺乏耶稣基督的内在品质。

《救人就是救自己》是奥康纳最成功的短篇小说之一,曾荣膺欧·亨利短篇小说奖。小说的故事情节发生在美国南方的一个荒凉的农场上。作为男主人公的史福特利特来到这个颓败的农场,老露西内尔以物质相利诱,哄骗史福特利特娶了自己的白痴女儿,并答应留在农场一起生活。然而最终史福特利特却将新婚妻子抛在了离家一百英里的小镇饭店中而独自离开。在老露西内尔眼中,史福特利特无疑就是女儿的拯救者,是来拯救女儿的救世主耶稣。在小说中,史福特利特刚一出场,便带有明显的耶稣形象的影射:"他转身面向落日,慢慢挥舞着那只完整的胳膊和

---

① Flannery O'Connor, *Mystery and Manners: Occasional Prose*, Selected and edited by Sally and Robert Fitzgerdld, London: Faber & Faber, 1972, p.32.

② Sally Fitsgerald ed., *Three by Flannery O'Connor: Wise Blood, The Violent Bear It Away, Everything That Rises Must Converge*, New York: New American Library, 1983, p.121.

另一只残缺的胳膊,比划出一大片天空,他的身形摆成了一个扭曲的十字。""他保持那个姿势差不多有五十秒钟,之后提起箱子走到门廊前,在最下一级台阶上放下了箱子。"① 他还告诉老妇人说:"我是个木匠。"②且他还明确表示:"这个种植园里还没有哪样东西是我修不了的。您看看我到底是不是个只有一只胳膊的门外汉。我是个男人,……即便我并不完美。我有——健全的精神!"③ 无论是"十字""木匠",还是无所不能的承诺以及"健全的精神",都暗示出史福特利特具有耶稣基督的鲜明外在特征。小说后面的情节进一步表明史福特利特果然如耶稣一般具有超凡的能力,他不仅使得老露西内尔的农场有了新变化,而且还重新启动了废弃十五年的汽车。小说这样描述史福特利特当时的神情:"他神情严肃,不卑不亢,好像他让死人活转过来了。"④ 很明显,此时的史福特利特好比救世主一般。然而,就如史福特利特残缺的身体所预示的那样,他在本质上就是一个虚伪的骗子,他虽然以救世主身份进入并改造老露西内尔的农场,并口口声声说在男人眼中"有些东西比钱更重要",⑤ 但最终却答应用婚姻来换取他梦寐以求的汽车,这充分暴露了他贪婪的本性,也玷污了他作为纯洁的耶稣基督的美好形象。小说的结尾他把新娘抛弃在一个完全陌生的地方独自离去,表明这个残缺的耶稣救世主已经完全背离了责任感和道德准则。《圣经》中记载:"正如人子来,不是要受人的服侍,乃是要服侍人,并且要舍命,作多人的赎价。"(太 20:28) 史福

---

① 弗兰纳里·奥康纳:《救人就是救自己》,见弗兰纳里·奥康纳:《好人难寻》,於梅译,北京:新星出版社,2013 年,第 54 页。
② 弗兰纳里·奥康纳:《救人就是救自己》,见弗兰纳里·奥康纳:《好人难寻》,於梅译,北京:新星出版社,2013 年,第 57 页。
③ 弗兰纳里·奥康纳:《救人就是救自己》,见弗兰纳里·奥康纳:《好人难寻》,於梅译,北京:新星出版社,2013 年,第 58 页。
④ 弗兰纳里·奥康纳:《救人就是救自己》,见弗兰纳里·奥康纳:《好人难寻》,於梅译,北京:新星出版社,2013 年,第 61 页。
⑤ 弗兰纳里·奥康纳:《救人就是救自己》,见弗兰纳里·奥康纳:《好人难寻》,於梅译,北京:新星出版社,2013 年,第 57 页。

特利特的行为与《圣经》中耶稣为了拯救世人而宁愿遭受钉死在十字架上之苦形成了鲜明的反讽。小说集中展现的重要主题就是史福特利特以拯救的表象来行骗子的实际行为，其根本没有愿望、也没有能力完成救世主的重任，他至多只能算是一个倒置的耶稣形象。

《善良的乡下人》中的曼利·波恩特与史福特利特在行为上具有一定的相似性。表面来看，波恩特一直宣称要将自己的一生奉献给基督教事业，并愿意为此而传播福音、牺牲自我，但实质上他也是一个内心空虚的人。波恩特宣称的崇高信仰不仅折服了霍普韦尔太太，让她感觉到"善良的乡下人才是世上的盐呢"，① 而且还很快赢得了高学历姑娘胡尔加的倾慕与好感。对胡尔加来说，波恩特的出现宛如耶稣基督救世的一道光亮，为她驱散了黑暗，带来了上帝的福音。出于信任，胡尔加甚至将她生命中最重要的假肢都交给了波恩特。但事实上这个他人眼中崇高的福音传播者却在内心中从未真正相信过上帝。小说中描写道："我信那种垃圾！我是个卖圣经的，但我知道是怎么回事，我不是昨天才生下来的，我知道我会去哪里！"② 小说的最后，波恩特将胡尔加抛弃在仓谷里，其作为人类灵魂的拯救者形象彻底被粉碎。通过史福特利特和波恩特这类带有伪耶稣基督特征的人物形象，奥康纳深刻地揭示出了美国现代南方人的生存现实与信仰境况，企盼真正的能够救赎人类的耶稣基督的降临。

奥康纳小说中最集中体现耶稣救赎思想的当属短篇《流离失所的人》。奥康纳赋予小说主人公波兰难民古扎克诸多的类耶稣基督特征。古扎克为了躲避纳粹的迫害而逃到美国，经牧师林恩神父介绍到麦克英特尔太太的农场工作。在林恩神父的眼中，古扎克就是耶稣基督的降临，

---

① 弗兰纳里·奥康纳：《善良的乡下人》，见弗兰纳里·奥康纳：《好人难寻》，於梅译，北京：新星出版社，2013年，第193页。
② 弗兰纳里·奥康纳：《善良的乡下人》，见弗兰纳里·奥康纳：《好人难寻》，於梅译，北京：新星出版社，2013年，第209页。

是基督的"变容","他来这儿是为了拯救我们"。① 在古扎克到来之前,麦克英特尔太太的农场因为管理不当和工人的懒惰而几近退回到了"荒原"状态,正是古扎克的到来和勤劳肯干改变了这一切,他犹如耶稣一般使得奇迹不断发生,在此过程中,不仅使得麦克英特尔太太觉得找到了一个可以依赖的人,视他为"我的救星",② 同时他也用耶稣般的奉献和博爱精神改变着农场中每一个人的生活态度和行为方式,为农场的发展带来了新的希望。这一阶段的古扎克被奥康纳塑造成典型的救世的"主"的形象,是充满了孩童般纯真而美好的品质的耶稣基督。但和《圣经》中的耶稣基督一样,很快救世的"主"便转化为了"受难的仆",古扎克成为一个无助的"替罪的羔羊"的形象。这一转变在麦克英特尔太太的梦中变得清晰起来。梦境中,"焚烧炉、闷罐车、集中营、病孩子还有我们的主基督"③ 平等并列在一起,奥康纳以此暗示读者受苦的人类和受难的耶稣之间没有本质不同,古扎克是无法通过自身的受难来完成拯救人类的重任的。对此,奥康纳在小说中借白人女帮工肖特利太太发出预言的暗示:"我怀疑救星是魔鬼派来的。"④ 最终小说描写古扎克既无法惩罚罪人也无法拯救他人,他不仅搅乱了麦克英特尔太太和农场中其他人原本平静的生活,而且死于不同阶级、种族和性别的人们的"集体谋杀"。小说中描写麦克英特尔太太"听到大拖拉机上的刹车松开了,抬头看见它向前驶来,精心计划着自己的路线",⑤ 她感到"自己的眼睛、肖特利先

---

① 弗兰纳里·奥康纳:《流离失所的人》,见弗兰纳里·奥康纳:《好人难寻》,於梅译,北京:新星出版社,2013年,第255页。
② 弗兰纳里·奥康纳:《流离失所的人》,见弗兰纳里·奥康纳:《好人难寻》,於梅译,北京:新星出版社,2013年,第225页。
③ 弗兰纳里·奥康纳:《流离失所的人》,见弗兰纳里·奥康纳:《好人难寻》,於梅译,北京:新星出版社,2013年,第260页。
④ 弗兰纳里·奥康纳:《流离失所的人》,见弗兰纳里·奥康纳:《好人难寻》,於梅译,北京:新星出版社,2013年,第225页。
⑤ 弗兰纳里·奥康纳:《流离失所的人》,见弗兰纳里·奥康纳:《好人难寻》,於梅译,北京:新星出版社,2013年,第264—265页。

生的眼睛和黑人的眼睛齐齐汇集成一道光，这道光把他们永远定格为同谋。"①她甚至还"听到拖拉机轮子碾碎波兰人的脊椎骨时，他发出了一声低吟"。②最后"那两个人跑过来帮忙，她晕倒在地"。③此时的古扎克成了"多余的人"和"打破了这里的平衡"④的人，是真正意义上的"流离失所的人"，不能给任何人带来希望，他的惨死犹如被钉在十字架上的耶稣的流血牺牲，希望以此唤醒世人的觉醒。

《流离失所的人》中的耶稣基督形象古扎克出于种种原因也未能完成救赎的重任，小说中的他和耶稣一样居无定所，四处游走，但这一耶稣形象的影射与《救人就是救自己》中的史福特利特和《善良的乡下人》中的曼利·波恩特还是有着本质的不同。奥康纳更多地赋予古扎克耶稣基督的某些内在品质特性，使读者在其身上看到更多的爱的希望之光，进而体会其中的深意，于卑污的现实生活中有所觉醒，从而获得黑暗中的一丝慰藉。在此意义上，小说中的麦克英特尔太太是将自身的救赎依附于耶稣基督的女性形象，而背井离乡的古扎克则在一定程度上成了为麦克英特尔太太的人生带来光亮的、令人印象深刻的基督的化身与象征。

如果说福克纳笔下的耶稣基督形象带有强烈的现实反思性和历史批判意识的话，那么奥康纳小说中的耶稣基督形象则更侧重于某种宗教的启示性。而与他们二者都略有不同的是，卡森·麦卡勒斯小说中的耶稣基督形象更多揭示的是人如何从孤独、隔绝与堕落的状态中脱离出来。

尽管评论界普遍认为麦卡勒斯小说创作中基督教和圣经文化传统的

---

① 弗兰纳里·奥康纳：《流离失所的人》，见弗兰纳里·奥康纳：《好人难寻》，於梅译，北京：新星出版社，2013年，第265页。
② 弗兰纳里·奥康纳：《流离失所的人》，见弗兰纳里·奥康纳：《好人难寻》，於梅译，北京：新星出版社，2013年，第265页。
③ 弗兰纳里·奥康纳：《流离失所的人》，见弗兰纳里·奥康纳：《好人难寻》，於梅译，北京：新星出版社，2013年，第265页。
④ 弗兰纳里·奥康纳：《流离失所的人》，见弗兰纳里·奥康纳：《好人难寻》，於梅译，北京：新星出版社，2013年，第260页。

显现相对比较隐晦，远没有福克纳和奥康纳那么明显，但在《心是孤独的猎手》等主要的小说作品中依然可以见出耶稣基督形象映射的影子。

《心是孤独的猎手》在人物关系的设置上采用典型的"卫星式"结构布局，即围绕着南方小镇上的聋哑人辛格与咖啡店主人比夫·布瑞农、工运分子杰克·布朗特、梦想成为音乐家的少女米克·凯利和致力于改善黑人命运的医生马迪·考普兰特之间的关系为主要线索展开小说的故事情节。与小说宗教主题紧密相关的情节出现在小说第一部分的第二章。小说讲述比夫的妻子在为主日学校的孩子们备课时选取了一段《马可福音》中的经文："耶稣顺着加利利的海边走，看见西蒙和西蒙的兄弟安得烈在海里撒网。他们本是打鱼的。耶稣对他们说'来跟从我，我要叫你们得人如得鱼一样。'他们就立刻舍了网，跟从了他。……早晨，天未亮的时候，耶稣起来，到旷野地方去，在那里祷告。西蒙和同伴追了他去。遇见了就对他说，'众人都找你'。"① 这段《圣经》经文的核心主旨在于强调信徒的聚集和"因信称义"，而"众人都找你"指明了"寻找圣父"的原型主题，暗示出小说中主要人物的精神诉求，即他们意欲寻求一位实现自身价值的精神导师，一位他们所信奉的真理的承载者。

从小说的情节发展来看，四个主要人物不约而同地将辛格视为困扰和情感的倾诉对象，辛格不知不觉中成为他们心目中的耶稣基督，从而被钉上了代他人受苦受难的十字架。这一点在米克的心理感受上表现得尤其突出。小说中描述每当米克自言自语"主啊赦免我，因为我不知道我做了什么"② 或是想象上帝的模样时，"她却只能看见辛格先生——他的身上披着长长的白单子"。③ 而随着对辛格的这种耶稣基督身份认同感的渐次发展，米克逐渐将辛格视为自己心灵的主宰。她不仅向辛格倾诉

---

① 卡森·麦卡勒斯：《心是孤独的猎手》，陈笑黎译，上海：上海三联书店，2005年，第29—30页。
② 卡森·麦卡勒斯：《心是孤独的猎手》，陈笑黎译，上海：上海三联书店，2005年，第114页。
③ 卡森·麦卡勒斯：《心是孤独的猎手》，陈笑黎译，上海：上海三联书店，2005年，第114页。

内心的秘密,而且还会不断地追随他的身影,"他走到哪里,她就想跟到哪里"。① 小说中写道,米克对辛格"说过的话比过去对任何人说的都多"②,她感觉到"他就像是某种伟大的老师,只不过他是哑巴,他不能上课"。③ 和米克一样,其他三个人物也逐渐成为辛格的常客,他们"每个人基本上只对哑巴说话。他们的想法在他身上交汇,就像轮辐指向轴心"。④ 毫无疑问,辛格被置于了小说人物关系的中心,被赋予了人物关系的核心地位,逐渐成为小说中信仰的符号。他被其他四个主要人物看作精神寄托,他默默地承载着来自不同阶级、性别、身份的人的苦难与困扰的倾诉,他成为这些边缘的彼此隔绝的人自我认同的重要渠道。在这里,麦卡勒斯暗示读者因为辛格特殊的生理特点和人格外在特征而显示出某种超越身份的广泛包容性。纵观整部小说,辛格这一人物形象身上体现着耶稣基督所代表的广泛核心价值:理解、宽容、博爱、公正。

而在小说的结尾,辛格因为无法承受长时间的内心压抑而选择自杀的命运,又与耶稣基督以死来换取世人的救赎的奉献精神完全地交叠在了一起。在此特定的宗教意义框架内,辛格之死"标志着'寻找圣父'过程的原型终结;与此同时,这一个性化基督形象的建构也得以完成"。⑤ 而麦卡勒斯通过《心是孤独的猎手》中辛格这一潜在的怪异的耶稣基督形象的塑造,尝试着在宗教反讽中深化现代人"精神隔绝"主题的深层内涵。

除了福克纳、奥康纳和卡森·麦卡勒斯,在尤多拉·韦尔蒂、凯瑟琳·安·波特、沃克·珀西等其他南方文艺复兴时期的作家,甚至是"新生代"南方作家的文学经典作品中同样可以清晰地见出耶稣基督形象

---

① 卡森·麦卡勒斯:《心是孤独的猎手》,陈笑黎译,上海:上海三联书店,2005年,第292页。
② 卡森·麦卡勒斯:《心是孤独的猎手》,陈笑黎译,上海:上海三联书店,2005年,第230页。
③ 卡森·麦卡勒斯:《心是孤独的猎手》,陈笑黎译,上海:上海三联书店,2005年,第230页。
④ 卡森·麦卡勒斯:《心是孤独的猎手》,陈笑黎译,上海:上海三联书店,2005年,第200页。
⑤ 林斌:《"精神隔绝"的宗教内涵:〈心是孤独的猎手〉中的基督形象塑造与宗教反讽特征》,《外国文学研究》2011年第6期,第87页。

的影射。

在短篇小说《月亮湖》中,韦尔蒂主要通过主人公名字的选取暗含丰富的圣经文化意蕴。小说中交代,"伊斯特尔"(Easter)的名字拼写应该是"Esther",只是由于主人公在口头上将其名字读作"Easter"而已。很明显,小说主人公"伊斯特尔"的名字由来对应着《圣经·旧约》中的以斯帖(Esther)这一女性人物。在《圣经》中,以斯帖的身份同样也是孤儿,但却美貌绝伦且机敏聪慧,她以卓尔不群的智慧拯救了犹太人。对应小说文本,伊斯特尔同样有着孤儿的身份,且也以超群的个性对营地中的其他人具有魔法般的吸引力,由此也同样暗含着"女性的智慧和权力"的意思。不仅是名字有着特殊的圣经含义,韦尔蒂还通过小说情节的安排暗示伊斯特尔具有耶稣基督的经历与命运。小说中描写因为黑人男孩的恶作剧而导致伊斯特尔意外落水,而正当不谙水性的伊斯特尔面临被溺死的生命危急时刻,营地男性权威的代表、救生员洛克出手相救,经过长时间的抢救才使伊斯特尔最终从死神手中逃脱。小说中的这一情节放置在美国南方种植园经济和不同种族、阶级对立的环境下,反映的是黑人奴仆对于白人主子的嫉恨,在无法正面分庭抗礼的情形下通过使坏的方式来进行报复。但就这一情节的深层次对比内涵来看,无疑作家暗示出伊斯特尔的遭遇与耶稣基督一样,经历了从"死亡"到"再生"的过程,这也恰恰符合"Easter"英语词源学的含义——"复活节",即耶稣基督为世人赎罪被钉死在十字架上,经历流血死亡后复活。诚如评论家帕特里夏·耶格尔(Patricia S. Yaeger)所言,伊斯特尔这一人物形象是一个矛盾的统一体,一方面她具有鲜明的"他者"身份特征,另一方面她又象征了"复活耶稣的'男性'特征"。[1]

以小说人物的经历来暗合耶稣基督行迹的艺术表现方式同样出现

---

[1] Patricia S. Yaeger, "The Case of the Dangling Signifier: Phallic Imagery in Eudora Welty's 'Moon Lake'", *Twentieth Century Literature*, No. 28, 1982, p. 441.

在凯瑟琳·安·波特的短篇小说《他》和沃克·珀西的小说《看电影的人》中。

短篇小说《他》集中讲述了韦伯一家的人生境遇。小说中的主人公"他"没有自己的名字，生活在困苦的家庭环境中。然而"他"的家庭成员却十分看重邻居对他们的看法。韦伯夫人满腹牢骚，却在邻居在场的情况下从不抱怨。小说中交代，为了待客，韦伯一家在生活极端困难的情形下杀了准备卖钱的猪崽做菜，这使得他们在得到外人承认后感到"温暖和幸福"[①]的同时陷入了更加困苦的生活境遇之中。于是，为了缓解经济上的压力，作为贫困南方家庭弱智儿的"他"不得不成为家庭负担的替罪羊，最终被送去公立养老院，从而完成净化家庭的献祭行为，成为耶稣基督式的牺牲者和祭品。小说中杀猪崽待客的这一情节预示了"他"的命运和最终结局。小说中的"他"在家庭生活中完全处于失语的状态，几乎没有任何声响发出，唯有在看见被宰杀的猪崽的鲜血和被送出家门之际才略微发出了抽泣和啜泣的些微声音。之所以这样安排小说情节，作家明显是有着特殊寓意的，一方面暗示"他"自我身份的完全丧失；另一方面也表明"他"的身份和行为与众不同，即如耶稣基督般默默完成着"替罪羊机制中迫害和圣化两个步骤的转化过程"。[②]

《看电影的人》作为沃克·珀西的代表作之一主要讲述了主人公宾克斯平淡无奇的生活经历和自我拯救、摆脱异化并复归自我的精神历程。珀西笔下的南方与福克纳、奥康纳等作家笔下的南方相比已经大不相同，其对耶稣基督的狂热情感已经明显消退。尽管如此，珀西还是将主人公的主要生活场景和故事的主体发生时间安排在了狂欢节期间，即从狂欢节前一天一直到"圣灰星期三"。狂欢节和随后到复活节的四十天大斋期

---

① Katherine Anne Porter, *The Collected Stories of Katherine Anne Porter*, San Diego, New York and London: Harcourt Brace Jovanovich Publishers, 1979, p.53.
② 周铭：《神话·献祭·挽歌——试论波特创作的深层结构》，《外国文学评论》2009年第2期，第209页。

是为了纪念耶稣在沙漠里的四十天斋戒。这是耶稣基督受到最后诱惑并最终战胜魔鬼撒旦、完成拯救人类使命的重要阶段。主人公宾克斯的人生探索主要在这一时间段内，并最终在"圣灰星期三"这一天看见一个黑人从教堂中出来，从而完成他精神上的自省与升华，作家如此安排小说情节显而易见是暗示读者宾克斯就是耶稣基督的化身，最终他因为有了信仰而获得救赎，并同时获得了新生。

《上帝之子》作为"新生代"南方作家科马克·麦卡锡早期"南方四部曲"中的第三部，小说充分继承了福克纳、奥康纳等南方文艺复兴前辈作家的文学传统，暴力与人性交织，充满强烈的宗教色彩。小说主要围绕主人公巴拉德病态的行为及其生成的社会文化机制展开，描述了他一系列令人难以接受的恶行。无论是从法律角度还是道德角度来看，巴拉德的行为确信无疑都有悖伦理和文明禁忌，但作家似乎并不是在单纯渲染和描述人性之恶的极限，相反在小说结尾处通过一个小男孩的情节隐喻书写来暗示巴拉德的最终救赎。在小说结尾处，为逃避警察的追捕，行走在山道上的巴拉德不时停下脚步回望他曾经居住过的山村，此时他看到一辆教堂的班车飞驰而过："所有的灯都亮着，窗玻璃上映出车内人的侧脸，一张张从他面前经过。最后一排的座位上坐着一个小男孩，他正把鼻尖贴在玻璃上透过窗户往外看。车外什么也没有，但他还是一直看着。当他经过时，他盯住了巴拉德，巴拉德也回看他。"① 小说这一情节的设计显然别具意义，孩童的出现明显暗示耶稣基督的拯救。小男孩就是人性堕落前、纯洁的巴拉德的象征，小说以此情节表明即使是在罪无可赦的情形下，人的心理依然尚存一丝忏悔并向往救赎，诚如评论家所言："麦卡锡将巴拉德塑造成了一个恶魔，但却是一个仍有人性的恶魔。"②

孩童式的耶稣形象也出现在麦卡锡 2006 年出版的南方启示录小说

---

① 科马克·麦卡锡：《上帝之子》，杨逸译，郑州：河南文艺出版社，2020 年，第 199 页。
② Kevin Stadt, *Blood and Truth: Violence and Post-modern Epistemology in Morrison, McCarthy, and Palahniuk*, DeKalb: Northern Illinois UP, 2009, p.128.

《长路》中。小说《长路》基本没有什么固定的情节，主要讲述一对父子在末日场景中推着装满食物和生存装备的手推车走在去美国南方的路上、寻找一线生机的故事。小说交代，末日之后，极端的生存条件下产生了新的社会伦理，人性之恶暴露，人吃人的现象时有发生。一类人被称为"好人"，在废弃物中寻找食物而活下去，另一类人则是"坏人"，以蚕食同类为生。父亲不得不在生存与人性向善之间做出选择，而每每善的希望都在孩子身上显现。在父亲看来，孩子无疑就是他坚持活下去的唯一勇气，是上帝派来的灵魂拯救者。父亲把保护孩子看作是自己唯一的使命和任务，而孩子则在绝望之际无数次带给父亲希望，成为父亲坚持的重要动力。在此意义上，小说中的孩子是一个弥赛亚似的人物形象，他充当了为人类自我毁灭所带来的罪恶进行救赎的重要角色，他既是父亲的救世主，也是全人类的救世主，诚如小说中父亲所言："若孩子并非神启，神便不曾言语。"①

整体来看，美国南方作家在他们的经典作品中艺术化再现耶稣基督形象有着深层次的文化动因。其中既包含社会历史原因，即南方作家对他们所处时代社会现实和人的存在状态的关注，也包含终极价值的渴求，即对精神上获得拯救和超越的强烈期盼。诚如评论家所言："南方是美国教堂最多的区域，南方历史上经历的梦魇般的失败与圣经故事中耶稣为救赎人类所承受的流血、牺牲的受难经历存在着内在的平行性。"②

第二节　苦难的考验：通向救赎的必由之路

德国神学家汉斯·昆（Hans Kung）在论述苦难的形而上意义时曾

---

① 科马克·麦卡锡：《长路》，毛雅芬译，北京：九州出版社，2019年，第2页。
② Alfred Kazin, "William Faulkner and Religion: Determinism, Compassion, and the God of Defeat", See Dorren Fowler and Ann J. Abadie eds., *Faulkner and Religion*, Jackson: University Press of Mississippi, 1991, p.18.

明确指出:"苦难在自身中,通常是无意义的,在对某一个受难者的关注中,才有某种意义提供出来,这种提供出来的意义只会在充满信赖地与一切荒谬针锋相对中被把握到,以便能够懂得:一种处境哪怕是如此无望、无意义和无出路,——但即便在这里也有上帝存在,不仅仅是在光明中、在欢乐中、甚至在黑暗中、在悲伤中、在痛苦中、在忧郁中,我也能够遇见上帝。"① 在汉斯·昆看来,苦难在基督教和圣经文化语境中深刻地表明了人对于精神性的终极存在——上帝的强烈渴求,因为在基督教思想观念的链条中,苦难是救赎的基础和前提,是上帝考验人的本质的重要途径和方式。对此,德国哲学家费尔巴哈(Ludwig Andreas Feuerbach)在《基督教的本质》(*The Essence of Christianity*)一书中有过详细的分析和论述。在费尔巴哈看来,基督教的受难和拯救在本质上是互为因果的,受难是拯救的根据,拯救则是受难的结果和终极目标。② 英国作家兼学者 C. S. 路易斯(C. S. Lewis)在谈到堕落与救赎的关系时也强调了苦难的意义。他认为由堕落到救赎的过程有几个关键点:首先是上帝的纯粹良善(simple good),其次是背叛之人的纯粹邪恶(simple evil),再次是上帝通过恶这一工具实现救赎的目的,最后则是因人接受苦难、认罪悔改而形成复杂的良善(complex good)。③ 可见,在人的理想人格遭到破坏、并失去原有神性的情形下,苦难便具有了神性意义和属灵价值。它既是上帝对人所犯罪行的惩罚,也是人回归上帝的必由之路。因为只有经历苦难的磨炼与洗礼才能"创造出某种摆脱了罪恶、有意识地把自己看作时间和永恒性的新人,创造出在某种有意义的生活和无保留地为别人、为社会、为这个世界上的危难而献身中得到解救的新

---

① 汉斯·昆:《论基督徒》下册,杨德友译,北京:生活·读书·新知三联书店,1995 年,第 627 页。
② 费尔巴哈:《基督教的本质》,荣震华译,北京:商务印书馆,1997 年,第 98—105 页。
③ C. S. 路易斯:《痛苦的奥秘》,林菡译,上海:华东师范大学出版社,2007 年,第 90 页。

人"。① 换言之，要实现精神超越和精神革新，苦难是其中具有内在本质意义的必由途径之一，这正是基督教神学救赎观念的根本要义所在。

福克纳在小说中对苦难和受难主题给予了极大关注。对此，法国作家加缪（Albert Camus）认为，福克纳小说中存在一种"奇特的宗教"，即"通过痛苦和屈辱有望赎罪"。② 法国评论家克洛德-埃德蒙·马涅（Claude Edmonde Magny）也有类似观点，她认为福克纳描写了"人在自己亦难阐明的历史中极其痛苦地摸索前进"。③ 南方作家兼评论家罗伯特·潘·沃伦和艾伦·泰特（也译作"艾伦·塔特"）则着眼于地域和文学传统来认知这一问题。前者明确提出不应把福克纳小说看作是写"南方与北方的对立"，而应看作是写"现代世界所共通的问题"，即"苦难的问题"。④ 后者突出强调福克纳继承了从司汤达（Stendhal）、福楼拜到乔伊斯（James Joyce）的文学传统，在小说中传达出"消极的受难"的重大主题。⑤ 而柯林斯·布鲁克斯则认为福克纳对苦难的描写更多体现为"关注人类的忍受能力问题"，即人类"能面对何等的考验，他们能完成什么样的业绩"。⑥ 尽管评论家的表述有所相同，但他们都不约而同地注意到了苦难及其相关主题在福克纳小说中的基础性地位，并给予了积极评价。据相关统计，福克纳小说中出现频率最高的词语就是动词形态的"忍受""苦熬"（endure）及其对应的名词形态"忍耐力"（endurance）。

---

① 汉斯·昆：《论基督徒》下册，杨德友译，北京：生活·读书·新知三联书店，1995年，第621页。
② 《世界报》，1956年8月31日。见《加缪全集·戏剧卷》，李玉民译，上海：上海译文出版社，2010年，第591页。
③ R. W. B. 路易斯：《福克纳在旧世界》，陶洁译，李文俊编：《福克纳的神话》，上海：上海译文出版社，2008年，第219页。
④ 罗伯特·潘·沃伦：《威廉·福克纳》，俞石文译，李文俊编：《福克纳的神话》，上海：上海译文出版社，第57页。
⑤ 艾伦·塔特：《威廉·福克纳，一八九七至一九六二》，启温译，李文俊编：《福克纳的神话》，上海：上海译文出版社，2008年，第264页。
⑥ Cleanth Brooks, *William Faulkner: First Encounters*, New Heaven and London: Yale UP, 1983, p. 94.

在《喧哗与骚动》中，福克纳用一个没有任何修饰成分的单句作为整部小说的结尾：他们在苦熬（They endured）。① 在《去吧，摩西》中，福克纳强调黑人面对种族歧视和种族罪恶是"会挺过去的"（will endure）。② 而在接受诺贝尔文学奖的演说中，福克纳再次强调了人的忍耐力和对人类的信心问题，他强调"人类不仅仅能生存下去"（man will not merely endure），而且"还能蓬勃发展"（he will prevail），因为"他有灵魂，他有同情、牺牲和忍耐的精神"（he has a soul, a spirit capable of compassion and sacrifice and endurance）。③

《我弥留之际》是福克纳早期小说创作中继《喧哗与骚动》之后的又一重要作品，哈罗德·布鲁姆称赞它是"二十世纪美国长篇小说最出色的开篇""一部深思熟虑的精心杰作"。④ 小说的名字取自荷马史诗《奥德赛》第十一卷："在我弥留之际，那个长着狗眼的女人是不会在我堕入地狱的时候为我合上眼皮的。"⑤ 小说采用《喧哗与骚动》的多层次、多视角叙事方式来呈现故事的主要内容和情节。整部小说由五十九段内心独白组成，由十五个人分别叙述，其中七个人来自本德仑家庭内部，包括艾迪、安斯以及他们的儿子卡什、达尔、朱厄尔、瓦达曼和女儿杜威·德

---

① William Faulkner, "Appendix. Compson: 1699-1945", See David Minter ed., *The Sound and the Fury: An Authoritative Text, Backgrounds, and Context Criticism*, Second Edition, New York and London: W.W.Norton & Company, 1994, p.215.
② William Faulkner, *Go Down, Moses*, New York: Vintage Books, 1990, p.281.
③ William Faulkner, "Address upon Receiving the Nobel Prize for Literature", See William Faulkner: *Essays, Speeches & Public Letters*, Ed. by James B. Meriwether, New York: The Modern Library, 2004, p.120.
④ 哈罗德·布鲁姆：《如何读，为什么读》，黄灿然译，南京：译林出版社，2011年，第265、267页。
⑤ 据福克纳作品的兰登书屋编辑萨克斯·康敏斯说，《我弥留之际》的题目取自威廉·马礼斯1925年英译《奥德赛》。妻子与人私通这一情节构成两部作品的链接点。李文俊："他们在苦熬"——〈我弥留之际〉代序》，参见李文俊：《行人寥落的小径》，北京：人民文学出版社，2008年，第207页页下注释①。

尔,他们的内心独白构成了小说叙事的主线。其余八个"外人"的叙述则从视角和层次方面丰富了小说的情节和画面。整部小说交织出一幅既丑恶又充满希望与奋斗精神的人类前行画面,较好地展现出人的忍耐力与现实苦难的完美融合。

《我弥留之际》的故事情节相对简单,主要讲述本德仑一家之主安斯曾答应妻子艾迪在她去世后将其遗体运回家乡杰弗逊镇安葬。一家人为了信守承诺开始了一段既荒唐可笑、同时又坚定不移的冒险送葬之旅。在这次旅途中,表面看来是为了完成女主人的临终愿望,但实质上是这一家人借送葬之名分别实现自我不可告人的秘密。悲剧—喜剧、存在—幻想、清醒—疯狂、生存—死亡等伴随着送葬之旅的始终。最后这一家人克服现实和观念上的种种困难,在经历了洪水和大火的考验后,顺利完成了送葬任务,同时实现了各自心中隐秘的愿望。小说在总体风格上呈现出一种悲喜交加的艺术效果,这与福克纳在小说中设置了一个很好的调节机制来统摄整部小说情节的推进密不可分。家庭中的每一位成员对于这次送葬之旅都负有责任和义务,但承担这种责任和义务又是对他们自我精神的一种折磨和考验,正是介于这两者之间的某种神秘张力帮助作家深刻地刻画出了每一个人物的形象和本质。

关于《我弥留之际》的主题,评论家莫衷一是。有评论家认为小说反映了福克纳对于一种不能被重建的、从未达到过的圆满的寻求,因为在小说的结尾,除了达尔被当作疯子送入精神病院外,家庭中的每个成员都圆满实现了各自的愿望。也有评论家持相反意见,认为福克纳在小说中把人类的状况描写成了一场巨大的灾难,而家庭罪恶则是灾难中最可怕的灾难。甚至还有评论家将小说中的人物和《喧哗与骚动》中的人物进行对比,以此来说明小说展现的矛盾与冲突:

和康普生家一样,本德仑一家人被一种看不见的、但异常牢固的纽带联系在一起。卡什和达尔的生活并不比他们的父母好多少。

卡什头脑冷静，注重时效，和杰生·康普生一样只看重这个世界的表象，他希望在杰弗逊镇弄到一个"格拉福风留声机"。随着情节的发展，他变得越来越独立、自我。杜威·德尔并不像凯蒂·康普生，但她也是个心随欲动的女人，这样的结果是她怀上一个叫雷夫的男人的孩子，她想在杰弗逊镇买到的是一种能让自己流产的药物。安斯和艾迪的二儿子达尔对他的母亲有一种超越正常范围的爱恋（像福克纳对莫德小姐），可艾迪对他一直很反感，这一点简直让他疯狂。达尔和昆丁·康普生在性格脆弱这一点上很像，不过他不像昆丁那样受过良好的教育，因此他永远抓不住自己想法的要点。他与自己痛苦的辩论还让人联想到哈姆雷特："我必须、或者我不能把自己掏空，在一个陌生的房间睡觉。如果我还没有被掏空，那么我已经空了。"他疯狂地嫉妒他的弟弟朱厄尔，后者是他母亲与一个叫维特菲尔德的传教士私通而生下的孩子。艾迪非常宠爱朱厄尔，爱他超过了其他任何一个孩子，其中一大原因是因为朱厄尔身上没有安斯的基因，他是来自上流社会的男人的儿子。至于朱厄尔本人则是个自私而残忍的人，他是相信这家的所有人（除他之外）将他的母亲逼进了坟墓，而他对自己发誓绝不会饶过他们。瓦达曼是这家最小的孩子，他在书中扮演着一个和《喧哗与骚动》中的班吉相类似的角色，或者说，他看到的比他能诉说和理解的要多。年轻的他经常会产生幻觉。比如，因为担心母亲会在棺材里被闷死，他在棺材盖上钻了几个孔，结果把艾迪的脸刺破了。他对于旅程的终点——杰弗逊镇的渴望，不过是一个玩具火车。①

无论如何阐释小说的主题，不得不承认的一个事实是，福克纳在小

---

① Jay Parini, *One Matchless Time: A Life of William Faulkner*, New York: Harper Perennial, 2004, p.145.

说主题的展示和人物形象的刻画上确实存在使读者产生模糊和含混的感觉之处。每一个主要人物都有难言之隐和纯良动机，但似乎又都有阴暗和罪恶的一面，很难明确界定人物的好坏、是非。那么福克纳为什么要如此矛盾地处理小说的人物和情节呢？在这种既包含神圣责任和使命又同时兼具滑稽和可笑、甚至是自私的罪恶的送葬行为背后，福克纳究竟要传达和展现怎样的思想观念？柯林斯·布鲁克斯指出："要想考察福克纳如何利用有限的、乡土的材料来刻画有普遍意义的人类，更有效的方法是把《我弥留之际》当作一首牧歌（pastoral）来读。"① 布鲁克斯所谓的"牧歌"，主要指向英国诗人兼批评家燕卜荪（William Empson）提出的"用一个简单的世界来映照一个复杂的生存状态"② 的批评方法。在布鲁克斯看来，只有充分揭示《我弥留之际》表层意义下深度的社会和生活价值，才能真正理解小说的思想，也才能合理而令人信服地解释小说中的叙事矛盾。

从现有资料看，福克纳对《我弥留之际》这部小说偏爱有加。早在1931年刚完成小说后不久的一次采访中，他就认定这是一部"最好的小说"。③ 在1932年的另一次采访中他又表达了"倾向于最喜欢《我弥留之际》"④ 的看法。后来任弗吉尼亚大学住校作家期间他又谈到《我弥留之际》相对来说"易读"，且"也最有趣"。⑤ 至于《我弥留之际》的创作过程，福克纳同样有过多次表述。在为现代文库本《圣殿》所撰写的序

---

① Cleanth Brooks, *William Faulkner: First Encounters*, New Heaven and London: Yale UP, 1983, p. 88.
② M. H. Abrams, *A Glossary of Literary Terms*, Seventh Edition, New York: Holt, Rinehart and Winston, 1999, p. 203.
③ James B. Meriwether and Michael Millgate eds., *Lion in the Garden: Interviews with William Faulkner, 1926-1962*, Lincoln: University of Nebraska Press, 1968, p. 8.
④ James B. Meriwether and Michael Millgate eds., *Lion in the Garden: Interviews with William Faulkner, 1926-1962*, Lincoln: University of Nebraska Press, 1968, p. 32.
⑤ James B. Meriwether and Michael Millgate eds., *Lion in the Garden: Interviews with William Faulkner, 1926-1962*, Lincoln: University of Nebraska Press, 1968, p. 53.

言中，他略带赞扬和自豪地描述道：

> 那是在一九二九年的夏天，我当时在发电厂找到一个活儿，是晚班，从下午六时到次日早晨六时，当的是运煤工。我把煤棚里的煤铲进手推车，推车进厂房，把煤倒在火夫身边，让他一挥铲就能把煤送进炉口。十一点光景，大家都要上床了，暖气用不着那么热了。于是我们，也就是火夫和我，可以喘口气儿了。他总是坐进一把椅子打瞌睡。我则在煤棚那里对付着搭起了一张桌子，那儿就跟运转着的发电机隔着一堵墙。机器发出一种深沉、永不停歇的哼哼声。一直要到四时我们才有活儿，那时得清除炉灰，让暖气再热起来。在这些晚上，十二时到四时，我用六个星期写成了《我弥留之际》，连一个字都没有改。我把稿子寄给史密斯，并在信里对他说，我成败就在此一举了。①

1956年在接受《巴黎评论》记者琼·斯坦因采访时，福克纳再次谈到《我弥留之际》的创作，并称之为"神品妙构"（tour de force）之作：

> 有时候技巧也会异军突起，在作家还未及措手之际，就完全控制了作家的构思。这种就是所谓"神品妙构"，作家只消把砖头一块块整整齐齐地砌起来，就是一部完美的作品了，因为作家还未着笔，他整部作品从头至尾每一字每一句，可能早已成竹在胸了。我那部《我弥留之际》就是这样的情形。那可也不是容易写的。认认真真的作品从来就不是容易写的。不过材料既已齐备，那多少可以省一点

---

① William Faulkner, "Introduction to the Modern Library Edition of *Sanctuary*", See William Faulkner, *Essays, Speeches & Public Letters*, Ed. by James B. Meriwether, New York: The Modern Library, 2004, pp. 177-178.

事。那时我一天干十二小时的力气活儿,下班以后才能写作,只写了六个星期左右就写好了。我只是设想有那么一些人物,遭受了最平常、最普通的自然灾害,就是洪水和大火,我让这些人物的发展完全由着一个出自本性的单纯的动机去支配。①

很显然,后一次表述与前一次相比,福克纳意在突出《我弥留之际》的创作目的,即让本德仑一家经受洪水和大火的考验,将"人类的状况描写成灾难"。②这一创作目的后来在他回答弗吉尼亚大学师生提问时也得到了进一步证实:"我把这个家庭放置到人类可能遭受的两种最可怕的灾难之中:洪水和大火。"③而小说人物艾迪也有类似的话语:"他是我的十字架,将会拯救我。他会从洪水中也会从大火中拯救我。即使是我已经献出自己的生命,他也会救我。"④ 在福克纳眼中,《我弥留之际》描述的绝不仅仅是一次非同寻常的送葬之旅,而是一次苦难与考验相结合的救赎之旅。它是一部现代人的《奥德赛》,或是现代版的《天路历程》、《约伯记》、《出埃及记》,苦难与救赎的观念萦绕在小说的每一个细节中。对此,评论家菲利普·鲁尔(Philip C. Rule)评价说:"在寻找《我弥留之际》蕴含的宗教价值时,评论家们提到了古希腊、罗马的影响,加尔文教和基督教的总体启示。然而没有哪个因素像《旧约》精神那样如此弥漫于小说的格调里和外观上。主题、态度以及频繁使用的措辞和韵文旋律都来自对'前基督教'体验的书面表达。具体来说,小说整体上带有《约伯记》的强烈暗示。"鲁尔还进一步补充认为本德仑一家在送

---

① James B. Meriwether and Michael Millgate eds., *Lion in the Garden: Interviews with William Faulkner, 1926-1962*, Lincoln: University of Nebraska Press, 1968, p. 244.
② 哈罗德·布鲁姆:《如何读,为什么读》,黄灿然译,南京:译林出版社,2011年,第273页。
③ Frederick L. Gwynn and Joseph Blotner eds., *Faulkner in the University: Class Conferences at the University of Virginia, 1957-1958*, Charlottesville: University Press of Virginia, 1959, p. 87.
④ William Faulkner, *As I Lay Dying*, New York: Vintage Books, 1990, p. 168.

葬中表现出的不达目的誓不罢休的精神有如《出埃及记》中"人们四处流浪，朝着一个难以捉摸但又全在的上帝那儿奔去一样"，是"人类奋力发展的典范"。①

《出埃及记》是《圣经·旧约》最重要的史诗篇章之一，主要讲述英雄摩西如何带领犹太人摆脱埃及统治并抵达福地迦南的故事。利兰·莱肯（Leland Ryken）认为两个核心要素贯穿《出埃及记》始终：其一是中心人物摩西，史诗由摩西的出生开始，至摩西的去世为止；其二是"旅行主题"及不断重复的"考验与救助"，人所面临的各种经历与挑战，包括"为肉体的生存而斗争、涉及他人与权柄的困惑、生与死、神与人的关系以及人类灵魂的善恶冲突"②等尽显其中。《出埃及记》的重要主题之一就是由以上两个要素决定的救赎主题，以色列人通过这次救赎达到了空前的团结与统一，并在屈辱与苦难中树立了信心，实现了自由与光明。有着"诗和寓言的《创世纪》"③美誉的《约伯记》是《圣经·旧约》中堪与《出埃及记》相媲美的另一重要篇章。《约伯记》在思想上是典型的"现代问题剧"，它"提出一个哲学或社会学的问题"，④并由不同角色寻求各自的解决办法，最终给出明确的答案。而艺术上约伯的生存道路则代表了《圣经》完整的叙事环节，即"从创世和堕落，历经埃及的艰险处境，三位长者传送律法与智慧的讲话，打破智慧锁链的先知洞察力之闪光，进而获得存在的最终景象，并明白我们是活在死亡之中"。⑤但无

---

① Philip C. Rule, "The Old Testament Vision in *As I Lay Dying*", See J. Robert Barth, S. J., ed., *Religious Perspective in Faulkner's Fiction: Yoknapatawpha and Beyond*, Notre Dame : University of Notre Dame Press, 1972, pp. 107-108.
② Leland Ryken, *Words of Delight: A Literary Introduction to the Bible*, Grand Rapids, Michigan: Baker Book House, 1992, p. 131.
③ Northrop Frye, *The Great Code: The Bible and Literature*, New York: A Harvest Book, 1983, p. 193.
④ Leland Ryken, *Words of Delight: A Literary Introduction to the Bible*, Grand Rapids, Michigan: Baker Book House, 1992, p. 345.
⑤ Northrop Frye, *The Great Code: The Bible and Literature*, New York: A Harvest Book, 1983, p. 197.

论思想性还是艺术性,《约伯记》始终都为一个核心服务：只有忍受苦难的考验才能获得终极救赎。正是这一点,《约伯记》回归并强化了《出埃及记》的受难主题:"约伯是怎么陷入这个困境的,比之他该怎样脱离这个困境,是不怎么重要的。"①

以《出埃及记》和《约伯记》反观《我弥留之际》,可以看出福克纳对摩西或约伯式苦难和受难有着深入思考。福克纳曾说:"我没有主题,或者,可能有——你们可以认为它是对人类一种确定不移的信心,相信人类有经受和战胜客观环境的能力。"②《我弥留之际》在很大程度上可以视作这一表述的理想脚注。尽管送葬之旅充满滑稽和私欲,但无疑在福克纳心目中本德仑一家空前团结并合力战胜困难的信心和精神是值得充分肯定的。小说情节显示,送葬前的本德仑一家处于名存实亡的状态,如女主人艾迪感受的那样:家里几乎没有爱的存在,仿佛一切都是"结婚的报应"。她勉强接受安斯,然后是没完没了的生儿育女并逐渐陷入"生活的艰难"。在这样的家庭环境中,艾迪甚至"相信自己会把安斯杀了",因为艾迪感觉到了某种欺骗,感觉到安斯"躲在一个词儿的后面,躲在一张纸做的屏幕后面"给了她"一刀"。③不仅艾迪与安斯之间存在矛盾,家庭其他成员间也潜藏着各式各样的矛盾关系,每一个人都可能被另外一个人随时"杀死"。福克纳着意将面临分崩离析的本德仑一家置于宏大的现实环境中,安排他们完成一次毫无准备但又不得不进行的特殊任务,意在考察人类同自身命运搏斗的能力,并由此告诉读者战胜命运、自我救赎的关键就在于守信、责任和信心。这既是人类持续发展的根本动力,也是由苦难通向救赎之路人类必须葆有的本质品德。以安斯为例,尽管小说写其送葬的主要目的是到城里安一副假牙,以便能

---

① Northrop Frye, *The Great Code: The Bible and Literature*, New York: A Harvest Book, 1983, p. 196.
② 转引自 П.B.巴里耶夫斯基:《福克纳的现实主义道路》,濮阳翔译,见李文俊编选:《福克纳评论集》,北京:中国社会科学出版社,1980 年, 第 147—148 页。
③ William Faulkner, *As I Lay Dying*, New York: Vintage Books, 1990, p. 172.

在"吃起上帝赐给的粮食时也能像个人样",但在妻子艾迪弥留之际他的一番表白还是在很大程度上显示出了人性光辉的一面:"我了解她。不管大车在还是不在她都是不愿意等的。不过那样一来她会感到很别扭,我宁愿付出大的代价也不能让她感到别扭。她娘家的墓地在杰弗逊,她的亲人都躺在那儿等她,她会感到不耐烦的。我亲口答应过她,我和孩子们一定用骡子能跑的最快速度送她去那儿,好让她静静地安息。"① 小说中描写其他家庭成员与安斯相类似,虽各有私心,但又都表现出了守信、团结的一面。正是凭借坚定的信念和毅力以及"邮件必须送达"②般的责任感,本德仑一家完成了使命,这既是他们重新认知并塑造自我的过程,也是他们无比伟大的重建人的本质的过程。在此意义上,通过讲述本德仑一家人的送葬之旅,《我弥留之际》这部小说完成了浮士德精神的现代完美演绎:凡自强不息者,终将获得拯救。③

小说中安斯曾慨叹送葬之旅是"一次劫难",实则却福祸相倚。犹如"出埃及"看似苦难无期,终获自由与解放;约伯忍受苦难,看似悲剧,终获上帝垂爱,彰显公义。福克纳在某种程度上领悟了《出埃及记》和《约伯记》悲喜交加的艺术表现方式,并以此来定位《我弥留之际》的主题和风格。诚如米尔盖特(Michael Millgate)所总结的:"福克纳的主要目的更像是迫使读者,以比此书中的人物与行动第一眼看去所需要或值得的更高一层、更有普遍意义的角度来解读这本小说,来理解本德仑一家人及其历险的经历。还有,尽管这个故事读来让人不愉快,它时常具有一种阴霾的狂想曲式的气氛,但是它使我们逐渐领会,在某种意义上

---

① William Faulkner, *As I Lay Dying*, New York: Vintage Books, 1990, pp.18-19.
② 美国评论家弗莱德里克·R.卡尔的一个形象比喻,用以说明本德仑一家人面对现实困难的忍受能力。See Frederick R. Karl, *William Faulkner: American Writer*, New York: Ballantine Books, 1989, p.390.
③ 歌德:《浮士德》第二部,郭沫若译,北京:人民文学出版社,1978年,第373页。文字略有改动。

它是关于人类忍受能力的一个原始的寓言，是整个人类经验的一幅悲喜剧式的图景。"①

尤多拉·韦尔蒂的早期小说作品《疲惫之路》的故事情节与《我弥留之际》具有一定程度的相似性。小说主要讲述了一个非洲裔美国老妇人菲尼克斯·杰克逊多年从不间断地穿过森林，沿着一条纳奇兹人的古老路径，经历了人世间的诸多变迁而去为孙子取药的故事。小说中讲述老妇人因为孙子三年前吐下大量碱液而导致她不得不在这条路上来回奔波而取药。尽管老妇人对这条道路十分熟悉，但每次她还是要面对许多的困难和意想不到的障碍，甚至有些困难和障碍是不可思议的。有一次老妇人菲尼克斯经过一片沼泽地的时候，突然出现的一条狗将其意外撞倒。她在瞬间失去了知觉，朦朦胧胧中她感觉到被一个猎人搀扶了起来。猎人将老妇人从那条狗旁边救了下来，温和地奚落了她一通，还建议老妇人尽快回家去，不要再出来了。后来猎人又丢了一枚硬币被老妇人拾到，她用这枚硬币为自己的孙子买了一个纸风车。这时，猎人再次返回，且漫不经心地对她进行威胁。菲尼克斯最初认为猎人的威胁是源于那枚硬币，但最后她意识到那其实是一种考验，是检验她的勇气和毅力的试金石。当菲尼克斯面对不期而遇的各种威胁和险境仍坚持必须要走完她自己的路时，小说的寓言意义得以充分彰显。尽管小说在许多细节方面展示出老妇人菲尼克斯性格怪异，有时甚至脆弱不堪，但在其不卑不亢的坚毅信念中，小说看似平淡的故事情节具有了深层次的象征意义。正是在此意义上，菲尼克斯这一人物形象体现出了韦尔蒂思想观念中通过苦难完成救赎的艺术构想。

与福克纳和韦尔蒂有所不同的是，苦难达成救赎的思想观念在奥康纳小说中艺术化地显现为主动受难，这在长篇小说《智血》中有集中体

---

① Michael Millgate, *The Achievement of William Faulkner*, Lincoln: University of Nebraska Press, 1978, p.110.

现。作为"基督教存在主义式信仰探索最典型的文学表达",①《智血》围绕主人公黑兹尔·莫茨的信仰求索之路展开。小说描述黑兹尔的求索表现在前后截然相反的两种极端行为中,即前期的亵渎和后期的主动受难。小说中描写黑兹尔在杀死索拉斯之后一夜未眠。他决定在新的城市重新依靠他的汽车工具宣传自己创立的教派。但当他沿着大路快速行走时,一辆黑色的巡逻车挡住了他的去路。仅仅因为不喜欢他的脸,巡警将他的车推下堤坎。黑兹尔在山顶上看着曾经以为是他的拯救工具的汽车摔落下去分崩离析,瞬间获得启示而意识到他所创立的没有基督的教派只是为了把自己与痛苦隔离的一种逃避行为,并不能真正解决现代社会的精神空虚问题。于是黑兹尔选择与前期魔鬼般的生活相对立的另一种极端生活方式,买来石灰弄瞎了自己的双眼,从此过上了一种古代圣人般的受难和苦修生活。奥康纳认为,黑兹尔的行为正是因智血而获得拯救的过程,因为失明后的黑兹尔"才达到身心的完全的统一",②智血"令他越来越深地走进内心,在那里,他才有可能找到真正的答案"。③ 在奥康纳看来,如果外部世界不能使人们看到生活的意义,那么唯有内心世界有可能将人置于一种有意义的生活秩序之中。正如小说中黑兹尔所说:"眼睛要是没有底,能盛的东西就多了。"④ 而黑兹尔每天穿着装满"沙砾、小石头和碎玻璃碴"⑤的鞋子走很远的路,"一瘸一拐",⑥且在胸脯上"绑三根铁丝",⑦正是在以主动受难的方式感受救赎的恩典,诚如小说中惊悚

---

① 黄宇洁:《神光沐浴下的再生:美国作家奥康纳研究》,北京:中国社会科学出版社,2010年,第80页。
② Flannery O'Connor, "To Carl Hartman" (2 March, 1954), See Sally Fitzgerald ed., *Flannery O'Connor: Collected Works*, New York: The Library of America, 1988, p.921.
③ Flannery O'Connor, "To Carl Hartman" (2 March, 1954), See Sally Fitzgerald ed., *Flannery O'Connor: Collected Works*, New York: The Library of America, 1988, p.921.
④ 弗兰纳里·奥康纳:《智血》,周欣译,南京:译林出版社,2001年,第205页。
⑤ 弗兰纳里·奥康纳:《智血》,周欣译,南京:译林出版社,2001年,第204页。
⑥ 弗兰纳里·奥康纳:《智血》,周欣译,南京:译林出版社,2001年,第204页。
⑦ 弗兰纳里·奥康纳:《智血》,周欣译,南京:译林出版社,2001年,第206页。

之余的弗勒德太太所言："你这个人一定是信耶稣的……你当初对我讲那个什么好教派的时候，肯定没有讲实话。如果有人说你是教皇派来的，我绝不会觉得奇怪。"①

在奥康纳的宗教认知世界里，上帝作为绝对的主体时刻提示着人对苦难的承受性。通过黑兹尔这一人物形象的后期极端行为方式，奥康纳暗示人们"寻求绝对价值的过程是一种受难的过程，生存中的飞跃是滞重的飞跃"。②同时，奥康纳也表明信仰之路艰难而隐晦，唯有经历苦难或主动受难方能显现真理，这正是上帝的无限与人类的有限之间质的区别。对此，吉尔伯特·穆勒（Gilbert H. Muller）指出："奥康纳小姐的人物的荒谬的痛苦体现了对没有上帝的存在的无目的性的一个深刻的批判。"③而小说的结尾，弗勒德太太面对黑兹尔的尸体的感悟则突出了苦难必将迎来新生、获得终极救赎的宗教启示意义："被石灰烧坏深陷的眼窝似乎要引向他隐身而去的那个漆黑隧道。她越来越近地向他的脸靠去，深深地瞅进那对眼窝……然而却什么也没有看见。她闭上眼睛，仿佛看见前面有个光点，可是它是那样的遥远，怎么也没法将它牢牢地装进心里。她觉得自己像是被拒之于某个入口以外了。她呆坐在尸体旁，闭着眼睛想象着自己在瞧进他的眼睛，那无法开始的事情似乎终于有了头绪，看见他正在越来越远地离去，远呀远呀，深入到黑暗之中，直到变成了那个光点。"④

在奥康纳的小说创作中，除了主动受难达成救赎外，关注特殊的黑人群体而讲述他们的痛苦经历和忍耐精神也是其中重要的方面。在奥康

---

① 弗兰纳里·奥康纳：《智血》，周欣译，南京：译林出版社，2001年，第207页。
② 黄宇洁：《神光沐浴下的再生：美国作家奥康纳研究》，北京：中国社会科学出版社，2010年，第86页。
③ Gilbert H. Muller, *Nightmares and Visions: Flannery O'Connor and the Catholic Grotesque*, Athens, GA: University of Georgia Press, 1972, p.112.
④ 弗兰纳里·奥康纳：《智血》，周欣译，南京：译林出版社，2001年，第214页。

纳看来，基督教对南方的影响不仅显现于精神的纽带之中，也塑造着世俗生活的形态。而背负着沉重历史负担的南方作家们，每当"白人在不能自拔的时候"便"转向黑人以拯救自己的灵魂"，①这在深受基督教和圣经传统影响的奥康纳那里尤其如此，黑人的受难无疑具有救赎全人类的意味。

《人造黑人》是奥康纳著名的短篇小说作品，讲述海德先生与外孙纳尔逊乘坐火车进城的故事。奥康纳在阐释小说创作意图时指出："我想通过人造黑人所暗示的是，黑人遭受的苦难赋有赎罪意识，而这一切都是为了我们所有人。"②小说中海德先生本意是想通过进城将外孙培养成种族主义者。但最终却是一尊"人造黑人"的塑像化解了祖孙二人之间的内心隔阂与种族偏见，在给予他们以精神启示的同时使得他们有勇气有信心走向永恒的恩典之路："他们站在那里向人造黑人望过去，好像面对着一个极大的秘密，一个纪念他人胜利的纪念碑，在他们共同失败后让他们聚拢在了一起。他们都感到它像一个怜悯之举消解了两人之间的隔阂。"③"他意识到没有什么罪恶是大到自己不能够承认的。上帝对人越是宽恕，给人的爱就越多，他觉得在那一刻他已经准备好进入天堂了。"④在奥康纳看来，饱受苦难的黑人值得同情，"人造黑人"作为黑人受难的微缩和集中体现，在精神上拥有巨大的优越性，显现出超越个体的救赎意义和价值，是传达精神启示与拯救的重要媒介。

此外，奥康纳的短篇小说《流离失所的人》中的古扎克这一人物形象也值得特别关注。在古扎克看来，世界上所有的人生而平等，没有种

---

① 王长荣：《现代美国小说史》，上海：上海外语教育出版社，1992年，第240页。
② 苏珊·巴莱：《弗兰纳里·奥康纳：南方文学的先知》，秋海译，北京：世界知识出版社，1998年，第106页。
③ 弗兰纳里·奥康纳：《人造黑人》，见弗兰纳里·奥康纳：《好人难寻》，於梅译，北京：新星出版社，2013年，第135页。
④ 弗兰纳里·奥康纳：《人造黑人》，见弗兰纳里·奥康纳：《好人难寻》，於梅译，北京：新星出版社，2013年，第136页。

族和阶级之分。古扎克从来不以荒谬的种族优越论出发来思考问题，他所关注的是人本身，是一个个受难的生命个体。在此意义上，作为第二次世界大战中备受摧残的波兰难民，古扎克正是人类极端苦难的化身。

第三节　类型化的意象：人性拯救的象征与隐喻

"意象"是文学批评领域使用频率最高、意义相对也最含糊的一个术语。在《文学术语汇编》一书中艾布拉姆斯将"意象"概括为三个主要方面：第一，意象是指诗歌或其他文学作品中涉及的一切可感知的事物和特性，无论这种感知是通过直接描写、间接隐喻，还是借助明喻或暗喻中的喻体表达出来的；第二，狭义的意象通常用于对生动而细致的可视事物与景象的具体描绘；第三，意象的新近含义主要指向比喻语言中的明喻和暗喻的喻体。[①] 在这三种意象的含义与界定中，第一种相对来说过于宽泛，因此本节主要采用后两种意象的界定来展开人性拯救的象征与隐喻的分析和阐述。

圣经学者弗莱曾明确提出，伟大而浩瀚的《圣经》"是由一系列反复出现的意象组成的统一体"。[②] 利兰·莱肯也有同样的结论："圣经普遍性的一个重要方面是它重复使用主要意象。"[③] 后者还就圣经意象原型进行了详尽分类，将其归结为理想经验型原型（The Archetypes of Ideal Experience）和非理想经验型原型（The Archetypes of Unideal Experience）两大类。在利兰·莱肯看来，这两大类圣经意象原型又可分成若干小类，包括超自然界意象、自然界意象、地上景色意象、植物意象、水的意象、

---

① M. H. Abrams, *A Glossary of Literary Terms*, Seventh Edition, New York: Holt, Rinehart and Winston, 1999, p.121.
② Northrop Frye, *The Great Code: The Bible and Literature*, New York: A Harvest Book, 1983, p.224.
③ Leland Ryken, *Words of Delight: A Literary Introduction to the Bible*, Grand Rapids, Michigan: Baker Book House, 1992, p.26.

动物的意象、声音意象、方向性意象、人际关系类意象、服饰意象、食品意象、建筑物意象、人体意象和无生物界意象等。而在众多类型的圣经意象中,"水"是出现最早、也是出现频率最高的意象之一。它既是典型的理想经验型意象,也是典型的非理想经验型意象。作为理想经验型意象它主要包括河流或溪水、泉水或者喷泉、骤雨、露水、流动的水或者池塘的水以及用于清洗的水等基本形态;而作为非理想经验型意象它主要包括大海以及海中之物、死水的池塘等形态。① 利兰·莱肯对"水"的意象的分类与描述揭示了其宗教文化意蕴的双重性:水既是"生命之源"的"神启意象",也是愤怒的上帝惩罚世间罪恶、净化世界和人的灵魂的介于"神启意象"与"恶魔意象"之间的自然形态。

《圣经》开篇便描述"神的灵运行在水面上"(创1:2),"水要多多滋生有生命的物"(创1:20),可见水的重要性。而在伊甸园场景中,水再一次被提到:"有河从伊甸流出来滋润那园子,从那里分为四道:第一道河名叫比逊,就是环绕哈腓拉全地的。在那里有金子,并且那地的金子是好的;在那里又有珍珠和红玛瑙。第二道河名叫基训,就是环绕古实全地的。第三道河名叫底格里斯,流在亚述的东边。第四道河就是幼发拉底河。"(创2:10—14)这些"水"的意象的描述意在充分表明其是"生命之源",是生命存在必不可少的条件。而接下来的"诺亚方舟"则显示出了水的第二层含义,即"洪水"是愤怒的上帝惩罚罪恶的重要手段之一,也是消除、荡涤罪恶后净化世界和人的心灵的标志性自然现象。正因为此,弗莱从"诺亚方舟"的故事中看出了《圣经》的一个重要主题——"水中救赎":"不管怎么说,从水中救赎的主题是从一系列故事中产生的,其中包括诺亚方舟,以色列人穿越红海,还有洗礼的象征,受洗的人被分成两半,道德的一半象征性地浸没,不道德的一半逃

---

① Leland Ryken, *Words of Delight: A Literary Introduction to the Bible*, Grand Rapids, Michigan: Baker Book House, 1992, pp. 16-18.

离。"① 对此,《出埃及记》描述道:"要使亚伦和他儿子到会幕门口来,用水洗身。"(出 40:12)"把洗濯盆安在会幕和坛的中间,盆中盛水,以便洗濯。"(出 40:30) 甚至安排摩西的名字本身就是水中救赎的意思:"孩子渐长,妇人把他带到法老的女儿那里,就作了她的儿子。她给孩子起名叫摩西,意思说:'因我把他从水里拉出来。'"(出 2:10) 水的这种赋予和净化生命、实现救赎的文化意蕴在《新约》中也表现得十分突出,甚至获得了强化。如《马太福音》中以耶稣基督受洗的情节来暗示和说明耶稣使命的重大;《约翰福音》中耶稣将自己比喻为"生命的粮",并说"到我这里来的,必定不饿;信我的,永远不渴"(约 6:35)。

对应圣经意象系统,水也是福克纳小说中出现频率最高的双重文化意象。在《喧哗与骚动》等小说中水充当了纯化人性的重要象征媒介,而在《我弥留之际》和《野棕榈》等小说中水又以"洪水"的形态隐喻考验与救赎的必要性。

在《喧哗与骚动》中,涉及"水"的意象情节主要包括以下四个:凯蒂外出与男孩约会用水冲洗身体后方才制止班吉的号哭;班吉十四岁那年凯蒂失去童贞后在洗澡间洁净身体;昆丁在雨夜与凯蒂长谈试图让她放弃与达尔顿的交往;昆丁在绝望中投河自杀而亡。这一系列与"水"相关的情节都具有高度的隐喻性,它们与基督教的洗礼仪式密切相连。"洗礼"是基督教的一种入教仪式,一般分为注水洗礼和浸礼两种。基督教认为洗礼是耶稣立定的圣事,可以赦免入教者的原罪与本罪,并同时赋予"恩宠"与"印号",使其成为一个真正的基督徒。② 因此,洗礼具有赎罪和经拯救后复活、获得新生的宗教文化含义。《喧哗与骚动》中以洗礼之水为文化载体的情节向读者强烈暗示,康普生家族成员获得新生已迫在眉睫。凯蒂的堕落与"水"的意象出现之间的紧密联系充分表明

---

① Northrop Frye, *The Great Code: The Bible and Literature*, New York: A Harvest Book, 1983, p.192.
② 卓新平主编:《基督教小辞典》修订版,上海:上海辞书出版社,2008 年,第 605 页。

福克纳在"罪恶—救赎"二元对立的象征思维中思考人的现实处境。而小说中昆丁不堪忍受现实最终投河则更具深层次意义,它标志着以昆丁为代表的理想主义的彻底覆灭,也再一次说明现实中美国南方社会的矛盾无法调节,唯有以永恒的死亡为代价方能化解。在此意义上,昆丁投水而死是获得另外一种形式的新生的隐喻表达。

与《喧哗与骚动》中洗礼之水有所不同,《我弥留之际》和《野棕榈》中"水"的意象呈现形态主要是洪水。"洪水本身既可以从神愤怒和报复的意象意义上看成是恶魔意象,也可以看成是拯救意象。"[①] 在福克纳的这两部小说中,洪水更偏向于拯救意象,且多少都有些暗合"诺亚方舟"故事的意味。《我弥留之际》中本德伦一家人在大洪水中用棺木护送女主人艾迪的尸体。棺木本身会使人联想到方舟或约柜之类的宗教事物,而棺木在一百码宽的河水中一上一下、漂浮不定的情形仿佛就是方舟于上帝大洪水中形象画面的再现。而最终战胜洪水,排除前进的障碍,本德伦一家人的自我救赎和超越得以达成。《野棕榈》中《老人河》部分对洪水的描写,既使读者感受到世界末日的可怕与恐惧,也传达了深刻的"拯救—再生"主题。高个子囚犯在密西西比河中驾驶的小船就是"诺亚方舟"的微缩,女人躲过洪水,并顺利产下婴儿,象征着再生与希望。

与福克纳小说中经常出现"水"的意象有所不同,奥康纳小说中出现得更多的是"血"的意象。"血"的意象与"水"的意象紧密相连,可以看成是"水"的意象的重要变体。在《圣经》中,耶稣用自己的宝血洗净了人世间的罪恶,世人的罪恶因耶稣的受难而被赦免。在此意义上,耶稣的流血受难成就了人类永恒的救赎。而一向主张"暴力救赎"的奥康纳更是偏爱于将"血"的意象与人的现实命运联系在一起,以此来表达救赎的紧迫与必要。

长篇小说《智血》无论是小说标题还是故事情节都与"血"的意

---

① Northrop Frye, *The Great Code: The Bible and Literature*, New York: A Harvest Book, 1983, p. 147.

象不可分割。小说中集中描写了两次"血"的意象。一次是黑兹尔用石头砸了依诺克的头,依诺克感到"那滴血在不断扩大,终于汇成一泓红泉",①他甚至"隐隐听见自己的血在流动,他那神秘的血液,远在城市中心缓缓地流动着"。②另一次是黑兹尔盛怒之下开车轧死假"先知"索拉斯。两次流血在不同程度上都使黑兹尔对人生有所感悟,奥康纳以此暗示读者,人类的罪恶唯有通过血腥的暴力才能达成救赎,这与作家本人一贯倡导的"暴力受洗"观念十分吻合。不仅是在《智血》中,在《好人难寻》《流离失所的人》等小说中,奥康纳也多次使用"血"的意象来强调启示与救赎的价值意义。

　　《圣经》中与"水"相对应的另一重要自然意象便是"火"。法国哲学家加斯东·巴什拉(Gaston Bachelard)认为火既"标志着罪和恶",同时也可以"使一切变得纯洁",因为它具备"摧毁物质的不纯性"的功能。③《圣经》中"火"的意象基本体现了这两个层次的意义。首先,火及其象征色——红色代表罪恶、淫欲、凶险,是上帝表达愤怒、惩戒罪恶的重要工具,是上帝威严的反映,此种火是"死亡与毁灭之火"。上帝降"硫磺与火"于所多玛和蛾摩拉两座城市是这方面象征意义的典型。与所多玛和蛾摩拉的毁灭相类似的"火"的意象还有上帝惩罚言语抱怨的以色列人(民 11:1)及火中传十诫(出 19:18)等。其次,与惩罚之火相对立的是在《出埃及记》等篇章中出现的"生命之火":"耶和华的使者从荆棘里火焰中向摩西显现。摩西观看,不料,荆棘被火烧着,却没有烧毁。"(出 3:2)这里的火只有光与热,而没有痛苦和毁灭。在弗莱看来,依据圣经隐喻原则,可以将各类的"启示存在"都看作是"在生命

---

① 弗兰纳里·奥康纳:《智血》,蔡亦默译,北京:新星出版社,2010 年,第 89 页。
② 弗兰纳里·奥康纳:《智血》,蔡亦默译,北京:新星出版社,2010 年,第 89 页。
③ 加斯东·巴什拉:《火的精神分析》,杜小真、顾嘉琛译,长沙:岳麓书社,2005 年,第 104—105 页。

之火中燃烧",①这样火的生命启示与救赎意义便具有了广泛性。

《喧哗与骚动》中的炉火,《我弥留之际》《八月之光》和《押沙龙,押沙龙!》等小说中的大火都是福克纳小说中突出的"火"的意象的使用。在《喧哗与骚动》中,炉火象征净化和温暖,是班吉最喜欢的四种事物之一。班吉虽是白痴,但却有着超越常人的感知力。小说中写他虽然不知道靠近炉火会把手烤痛,但他能充分感觉到炉火的温暖。小说以炉火为中心意象,充分展示了人性的美好、温暖与光明。与《喧哗与骚动》中温暖的炉火相比,《我弥留之际》《八月之光》和《押沙龙,押沙龙!》中的大火则是磨难或罪恶的象征。大火是本德仑一家继洪水之后迎来的新考验,小说中这样描写:"下一分钟棺材直立着,火星落在它上面溅了开来,好像这样的碰撞又引发出更多的火星。接着棺材朝前倾斜,速度一点点加快,露出了朱厄尔,火星同样像雨点似的落在他的身上,也迸溅出更多的火星,因此他看上去就像围裹在薄薄的一层火云里。棺材没有停顿地朝前落下,翻了个身,停住片刻,然后又慢腾腾地朝前倒下去,穿过了那道火帘。这一回朱厄尔骑在它上面,紧紧抱住它,直到它砰然倒地把他摔出好远,麦克朝前一跳,跳进了一股淡淡的焦肉气味当中,他拍打着朱厄尔内衣上开花般冒出来的那些迅速扩大的、有深红色边缘的窟窿。"②火在这里充当了检验人性的标尺和消除家庭成员分歧的助推剂,其拯救意味不言而喻。《八月之光》和《押沙龙,押沙龙!》则集中描写了大火焚毁房屋的情景。前者是乔·克里斯默斯杀人后纵火烧毁房屋,使一座老宅子在种族主义的愤怒中化为灰烬,成就了一次"罗马式节日盛会";后者是小说结尾处萨德本辛苦建立的"百里地"在一场熊熊大火中轰然倒塌,化为碎石瓦砾,只剩下一堆灰烬和四根空荡荡的烟囱。在这两个场景中,"火"的意象显然象征着惩罚罪恶的力量,是毁

---

① Northrop Frye, *The Great Code: The Bible and Literature*, New York: A Harvest Book, 1983, p.162.
② William Faulkner, *As I Lay Dying*, New York: Vintage Books, 1990, p.222.

灭与死亡之火。《八月之光》中的大火形象地表明了由于人的褊狭导致的种族主义的覆灭，《押沙龙，押沙龙！》中的大火则印证了善恶有报的循环伦理。但福克纳也从另一角度引发读者对于惩罚与人的希望之间辩证关系的思考，在此意义上，这两部小说中的大火兼有净化重生之意，属于典型的惩罚与拯救相结合的双重意象。

奥康纳在小说中也擅长使用"火"的意象来传达惩罚与拯救的双重意蕴，这在短篇小说《火中之圈》中尤其明显。小说中的科普太太费尽心机而谨慎地保护着自己经营的农场。由于担心流浪的孩子们毁坏农场，她竟然不允许孩子们在林中过夜，最终遭到了孩子们报复性的纵火："孩子们欢呼，叫骂着，一条细细的火线在他们之间渐渐变宽。"①"一股浓烟在直直升起变粗，在树木间肆虐难羁，几声狂野而欢愉的高声尖叫，好像先知在烈火的窑里舞蹈。"② 这场灾难之火既是对科普太太冷酷性情的警告与审判，同时也象征着生命的洗礼与浴火重生。

"火"的意象也出现在"新生代"南方作家科马克·麦卡锡的小说《长路》中。麦卡锡原先将小说命名为《圣杯》，意在强调小说中父子俩向南行进实则是寻找"圣杯"的旅程。同时小说中的父亲又不断宣称自己是上帝派来的，并携带着"火种"。③ 很明显，小说中的"火种"指向信仰与救赎的希望，而父亲将"火种"成功地传递给了儿子，从而完成了让下一代人获取希望的使命与责任。麦卡锡在小说中将携带"火种"与寻找圣杯合二为一，强烈地表达出了希冀获得拯救的愿望，其中的宗教寓意不言自明。

---

① 弗兰纳里·奥康纳：《火中之圈》，见弗兰纳里·奥康纳：《好人难寻》，於梅译，北京：新星出版社，2013 年，第 162 页。
② 弗兰纳里·奥康纳：《火中之圈》，见弗兰纳里·奥康纳：《好人难寻》，於梅译，北京：新星出版社，2013 年，第 164 页。
③ 在小说《长路》的英文原著中，"携带火种"（carry the fire）这一表达多次出现。See Cormac McCarthy, *The Road*, New York: Vintage Books, 2006, pp. 77, 129, 137, 140, 151, 184, 245, 246, 279, 282, 283。

除了"水"和"火"的意象,《圣经》中常出现的还有"路"的意象。《圣经》中"路"的意象首先指向"人生之路",其次隐喻"上帝之道"。圣经学者大卫·罗斯（David M. Rhoads）明确指出,在路上"不仅意味着是一种物质性的移动,而且还喻指朝向上帝制定的目标前行"。①最后,路还是信仰的标志。信仰之路是由"领路"与"跟随"的模式呈现出来,如耶稣所宣称的那样:"我就是道路、真理、生命,若不藉着我,没有人能到父那里去。"（约14:6）从"人生之路"到"信仰之路"就其本质而言无非是《圣经》救赎思想的强化,如弗莱所评述的那样:"另一个与都市密切相关的主要意象是公路和道路相联系的意象。公路与道路是帝国的骨架。这类意象所预示的是赎罪的道路或途径,它们在基督教的意象中占有主要地位。"②

《我弥留之际》和《八月之光》是福克纳使用"路"的意象最明显的两部小说。前者集中描述伴随考验的送葬之路,后者则描述两种不同的人生选择之路。《我弥留之际》开头便描写安斯关于路与人生关系的思索：

> 上帝造路就是让人走动的：不然干吗他让路平躺在地面上呢。当他造一直在动的东西的时候,他就把它们造成平躺的,就像路啦,马啦,大车啦,都是这样,可是当他造呆着不动的东西时,他就让它们成为竖直的,树啦,人啦,就是这样的。因此他是从来也没有打算让人住在路边的,因为,到底是哪样东西先来到这里呢,我说,是路呢还是房子呢？你几时听说过他把一条路放在一幢房子边上的呢？我说。不,你从来没有听说过,我说,因为一般的情况总是人非要把房子盖在人人驾车经过都能把痰吐到自己的门口的地方,才

---

① David M. Rhoads, Joanna Dewey and Donald Michie, *Mark as Story: An Introduction to the Narrative of a Gospel*, Philadelphia: Fortress Press, 1982, pp. 64-65.
② Northrop Frye, *The Great Code: The Bible and Literature*, New York: A Harvest Book, 1983, p. 160.

觉得安生，人老是不得安宁，老是颠颠儿的要上什么地方去，其实他的本意是让人像一棵树或是一株玉米那样呆着。因为倘若他打算让人老是走来走去上别的地方去，他不会让他们肚子贴在地上像条蛇那样躺平吗？按理说他是可以那样做的。①

有评论者认为这段描写说明路在小说中暗示出了人性的自私自利和本德仑一家沟通的困难，甚至是一种交流的中断，因为正是本德仑一家人各自的人生之路阻隔了送葬之旅的进程与统一性。然而小说结尾处，经历洪水和大火考验的本德仑一家人汇聚在一起，充分显现了这个家庭历经磨难后的"新希望"，因此，"路"的意象在《我弥留之际》中更多的是人性复活的标志与象征。《八月之光》中也存在着一条类似《我弥留之际》的拯救之路，只不过是以对比的方式反衬出来的。小说开头也是"路"的意象："莉娜·格罗夫坐在路旁，望着马车朝她爬上山来，暗自在想：'我从亚拉巴马州到了这儿，真够远的。我一路上都是走着来的。好远的一路啊'。"②紧接着福克纳再次使用"路"的意象，明确揭示出莉娜·格罗夫所选择的人生之路究竟什么样子："在她身后延伸的通道，漫长单调，平静而又一成不变，她总是在前行，从早到晚，从晚到早，日复一日；她坐过一辆又一辆一模一样的、没有个性特色的、慢吞吞的马车，车轮都吱嘎作响，马耳朵都软耷耷的，像是化身为神的无穷无尽的马车行列，仿佛是那古瓷上的绘画，老在前进却没有移动。"③福克纳以英国诗人约翰·济慈（John Keats）的名篇《希腊古瓷颂》（"Ode on a Grecian Urn"）为参照，表现出一种恬静而优雅的意境，暗示莉娜·格罗夫的生活道路在本质上是一种静态的延伸。与莉娜·格罗夫坚定而虔

---

① William Faulkner, *As I Lay Dying*, New York: Vintage Books, 1990, pp. 35-36.
② William Faulkner, *Light in August*, London: Vintage Books, 2005, p. 1.
③ William Faulkner, *Light in August*, London: Vintage Books, 2005, pp. 7-8.

敬的生活之路截然相反，主人公乔·克里斯默斯所选择的却是充满仇恨和惩罚的罪恶之路。小说中描写乔在离开养父麦克伊琴家后，四处流浪，踏上了"一条长达十五年的人生路途"，①而在这十五年中他始终感觉到的不是温暖和安宁，只有仇恨、失望和屈辱，"任何城镇都不是他的家园，没有一条街、一堵墙和一寸土地是他的家"。②通过与莉娜·格罗夫人生道路的对比，福克纳突出了乔社会畸零人的生存状态，也强化了一种重要观念：惩戒之路是通向地狱之路，人在这条路上是没有希望的，真正的拯救之路唯有莉娜·格罗夫选择的虔敬之路。乔与莉娜·格罗夫同处"在路上"的状态，但终极归宿却截然相反，一个通向死亡与毁灭，一个通向幸福与新生，小说救赎主题的深化在这种差距的张力中得以显现。

"路"的意象同样出现在奥康纳的小说《好人难寻》中。小说的开头讲述一家人选择从亚特兰大到弗罗里达的信仰之路去旅行，然而由于老祖母的谎言，全家人改变了原有的旅行路线，而选择了另一条通往田纳西老宅的路，这是一条通往毁灭的不归之路，结果一家六口全部被越狱的杀人犯所杀。小说中"路"的意象明显具有宗教含义，它暗示人类对上帝之路的背弃必将遭受惩罚。奥康纳也以此正告读者，在信仰危机的时代里，人仍是需要信仰的，唯有走向通往上帝和耶稣基督的路，才能带来灵魂的救赎。

"路"的意象还出现在科马克·麦卡锡的长篇小说《长路》中。就小说的标题来看，无疑具有宗教象征和隐喻意义的"路"构成了整部小说最为重要的骨架与情节元素。细读小说文本可以发现，小说中"路"（the road）的描写共出现二百六十三次，伴随的诸如"前行"（went on）等表达也出现高达三十二次。③可见，"路"的意象寄托了作家所要传达的

---

① William Faulkner, *Light in August*, London: Vintage Books, 2005, p.168.
② William Faulkner, *Light in August*, London: Vintage Books, 2005, p.25.
③ 陈爱华：《传承与创新：科马克·麦卡锡小说旅程叙事研究》，北京：中国社会科学出版社，2015年，第66页。

核心思想，即以"路"为核心的故事既是父子俩摆脱苦难境遇的"朝圣之旅"，更是他们寻求失去的精神家园的"心灵之旅"。在这漫漫的走向"应许之地"——美国南方的路途与旅程中，反映的是人类失去伊甸园后重新皈依信仰的艰苦历程。在此意义上，"路"在小说中代表期盼被拯救的强烈愿望，暗示人类渴望在大灾难之后寻找到光明之路、生存之路以及未来之路。

神学家理查德·尼布尔（H. Richard Niebuhr）曾说："我们往往比我们所能够想象的更能够创造意象和利用意象"，且我们还常常"被头脑中的意象所左右"，因此人是一种"能够借助大量的意象、暗喻和类比来把握和创造现实的存在"。[①] 人的这种将现实意象化的能力在美国南方作家所创作的经典作品中表现得尤其突出，且契合度达到了几近传神的状态，美国南方作家借助《圣经》中的各种拯救意象出色地展示了人性的复杂和宗教救赎的紧迫，从而在宏观叙事上实现了与现世之恶或"阿特柔斯房屋的倒塌"主题的完美呼应。

---

① H. Richard Niebuhr, *The Responsible Self*, New York: Harper & Row, 1963, pp. 151-152, 161.

第三章
类型化圣经"时空体"的艺术移植与建构

艺术"时空体"是苏联文艺理论家巴赫金提出的一个重要概念和批评术语。所谓"时空体",在巴赫金看来主要是"文学中已经艺术地把握了的时间关系和空间关系相互间的重要联系"。① 文学艺术的本质之一就在于把握现实的历史时间与空间,把握展现在时空中的现实的历史的人。在这一过程中,时间和空间组成的"时空体"所呈现出来的形式与体裁意义显得尤其重要,因为通过时间与空间的相互印证和互为尺度的评价,它们各自转变为一种"有意味的形式",时间"浓缩、凝聚,变成艺术上可见的东西",而空间则以时间为主要导向"趋向紧张,被卷入时间、情节、历史的运动之中",进而"空间和时间标志融合在一个被认识了的具体的整体中","时间的标志要展现在空间里,而空间则要通过时间来理解和衡量。这种不同系列的交叉和不同标志的融合,正是艺术时空体的特征所在"。②

巴赫金不仅强调了时间与空间的不可分割性之于文学的重大体裁意义,而且他还提出了兼具形式与内容的"时空体"概念在很大程度上"决定着文学中人的形象",③ 从而将"时空体"研究正式引入了人的存在

---

① 巴赫金:《小说的时间形式和时空体形式》,白春仁译,见巴赫金:《小说理论》,白春仁、晓河译,石家庄:河北教育出版社,1998年,第274页。
② 巴赫金:《小说的时间形式和时空体形式》,白春仁译,见巴赫金:《小说理论》,白春仁、晓河译,石家庄:河北教育出版社,1998年,第274—275页。
③ 巴赫金:《小说的时间形式和时空体形式》,白春仁译,见巴赫金:《小说理论》,白春仁、晓河译,石家庄:河北教育出版社,1998年,第275页。

的本质范畴。也正是在这一层面，巴赫金的"时空体"概念至少具有双重意义和价值：一方面它"极大地推动了对长篇小说体裁类型的研究"；①另一方面它推动了人之成长的世界图景的建构，更有利于我们从文学艺术角度来审视和再现世界结构，如评论家所说的那样，艺术时间和艺术空间是艺术形象的最重要评述，它有力地"组织了作品的结构，保证了把作品作为一个独立的、完整的艺术现实来认识"。②但艺术"时空体"的意义绝不仅仅停留在作为文艺研究与批评的方法论层面，其自身的人学本体论特征决定了它是附有意义的实体性存在。因为"在既由单个人或由某个团体制定出来的时空结构中，折射着他们精神观念的整个体系及他们精神经验的全部总和。时空观念的任何变化，首先证明了对时代的世界感受、世界观的进展，证明了文化的变化"。③这就意味着，艺术"时空体"与历史和社会现实中的人和人的思想观念紧密联系在一起，透过作品中时间和空间艺术的整体探索和研究，可以窥见历史时代特征和历史时代特征下人的生存状态以及内心感受，进而在更深层意义上沟通了艺术与现实、表象的人与内在本质的人之间的有机联系。换言之，艺术"时空体"概念"不仅仅和时间、空间的组成有关，而且还与世界的组成有关"。④

依循巴赫金艺术"时空体"概念及其人学本体论视野，结合美国南方基督教和圣经文化传统，可以发现美国南方文学经典中最常为作家们所呈现的类型化圣经"时空体"当属伊甸园。在南方作家看来，美国南

---

① 洛特曼：《19世纪俄罗斯长篇小说的情节空间》，见《尤·米·洛特曼论俄罗斯文学》，转引自潘月琴：《巴赫金时空体理论初探》，《俄罗斯文艺》2005年第3期，第60页。
② И.罗德尼亚斯卡娅：《艺术时间与艺术空间》，参见晓河：《苏联文艺学中的艺术时间研究》，《苏联文学》1989年第4期，第52页。
③ 前苏联学者В.切列特尼琴科的评述，参见晓河：《苏联文艺学中的艺术时间研究》，《苏联文学》1989年第4期，第52页。
④ 托多罗夫：《巴赫金、对话理论及其他》，蒋子华、张萍译，天津：百花文艺出版社，2001年，第290页。

方本身就是《圣经》中所描述的伊甸园所在,而这样的特殊地理空间认知及其文化蕴涵为文学创作提供了源源不断的动力,诚如中国当代学者陈永国所言:"几代文人墨客所描写的美国南方是一片倦怠舒适的乐土。在每一棵忍冬藤下,你可以看到满脸堆笑的托普西和温良恭顺的汤姆大叔;那里的每一个男人都是生长在大宅里的贵族绅士,每一位女士都是雍容华贵的大家闺秀;那里棉田万顷,一望无际;月色中你可以看到少女窈窕的身影,听到悦耳的班卓琴音;大橡树上倒挂着缕缕西班牙'摩丝',条条河流编织出大地秀丽的图景;房前院后,花前月下,提闲的人们呷咽着薄荷酒;动人的故事,朗朗的笑声,少男少女的嬉闹,谱奏出美国南方田园乐土的交响曲。"①

第一节 伊甸园:类型化圣经"时空体"及其文化蕴涵

关于伊甸园的空间位置和场景,《圣经》作如下描述:

> 耶和华 神在东方的伊甸立了一个园子,把所造的人安置在那里。耶和华 神使各样的树从地里长出来,可以悦人的眼目,其上的果子好作食物。园子当中又有生命树和分别善恶的树。(创 2:8—9)
>
> 有河从伊甸流出来滋润那园子,从那里分为四道:第一道河名叫比逊,就是环绕哈腓拉全地的。在那里有金子,并且那地的金子是好的;在那里又有珍珠和红玛瑙。第二道河名叫基训,就是环绕古实全地的。第三道河名叫底格里斯,流在亚述的东边。第四道河就是幼发拉底河。(创 2:10—14)
>
> 耶和华 神将那人安置在伊甸园,使他修理看守。耶和华 神吩咐他说:"园中各样树上的果子,你可以随意吃,只是分别善恶树上

---

① 陈永国:《美国南方文化》,长春:吉林大学出版社,1996年,第1页。

的果子，你不可吃，因为你吃的日子必定死。"（创 2:15—17）

以上描述既说明了神创造伊甸园的目的，也指出了伊甸园的具体位置和园林景色。伊甸园中有水有树，人可以无忧无虑地安心生活于其中。因此，在基督教和圣经文化传统中，伊甸园就和后来圣经所说的应许之地一样，成为代表理想生活的地上乐园的象征，而这也正与"伊甸"（Eden）一词的希伯来语词源意义"愉快"相印证。① 对此，有学者评论道："'伊甸园'一词至今已是世界性的文学隐喻，专指那种早已逝去的人类理想中的乐园境界，并可同古希腊神话中的人类黄金时代，以及其他民族信仰中的天堂境界相认同。'伊甸'还可以用来比喻未经罪恶污染的天然、质朴状态。"②

在神学家托马斯·阿奎那（Thomas Aquinas）的笔下，伊甸园就是一个典型的田园牧歌式的空间，在这里劳作不累人，也不像人类堕落以后那样艰辛。而神学家奥古斯丁在《上帝之城》中则进一步描述了他心目中的伊甸园，指出伊甸园既是肉体的，也是精神的。他还通过"俗世之城"和"天国之城"的对立统一揭示出了伊甸园空间的辩证关系。奥古斯丁首先描述乐园的景象：

> 所以当人期望神所命令的事情时，人按他所希望的那样居住在乐园中。他生活在上帝的喜悦中，人从上帝之善得到他自己的善。他的生活中没有任何匮乏，他可以永远这样生活。那里有食物，他可以免于饥饿，那里有饮水，他可以免于口渴，那里有生命树，他可以免

---

① 胡家峦在《文艺复兴时期英国诗歌与园林传统》（北京：北京大学出版社，2008年）一书中指出，伊甸园在《创世记》中的希腊语是 paradeisos，即"愉快的花园"；在《次经》中是 paradisus voluptatis，即"愉快的乐园"。见该书第 83—84 页的相关论述。以下关于伊甸园空间的文化指涉意义等内容亦参考了该书，详见第 85—88 页的相关论述。
② 叶舒宪：《圣经比喻》，桂林：广西师范大学出版社，2014年，第 17 页。

于死亡。他的身体中没有腐败，或者说腐败不会在他身上产生，给他的任何感官带来痛苦。没有对身体中来的疾病的恐惧，也没有从身体外来的任何伤害。他享有最健康的身体和完全安宁的灵魂。

正如乐园中没有酷暑严寒，居住在那里的人也没有欲望或恐惧在阻碍他的善良意志。没有任何悲伤的事情，也没有任何空洞的快乐。倒不如说，真正的快乐从上帝那里源源不断地到来，"从清洁的心和无愧的良心、无伪的信心生出来的"爱朝着上帝燃烧。忠诚的爱存在于夫妻之间使他们和谐，心灵和肉体保持着协和与警醒，上帝的诫命不费力地得到遵守。在闲暇中，人们不知道劳累，也没有违背他们意愿的睡眠。（第 14 卷 26 章）[①]

在奥古斯丁看来，生活在乐园中的人心情放松，怡然自得，处于理想的精神状态中，这表明乐园是人类希望之地和精神寄托之所。奥古斯丁进一步分析认为，地上乐园常被想象成一座城市，即所谓的"俗世之城"，而与其对应的天国自然就被想象成"上帝之城"或"天国之城"，而这"两座城是被两种爱创造的：一种是属地之爱，从自爱一直延伸到轻视上帝；一种是属天之爱，从爱上帝一直延伸到轻视自我。因此，一座城在它自身中得到荣耀，另一座城在主里面得荣耀；一座城向凡人求荣耀，另一座城在上帝那里找到了它的最高荣耀，这是良心的见证"。[②] 按照奥古斯丁的说法，俗世之城以自我为中心，不爱造物主上帝；天国之城以坚定地爱上帝为基础和源泉，因此，居住在天国之城中的人通过虔敬上帝和耶稣基督而获得上帝的恩典和爱，并将享有永恒的生命。对应《圣经》中的记载，俗世之城主要包括巴比伦和罗马等，而天国之城自然就是指向人类始祖亚当未堕落前的伊甸园。这样，透过奥古斯丁的

[①] 奥古斯丁：《上帝之城》，王晓朝译，北京：人民出版社，2006 年，第 627—628 页。
[②] 奥古斯丁：《上帝之城》，王晓朝译，北京：人民出版社，2006 年，第 631 页。

描述事实上形成了一个关于伊甸园空间的文化逻辑映射系统，即堕落前的人所处的伊甸园是与神同行的天国之城的缩影，是纯美和理想之地；堕落后的人所处的伊甸园则是人的罪性开始的场所。换言之，伊甸园空间对于人类来说存在神性与罪性的辩证关系，其空间文化指涉兼具双重意义：它既是人超越现实、超越自身、超越俗世而追求永恒的理想境界，也是人心灵堕落、违背上帝意志、造成无可恢复局面的伤心之所；它既是一个纯洁和超越的空间载体，也是一个人性衰败的地方；它既可以导向博爱，也可以导向贪欲。总之，在伊甸园自身的所指中就包含着反伊甸园的要素。

伊甸园不仅指向一种空间场景，也暗含着一种与之对应的特殊时间向度，即对人类已经逝去和失落的美好过去的留恋以及希望实现永恒的理想。《圣经·旧约》有时称"伊甸园"为"耶和华的园子"（创13:10）、"耶和华的园囿"（赛51:3）、"上帝的园"（结28:13）。伊甸园里的树、水、珠宝，后来在"会幕"和"圣殿"都曾出现。这暗示出伊甸园是一个"属灵"的存在。利兰·莱肯认为："为了确保让读者将完美的伊甸园理解为一种既是地上的又是属灵的存在，作者不仅把乐园描绘成一个地方而且将它描写成一种生活方式。"① 关于伊甸园的属灵性，古代圣经阐释学者早有论述，其中最集中的当属斐洛（Philo）。在斐洛看来，伊甸园中的"园子"是指美德，"伊甸"则表示它产生的丰硕的幸福。园子立在朝着太阳升起的方向，"因为正确的理性既不坠落也不熄灭，它的本性是不断增长，……这就好比是太阳升起填补着黑暗的天空。美德也是这样，它在灵魂中升起，照亮灵魂的昏暗之处，驱散它的黑暗"。② 通过这段描述，可以看出伊甸园具有明显的永恒性。斐洛还进一步指出，"园中的生

---

① Leland Ryken, *Words of Delight: A Literary Introduction to the Bible*, Grand Rapids, Michigan: Baker Book House, 1992, p.98.
② 斐洛：《论〈创世记〉》，王晓朝、戴伟清译，北京：商务印书馆，2015年，第89页。

活是无疾病的、不败坏的,园中的一切都具有这样的性质",①唯有堕落后的亚当、夏娃给人类"带来了可朽的生命,颠覆了不朽与福佑"。②这可以再次推断和印证,人堕落前所处的伊甸园应该是永恒的。

但需要特别注意的是,伊甸园的这种永恒不属于普通的世俗时间范畴,它是一种"有始无终之境",属于特定的"停顿的现在"。③诚如奥古斯丁所论述的那样:"永恒却没有过去,整个只有现在,而时间不能整个是现在,他们可以看到一切过去都被将来所驱除,一切将来又随过去而过去,而一切过去和将来却出自永远的现在。"④

伊甸园的这种不属于世俗时间范畴的永恒具有停滞性和超越性两方面的特征。美国评论家弗雷里克·J.霍夫曼在评述福克纳小说与伊甸园的关系时认为:"伊甸园式的过去是一个史前时间或历史的时间,或者一个没有时间的存在,它先于时间,那时起实际作用的道德标准不是没有进入人类历史,便是还没有真正包含在人类的意识之中。"⑤根据霍夫曼的表述,伊甸园处于一种史前时间之中,并未进入到历史中来。伊甸园式的过去是一种纯粹的停滞状态,即一种静止的瞬间和无邪的状态。当代学者胡家峦在研究英国文学的园林传统时也曾指出,无论是古典文学中的乐园,还是基督教与圣经文化传统中的乐园,其中"同样都没有季节的更替,只有永恒的春天;人类不为生活而劳苦;大地自动流出酒、奶与蜜;人与人或人与自然之间没有冲突;万物不会腐朽"。⑥"没有季节的更替"说明时间处于静止的状态,"没有冲突"意味着田园般的理想和

---

① 斐洛:《论〈创世记〉》,王晓朝、戴伟清译,北京:商务印书馆,2015年,第65页。
② 斐洛:《论〈创世记〉》,王晓朝、戴伟清译,北京:商务印书馆,2015年,第64页。
③ 弗兰克·克默德:《时间与永恒之间》,见弗兰克·克默德:《思想絮语:文学批评自选集(1958—2002)》,樊淑英、金宝译,南京:南京大学出版社,2018年,第35页。
④ 奥古斯丁:《忏悔录》,周士良译,北京:商务印书馆,1997年,第240页。
⑤ 弗雷里克·J.霍夫曼:《威廉·福克纳》,姚乃强译,沈阳:春风文艺出版社,1994年,第9页。
⑥ 胡家峦:《文艺复兴时期英国诗歌与园林传统》,北京:北京大学出版社,2008年,第82页。

幸福，"不会腐朽"说明永生永世。由此可见，评论家们在描述伊甸园的状态时，都不约而同地将其视为处在一种停滞的、无邪的、时间之外的状态之中。《圣经》中还描述，伊甸园中树上的果实不是生的，而是成熟的，并且可以直接食用，果实中还包含着种子的基质。斐洛对此指出："神想要自然按照能返回起点的过程运行，所以神赋予物种永恒性……由于这个原因，他引导开端迅速地走向终点，又让终点顺原路返回开端。"①斐洛的解释表明，植物长出果实体现了从某个开端而来的终点，而果实又包含着能长成植物的种子则暗示出从终点而来的开端，这突出了伊甸园永恒的超越世俗时间的特性。

第二节　南方文学经典中的伊甸园"时空体"建构

自欧洲文艺复兴以来，随着现代航海技术的发展，人们寻找伊甸园的欲望愈加强烈。当哥伦布在第三次航海中登上美洲南部大陆时，他确信来到了伊甸乐园，因为那里符合传统认知中伊甸园位于赤道下方的观点。而当英国的海上探险者到达弗吉尼亚、北卡罗莱纳等地时，形成了与西班牙和葡萄牙航海者相同的认知，即如今的美国南方区域就是现实中的伊甸园。这种认知观念可以从众多的文学描述中窥见一斑。托马斯·哈里奥特（Thomas Hariot）的《关于新发现的弗吉尼亚简要而真实的报告》（*A Brief and True Report of the New Found Land of Virginia*）一书是早期把美国南方"描述成花园或者第二个人间天堂的传统作品之一"。②在哈里奥特看来，以弗吉尼亚为代表的美国南方凭借丰厚的大自然馈赠的物产让人不由自主地联想到快乐的伊甸乐园。他描述土著人从来不用

---

① 斐洛：《论〈创世记〉》，王晓朝、戴伟清译，北京：商务印书馆，2015年，第32页。
② Sacvan Bercovitch ed., *The Cambridge History of American Literature*, Vol. 1, Cambridge: Cambridge UP, 1994, p.61.

粪肥或者其他任何东西施肥，也从不犁地或者松土，而种植出的玉米却有着几乎是伊甸园般的质量：产出是如此之多，而所需付出的劳力是如此之少。无独有偶，17、18世纪的许多英国殖民者和殖民地早期作家也有类似哈里奥特的想法。1650年，英国商人爱德华·布兰德（Edward Bland）到弗吉尼亚探险，翌年他在伦敦出版了一本名为《新不列颠的发现》（*The Discovery of New Britain*）的书，认为美国南方气候宜人，物产丰富，有着花园般的美丽景色，一切都与《圣经》中伊甸园的描述相吻合，堪称是"上帝荣誉的扩展"；①殖民地作家罗伯特·贝利弗（Robert Beverley）在《弗吉尼亚的历史与现状》（*The History and Present State of Virginia*）一书中则将美国和美国南方描述成"可爱而美好""合意而丰裕"之地，并认为"这是伊甸园发出的第一道光"。②此外，苏格兰人罗伯特·蒙哥马利（Robert Montgomery）爵士在其制定的南方殖民计划中不仅将美国南方的土地命名为阿西里亚（Azilia），而且还认为它就是"未来的伊甸园"。③而弗吉尼亚的亚历山大·斯伯茨伍德（Alexander Sportswood）则在南方探险记录里不仅将南方描绘成一个充满玫瑰色的地方，像"天堂一般"，而且在他眼中似乎南方的河流都流淌着"牛奶和蜂蜜"。④这一时期对美国南方类似的描述称谓还有"伊甸乐土"（the Land of Eden）、"金苹果园"（Garden of Hesperides）以及"乐园王国"（Kingdom of Paradise），等等。总之，诚如学者们所评述的那样："'丰

---

① Louis B. Wright, "The Colonial Search for a Southern Eden", See Patrick Gerster and Nicholas Cords eds., *Myth and the Southern History: The Old South*, Urbana: University of Illinois Press, 1989, p. 18.

② Robert Beverley, *The History and Present State of Virginia*, Ed. by Louis B. Wright, Chapel Hill: University of North Carolina Press, 1947, pp. 15-16.

③ Sir Robert Montgomery, *Azilia: A Discourse*, Atlanta, Georgia: Emory University Publications, 1948, p. 18.

④ William Byrd, *William Byrd's Natural History of Virginia: or the Newly Discovered Eden*, Trans. and eds. by Richmond C. Beatty and William J. Mulloy, Richmond, Va.: The Dietz Press, 1940, pp. 2-3.

裕的溪谷'（vale of plenty）这般的描述抓住了南方人想象美洲的本质。丰裕的溪谷象征着果实累累的花园，甚至是天堂。……两个世纪以来的美国南方殖民地作家把他们的土地看作是自然的天堂，而不是鬼哭狼嚎的荒野。（北方的）清教徒可能会在冬天临时用一块板子架在膝盖上，然后在上面写下自己的艰辛，而在南方人的笔下从来没有报道过类似的不适之处。"①

事实上，作为类型化圣经"时空体"的伊甸园及其田园理想不仅是美国南方殖民文化不可或缺的一部分，而且其蕴含的文化指涉意义对文学发展也产生了重要影响。对此，弗雷里克·J. 霍夫曼评述道："对伊甸园过去的这种看法是美国文学中较为实在的看法。这种先于或无视或回避经验的'无邪状态'以这种或那种方式表现为美国人从无邪走向经验的一次主要行程的参照点。"②

在南方文艺复兴时期，对伊甸园及其文化蕴涵艺术化展现较为清晰、频繁的当属福克纳。福克纳本人曾多次对美国南方的丰饶赞美有加，认为南方得天独厚的土地滋养着人们的生活，在那里不仅有"树林使得猎物得以繁衍""河流让鱼儿得以生长""深厚、肥沃的土地让种子藏身"，而且还有"青翠的春天让种子发芽，漫长的夏天使作物成熟，宁静的秋天让庄家丰收"以及"短促、温和的冬天让人类和动物可以生存"。③ 在福克纳看来，美国南方地产丰富、气候宜人、四季分明，有森林与河流，人们自在而幸福地生活，一片祥和宁静，充满原初伊甸园美好的氛围和景象。不仅如此，1936 年，福克纳还曾在小说《押沙龙，押沙龙！》中为他笔下的"约克纳帕塔法县"亲自绘制了一幅地图，并声称他自己是

---

① Donald McQuade ed., *The Harper American Literature*, New York, NY: HarperCollins College, 1996, p.73.
② 弗雷里克·J. 霍夫曼：《威廉·福克纳》，姚乃强译，沈阳：春风文艺出版社，1994 年，第 12 页。
③ William Faulkner, *Go Down, Moses*, New York: Vintage Books, 1990, p.271.

该县"唯一的拥有者和产业主"。① 按照福克纳本人的说法,"约克纳帕塔法"这一名称来源于契卡索印第安语,意思是"河水慢慢流过平坦的土地"。② 在这幅地图中,福克纳明确标出所谓的"约克纳帕塔法县"位于密西西比河北部三角洲地区,北与田纳西州交界,夹在约克纳帕塔法河和塔拉哈奇河之间,离孟菲斯大约七十五公里。全县共两千四百平方公里的面积,中心坐落于杰弗逊镇。县城中有和煦的阳光、肥沃的三角洲、茂密的森林以及清新的空气;还有沼泽、河流、鸽子、老熊,可谓生态宜人;也有村镇、教堂、学校、广场、庄园、木屋、杂货铺、法院以及横贯东西的马路、纵贯南北的铁路。全县在 1936 年人口总数为 15611 人,其中白人 6298 人,黑人 9313 人,还包括印第安人和其他人种。③ "约克纳帕塔法"县城中的两条河流——约克纳帕塔法河和塔拉哈奇河不禁让读者联想到从伊甸园流出的、灌溉园子的那条河流;"约克纳帕塔法"王国中南方淑女在新兴的"斯诺普斯"们的利诱下堕落的行径不禁让读者对应伊甸园中夏娃在蛇的引诱下偷食禁果而犯下"原罪",并最终导致人类始祖被逐出伊甸园;而"约克纳帕塔法"小说所展现出的兄弟交恶等故事情节也不禁让读者回想起亚当与夏娃被逐出伊甸园后,他们的后代该隐与亚伯在上帝面前争宠,进而上演手足相残的悲剧。④ 很明显,福克纳所虚构出来的文学空间场域"约克纳帕塔法县"不仅在环境上是伊甸园的翻版,而且其中的人物和所发生的种种情形也都处处闪现着伊甸园

---

① William Faulkner, "Jefferson, Yoknapatawpha Country, Mississippi", See David Minter ed., *The Sound and the Fury: An Authoritative Text, Backgrounds, and Context Criticism*, Second Edition, New York and London: W.W.Norton & Company, 1994, pp.216-217.

② Frederick L. Gwynn and Joseph Blotner eds., *Faulkner in the University: Class Conferences at the University of Virginia, 1957-1958*, Charlottesville: University Press of Virginia, 1959, p.6.

③ William Faulkner, "Jefferson, Yoknapatawpha Country, Mississippi", See David Minter ed., *The Sound and the Fury: An Authoritative Text, Backgrounds, and Context Criticism*, Second Edition, New York and London: W.W.Norton & Company, 1994, pp.216-217.

④ 参见高红霞:《福克纳家族叙事与新时期中国家族小说比较研究》,北京:人民出版社,2021年,第 30 页。

的影子，其中既有伊甸园原初美好品质的理想呈现，也有象征南方传统价值观念崩塌、信仰丧失的"失乐园"场景的再现。

评论家们也充分注意到了福克纳在小说中对伊甸园及其文化意蕴的艺术化呈现。弗莱德里克·R.卡尔在谈及福克纳小说的主题时认为，"福克纳的全部作品表达了对现代生活及其文化的憎恶，描述了对他所向往但却明知几乎不能重现的伊甸园的怀旧之情"。[1] 在谈及美国南方地域文化的影响时，他又强调说："福克纳本人保留了伊甸园神话的一部分，一个过去的现在。"[2] 学者约翰·P.安德森（John P. Anderson）也注意到了福克纳小说对伊甸园"时空体"及其相关文化意蕴的广泛使用："伊甸园神话对福克纳来说是完美的叙事框架，因为这个神话是关于人类为了独立、个性气质以及那些限制人类取得成就的力量而斗争的。"[3] 弗雷里克·J.霍夫曼在谈到福克纳小说对伊甸园"时空体"的艺术化展现时则指出："在福克纳的小说中，伊甸园过去的形象在《熊》里是用荒野来代表的；在《押沙龙》里则用被描写成史前无邪的状态来象征的；在《八月之光》的第一章里是用通向杰弗生道路的受阻、静止和寂静的现实景象来表现的，而在《坟墓的闯入者》中则用的是杰弗生城外农场的景色。"[4] 评论家科恩在谈到《熊》的创作时也曾指出，这部小说是"迄今为止对有关荒野里的伊甸园的坍塌和亚当式主人公之命运的美国神话的最深刻、最精辟的探索"。[5] 而杰西·考菲在《福克纳的非基督教式的基督徒：小说中的圣经参照》一书中的统计数字更能充分佐证福克纳在小说中对伊甸园"时

---

[1] Frederick R. Karl, *William Faulkner: American Writer*, New York: Ballantine Books, 1989, p.21.
[2] Frederick R. Karl, *William Faulkner: American Writer*, New York: Ballantine Books, 1989, p.77.
[3] John P. Anderson, *The Sound and the Fury in the Garden of Eden: William Faulkner's The Sound and the Fury and the Garden of Eden Myth*, Miami, Fla.: Universal Publishers, 2002, p.12.
[4] 弗雷里克·J.霍夫曼：《威廉·福克纳》，姚乃强译，沈阳：春风文艺出版社，1994年，第12—13页。
[5] A.科恩：《评福克纳〈熊〉中的神话与象征》，段炼译，叶舒宪编选：《神话—原型批评》增订版，西安：陕西师范大学出版总社有限公司，2011年，第322页。

空体"运用的高度重视：伊甸（Eden）及与之相关的亚当（Adam）、夏娃（Eve）、蛇（snake）、树（tree）等词汇不仅广泛分布于《喧哗与骚动》《圣殿》《八月之光》《未被征服的》《村子》《去吧，摩西》《押沙龙，押沙龙！》等小说中，而且福克纳本人还常以伊甸园来隐喻和影射美国南方社会，并以这一故事为原型来暗示夏娃之罪（Eve's sin）或性之罪（sexual sin）。①

在福克纳的所有小说中，运用伊甸园"时空体"最为典型的当属《喧哗与骚动》。约翰·P. 安德森认为，《喧哗与骚动》的故事直接"来源于天真失落的第一个故事——伊甸园神话"，②且以此为核心展开所有主题，包括人性的堕落、人的可能性以及基督教和圣经文化中的永恒回归观念等。

首先，《喧哗与骚动》以伊甸园"时空体"为核心构建了小说人物及人物性格特征。在基督教和圣经文化传统中，伊甸园本身包含着一系列关键性的文化要素，其中人物是其核心之一。伊甸园故事主要描述了人类由天真和蒙昧状态转变到自我和自由意志不断增长状态的过程。就人物的文化功能来看，女性夏娃是行动者，男性亚当是被动的跟随者；女性夏娃是向往人类自由、突破人的各种可能性的强力代表，男性亚当则是墨守成规、安于过去和传统的象征；女性夏娃是堕落的根源，男性亚当是堕落的仆从，蛇充当了堕落的引诱者角色，是"世间一切罪恶的总根源"，是"魔鬼和罪恶的化身——撒旦"，③三者共同组成欲望的影像集合。福克纳据此伊甸园人物特征巧妙塑造了《喧哗与骚动》中的人物及其性格特征。

---

① Jessie McGuire Coffee, *Faulkner's Un-Christlike Christians: Biblical Allusions in the Novels*, Ann Arbor, Michigan: UMI Research Press, 1983, pp. 93-94.
② John P. Anderson, *The Sound and the Fury in the Garden of Eden: William Faulkner's The Sound and the Fury and the Garden of Eden Myth*, Miami, Fla.: Universal Publishers, 2002, p. 11.
③ 叶舒宪：《圣经比喻》，桂林：广西师范大学出版社，2014年，第38页。

在《喧哗与骚动》中，凯蒂是福克纳笔下堕落的夏娃式人物。虽然在小说叙事中凯蒂是缺席的"影子人物"，但她却是三兄弟内心独白的中心，"她作为一个缺失的本质，她的缺失像夏娃一样影响着故事中的每一个人"。① 如果说是由一个女人夏娃引起人类堕落的话，在昆丁和杰生的心目中造成康普生家没落的元凶便是作为女人的凯蒂和她的堕落行为。小说中有一处情节与伊甸园中夏娃受蛇引诱而偷食禁果的情节相似：在奶奶去世当天，凯蒂爬上果树窥视奶奶房中的秘密前，"一条蛇从屋子底下爬了出来……"② 通过这一隐蔽的对比关系，福克纳暗示凯蒂同夏娃一样，使三兄弟失去了纯净、安宁的伊甸园。

作为堕落的夏娃形象，小说中描写凯蒂最为明显的特征是反叛。七岁时她就认真地说："我是要逃走，而且永远也不回来。"③ 这是幼小心灵追求自由的渴望，也是叛逆个性最初的显现。凯蒂甚至大胆而毫不避讳地对昆丁说："让他去告发好了，我一点也不怕。"④ 评论家丹尼尔·J.辛格对此评论道："福克纳把凯蒂与伊甸园中的夏娃和撒旦进行对比，来凸显她的叛逆，而夏娃和撒旦这两个人物可是与南方淑女的理想截然对立的。"⑤ 凯蒂竭力去找寻对抗康普生世界的方法，只是她错误地选择了极端的方式，在堕落的深渊中越陷越深。福克纳通过凯蒂这一带有反叛和堕

---

① John P. Anderson, *The Sound and the Fury in the Garden of Eden: William Faulkner's The Sound and the Fury and the Garden of Eden Myth*, Miami, Fla.: Universal Publishers, 2002, p.59.

② William Faulkner, "The Sound and the Fury", See David Minter ed., *The Sound and the Fury: An Authoritative Text, Backgrounds, and Context Criticism*, Second Edition, New York and London: W.W.Norton & Company, 1994, p.24.

③ William Faulkner, "The Sound and the Fury", See David Minter ed., *The Sound and the Fury: An Authoritative Text, Backgrounds, and Context Criticism*, Second Edition, New York and London: W.W.Norton & Company, 1994, p.12.

④ William Faulkner, "The Sound and the Fury", See David Minter ed., *The Sound and the Fury: An Authoritative Text, Backgrounds, and Context Criticism*, Second Edition, New York and London: W.W.Norton & Company, 1994, p.13.

⑤ Daniel J. Singal, *William Faulkner: The Making of a Modernism*, Chapel Hill and London: The University of North Carolina Press, 1997, p.131.

落性质的人物形象的塑造,意在解构美国南方传统的淑女形象。小说中凯蒂个体的堕落,对应伊甸园神话中夏娃的堕落,隐喻南方传统家族乃至整个美国南方传统文化的失落。

如果凯蒂对应伊甸园中的夏娃,那么康普生家的三个儿子则对应伊甸园中的亚当。他们是妹妹凯蒂的跟随者,他们在与凯蒂的不同情感关系中成长和生活,他们承受着凯蒂追求个性和新的生活所带给他们的不同程度的心灵创伤,这一切使得他们无形中成为追随凯蒂生活轨迹的"有限生活"人物,就像伊甸园中亚当作为夏娃的追随者一样,他们未能实现生活对于人的全方位展开。

昆丁在很大程度上具有亚当的人物特质:"昆丁是与伊甸园美景关联最大的康普生:一直在寻求与凯蒂在一起时内外统一的完美时刻。当他发现由于两性禁忌而不存在这样的时刻时,他的追求成了愚蠢的、最终证明是自我毁灭的理想主义。"① 在《喧哗与骚动》中,昆丁砸表这一情节具有特殊的象征意义。表象征着康普生家族昔日的辉煌与荣耀,而随着指针的转动和时间的流逝,康普生家族甚至整个美国南方的辉煌不再,昆丁希望通过毁坏手表来逃避甚至终止时间,以此将家族和美国南方的光辉时刻永远定格。作为南方传统的继承人,他以维护旧传统为己任,而现实却使他意识到自己没有能力让传统重获新生,于是他放弃任何行动,把自己桎梏在过去的回忆之中。昆丁这一鲜明的性格特质暗示出他作为墨守成规、安于过去和传统的亚当的象征。

班吉是福克纳笔下另一类亚当式的人物。在《喧哗与骚动》中,班吉完全拥有亚当作为一个追随者所具有的无知蒙昧的特质。班吉是福克纳塑造的白痴形象,班吉已经是三十三岁的成年人,但却只有三岁的智力。他甚至不能用语言和人沟通,而是一味地采用哭闹的方式表达自己的情绪。同时,班吉单纯地将凯蒂视为他生活的全部,对凯蒂有着超乎

---

① Frederick R. Karl, *William Faulkner: American Writer*, New York: Ballantine Books, 1989, p.331.

寻常的依赖。班吉最喜欢的垫子、炉火、草地还有凯蒂的拖鞋，所有这些东西都见证着凯蒂陪伴他、照顾他的那些温暖而快乐的时光。每当班吉哭闹不止的时候，只要这几样物品出现在他面前，便能立刻使他恢复平静。小说中描写在他三十三岁这天，还能看到他手中攥着凯蒂那只早已发黄的拖鞋。福克纳通过强调班吉的单纯，"暗示了自己对伊甸园和亚当式男人的向往，以及他对造成伊甸园不可企及的无形力量的认识……他认识到乐园受到了无法控制的污染：最纯洁的人就是白痴"。①

福克纳在《喧哗与骚动》中借助伊甸园"时空体"中的人物来塑造个体形象，并非生搬硬套，而是将伊甸园人物原型的某种品质赋予到小说人物身上，意在表达他对人和人性的独特观念。

其次，福克纳在小说中充分展现了伊甸园"时空体"的辩证文化指涉意义：天真与堕落。在基督教和圣经文化传统中，伊甸园不仅是有形的感官乐园，也是无形的精神乐园，象征人类由于堕落而失去天真的生存状态。这种辩证的文化功能在文学作品中经常表现为作家们或者把"恢复乐园的努力用作隐喻，暗示道德的重建或对完美品德的追求"，或者"从堕落世界的角度来观察人类堕落前的伊甸园"，②但究其本质无论哪一种对伊甸园空间的描绘都不过是对"堕落心灵中的堕落意象"③的描绘而已。福克纳在谈到《喧哗与骚动》的创作时多次明确指出"满是泥的裤衩"是小说的中心象征，不仅小说的画面感以此延伸开来，而且小说的全部主题也蕴藏于其中："污渍似乎用来作为凯蒂性乱行为的预兆。然而，它的象征意义似乎更重要，福克纳在把凯蒂沾有污渍的内裤与撒旦和伊甸园里的禁树联系起来，把她的污渍与原罪联系起来。"④ "满是泥的

---

① Frederick R. Karl, *William Faulkner: American Writer*, New York: Ballantine Books, 1989, pp. 334-335.
② 胡家峦：《文艺复兴时期英国诗歌与园林传统》，北京：北京大学出版社，2008年，第92页。
③ 胡家峦：《文艺复兴时期英国诗歌与园林传统》，北京：北京大学出版社，2008年，第99页。
④ Melvin Backman, *Faulkner: The Major Years, A Critical Study*, Bloomington & London: Indiana UP, 1966, p. 19.

裤衩这一象征成为了堕落的凯蒂",[①] 而凯蒂的堕落预示了康普生家的衰败,最后家族的衰败又是整个美国南方社会现实衰败的征兆,这样福克纳就以伊甸园"时空体"为核心文化要素构筑起了人物—家族—南方—美国的层层递进关系,并隐喻它们由天真到堕落的转变景象。

最后,福克纳突出了伊甸园"时空体"的永恒回归指向。伊甸园代表着一种重复与循环,既是一种面对过去的结束,也是一种面向未来的更新。在伊甸园"时空体"中,涉及人类经验的两个文化要素,即性和死亡。这两者都意味着返回到某种统一体中。性意味着生育,生育是世界得以再创造和再形成的关键。死亡在基督教和圣经文化传统中并非最后的终结,灵魂可以通过死亡获得再生和转化。以性和死亡为文化组成要素的伊甸园"时空体"所包含的重新创造和再生的功能保证了通过时间的往复运动最终达于永恒,这正是奥古斯丁等神学家能从伊甸园延伸出象征永恒生命的上帝之城的主要依据之一。在《喧哗与骚动》中,福克纳强调包含过去传统的现在就是永恒,为了更好地展示这一无法企及、更无法衡量的超越时间形态,有必要为其寻找一个最佳的"客观对应物",因为任何时间形态最终都要通过现象的空间化方式得以显现和感受。而美国南方基督教和圣经文化传统决定了与永恒观念最为符合的空间化形式莫过于伊甸园了,因为它最符合美国南方一贯的文化心理特征。

除了《喧哗与骚动》,福克纳小说创作中另一部与伊甸园"时空体"紧密相连的作品则是《去吧,摩西》。弗莱德里克·R.卡尔曾指出:"荒原、田园理想、被剥夺或注定灭亡的感觉,被玷污的伊甸园,所有这一切都蕴含在《去吧,摩西》中。"[②]

福克纳在《去吧,摩西》中宏观呈现的是"被玷污的伊甸园",即

---

① Frederick L. Gwynn and Joseph Blotner eds., *Faulkner in the University: Class Conferences at the University of Virginia, 1957-1958*, Charlottesville: University Press of Virginia, 1959, p.31.

② Frederick R. Karl, *William Faulkner: American Writer*, New York: Ballantine Books, 1989, pp.666-667.

人类堕落后所处的伊甸园。福克纳以此深刻地揭示出了以大森林为介质的自然荒野的荒凉和衰败以及堕落的人类所犯下的种种罪恶，表达了对南方人命运的关注。具体体到小说的情节描写，"被玷污的伊甸园"集中表现为物质荒野，即以大森林为介质的自然荒野遭到现代工业文明的破坏，呈现出衰败、荒凉的状态。

首先，森林锐减而被耕地所取代。据《圣经》记载，上帝曾亲口对他的创造物人类说：你们"要生养众生，遍满地面，也要管理海里的鱼，空中的鸟和地上各样行动的活物"（创1:28）。有了上帝的旨意，人类获得了支配自然、掌管土地的权力，土地成了人类可以随意处置的附属品。在以种植园经济为基础的美国南方，土地的重要性不言而喻，因而成为白人们竞相争夺的对象。为了从印第安人手中获取土地，白人加入了印第安人争夺酋长的战争。小说中描写契卡索族酋长伊凯摩塔勃依靠新奥尔良白人的帮助和毒品的毁灭性力量夺得了酋长之位。上位后的伊凯摩塔勃虽然清楚自己无权支配任何一寸土地和森林，但还是"坦然地"将它卖给了白人塞德潘。随之而来的是白人对原始森林无节制的掠夺，曾经充满原始气息的荒野再也看不到郁郁葱葱的树木，满眼尽是裸露的土地，空气中更是弥漫着人类欲望、金钱的气味。卡洛瑟斯·麦卡斯林将买来的荒野从这片土地上彻底清除，建立起了自己的庄园，里面种满了玉米和棉花。

其次，荒野逐渐退却，原始森林也将被现代文明的机械和烟尘所吞没。南方大片的森林被砍伐，失去了往日伊甸园般的宁静，福克纳这样描写火车进驻的场景：

> 接着，小火车头尖叫了一声，开始移动了：排气管急急地震颤着，松弛的车钩开始懒洋洋而不慌不忙地拉紧，一阵碰撞从车头一点点传到车尾，当守车也往前移动时，排气管变为发出一阵阵深沉、缓慢的啪啪声，孩子从圆形眺望台望出去，只见火车头完全拐过了

这条铁路线上的第一个也是唯一的弯道,随后便消失在大森林里,把身后的一节节车皮也拖了进去,就像是一条肮里肮脏的不伤人的小草蛇消失在荒野草丛里,还把孩子也拖进森林,不久就以最大的速度,发出卡嗒卡嗒的响声,又像过去那样疾驶在两堵未经砍伐像双生子那样相像的林墙之间。①

在《圣经》中,蛇是所有上帝所创造的生命体中最为狡猾的存在。伊甸园神话将蛇视作上帝的对立面而存在,着重凸显它的狡诈;又因蛇诱导夏娃吃禁果,因此成为罪恶的生命基始。福克纳使用蛇来形容火车,暗示象征着现代工业文明的火车充满了罪恶与欲望的因子。其后福克纳又在小说中讲述了一段"轶闻":

> 对了,还有关于那只半大不小的熊的轶闻呢:火车第一次开进三十英里外林中采伐地的那回,有只熊蹲在铁轨之间,屁股翘得老高,像是只在嬉戏的小狗,它正用爪子在刨掘,看看这里是不是藏有什么蚂蚁或是甲虫,也许仅仅想仔细看看这些古怪匀称的、方方正正的、没有树皮的木头,它们一夜之间不知打哪儿冒出来,形成了一条没有尽头的数学上的直线。它一直在那儿刨掘,直到坐在扳了闸的机车上的司机在离它不到五十英尺处朝它拉响了汽笛,才疯狂地跑开,遇到第一棵树就爬了上去:那是棵幼小的梣树,比人腿粗不了多少,这只熊爬到再也没法往上爬的地方,抱紧树干,当司闸员把一块块石碴朝它扔去时,它把脑袋缩在脖子里,就像一个男人(也许应该说像个女人)会做的那样。而当三小时后,机车第一次拉着装满原木的车皮开回来时,那只熊正往下爬到那棵树的半中腰,看见火车开来,又赶紧爬上去,爬到再也没办法爬的地方,抱

---

① William Faulkner, *Go Down, Moses*, New York: Vintage Books, 1990, p. 304.

紧树干，看列车开过去，等到下午火车重新开进森林，它还在那里，等到黄昏时火车开出森林，它依旧在树上；……而这只熊在树上待了差不多三十六个小时才下树，连一口水都没喝过。①

通过这样一段"轶闻"的讲述，福克纳进一步展现了现代工业文明对荒野带来的严重破坏，其最终结果必然是人类曾经"糟蹋的森林、田野以及他蹂躏的猎物将成为他的罪行和罪恶的后果与证据，以及对他的惩罚"。②

最后，受现代工业文明的浸染，伊甸园般自然的荒野失去了原有的风貌，原本圣洁的自然荒野荡然无存。这直接导致生活于其中的印第安人被迫改变原来的生活方式，而动物甚至失去了赖以生存的家园。在白人未进驻荒野之前，印第安人过着纯粹原始的生活，每天以采集的果实和猎取的动物为生，与自然保持着和谐有序的关系。但随着白人对荒野的破坏和掠夺，森林被耕地取代，印第安人不得不改变原有的生活方式，逐渐被白人所同化。而森林不断地被砍伐也导致动物失去了安身之所，原本比人还多的熊、鹿和松鼠被赶尽杀绝，最终"老班"也被猎杀，荒野随之消失在人们的视线中。

福克纳在《去吧，摩西》中对"被玷污的伊甸园"的描述并不意味着他对人类未来丧失信心。相反，在福克纳看来，圣洁、美丽的南方大地上滋养着富有勇气、希望、怜悯和牺牲精神的人们。福克纳通过赞扬具有牺牲、忍耐精神的人们的行为方式，坚信这将成为人类永恒的财富，同时也是人类走出生存困境、复归伊甸园的真义之路。

小说中的山姆·法泽斯是伊甸园美德的继承者。他身上流淌着印第安人、黑人、白人三个种族的血液，这使得他三倍地具有忠诚、忍耐、

---

① William Faulkner, *Go Down, Moses*, New York: Vintage Books, 1990, pp. 304-305.
② William Faulkner, *Go Down, Moses*, New York: Vintage Books, 1990, p. 332.

谦虚、仁爱等民族品格。作为蛮族的后代，他始终保持着勇气、力量与坚韧的自然人性，延续着祖辈在荒野中的生活方式。他为人淳朴善良，勇敢正直，从不因为自己的血统而对白人卑躬屈膝。最终，在目睹了荒野的消亡和"老班"的毁灭之后，这位高贵的自然之子选择与荒野一同消失，实现了回归伊甸园、与自然的完美合一。

山姆·法泽斯不仅是伊甸园真理与美德的承载者，还自觉地肩负起传递它们的使命。山姆将打猎的本领和自然的美德传授给少年艾萨克，使艾萨克清楚地意识到打猎的真正意义不是捕杀和猎取，而是德行的修炼和完善。山姆还是艾萨克的精神施洗者。小说中描写在艾萨克十二岁时，他猎杀了人生中的第一头公鹿，山姆·法泽斯将新鲜的鹿血涂抹在艾萨克的脸上，作家通过这一带有宗教仪式特征的行为暗示少年艾萨克作为山姆·法泽斯的传人完成了对真理与美德的继承，从而懂得了生命本身的价值。山姆作为艾萨克的精神导师，将他引向自然荒野和重返伊甸园的真正道路，教会了他勇敢、力量与坚韧，使他精神得到净化和洗礼。最终，艾萨克不负众望回归到大森林中，这正是人类重回伊甸园的希望的象征，也是福克纳给人们自我救赎提供的一剂良方。

如果说山姆·法泽斯是伊甸园真理与美德的承载者，那么小说的主人公艾萨克则是伊甸园真理与美德的积极继承者。福克纳在《去吧，摩西》中描绘了艾萨克不同的成长阶段，从生活于自然荒野到不断了解自然荒野直至最终回归自然荒野，暗示出艾萨克随着这一成长历程的变化而逐渐成为一位优秀的继承人。通过艾萨克品质及其言行的描写，福克纳表明他如伊甸园中堕落前的亚当，保持着人类最初的纯洁与天真。

艾萨克在他的精神导师山姆·法泽斯那里继承了荒野的真理和美德，获得了勇敢、正直与力量等人类的永恒财富。出于对自然荒野的敬畏和虔诚，当他发现祖先所留下的遗产沾满罪恶时，他果断放弃继承这笔不义之财，独自居住在森林的旁边，并将他的全部生命用于延续他在山姆·法泽斯那里继承的人类古老的美德。这一举动表明艾萨克已经意识到了人类对自然所犯下的罪恶，上帝赋予人类掌管万事万物的权力，并不意味着人类可以肆无忌惮地破坏自然，基督教和《圣经》更不能作为人类为自己所犯罪行开脱的理由。相反，人类应该从自身寻找原因，充分意识到欲望才是罪恶开始的根源。艾萨克认为人类始祖已经因罪孽深重被逐出伊甸园，而现在人类又在上帝所赐的美丽、圣洁的南方大地上种下罪恶的种子。因此，他通过实际的行动与努力劝诫人类应自觉地为自己的罪行承担后果，来为祖先以及人类对自然所犯下的罪恶赎罪，只有这样人类才能继续发展下去，重返圣洁的伊甸园。在艾萨克看来，自然荒野不应该是人类剥夺和破坏的对象，人应该始终敬畏自然、保护自然，人与人应该和谐相处，这才是未曾失落的伊甸园式的生活方式。

在《去吧，摩西》中，福克纳一方面揭示人们在素有伊甸园之称的南方大地上所犯下的罪恶，另一方面又强调人类要葆有重返伊甸园的信心。因此这部小说堪称是福克纳将美国的荒野传统与伊甸园希冀完满融合的最佳作品之一。

概而言之，作为一位站在人性基石上眺望未来的作家，通过伊甸园这一特定的圣经"时空体"及其文化指涉意义的艺术化描写、隐喻和象征，福克纳一方面展现了现代美国南方精神荒芜的生存状态和没落颓败的社会图景，深刻揭示出人类的现实生存困境以及人与世界之间纯洁和堕落的复杂利诱关系；另一方面也表达了对永恒观念的向往与渴望，召唤人类早日重返伊甸园般美好的生活世界。

不仅是福克纳，尤多拉·韦尔蒂、田纳西·威廉斯等其他南方文艺复兴时期的作家也在经典文学中通过各种方式展现伊甸园式场景，或通过环境营造来衬托小说人物的性格，或传达作家独特的思想认知观念。

维尔吉·雷尼不仅是小说《六月演奏会》的主人公，也是小说《漫游者》的主人公。为了突出维尔吉反叛的天性和自我觉醒的彻底性，韦尔蒂在《漫游者》中特意展现了一段她在河水中潜水游泳的场景。小说写道，下午三点左右的河水"明亮"而"静谧"，维尔吉脱掉衣服，慢慢走入水中：

　　她看见自己的腰消失在没有反光的河水里，就像是步入天空，某种混浊的天空似的。所有的一切都融合为温暖、空气、河水以及她的身体。所有的一切似乎都是同质同量。她埋头，闭上眼睛，眼睛只能感受到一丝微光。她觉得这个物质是一个半透明的物体，河流、她自己、天空都变成了装满阳光的容器。她在河里游起来，慢慢地游着，让河水轻轻抚摸着她的身体。她感到河水围着她的乳房，形成一条曲线。乳房此刻非常敏感，犹如翼端之于飞鸟，触角之于昆虫。她能感到河沙、齿轮般精细的沙粒，还有古海留下来的细小贝壳。无数缎带般的水草、泥沙碰触到她的肌肤，又溜走了，就像是给她的建议和好意的约束现在正渐渐解体。她像天上的浮云一样飘动。河岸浑然一体，九月即将过去，小小的梅子开始成熟。……古老的河水虽然带着铁一般的味道，但她却觉得河水发甜。她只要睁开眼睛便会看到青蝇和在水面滑动的虫子。她要是颤抖，那是因为滑溜溜的鱼或蛇从她膝间游过。①

　　在小说的这一段描述中，河水、天空、阳光、飞鸟、昆虫、流沙、小贝壳、梅子、青蝇、鱼以及蛇，这些和谐的自然景象以及大自然的生命体无疑都是伊甸园美好图景的必备因子，诚如评论家吉尔·弗芮茨-皮戈特（Jill Fritz-Piggott）所言，韦尔蒂此处的描写就是一个"典型的伊甸园场景"，② 也是以维尔吉的身体感知和知觉活动体验为中心的、具有象征意义的重生仪式。小说以此或隐或显地告诉读者，即使是经过了变相的

---

① 尤多拉·韦尔蒂：《漫游者》，见尤多拉·韦尔蒂：《金苹果》，刘涛波译，南京：译林出版社，2013年，第238页。
② See Williams Melinda, *The Use of Folklore in Eudora Welty's "The Golden Apples"*, Ohio: A Bell & Howell Co., 1998, p. 76.

宗教洗礼仪式，维尔吉也不会肩负起偿还"原罪"的惩罚，她仍然是那个我行我素的南方淑女文化的叛逆者和挑战者，面对选择她仍会遵从自由意志，并依靠自我把握人生命运，这是她"自有的"身体觉醒的必然结果。

而在短篇小说《月亮湖》中，韦尔蒂则将男女权力的关系问题置于宛如伊甸园般的特定空间场景——"月亮湖"之中。小说描述月亮湖有着"截然不同的景象"："深绿色的柳叶细细长长，像新月似的，影子在沙地上轻轻摇动。湖水沉寂，像铅锡锑合金的颜色，湖面露出一些紫色的长铁楔。阳光照到的地方，波光粼粼，湖水如同沸腾一般。一片树叶在湖里不停地打转。"① 如此美丽的月亮湖在小说中并非只是单一的环境空间场景，它里面淤积的"淤泥"、盘亘着的"树根""枝蔓"以及湖水中游弋的鱼、蛇，加上阳光照耀以及波光粼粼的水面，这一切都体现着美国南方特有的动植物生长繁盛的天然理想景象。在这里，月亮湖所代表的伊甸园般的原始、神秘、野性以及生命的活力与小说中男性与女性的微妙关系以及隐晦的"性"的意味的暗示，共同构成了以两性关系为核心的微小社会系统，其中充满追逐与逃逸、喜爱与厌恶、征服与反抗等一系列二元因素。在此意义上，伊甸园般的月亮湖本身便是一种充满隐喻意义的描写与刻画，作家的思想情感以及欲传达的基本观念都在其中得以体会与彰显。

韦尔蒂小说中出现的"月亮湖"也是田纳西·威廉斯剧本中最常出现的意象和象征。尽管作为剧作家的威廉斯出生于俄亥俄州的哥伦布市，但 1915 至 1918 年间在克拉克斯代尔的童年生活对剧作家后来的创作产生了巨大的影响。克拉克斯代尔位于密西西比河三角洲地域的中心位置，那里平坦的、新月形的土地，茂盛的植被，肥沃的土壤和丰富的矿藏以

---

① 尤多拉·韦尔蒂：《月亮湖》，见尤多拉·韦尔蒂：《金苹果》，刘浔波译，南京：译林出版社，2013 年，第 122 页。

及大面积的棉花种植使其成为充满田园般诗情画意的理想之地，同时也构成了威廉斯心目中美好的怀旧之地。因此，在剧本创作过程中，威廉斯常常将密西西比三角洲的景色和气息融入其中，而作为密西西比河古老通道之一的月亮湖更是深深烙印在剧作家的记忆和想象之中而挥之不去。在剧本《天使之战》中，剧作家借人物比拉回忆起托尔斯女士的父亲在月亮湖北部海边购置土地，并种植果树、葡萄藤以酿酒的生活场景，人们围绕月亮湖聚会狂欢，宛若生活在世外桃源般的伊甸园之中。类似的场景也出现在剧本《琴神下凡》中。剧本中的月亮湖湾果园被描述为一片充满浪漫情调、田园牧歌式的乐土，人们在其中劳动、恋爱，世俗的生活如伊甸园般美好。而在剧本《玻璃动物园》中也是如此。阿曼达所眷恋的优雅、庄重的南方富有浓郁的神秘色彩，比现实更加宏伟，充满田园诗般的伊甸园韵味。无论是风景宜人的三角洲月亮湖，还是优雅、庄重的大南方，在威廉斯看来，都是现代伊甸园的翻版，体现着他内心中的无比迷恋之情。而工业化进程对伊甸园般美好南方的破坏及其所带来的不可避免的人文悲剧，正是对比之下令威廉斯感到痛心疾首的。诚如剧作家在接受采访时所言："我还能记起儿时在南方的生活经历，南方文化充满优美和典雅……与建立在金钱基础上的北方社会截然不同。但我为目前的状况感到十分遗憾。"①

与南方文艺复兴时期的作家相比，"新生代"南方作家科马克·麦卡锡笔下的伊甸园"时空体"也别具一格。麦卡锡南方小说的主要地理空间是阿巴拉契亚地区，美国历史学者琳达·泰特（Linda Tate）称这一区域为"大南方的一个养子"。② 田园风光构成阿巴拉契亚地区主要的自然景观，其自然风貌非常类似《圣经》中的伊甸园，这为麦卡锡在小说中

---

① Louis Davis, "That Body Doll Man: Part I", See Albert J. Devlin ed., *Conversation with Tennessee Williams*, Jackson: UP of Mississippi, 1986, p.43.
② Linda Tate, "Southern Appalachia", See Richard Gray and Owen Robinson eds., *A Companion to the Literature and Culture of the American South*, Oxford: Blackwell, 2007, p.131.

艺术化再现和移植伊甸园奠定了重要的现实基础。

小说《守望果园》主要通过奥恩比大叔的视角来展现类似伊甸园般的田园生活的美好。小说中描写奥恩比大叔希望的美好生活即是"我搬到年轻人住的山上。我为自己找一条清澈的小溪，在溪边建一座带壁炉的木屋。蜜蜂为我酿造黑色的山蜜。我谁也不管"。[①] 小说还通过奥恩比大叔的回忆来展现他曾经简朴快乐而自然的生活状态："春天山上呈现一片的泛绿，绿色在天空下荡漾。而且这绿从来就没有迟到过。突然有一天早晨你就看见它来到这里，空气中弥漫着芳香。"[②] 小说中所描述的奥恩比大叔曾经的生活和希望的生活都充满着伊甸园般的诗情画意，而如今他所看护的果园土地不再肥沃，果实又小又酸；他自己也年岁已高，腿脚不便，妻子与一个卖《圣经》的人私奔，他只能孤零零一个人居住在破漏的小屋里。麦卡锡通过奥恩比大叔昔日的理想生活和如今的对比，突出了奥恩比大叔个人所希冀的伊甸园式理想生活的幻灭，也在更广阔的意义上象征并折射出阿巴拉契亚地区的历史命运。

如果说《守望果园》为读者展现的更多还是伊甸园般的美好图景的话，那么《外围黑暗》则集中展现了反伊甸园的要素。小说集中展现在伊甸园般偏僻的树林小屋中兄妹二人所犯下的乱伦之罪，这使得在小说开头读者便清晰地意识到兄妹将如人类始祖亚当和夏娃一样被无情地逐出伊甸园。在这里，麦卡锡更多地隐喻了伊甸园是充满罪恶之地，人类的堕落无可挽回。

而到了小说《上帝之子》中，麦卡锡所描写的情节类似福克纳的小说《去吧，摩西》，这部小说中既有伊甸园般的田园风光遭受城市化和现代化冲击的描写，也有农民巴拉德选择穴居的极端生活方式描写，从而暗示出一种逆向化进程，表明人类要回归到原始状态中去，重建和复归

[①] Cormac McCarthy, *The Orchard Keeper*, New York: Vintage, 1993, p. 55.
[②] Cormac McCarthy, *The Orchard Keeper*, New York: Vintage, 1993, p. 56.

伊甸园的潜意识愿望十分突出。

  总之，在麦卡锡的文学世界中，伊甸园般的田园风光构成了特殊的风景。它的诗意让读者联想到人类祖先自由自在、无拘无束的美好生活状态；它的罪性和充满敌意映衬出人类祖先的堕落及其所衍生的罪恶。而诗意与罪性两个方面的辩证关系和转化张力则构成了麦卡锡小说伊甸园书写的独特魅力。

第四章
圣经叙事结构与话语修辞艺术

诺思洛普·弗莱认为,《圣经》为西方文学"提供了整体性、结构性象征",并"构建了一个框架"。[①] 这意味着《圣经》及其文化传统对西方文学的影响不仅体现在叙事内容上,也广泛体现在叙事模式以及叙事手法等修辞性艺术之中。在基督教和圣经文化传统浓厚的美国南方地区,作家们不仅从基督教和《圣经》中获取文学素材和创作灵感,而且积极吸收并运用其叙事结构和话语修辞模式,为文学想象开辟独特的艺术技巧空间。

第一节 圣经典故的运用

所谓圣经典故,主要是指文学作品中引用的圣经故事和圣经词句。在美国南方,圣经典故已经成为受宗教文化传统影响的作家们的共有知识经验。通过对圣经典故的广泛引用,一方面使得神圣经典与现当代南方故事形成了平行对照关系,另一方面则促进了现当代南方文学经典的文本意义向纵深层次延伸。

福克纳熟谙圣经典故的象征与隐喻含义,在小说故事情节的安排上多次借用圣经典故进行艺术再创造,这集中体现在其小说的命名上。"福克纳曾提及他最初给斯诺普斯系列小说确定的名字是《父亲亚伯拉罕》,

---

[①] Northrop Frye, *The Great Code: The Bible and Literature*, New York: A Harvest Book, 1983, p.xi.

《野棕榈》原初的名字是《如果我忘记你,耶路撒冷》,而经典之作《押沙龙,押沙龙!》更是借用了《旧约》中大卫王的典故。"① 之所以要如此为小说确定名字,一方面来源于福克纳本人对《旧约》的喜爱和熟悉,另一方面则是这些小说的故事情节多少都与其对应的圣经典故有着千丝万缕的紧密联系。

以福克纳的小说《押沙龙,押沙龙!》为例,小说的标题来自《圣经·撒母耳记·下》中大卫王那撕心裂肺的呼喊:"我儿押沙龙啊!我儿,我儿押沙龙啊!我恨不得替你死,押沙龙啊!我儿,我儿!"(撒下18:33)在《圣经》的记载中,大卫本是牧羊的男孩,因勇敢和善举而被上帝选为以色列的国王。但后来权力的欲望使得大卫王道德败坏,犯下了不可饶恕的罪孽:他因贪恋乌利亚的妻子而犯下杀人、奸淫等罪恶;他藐视上帝的诫命,从而招致祸端的降临和上帝的惩罚,不仅"刀剑必永不离开你的家"(撒下 12:10),而且后代子女还要为父母犯下的罪恶赎罪。果然,大卫王的罪恶殃及儿子押沙龙,后者为了保护妹妹的名誉而设计杀死了同父异母的哥哥暗嫩,并被放逐。《圣经》中大卫王的故事说明人的罪行是无法克服的,正是大卫王的罪恶堕落导致王朝的内乱和衰败。

福克纳熟知大卫王典故的含义,将大卫王故事中罪与罚的模式巧妙地运用到了美国南方现代故事之中。小说文本来源的这种特殊性决定了《押沙龙,押沙龙!》在本质上就是父子反目、兄弟阋墙、兄妹乱伦的大卫王故事的现代翻版,对此评论家维尔拉·萨克斯(Viola Sachs)评述道:"小说的标题使人想起了耶路撒冷的大卫王遭遇的乱伦和兄弟残杀的悲剧。"② 具体来说,小说文本、人物与圣经大卫王故事的大致对应关系

---

① Alfred Kazin, "William Faulkner and Religion: Determinism, Compassion, and the God of Defeat", See Dorren Fowler and Ann J. Abadie eds., *Faulkner and Religion*, Jackson: University Press of Mississippi, 1991, p. 11.

② Viola Sachs, *The Myth of America: Essays in the Structures of Literary Imagination*, The Hague: Mouton, 1973, p. 103.

如下：萨德本与儿子亨利的关系对应大卫王与押沙龙之间的关系；亨利杀死同父异母的兄弟查尔斯·邦与押沙龙杀死大卫王的长子、自己的哥哥暗嫩（Amnon）相对应；而邦与亨利的妹妹朱迪斯的爱恋则是暗嫩与押沙龙之妹他玛（Tamar）故事的影射和暗示。很显然，《押沙龙，押沙龙！》在故事框架、核心内容和表现主题等方面基本沿袭了圣经大卫王故事以罪恶和乱伦为文化构成要素的模式，而小说中萨德本这一人物就是《圣经》中大卫王这一人物的再现。萨德本的出身也很低微，在十岁那年，他经历了一次人生思想上的巨大打击和转变：因被一看门的黑人瞧不起而倍感羞辱，从此他萌生了建立白人王朝的计划，立志要拥有自己的种植园和财富，过上体面的生活。这成为萨德本后来所犯一切罪恶的开始。为了实现王朝梦，萨德本不择手段，清除一切障碍，抛妻弃子，还将罪恶延续到儿子亨利的身上，最终导致萨德本家族的毁灭。小说通过借鉴《圣经》中大卫王的典故使得罪与罚的思想在现代美国南方获得了重新的艺术化演绎，从而深化了小说内在的道德力量和理性反思的空间。诚如评论家所言："正如《旧约》中有些章节是关于早期王权在以色列的建立的，《押沙龙，押沙龙！》则是关于萨德本白人王朝在旧南方的建立的。"①

奥康纳也时常在其小说中对圣经典故进行改写以使小说更富有宗教寓言意义。在短篇小说《瘸子应该先进去》中，奥康纳便运用了《新约·路加福音》中的典故来塑造谢泼德这一人物形象。在小说中，谢泼德是一个满脑子充斥着知识理性的无神论者，他收养了极有天赋但却坏事干尽的瘸腿男孩鲁福斯。谢泼德邀请男孩鲁福斯回家盛情款待，并试图用现代知识和理性来救赎他。结果却招致鲁福斯变本加厉的故意犯罪，其目的就是要戳穿谢泼德冒牌救世主的形象。当鲁福斯被警察带走时，

---

① Ralph Behrens, "Collapse of Dynasty: The Thematic of *Absalom, Absalom!*", *Modern Language Association*, 1974, No. 1, p.29.

他呐喊着"瘸子应该先进去!""耶稣会拯救我"和"瘸子将带上他的猎物",① 这里暗合了《新约·路加福音》中耶稣以大筵席的比喻来教导主人应该如何招待客人的典故:"你摆设筵席,倒要请那贫穷的、残疾的、瘸腿的、瞎眼的,你就有福了!因为他们没什么可报答你。到义人复活的时候,你要得着报答。"(路 14:13—14)小说通过反讽的手法讲述谢泼德没有得到应有的报答来暗示他的虚伪性,说明其义举的实质是通过改造他人成为自己期待的模样来达到抬高自我形象的目的。

不仅是南方文艺复兴时期的作家擅长运用圣经典故,"新生代"南方作家笔下圣经典故也随处可见。科马克·麦卡锡的小说《外围黑暗》从小说的名字到人物的设置再到情节的安排都蕴含着丰富的圣经典故隐喻。首先,《外围黑暗》这一小说标题来自《新约·马太福音》。在《马太福音》中,"外围黑暗"曾反复被提及三次:"惟有本国的子民,竟被感到外边的黑暗里去,在那里必要哀哭切齿了"(太 8:12);"王进来观看宾客,见那里有一个没有穿礼服的,就对他说:'朋友,你到这里来怎么不穿礼服呢?'那人无言可答。于是王对使唤的人说:'捆起他的手脚来,把他丢在外面的黑暗里,在那里必要哀哭切齿了'"(太 22:11—13);"把这无用的仆人丢在外面黑暗里,在那里必要哀哭切齿了"(太 25:30)。《圣经》中的这三段分别讲述众人对耶稣的信仰与信心、耶稣对众人的拣选以及懒惰无用的仆人失去了为主人增加财富的机会而受到惩罚等故事。这些故事中所说的"外面的黑暗"都指向放逐那些未被耶稣救赎的子民的地方。麦卡锡运用这一圣经典故来对应小说中的人物霍姆的遭际,一方面烘托人物身上罪恶—救赎的辩证特征,另一方面揭示小说的道德寓言性质。其次,在讲述小说的故事情节时,麦卡锡同样以圣经典故来进行比照。如小说中讲述霍姆被人看作是引来灾祸的邪恶之鬼而导致放羊的

---

① 弗兰纳里·奥康纳:《瘸子应该先进去》,见弗兰纳里·奥康纳:《上升的一切必将汇合》,仲召明译,北京:新星出版社,2012 年,第 213 页。

羊倌滑落掉水被淹死的情节时，麦卡锡则使用《马太福音》中耶稣治好加大拉被鬼附身之人的故事（太 8:28—34）来实现讽刺的艺术效果。最后，在展现人性之恶等小说主题时，麦卡锡则多处引用《创世记》等《圣经》相关篇章来加以艺术化呈现。不仅是在《外围黑暗》中，在《苏特里》《长路》等小说中，麦卡锡也多次使用圣经典故。如在《苏特里》中，麦卡锡引用了《马太福音》中"得人如得鱼"（太 4:19）的典故；在《长路》中，麦卡锡以大灾难的景象来呼应《启示录》中末日灾难的描写等。

总之，通过圣经典故的广泛使用，南方作家为读者呈现出了美国现实南方世界与宗教寓意境界彼此交织的双重艺术世界，人的现实与精神存在维度在圣经典故的象征、隐喻中得以真实再现。

第二节　圣经 U 形叙事结构的模仿

关于圣经的 U 形叙事结构，诺思洛普·弗莱在《批评的剖析》和《伟大的代码：圣经与文学》（The Great Code: The Bible and Literature）等论著中多有论述。在分析《士师记》的结构时，弗莱认为，《士师记》记叙了以色列人反复背叛与回归的神话情节，并以此为背景讲述了一系列传统部族英雄的故事。其故事内容大致呈现为一种"U 形的叙事结构"，即"背叛之后是落入灾难与奴役，随之是悔悟，然后通过解救又上升到差不多相当于上一次开始下降时的高度"。[①] 弗莱进一步指出，这种接近 U 形的叙事模式在文学中常以标准喜剧的形式出现，因为喜剧的情节发展一般是首先一系列的误解与不幸使剧情下降到 U 形结构的最低点，然后通过转折，到结尾处将情节推上快乐的结局。我们按照这一逻辑情节如果把整部《圣经》看作是一部神圣的"喜剧"的话，那么在其中也潜藏着一个类似《士师记》的 U 形叙事结构："在《创世记》之初，人类失

[①] Northrop Frye, *The Great Code: The Bible and Literature*, New York: A Harvest Book, 1983, p.169.

去了生命之树和生命之水;到《启示录》结尾处重新获得了它们。在首尾之间是以色列的故事。"① 在弗莱看来,整个圣经叙事可以大致分为三个组成部分,其开端是创世之初的伊甸园阶段,中间部分是人类叛逆和上帝拯救不断交替的景观呈现,尾声则是新天新地的诞生。而在这一过程中,中间部分——人的叛逆和上帝拯救的阶段呈波浪式运动状态,由人类经历的六次兴衰磨难过程组成:第一次是亚当从伊甸园中坠落,亚伯拉罕继而兴起;第二次是以色列人受埃及奴役,继而摩西和约书亚带领它们出埃及来到应许之地;第三次是非利士人入侵以色列,继而大卫和所罗门建国;第四次是国家分裂,南北两部分相继被亚述和巴比伦攻占,继而半个世纪后囚居之民方返回故乡;第五次是安条克四世残酷迫害,激起反抗,继而犹太王朝建立;第六次是罗马军团攻占犹太王国,随后进入大流散时代,直至耶稣基督以他的启示最终使全人类获得决定性的解放。② 通过以上圣经故事的起伏跌宕叙事,我们能感受到强烈的对比艺术效果。而这种效果是以一种固定的模式为读者显现出来的,即"下降—转折—再上升"。换言之,圣经故事叙述之初往往存在一个高起点的开端,然后突然下降至低谷,最后转而突升,在结局处恢复到开始降落的原初高度,也有可能恢复到比原初高度更高的位置。《圣经》之所以要选择此种叙事方式,意在与犯罪—堕落—救赎的总主题思想相对称和呼应。

弗莱在分析圣经 U 形叙事结构时已充分注意到它不仅体现于圣经叙事的宏观框架和模式中,也体现于《圣经》具体的微观叙事单元中,尤以《路得记》《以斯帖记》《约伯记》《出埃及记》等故事性较强的篇章最为常见,甚至在"福音书"中也能隐约见出 U 形叙事的影子。《出埃

---

① Northrop Frye, *The Great Code: The Bible and Literature*, New York: A Harvest Book, 1983, p.169.
② Northrop Frye, *The Great Code: The Bible and Literature*, New York: A Harvest Book, 1983, pp.170-171.

记》是《旧约》重要的篇章之一，集中讲述了上帝耶和华与受奴役的以色列人立约并将它们拯救出埃及的故事。故事开头讲述"以色列人生养众多，并且繁茂，极其强盛，满了那地"（出1:7），从而确立了一个叙事的高起点；随后叙事突降跌入低谷，讲述以色列人为埃及所奴役，哀声一片，请求神的帮助；接下来上帝选择与摩西立约，让其带领以色列人出埃及，并在此过程中降十灾、分红海之水协助以色列人完成逃离与迁徙的愿望，从而使故事进入叙事上升、显示神的主宰与拯救的阶段；最后以色列人在神的指引下成功逃离奴役、并与神同，这是一个高于原初起点的回归阶段。整个《出埃及记》的故事就是在这种"高起点—突降—缓慢上升—回归更高起点"的往复U形叙事结构中完成的。与《出埃及记》叙事结构相类似，《约伯记》和"福音书"也有明显的U形叙事结构。作为智慧文学代表的《约伯记》开头和结尾分别以韵文形式介绍故事背景和结局，中间则以诗歌形式叙述故事主体。先是约伯的痛苦表白，接下来是约伯与三位朋友的对话，最后是旋风中耶和华的回答。整个故事情节包含了上帝对约伯的试探、约伯无辜受难而虔诚不改、最终得到上帝赐福三个关键点，同样是先下降后上升的叙事模式，对此弗莱分析道："这是又一个有趣的U形故事：约伯和亚当一样，堕入一个苦难的离乡背井的世界，经过忏悔（也就是彻悟），恢复了他原来的状态。"[①]而"福音书"中叙述耶稣基督的故事仍采用这一手法，难怪弗莱将其与《出埃及记》一起归入圣经叙事"较长的一列变体"的范畴内："《出埃及记》故事的核心是在最终的天罚和渡越红海之间的间隙，其中包括三个主要事件：第一是一个毁灭天使毁了埃及的头生子女，而以色列人把羔羊的血涂在门柱上得以免遭此难。这是逾越节的原型。第二是埃及军队在红海淹没；第三是以色列人越过红海到达彼岸的沙漠地带。基督的生平在上界天空也属较长的一列变体。打个比方说，其间他从天上'下

---

① Northrop Frye, *The Great Code: The Bible and Literature*, New York: A Harvest Book, 1983, p.193.

来'，在隐喻的意义上，天是在地上生的，他在地面上完成了他一生的业绩，然后升天回到天空。在耶稣受难的故事中，上述活动是一次降低了位置的重复，耶稣在受难节死在十字架上，被埋葬，在最后的安息日期间下降到更低层的世界（从基督教的观点来看这是最后的安息日），然后在复活节星期日早晨又复活回到地面。"①

作为现代小说叙事的大师，福克纳不仅对《出埃及记》《约伯记》等圣经故事十分熟悉，而且还自觉运用其中的 U 形叙事结构来为小说服务，以便更好地展示人物性格和现代人所面临的现实与精神困境。通过对福克纳小说叙事的比较研究，大致可以将其小说的 U 形结构分为两大类：倒置的或断裂的 U 形结构和完满的 U 形结构。

关于倒置的 U 形结构，弗莱阐述说："倒置的 U 是悲剧的典型形态，与其相反的则是喜剧的典型形态；它上升达到命运或环境的'突变'或者行动的颠倒，然后向下直落堕入'结局'，而'结局'这个词含有'向下转折'的修辞意义。不过圣经并不把这个运转变化看成是悲剧，而把它只作为反讽。它只强调最终的突然失败，而淡化或无视在失败之前的历史成就中的英雄因素。"②在倒置的 U 形叙事中，往往包含断裂，即人物命运由于恶的泛滥等原因从一种较好的状态突然快速下降，而后再也无法上升，最终陷入并终止于人生的低谷或命运的底部，形成一种悲剧性构成要素。《押沙龙，押沙龙！》就是福克纳小说中最明显的体现倒置的 U 形叙事结构的小说。

小说在很大程度上讲述了萨德本自身"规划"的故事。幼年的萨德本曾经历过因为贫穷而被庄园黑人守门人拒之门外的人生遭遇，这激发了他强烈的复仇心理，并成为他欲创建伟大事业的转折点和重要动力。

---

① Northrop Frye, *The Great Code: The Bible and Literature*, New York: A Harvest Book, 1983, pp.172-173.
② Northrop Frye, *The Great Code: The Bible and Literature*, New York: A Harvest Book, 1983, p.176.

他要让自己成为真正的庄园主，一雪前耻。此时萨德本处于人生的发轫和起步阶段，即倒置 U 形叙事的起点。接下来萨德本建立"百里地"的过程，则开始了倒置 U 形叙事上升、并逐步达到顶点的阶段。他为了实现自己的宏伟计划，以不正当手段夺取了印第安人土地，将荒野变成自己的私有土地；他为了保证自己的宏伟"王朝"不断壮大和延续，选择身份地位合适的女人生育后代；他为了保证家族血统的纯正，不惜抛妻弃子，拒绝承认可能有黑人血统的儿子，使他幼年时被拒之门外的悲剧再一次上演；最终萨德本通过顽强的毅力获得成功，成为真正的庄园主，弥补了幼年时期心灵的创伤，建立了属于自己的"百里地"。此时的萨德本迎来了人生最辉煌的时期，即处于倒置 U 形叙事的顶部，当然也是 U 形断裂和下降的前夕。由于萨德本的人生和事业规划带有明显的邪恶与补偿动机，这决定了他在迎来短暂报偿的同时，势必会遭到相应的惩罚，小说结尾处《圣经》中押沙龙故事的再一次上演即是明证。从叙事与思想的契合来看，福克纳正是通过明显的倒置 U 形结构来展示萨德本这一人物的生命历程的，从而引发读者对于罪恶、惩罚、救赎等问题的因果辩证思考，并形成与"阿特柔斯房屋的倒塌"主题之间的互相映照与协调。

与《押沙龙，押沙龙！》倒置或断裂的 U 形叙事结构相反，《八月之光》和《我弥留之际》则是正常的、完满的 U 形叙事结构的代表。评论家米尔盖特在谈及《八月之光》的叙事特点时说："正是在《八月之光》的创作中，福克纳首次成功地找到了自己的结构模式：几条本质上彼此区别、各自独立的叙事线索，既能同时展开又能不断相互影响——每一条线索都在以某种方式持续地与另外的线索保持默契，往往造成相得益彰的甚至是戏剧性的效果。"[①] 米尔盖特所说的各自独立的线索主要包括三条：一是莉娜·格罗夫为腹中胎儿寻找亲生父亲；二是乔·克里斯默斯

---

① Michael Millgate, *The Achievement of William Faulkner*, New York: Vintage Books, 1978, p.130.

自我身份追寻，包括与伯顿小姐的情感纠葛等；三是牧师海托华的故事。福克纳依照完满 U 形叙事结构将三条线索有机融合。小说以莉娜·格罗夫的故事开头，确立了一个叙事起点，中间并置乔·克里斯默斯和海托华的故事，后两人的故事由于悲剧结局而呈现 U 形叙事结构的下降趋势，唯有至小说结尾处莉娜·格罗夫的再次出场，小说的整体效果才从悲剧的低谷中得以拉升，恢复至开头叙事的起点位置。而莉娜·格罗夫通过其永恒性精神品质对海托华的人生有所教育和启示、新生命的诞生隐喻乔的复活等小说情节，更是在很大程度上起到了超越原初叙事起点的作用。就整体宏观效果来看，福克纳以完满的 U 形结构为读者展示了一个关于生命降临与再生的仪典故事，其与喜剧的 U 形叙事结构几乎完全吻合，这使小说外在形态呈现为统一的结构，不致过于松散。《我弥留之际》的叙事曲线变化亦是如此。小说开头讲述本德仑一家人为了完成女主人遗愿而要将其尸体运回老家，在此过程中每位家庭成员都心存隐秘的罪恶，因此小说整体叙事呈现 U 形结构下滑的趋势。而后本德仑一家人在送葬途中先后经历水与火的考验，狼狈不堪，可谓是滑入人生境遇 U 形的底端；最后，一家人克服重重困难，不仅完成了女主人的遗愿，而且绝大部分家庭成员还实现了个人愿望，这意味着结局转向一种喜剧式的完满与回归，"死者的仪仗队变为满足生者欲望的探索。"①

除了一部作品内部的 U 形叙事外，跨越作品的交互式 U 形叙事是福克纳叙事艺术的显著特点。《圣殿》与《修女安魂曲》之间的交互 U 形叙事即是如此。《圣殿》集中描述罪恶与堕落，叙事呈现为一种急剧下降至 U 形底部而没有任何上升可能的态势。三十年后作为续篇的《修女安魂曲》则讲述忏悔与救赎，其叙事呈现为与《圣殿》截然相反的上升态势。马尔科姆·考利对两部作品的叙事曾评述说："《圣殿》梦魇般的形象具

---

① 埃默里·埃利奥特主编：《哥伦比亚美国文学史》，朱通伯等译，成都：四川辞书出版社，1994 年，第 750 页。

有一种不可抗拒的力量,且在仓促而充满暴力的故事下面隐藏着深意。《修女安魂曲》提供了一种我们必须尊重与考虑的传统智慧,因为我们感觉到在苦难的代价中有所得。后者比前者富有更多的表征,但是我想它比前者少了些隐藏在表面下的东西。福克纳现在正在把写作的注意力转移到理性和逻辑上来,而较少从潜意识的思维中获益。"[1] 在考利看来,如单就一部作品而言,《圣殿》和《修女安魂曲》的叙事各有千秋;如将两部作品看作交互整体,则它们相互弥补了各自叙事的缺陷,而文本间所蕴藏的主题自然也更加鲜明、突出。

　　作为天主教作家的奥康纳也在叙事艺术上充分借鉴了圣经U形结构。尽管奥康纳小说叙事中圣经U形结构的运用相较于福克纳略显单一,但仍呈现出清晰明朗的态势。通过圣经U形结构下降与上升的反复交替,奥康纳出色地传递出救赎世人的终极目标,艺术化再现了上帝的恩典是如何洗刷世人的罪行的。这方面最明显的例子当属《智血》中正常完满的圣经U形叙事结构的运用。

　　《智血》中的主人公黑兹尔在追寻上帝的过程中明显经历了从笃信到怀疑、背叛,再到醒悟、救赎与回归几个阶段的心路历程,而这正是圣经U形叙事结构的大致框架。黑兹尔在童年时期是个坚定的宗教信仰者。他出生在一个笃信基督教的牧师家庭,祖父、祖母的宗教思想灌输使得黑兹尔坚信自己未来的使命就是成为一名传教士。此时黑兹尔对上帝的信仰将其置于U形叙事结构的最高点。而随着偷看女人裸体表演事件的发生以及服兵役期间的所见所闻,黑兹尔发现亵渎上帝的人并不一定因为他们的罪行而受到惩罚,于是他开始产生困惑与怀疑,此时就叙事来看圣经U形结构随之呈现下降的趋势。当黑兹尔回到家乡,发现经历战争后一切都成残垣断壁,他的最后信仰由此彻底崩塌,踏上了前往托金

---

[1] Malcolm Cowley, "In Which Mr. Faulkner Translates Past into Present", See A. Nicholas Fargnoli, Michael Golay & Robert W. Hamblin eds., *Critical Companion to William Faulkner: A Literary Reference to His Life and Work*, New York: Facts On File, 2008, p.235.

汉姆的火车并转向堕落与背叛时，圣经 U 形叙事随着小说这些情节的发展到了最底端。当他的车被推下堤坎的瞬间，黑兹尔的思想和认知发生了截然相反的转变，开始反省与悔悟，小说叙事的 U 形结构也转向了上升阶段。直到黑兹尔弄瞎自己的双眼、穿上装有石子的鞋进行自我惩罚时，小说的情节重新回到了黑兹尔童年时期的相同经历，这标志着黑兹尔精神上的复活与回归，叙事结构在这一阶段再次回到与原初同一水平线上而得以完满。奥康纳意在展示主人公"原罪—惩罚—救赎"的生命启示道路，突出主人公最终接受上帝的天惠而灵魂获得救赎，其中圣经 U 形叙事结构配合了主人公的心理变化过程，成为展示这一小说内在肌理的最好外在框架。

卡森·麦卡勒斯凭借自身的宗教情结和对《圣经》篇章的熟稔，同样很好地在小说创作中将 U 形叙事结构完美地展现出来，这在小说《没有指针的钟》里表现得尤为明显。

《没有指针的钟》以 J. T. 马龙、克莱恩法官及其孙子杰斯特、黑人舍曼四个人物之间的关系为主要线索展开叙述，他们虽然身份各自不同，却同样处于孤独与隔绝的状态中：他们当中有人大半辈子都在极力维护家族信誉和优越的血统，有人生来就背负着血海深仇和不公的命运，也有人在耄耋之年还要撑着一把老骨头和恶毒的嘴巴到处煽动和散布复辟南方的流言。他们在南方社会的变革中迷失了自我和身份，险些跌入罪恶的深渊。小说以 J. T. 马龙的故事开头，确立了一个围绕生命和死亡的叙事起点，随即引出政界代表克莱恩法官、杰斯特和舍曼等人的出场。其间，马龙与舍曼两个人物逐步走向毁灭的悲剧结局使小说呈现 U 形叙事结构的下降趋势。与此同时，小说借将死之人马龙闲逛的路线，描绘了南方小镇犹如地狱般的惨淡现状："棉纺厂周围死气沉沉"，还有"杂乱拥挤的贫民窟"；① 杰斯特驾驶飞机从空中往下看，人的"样子机械，

---

① 卡森·麦卡勒斯：《没有指针的钟》，金绍禹译，上海：上海三联书店，2012 年，第 9 页。

像上紧发条的玩偶","似乎是在任意发生的痛苦中机械地活动";①舍曼家里的壁炉生着火,仿佛正对应着惩戒生灵的地狱之火。伴随着马龙的死期将至,克莱恩为反对最高法院关于学校合并的裁决所做的电台演说在即。此时,撒旦所代表的邪恶力量到达了高潮,到处弥漫着衰败、死亡的地狱气息,小说的 U 形叙事也随之彻底滑入了谷底。但随着小说后半部分外部聚焦叙事的展开,小说人物围绕种族制度展开的斗争与反抗开始逐步成就文本叙事走出低谷,呈现缓慢上升的趋势:一是将死之人马龙对爱与人性有了感知,主动放弃了对舍曼的刺杀;二是杰斯特从舍曼之死的残酷现实中认识到旧南方政治体制和资本主义制度的罪恶本质,从而完成了自我的精神救赎与蜕变。最终,小说在马龙的精神复活中从悲剧的低谷得以拉升,恢复至开头叙事的起点位置;而杰斯特大悲大痛后生出的同情、透彻与智慧也超越了小说原初叙事的起点。通过马龙和杰斯特这两个人物后期的转变与成长,小说实现了由背叛和罪恶引发的堕落到再一次上升的救赎过程,完美地呈现出了圣经 U 形叙事结构。换言之,就小说的宏观叙事效果来看,作家通过塑造克莱恩法官这一撒旦形象的原型以及马龙、杰斯特这两个复活形象的原型,以完满的 U 形结构为读者展示出了种族冲突危机下南方个体背叛与救赎的命运走向,表达了对人性和生命价值的终极关怀与无上敬重。

  在"新生代"南方作家笔下,虽然圣经 U 形叙事结构的各种变体也隐约可见,但较之南方文艺复兴时期的作家,明显呈现出弱化和模糊的趋向。以科马克·麦卡锡宗教意味明显的长篇小说《长路》为例,小说的开端展现的是大灾难之后荒凉恐怖的状态,可以说人类的境遇到了最悲惨的时刻,这大致相当于倒置或断裂 U 形结构的最底端。接下来小说叙述父子二人开始向南寻找生命的新希望,面对路途中的种种艰辛和苦难,甚至是死亡的恐怖,父子俩仍然选择帮助他人,并相信最终会得救,

---

① 卡森·麦卡勒斯:《没有指针的钟》,金绍禹译,上海:上海三联书店,2012 年,第 258 页。

从而印证了人性的美好和善良，这明显是倒置或断裂的U形结构的逐步上升期，并最终达到U形结构的顶点。但可惜的是，这一伴随小说情节发展的叙事结构在小说中的呈现并不十分清晰，断断续续，使得读者容易产生似是而非的模糊感。客观来看，这种小说叙事效果的出现与"新生代"南方作家对基督教和圣经文化传统的弱化消解处理有着一定的关系。

第三节 圣经重复叙事的再现

关于圣经的重复叙事艺术，以色列犹太学者西蒙·巴埃弗拉特（Shimon Bar-Efrat）、美国学者罗伯特·阿尔特（Robert Alter）等都有详尽论述。巴埃弗拉特在讨论圣经的文体特征时曾明确指出："词语（或词根）的重复乃是《圣经》叙事中经常出现的文体特征。"① 根据重复发生的位置和功能，他认为《圣经》词语重复主要包括复制、关键词、再现、套层等几种形式，这些形式间的组合传达出了《圣经》的主题。巴埃弗拉特充分意识到重复之于圣经主题的作用，为日后《圣经》重复叙事研究奠定了重要基础。1981年美国学者罗伯特·阿尔特出版了《圣经的叙事艺术》（*The Art of Biblical Narrative*）一书，该书在第五章"重复的技巧"部分全面而深入地探讨了圣经重复叙事艺术。在阿尔特看来，口头文学、民间传说背景和流传下来的复合性文本决定了圣经重复叙事的功能。《圣经》在场景和主题等方面之所以如此频繁地使用重复叙事手法，既是延伸上下文，使叙事复杂化，形成错综交织局面的需要，也是在人物和叙事方面形成心理和道德互评的需要。按照从小到大、从简单到复杂的顺序，阿尔特将《圣经》重复叙事分为五种类型：主导词重复、题旨重复、主题重复、情节次序重复和典型场景重复。这五种类型的重复

---

① 西蒙·巴埃弗拉特：《圣经的叙事艺术》，李锋译，上海：华东师范大学出版社，2006年，第238页。

以其各自的文化意蕴起着或点明主题、或再现行动和场景、或烘托英雄故事、或表明空间存在、或增强艺术效果等不同方面的作用。而通过这种重复类型的划分，阿尔特认为有助于认识圣经文学叙事与其他文学叙事的共性，并进一步突出宗教重复叙事的功能。这正如他本人所总结的那样，《圣经》在意蕴和主题方面所显示的人类的自由和上帝的历史计划之间"那种摆脱不掉的紧张关系正是通过圣经的叙事艺术——渗透在字里行间的重复，非常简明易懂地呈现出来"的。①

除巴埃弗拉特和阿尔特外，诺思洛普·弗莱等其他学者也都注意到了圣经重复叙事的现象，并对此展开过相应的讨论。弗莱曾明确提出圣经文本从《创世记》到《启示录》的叙事"是由一系列反复出现的意象组成的统一体"。② 荷兰圣经学者福克尔曼（J. P. Fokkelman）作如下表述："我们写作时一心避免重复，可是圣经作者却受过全面的训练，尽量采用不同形式的重复来使沟通更为有效。"③ 而斯腾伯格（M. Sternberg）在《圣经叙事诗学》（*The Poetics of Biblical Narrative: Ideological Literature and the Drama of Reading*）一书中则通过细致比较和考察总结出圣经重复叙事的多种功能，如建构故事、营造氛围、塑造人物、制造悬念，等等。

圣经重复叙事研究不仅在整体性上取得了卓越的成就，而且在具体篇章的分析探索方面、尤其是福音书艺术探索方面也取得了不俗的成绩。著名的圣经学者大卫·罗斯（David Rhoads）曾以《马可福音》为例集中探讨圣经重复叙事的艺术。他认为在福音书中有多种样式的重复，主要包括答语重复、命令句或祈使句重复、关键词重复等。另一位学者大卫·鲍尔（David Bauer）也对福音书进行了相关研究，并肯定了其首要的叙事类型便是重复。利兰·莱肯在分析《约翰福音》的叙事特征时也

---

① 罗伯特·阿尔特：《圣经叙事的艺术》，章智源译，北京：商务印书馆，2010年，第154页。
② Northrop Frye, *The Great Code: The Bible and Literature*, New York: A Harvest Book, 1983, p.224.
③ 福克尔曼：《圣经叙事文体导读》，胡玉藩等译，香港：天道书楼有限公司，2003年，第135页。

得出结论认为整个"故事的连贯性是通过一些不断复现的叙事模式来体现的"。他还详细列举了这些复现模式,包括"一个体现耶稣大能的神迹与阐明这个神迹的耶稣话语的结合,象征关于耶稣属灵真理的意象,误解耶稣话语的主题,耶稣所做的一系列自我声明和一些数字模式"等,而结构方面"耶稣三问彼得爱主之心的叙事模式"也在很大程度上"重复了彼得先前三次不认主的叙事模式"。①

福克纳在小说创作中高度重视重复叙事艺术,在谈及小说总主题时他说:"我总是反复讲述同一个故事:那就是我自己和我的世界。"② 具体谈到《喧哗与骚动》的创作,他又说:"我先后写了五遍,总想把这个故事说个清楚,把我心底里的构思摆脱掉,要不摆脱掉的话我的苦恼就不会有个完。"③"我先从一个白痴孩子的角度来讲这个故事,因为我觉得这个故事由一个只知其然,而不能知其所以然的人说出来,可以更加动人。可是写完以后,我觉得我还是没有把故事讲清楚。我于是又写了一遍,从另外一个兄弟的角度来讲,讲的还是同一个故事。还是不能满意。我就再写第三遍,从第三个兄弟的角度来写。还是不理想。我就把这三部分串在一起,还有什么欠缺之处就索性用我自己的口吻来加以补充。然后总还是觉得不够完美。一直到书出版了十五年以后,我还把这个故事最后写了一遍,作为附录附在另一本书的后边,这样才算了却一件心事,不再搁在心上。我对这本书最有感情。总是撇不开、忘不了,尽管用足了功夫写,总是写不好。我真想重新写一遍,不过恐怕也还是写不好。"④

---

① Leland Ryken, *Words of Delight: A Literary Introduction to the Bible*, Grand Rapids, Michigan: Baker Book House, 1992, pp. 399-400.

② Malcolm Cowley, *The Faulkner-Cowley File: Letters and Memories, 1944-1962*, New York: The Viking Press, 1966, p. 14.

③ James B. Meriwether and Michael Millgate eds., *Lion in the Garden: Interviews with William Faulkner, 1926-1962*, Lincoln: University of Nebraska Press, 1968, p. 244.

④ James B. Meriwether and Michael Millgate eds., *Lion in the Garden: Interviews with William Faulkner, 1926-1962*, Lincoln: University of Nebraska Press, 1968, p. 245.

福克纳在小说中运用重复叙事手法以最苛刻的自我要求和约束来结构小说的做法同样也得到了批评家们的肯定。康拉德·艾肯（Conrad Aiken）在评述《喧哗与骚动》的文体特征时认为，正是重复的叙事结构所产生的美学张力才使这部小说显出超凡的艺术魅力："这本小说有结实的四个乐章的交响乐结构，也许是整个体系中制作最精美的一本，是一本詹姆斯喜欢称作'创作艺术'的毋庸置疑的杰作。错综复杂的结构衔接得天衣无缝，这是小说家奉为圭臬的小说——它本身就是一部完整的创作技巧的教科书，完全可以拿它自己的一套与《梅西所知道的》或《金碗》相比。"① 沃伦·贝克认为福克纳堪称"是一个独具匠心的多才多艺的文体家"，他成功地转变了可能带来缺陷和风险的重复叙事为其小说"主题结构的一个合理的副产品"。② 而卡尔则从重复叙事的时间意义展开评述："对福克纳来说，与叙述相对的重述是那么重要，以至于可以使他与时间模式相对抗。在重叙中，时间、记忆和历史感都凸显出来：过去的细节在现在的环境中增长，现在的事实在过去中增长。"③

福克纳小说重复叙事来源多样，但最直接的当属《圣经》。自幼对圣经的熟练背诵使福克纳深深感受到了圣经重复叙事的节奏力量，这为他驾轻就熟地在小说中运用宗教重复的叙事手法奠定了坚实的基础。

福克纳对宗教重复叙事的运用集中体现在《喧哗与骚动》等小说中。就《喧哗与骚动》的文本结构来看，其与福音书的重复叙事存在极大的相似性，它既按照福音书的重复叙事方式讲述故事，同时其自身也是对四福音书内容与结构的完整重复。首先，在外在形式上，福音书分成四个部分从不同角度叙述耶稣基督的生平和事迹，《喧哗与骚动》与之对应

---

① 康拉德·艾肯：《论威廉·福克纳小说的形式》，俞石文译，李文俊编：《福克纳的神话》，上海：上海译文出版社，2008年，第85页。
② 沃伦·贝克：《威廉·福克纳的文体》，薛诗绮译，李文俊编：《福克纳的神话》，上海：上海译文出版社，2008年，第89—90页。
③ Frederick R. Karl, *William Faulkner: American Writer*, New York: Ballantine Books, 1989, p.234.

也分四个部分来叙述康普生家的故事。据圣经考据学，四福音书作者并不相同，但基本见解却大同小异，即认为耶稣基督是神性人性兼具的圣子，为救赎世人降生、传道，最后受难而死，三天后复活。四个作者分别从各自的视角重复讲述了这同一个故事，共同为读者塑造了伟大的耶稣基督形象。《喧哗与骚动》对应采用了"类福音书"的既相似又有差异的重复叙事方式分别为读者讲述了白痴班吉、哈佛大学学生昆丁、小市民杰生以及黑人女仆迪尔西眼中的康普生家的故事。其核心承载人物是凯蒂。每一位叙事者心中的凯蒂形象不尽相同，从而形成了一个既"影子"又真实的人物典型。其次，《喧哗与骚动》在整体上重复了福音书的时间次序和叙事风格。四福音书在《圣经》中的排列次序是《马太福音》《马可福音》《路加福音》和《约翰福音》，但学界一般认为这个排序并非四福音书产生时间的先后顺序。排名第二的《马可福音》可能是福音书中出现时间最早的，因为它的相关材料和论述被《马太福音》和《路加福音》所利用。[①] 而四福音书中的最后一篇《约翰福音》又与前三篇在风格与内容上形成较大反差，由此，学界一般称前三篇福音书为"同观福音"，即在内容、观念、叙事方式等方面相互借鉴与递进，大同小异；而单独称《约翰福音》为"第四福音"，以显示它的独特性。仔细观察《喧哗与骚动》的结构，亦是如此。按福克纳文本所标示的时间，故事最早的一个时间叙述者应该是排列第二的昆丁，班吉和杰生部分在时间上都应该在昆丁部分之后，而昆丁、班吉、杰生三部分都是有限视角叙事，唯有第四部分迪尔西的叙述是全知视角叙事，从而显示出了更为广阔的与众不同的视野。最后，《喧哗与骚动》在主题和人物形象等方面也与福音书构成重复叙事关系。福音书的主题是拯救与救赎，中心人物是耶稣基督，《喧哗与骚动》亦采用了对应的"阿特柔斯房屋的倒塌"主题和耶

[①] 参见刘意青：《〈圣经〉的文学阐释——理论与实践》，北京：北京大学出版社，2004年，第61页。

稣式人物形象来表达相同内容。

　　福克纳的宗教重复叙事手法不仅体现在小说的文体结构上，也广泛体现在小说的主题、类型场景方面。如对《圣经》中兄弟冲突和乱伦主题的反复呈现，对伊甸园等特殊类型的圣经"时空体"的不断运用等都是典型的例子。

结 论

如果说美国南方的基督教和圣经文化传统赋予经典作家们以理想主义的信仰天性,而美国南方的现实社会环境又迫使他们以理性的思辨去面对物质世界的话,那么在这二者之间形成的张力便构成了南方作家们创作的巨大想象空间,同时也潜在地制约着他们的文化诗学立场以及价值判断方向。或者说,正是宗教理想世界与社会现实世界之间的矛盾冲突构成了美国南方文学经典整体的诗学意境与美学原则。

德国哲学家黑格尔(Georg Wilhelm Friedrich Hegel)认为,"艺术的使命在于用感性的艺术形象的形式去显现真实"。[1] 作为民族文化的认同者和体现者,美国南方的作家们始终在他们的作品中以艺术化的感性方式书写着独特的美国真实,关注着美国南方社会的发展与变迁。在对现实生活的细致观察与感悟中,他们充分注意到了社会恶与人性恶的存在,并清晰地意识到只要社会发展的历史进程尚在继续,恶就不可避免。面对恶的存在与人性堕落的现实,与之斗争的方式有两种,一种是世俗的,一种是精神的形而上的。前者是以恶制恶,用暴力与惩罚解决问题,但仅能维持外在的社会秩序;后者则是在不承认外在秩序所表达的真理的前提下,执意通过内在精神力量来达成目的。在此意义上,后者——精神的形而上的方式不仅可以使恶受制于外在秩序,而且可以使恶彻底服从于善,进而实现一种超越主体的绝对真理和救赎。美国南方文学经典正是通过生动而鲜活的艺术形象,以精神的内在力量实践着传达人类福

---

[1] 黑格尔:《美学》第一卷,朱光潜译,北京:商务印书馆,1997年,第68页。

音以及救赎和超越之必要性的历史重任，并最终达成一种真正意义上的基督教和圣经文化诗学视阈下的绝对救赎。

在美国南方的作家们看来，作为个体的人的感受并不重要，因为再伟大的个体也只是人类历史和经验中极其微小的一部分，只有在个体存在的族群中去把握人的情感和内心世界的冲突才具有真正的意义，因为人类的梦想会在其中无限地延续下去，这正是南方作家把个人命运转变为人类命运、把美国南方转变为美国乃至全世界的价值所在。对此，福克纳在1944年致梅特（Maitre）的信中明确表示，他之所以"一遍又一遍地讲述同一个故事"，其根本目的在于探究"自我与世界的关系"，从这一点来考虑，"南方都不是非常重要"。① 1955年致霍兰德（Harold E. Howland）的信中他又再次出现了类似的说法："作为一个简单的私人个体，职业无足轻重，我会做得更好，我感兴趣于人，相信人和人性，关心人类处境及其未来，尽管他并不在意。"② 而在发表诺贝尔文学奖获奖演说时，他更是宣称："我相信人类不仅仅只是生存下去，人类还能蓬勃发展。人是不朽的，并非在生物界唯独他留有绵延不绝的声音，而是由于他有灵魂，他有能够同情、牺牲和忍受的精神。写出这些东西是诗人和作家的责任。唯独他们才能激励人的心灵，使人们回忆起过去引以为荣的勇气、荣誉、希望、自豪、同情、怜悯和牺牲精神，从而帮助人们继续生存下去。诗人的声音不一定仅仅只是人类的记录，它能够成为支柱和栋梁，帮助人们忍受痛苦，支持他们走向胜利。"③ 沃克·珀西、田纳西·威廉斯、罗伯特·潘·沃伦等其他南方作家也有类似的认知观念。在《关于世界末日的小说》（"Notes for a Novel about the End of the

---

① Malcolm Cowley, *The Faulkner-Cowley File: Letters and Memories, 1944-1962*, New York: The Viking Press, 1966, p.14.
② Joseph Blotner ed., *Selected Letters of William Faulkner*, New York: Random House, 1977, p.384.
③ William Faulkner, "Address upon Receiving the Nobel Prize for Literature", See William Faulkner, *Essays, Speeches & Public Letters*, Ed. by James B. Meriwether, New York: The Modern Library, 2004, p.120.

World"）一文中，沃克·珀西明确表示："我心目中的作家应当对人性和存在之本质有着明确的终极关怀。……我们可以使用这样的词语，如'哲学的''形而上的''预言式的''末世论的'或者'宗教的'来描述作品。这里的'宗教'一词，我取其最为原始的意义，即将人与现实紧密相连的纽带，它会赋予生命以意义，而它的缺失将意味着生命意义的缺失。"① 而田纳西·威廉斯则说："我笔下所展示的是人性，……我突出的是精神领域的现实而不是社会领域的现实。"② 与上述两位南方作家直接的表述略有不同，沃伦对人和人性的看法更多地艺术化呈现于他作品的文化蕴涵之中。在沃伦看来，美国南方的宗教、历史和文化等传统基因具有高度的延续性和稳定性，它们不仅能为南方社会的重建与发展提供强有力的支撑，而且它们会最终为解决南方、美国乃至全人类所面临的社会问题与精神困境提供崭新的视角。正是基于此，沃伦在其作品中侧重展现人类社会中更具普遍意义和价值的道德问题，从而使其艺术视野远远超出了美国南方的时空局限，而上升至全人类的高度，诚如学者埃弗瑞特·维尔基（Everett Wilkie）所评述的那样，沃伦创作的最终目的在于"提供一幅关于人类状况的图景"，③ 因为他相信"人必须找到自己的生存原则来解释自己的生活以及周围的世界"。④ 也正是在这一层面，美国南方所经历的人的苦痛与悲剧就是全人类所面临的共同遭遇以及生活境遇的生动隐喻，对美国南方最动人的画面描绘也因此成为对人类心灵深处最动人、最细微处的描摹与刻画。因为南方作家们充分相信人类所经历的情感与生活具有高度的普遍性和同质性，个体微观世界就是宏观

---

① Walker Percy, *The Message in the Bottle*, New York: Farrar, Straus and Giroux, 1954, pp.102-103.
② See Kenneth Holditch and Richard Freeman Leavitt, *Tennessee Williams and the South*, Jackson: UP of Mississippi, 2002, p.103.
③ Everett Wilkie, "Robert Penn Warren Biography", See Karen L. Rood, Jean W. Ross and Richard Ziegfeld eds., *Dictionary of Literary Biography*, Detroit: Gale, 1981, p.238.
④ Everett Wilkie, "Robert Penn Warren Biography", See Karen L. Rood, Jean W. Ross and Richard Ziegfeld eds., *Dictionary of Literary Biography*, Detroit: Gale, 1981, p.238.

人类世界的凝缩与再现。

　　福克纳曾借用华莱士·斯蒂文斯（Wallace Stevens）的一首诗《看乌鸫的十三种方式》（"Thirteen Ways of Looking at a Blackbird"）来说明小说之"真"以及作家的观察视角与观察对象之间的关系："没有人能够直视真理，它明亮得让你睁不开眼睛。我观察它，只看到它的部分。别人观察，看见的是它略有不同的侧面。虽然没有人能够看见完整无缺的全部，但把所有整合起来，真理就是他们所看见的东西。这是观看乌鸫的所有十三种方式，真理由此出现，读者就需得出自己的第十四种看乌鸫的方式。"① 从基督教和圣经文化的视角重新审视美国南方作家的文学创作以及他们在各自的经典作品中所展现出的文化诗学价值正是依循福克纳所说的"第十四种看乌鸫的方式"而进行的一种逻辑论证与尝试。美国南方作家普遍接受过基督教传统与圣经文化语境的熏陶，这使得他们对基督教文化及其道德意蕴有着独特的感受，对圣经教义与圣经事件的阐释和解读、对圣经预言的理解以及对圣经教义的应用等方面也具有文化传统的独特性。因此，重新审视美国南方文学经典与基督教文化传统和圣经文化诗学之间的关系便可洞见以往研究中被长期遮蔽的深刻宗教内涵维度，并由此相应地得出一些富于启示性的结论。但诚如诺思洛普·弗莱所言，"任何一套只从一种模式中抽象出来的批评标准都无法包容关于诗歌的全部真理"，② 这就意味着在强调并突出美国南方文学经典基督教与圣经文化视角的同时，必然会忽视它们的其他文化和艺术维度。在此意义上，美国南方文学经典的圣经文化诗学阐释只能算作是一个起点和开端，更为丰赡而复杂、多维立体的美国南方文学经典有待从其他方面进行更为深入的开掘与"去蔽"。

---

① James B. Meriwether and Michael Millgate eds., *Lion in the Garden: Interviews with William Faulkner, 1926-1962*, Lincoln: University of Nebraska Press, 1968, pp. 273-274.
② Northrop Frye, *Anatomy of Criticism: Four Essays*, With a Foreword by Harold Bloom, Princeton and London: Princeton UP, 2000, p. 62.

主要参考文献

Abrams, M. H. *A Glossary of Literary Terms*, Seventh Edition, New York: Holt, Rinehart and Winston, 1999.

Adams, Hazard and Leroy Searle eds. *Critical Theory since Plato*, Third Edition, Boston: Thomson Wadsworth, 2005.

Aiken, Charles S. *William Faulkner and the Southern Landscape*, Athens and London: The University of Georgia Press, 2009.

Anderson, John D. *Student Companion to William Faulkner*, Westport, Connecticut・London: Greenwood Press, 2007.

Anderson, John P. *The Sound and the Fury in the Garden of Eden: William Faulkner's The Sound and the Fury and the Garden of Eden Myth*, Miami, Fla.: Universal Publishers, 2002.

Andrews, William L. et al. eds. *The Literature of the American South: A Norton Anthology*, New York and London: W. W. Norton & Company, 1998.

Augustine, Saint. *The Confessions of Saint Augustine*, Trans. by Rex Warner, New York: New American Library, 2009.

Barrett, William. *Irrational Man: A Study in Existential Philosophy*, Garden City, New York: Doubleday & Company, Inc., 1962.

Barth, J. Robert ed. *Religious Perspectives in Faulkner's Fiction: Yoknapatawpha and Beyond*, Notre Dame: Notre Dame UP, 1972.

Baym, Nina ed. *The Norton Anthology of American Literature*, Vol. 1-5, Sixth Edition, New York and London: W・W・Norton & Company, 2003.

Bedell, George C. *Kierkegaard and Faulkner: Modalities of Existence*, Baton Rouge: Louisiana State UP, 1972.

Bercovitch, Sacvan ed. *The Cambridge History of American History*, Vol. 1-8, Cambridge: Cambridge UP, 1994-1996.

Berland, Alwyn. *Light in August: A Study in Black and White*, New York: Twayne Publishers, 1992.

Bernhill, David Landis and Roger S. Gottlieb eds. *Deep Ecology and World Religions: New Essays on Sacred Ground*, Albany: State University of New York Press, 2001.

Billington, Monroe L. *The American South: A Brief History*, New York: Charles Scribner's Sons, 1971.

Bleikasten, André. *The Most Splendid Failure: Faulkner's The Sound and the Fury*, Bloomington: Indiana UP, 1976.

Bloom, Harold ed. *Bloom's Modern Critical Interpretations: William Faulkner's the*

Sound and the Fury, New Edition, New York: Infobase Publishing, 2008.

Bloom, Harold ed. *Bloom's Modern Critical Views: William Faulkner*, New Edition, New York: Infobase Publishing, 2008.

Blotner, Joseph and Noel Polk eds. *William Faulkner: Novels, 1926-1929*, New York: The Library of Amerca, 2006.

Blotner, Joseph and Noel Polk eds. *William Faulkner: Novels, 1930-1935*, New York: The Library of Amerca, 1985.

Blotner, Joseph and Noel Polk eds. *William Faulkner: Novels, 1936-1940*, New York: The Library of Amerca, 1990.

Blotner, Joseph and Noel Polk eds. *William Faulkner: Novels, 1942-1954*, New York: The Library of Amerca, 1994.

Blotner, Joseph compiled. *William Faulkner's Library-A Catalogue*, Charlottesville: University Press of Virginia, 1964.

Blotner, Joseph ed. *Selected Letters of William Faulkner*, New York: Random House, 1977.

Brooks, Cleanth. *William Faulkner: First Encounters*, New Haven & London: Yale UP, 1983.

Brooks, Cleanth. *William Faulkner: The Yoknapatawpha Country*, New Haven & London: Yale UP, 1963.

Brown, Carolyn J. *A Daring Life: A Biography of Eudora Welty*, Jackson: Univesity Press of Mississippi, 2012.

Carr, Virginia S. *The Lonely Hunter: A Biography of Carson McCullers*, Garden City and New York: Anchors Books, 1976.

Carr, Virginia S. *Understanding Carson McCullers*, Columbia: University of South Carolina Press, 1990.

Cash, W. J. *The Mind of the South*, New York: Vintage, 1991.

Coffee, Jessie McGuire. *Faulkner's Un-Christlike Christians: Biblical Allusions in the Novels*, Ann Arbor, Michigan: UMI Research Press, 1983.

Coindreau, Maurice Edgar. *The Time of William Faulkner: A French View of Modern American Fiction*, Edited and chiefly translated by George McMillan Reeves, Columbia: University of South Carolina Press, 1971.

Coles, Robert. *Flannery O'Connor's South*, Baton Rouge and London: Louisiana State UP, 1981.

Collins, Carvel ed. *William Faulkner: Early Prose and Poetry*, London: Jonathan Cape, 1963.

Cowan, Michael H. ed. *Twentieth Century Interpretations of The Sound and the Fury: A Collection of Critical Essays*, Englewood Cliffs, N. J.: Prentice-Hall, Inc., 1968.

Cowley, Malcolm. *The Faulkner-Cowley File: Letters and Memories, 1944-1962*, New York: The Viking Press, 1966.

Cowley, Malcolm ed. *The Portable Faulkner*, New York: Penguin Books, 2003.

Cox, Leland H. *William Faulkner: Critical Collection*, Detroit: Gale Research Company, 1982.

Davis, Thadious M. *Games of Property: Law, Race, Gender, and Faulkner's Go Down, Moses*, Durham and London: Duke UP, 2003.

Dowling, David. *Modern Novelist William

Faulkner, New York: St. Martin's Press, 1989.

Duvall, John N. *Race and White Identity in Southern Fiction: from Faulkner to Morrison*, New York: Palgrave Macmillan, 2008.

Duvall, John N. and Ann J. Abadie eds. *Faulkner and Postmodernism*, Jackson: University Press of Mississippi, 2002.

Elliott, Emory ed. *The Columbia History of the American Novel*, New York: Columbia UP, 1991.

Emerson, Ralph Waldo. *Selected Writing of Ralph Waldo Emerson*, New York: New American Library, 2003.

Fant, Joseph L. III and Robert Ashley eds. *Faulkner at West Point*, New York: Random House, 1964.

Fargnoli, A. Nicholas, Michael Golay and Robert W. Hamblin. *Critical Companion to William Faulkner: A Literary Reference to His Life and Work*, New York: Facts On File, 2008.

Fargnoli, Nicholas ed. *William Faulkner: A Literary Companion*, New York: Pegasus Books, 2008.

Faulkner, W. *A Fable*, New York: Vintage Books, 1978.

Faulkner, W. *Absalom, Absalom!*, London: Vintage Books, 2005.

Faulkner, W. *As I Lay Dying*, New York: Vintage Books, 1990.

Faulkner, W. *Essays, Speeches & Public Letters*, Ed. by James B. Meriwether, New York: The Modern Library, 2004.

Faulkner, W. *Go Down, Moses*, New York: Vintage Books, 1990.

Faulkner, W. *Light in August*, London: Vintage Books, 2005.

Faulkner, W. *Sanctuary*, New York: Vintage Books, 1987.

Faulkner, W. *Snopes: The Hamlet, The Town, The Mansion*, New York: The Modern Library, 1994.

Faulkner, W. *The Unvanquished*, New York: Vintage Books, 1966.

Faulkner, W. *The Wild Palms*, London: Vintage Books, 2000.

Fitzgerald, Sally ed. *O'Connor: Collected Works*, New York: The Library of America, 1988.

Ford, Richard and Michael Kreyling eds. *Eudora Welty: Stories, Essays, & Memoir*, New York: The Library of America, 1998.

Fowler, Doreen and Ann J. Abadie eds. *Faulkner and Humor*, Jackson and London: University Press of Mississippi, 1986.

Fowler, Doreen and Ann J. Abadie eds. *Faulkner and Religion*, Jackson: University Press of Mississippi, 1991.

Fowler, Doreen and Ann J. Abadie eds. *Faulkner and the Southern Renaissance*, Jackson: University Press of Mississippi, 1982.

Friedman, Melvin J. and Ben Siegel eds. *Traditions, Voices, and Dreams: The American Novel since the 1960s*, Newark: University of Delaware Press, 1995.

Frye, Northrop. *Anatomy of Criticism: Four Essays*, With a Foreword by Harold Bloom, Princeton and London: Princeton UP, 2000.

Frye, Northrop. *The Great Code: The Bible and Literature*, New York: A Harvest Book, 1983.

Getz, Lorine M. *Flannery O'Connor: Her Life,*

Library and Book Review, New York: E. Mellen Press, 1980.

Gorra, Michael ed. *As I Lay Dying: An Authoritative Text, Backgrounds, and Context Criticism*, First Edition, New York and London: W. W. Norton & Company, 2010.

Gorra, Michael ed. *The Sound and the Fury: An Authoritative Text, Backgrounds, and Context Criticism*, Third Edition, New York and London: W. W. Norton & Company, 2013.

Gray, Richard. *A History of American Literature*, Oxford: Blackwell Publishing, 2004.

Gray, Richard and Owen Robinson eds. *A Companion to the Literature and Culture of the American South*, Oxford: Blackwell Publishing, 2004.

Gwynn, Frederick L. and Joseph Blotner eds. *Faulkner in the University: Class Conferences at the University of Virginia, 1957-1958*, Charlottesville: University Press of Virginia, 1959.

Hagood, Taylor. *Faulkner's Imperialism: Space, Place, and the Materiality of Myth*, Baton Rouge: Louisiana State UP, 2008.

Hamblin, Robert W. and Ann J. Abadie eds. *Faulkner in the Twenty-First Century*, Jackson: University Press of Mississippi, 2003.

Hamblin, Robert W. and Charles A. Peek eds. *A Companion to Faulkner Studies*, Westport, CT: Greenwood Press, 2004.

Hart, James D. ed. *The Oxford Companion to American Literature*, Fifth Edition, New York & Oxford: Oxford UP, 1983.

Inge, M. Thomas. *Overlook Illustrated Lives: William Faulkner*, New York: Overlook Duckworth, 2006.

Irwin, J. T. *Doubling and Incest/Repetition and Revenge: A Speculative Reading of Faulkner*, Baltimore: Johns Hopkins UP, 1975.

Jelliffe, Robert A. ed. *Faulkner at Nagano*, Tokyo: Kenkyusha, 1966.

Jie, Tao ed. *Faulkner: Achievement and Endurance*, Beijing: Peking UP, 1998.

Karl, Frederick R. *William Faulkner: American Writer*, New York: Ballantine Books, 1989.

Kartiganer, Donald M. and Ann J. Abadie eds. *Faulkner and Ideology*, Jackson: University Press of Mississippi, 1995.

Ketchin, Susan. *The Christ-Haunted Landscape: Faith and Doubt in Southern Fiction*, Jackson: UP of Mississippi, 1994.

Matthews, John T. *William Faulkner: Seeing Through the South*, Oxford: Wiley-Blackwell, 2012.

McCarthy, C. *Suttree*, New York: Vintage, 1992.

McCarthy, C. *The Orchard Keeper*, New York: Vintage, 1993.

Meriwether, James B. and Michael Millgate eds. *Lion in the Garden: Interviews with William Faulkner, 1926-1962*, Lincoln: University of Nebraska Press, 1968.

Millgate, Michael. *The Achievement of William Faulkner*, Lincoln: University of Nebraska Press, 1978.

Millgate, Michael ed. *New Essays on Light in August*, Cambridge: Cambridge UP, 1987.

Minter, David. *A Cultural History of American Novel: Henry James to William Faulkner*, Cambridge: Cambridge UP, 1994.

Minter, David. *William Faulkner: His Life and*

Work, Baltimore: Johns Hopkins UP, 1980.

Minter, David ed. *The Sound and the Fury: An Authoritative Text, Backgrounds, and Context Criticism*, Second Edition, New York and London: W. W. Norton & Company, 1994.

Mitchell, Jonathan. *Revisions of the American Adam: Innocence, Indentity and Masculinity in Twentieth-Century America*, London, New Delhi, New York and Sydney: Bloomsbury, 2011.

Moreland, Richard C. ed. *A Companion to William Faulkner*, Oxford: Blackwell Publishing, 2007.

Newby, I. A. *The South: A History*, New York: Holt, Rinehart and Winston, Inc., 1978.

O'Connor, Flannery. *Myster & Manners*, Selected and edited by Sally and Fitzgerald, New York: The Library of America, 1988.

O'Donnell, Patrick and Lynda Zwinger eds. *Approaches to Teaching Faulkner's As I Lay Dying*, New York: The Modern Language Association of America, 2011.

Parini, Jay. *One Matchless Time: A Life of William Faulkner*, New York: Harper Perennial, 2005.

Percy, Walker. *Signposts in a Strange Land*, Ed. by Patrick Samway, New York: Farrar, Straus and Giroux, 1993.

Pikoulis, John. *The Art of William Faulkner*, London: The Macmillan Press Ltd., 1982.

Polk, Noel ed. *New Essays on The Sound and the Fury*, Cambridge: Cambridge UP, 1993.

Prenshaw, Peggy W. ed. *Conversations with Eudora Welty*, Jackson: University of Mississippi Press, 1984.

Rampton, David. *William Faulkner: A Literary Life*, Hampshire and New York: Palgrave Macmillan, 2008.

Roberts, Diane. *Faulkner and Southern Womanhood*, Athens and London: The University of Georgia Press, 1994.

Rollyson, Carl. *Uses of the Past in the Novels of William Faulkner*, Lincoln: iUniverse, Inc., 2007.

Rubin, Louis D. and C. Hugh Holman. *Southern Literary Study: Problems and Possibilities*, Chapel Hill: University of North Carolina Press, 1975.

Rubinstein, Annette T. *American Literature Root and Flower: Significant Poets, Novelists & Dramatists, 1775-1955*, Beijing: Foreign Language Teaching and Research Press, 1988.

Rueckert, William H. *Faulkner from Within: Destructive and Generative Being in the Novels of William Faulkner*, West Lafayette, Indiana: Parlor Press, 2004.

Ryken, Leland. *Words of Delight: A Literary Introduction to the Bible*, Grand Rapids, Michigan: Baker Book House, 1992.

Schmitter, Dean M. ed. *William Faulkner: A Collection of Criticism*, New York: McGraw-Hill Book Company, 1973.

Sensibar, Judith L. *Faulkner and Love: The Woman Who Shaped His Art*, New Haven & London: Yale UP, 2009.

Singal, Daniel J. *William Faulkner: The Making of a Modernist*, Chapel Hill and London: The University of North Carolina Press, 1997.

Slatoff, Walter J. *Quest for Failure: A Study of William Faulkner*, Ithaca & New York: Cornell UP, 1960.

Smith, Jeremy. *Religious Feeling and Religious Commitment in Faulkner, Dostoyevsky,*

Werfel, and Bernanos, New York: Garland Publishing, 1988.

Smithline, Arnold. *Natural Religion in American Literature*, New Haven, Connecticut: College & University Press, 1966.

Tate, Allen. *Essays of Four Decades*, Chicago: Swallow Press, 1968.

Taylor, Nancy Dew. *Go Down, Moses: Annotations*, New York & London: Garland Publishing, Inc., 1994.

Towner, Theresa M. *The Cambridge Introduction to William Faulkner*, Cambridge: Cambridge UP, 2008.

Urgo, Joseph R. and Ann J. Abadie eds. *Faulkner and the Ecology of the South*, Jackson: University Press of Mississippi, 2005.

Volpe, Edmond L. *A Reader's Guide to William Faulkner: The Novels*, Syracuse, NY: Syracuse UP, 2003.

Waggoner, Hyatt H. *William Faulkner: from Jefferson to the World*, Lexington: University of Kentucky Press, 1959.

Wagner-Martin, Linda ed. *New Essays on Go Down, Moses*, Cambridge: Cambridge UP, 1996.

Wagner-Martin, Linda ed. *William Faulkner: Four Decades of Criticism*, East Lansing: Michigan State UP, 1973.

Wagner-Martin, Linda ed. *William Faulkner: Six Decades of Criticism*, East Lansing: Michigan State UP, 2002.

Watkins, Floyd C. and John T. Hiers eds. *Robert Penn Warren Talking: Interviews, 1950-1978*, New York: Random House, 1980.

Weinstein, Philip M. *Faulkner's Subject: A Cosmos No One Owns*, Cambridge and New York: Cambridge UP, 1992.

Weinstein, Philip M. ed. *The Cambridge Companion to William Faulkner*, Cambridge: Cambridge UP, 1995.

Welty, E. *The Eye of the Story: Selected Essays & Reviews*, New York: Vintage Books, 1990.

Werlock, Abby H. P. ed. *The Facts on File Companion to the American Novel*, New York: Facts On File, 2006.

Wilson, Charles R. *Judgment & Grace in Dixie: Southern Faiths from Faulkner to Elvis*, Athens & London: The University of Georgia Press, 1995.

Wilson, Charles R. and William Ferris eds. *Encyclopedia of Southern Culture*, Vol. 4, New York: Anchor Books, 1989.

Wittenberg, Judith B. *Faulkner: The Transfiguration of Biography*, Lincoln and London: University of Nebraska Press, 1979.

Yamaguchi, R. *Faulkner's Artistic Vision: The Bizarre and the Terrible*, Madison and Teaneck: Fairleigh Dickinson UP, 2004.

阿伦·布洛克：《西方人文主义传统》，董乐山译，北京：生活·读书·新知三联书店，1997年。

奥尔森：《基督教神学思想史》，吴瑞诚、徐成德译，北京：北京大学出版社，2003年。

奥古斯丁：《忏悔录》，周士良译，北京：商务印书馆，1997年。

奥古斯丁：《论四福音的和谐》，S. D. F. 萨蒙德英译，许一新中译，北京：生活·读书·新知三联书店，2010年。

奥古斯丁：《论信望爱》，许一新译，北京：生活·读书·新知三联书店，2009年。

奥古斯丁：《论自由意志：奥古斯丁对话录二篇》，成官泯译，上海：上海人民出版社，2010年。

奥古斯丁：《上帝之城》上下，王晓朝译，北京：人民出版社，2006年。

巴尔加斯·略萨：《给青年小说家的信》，赵德明译，上海：上海译文出版社，2004年。

巴尔加斯·略萨：《谎言中的真实》，赵德明译，昆明：云南人民出版社，1997年。

巴赫金：《小说理论》，白春仁、晓河译，石家庄：河北教育出版社，1998年。

保罗·蒂利希：《基督教思想史——从其犹太和希腊发端到存在主义》，尹大贻译，北京：东方出版社，2008年。

保罗·里克尔：《恶的象征》，公车译，上海：上海人民出版社，2003年。

鲍忠明：《最辉煌的失败：福克纳对黑人群体的探索》，北京：北京理工大学出版社，2009年。

鲍忠明、辛彩娜、张玉婷：《威廉·福克纳种族观研究及其他》，北京：北京理工大学出版社，2018年。

贝尔考韦尔：《罪》，刘宗坤、朱东华、黄应全译，香港：道风书社，2006年。

本尼迪克特·安德森：《想象的共同体：民族主义的起源和散布》，吴叡人译，上海：上海人民出版社，2005年。

别尔嘉耶夫：《历史的意义》，张雅平译，上海：学林出版社，2002年。

别尔嘉耶夫：《论人的使命 神与人的生存辩证法》，张百春译，上海：上海人民出版社，2007年。

别尔嘉耶夫：《人的奴役与自由》，徐黎明译，贵阳：贵州人民出版社，2007年。

C. S. 路易斯：《痛苦的奥秘》，林菡译，上海：华东师范大学出版社，2007年。

蔡勇庆：《生态神学视野下的福克纳研究》，北京：中国社会科学出版社，2012年。

陈爱华：《传承与创新：科马克·麦卡锡小说旅程叙事研究》，北京：中国社会科学出版社，2015年。

陈映真主编：《诺贝尔文学奖全集·福克纳》，台北：远景出版事业公司，1981年。

陈永国：《美国南方文化》，长春：吉林大学出版社，1996年。

崔莉：《尤多拉·韦尔蒂文学作品的地方研究》，北京：外语教学与研究出版社，2021年。

大卫·赖尔·杰弗里：《〈圣经〉与美国神话》，胡龙彪译，《外国文学》1998年第1期，第20—28页。

戴维·埃斯蒂斯：《威廉·福克纳关于白人种族主义的观点》，李冬译，《外国语》1983年第5期，第58—62页。

戴维·洛奇：《小说的艺术》，卢丽安译，上海：上海译文出版社，2010年。

戴维·明特：《福克纳传》，顾连理译，上海：东方出版中心，1994年。

丹尼尔·贝尔：《资本主义文化矛盾》，严蓓雯译，南京：江苏人民出版社，2007年。

丹尼尔·霍夫曼主编：《美国当代文学》，《世界文学》编辑部译，北京：中国文联出版公司，1984年。

董衡巽：《美国文学简史》修订版，北京：人民文学出版社，2003年。

董衡巽编选：《美国十九世纪文论选》，上海：上海译文出版社，1991年。

董小川：《儒家文化与美国基督新教文化》，北京：商务印书馆，1999年。

段义孚：《空间与地方：经验的视角》，王

志标译，北京：中国人民大学出版社，2017年。

E. M. 福斯特：《小说面面观》，冯涛译，上海：上海译文出版社，2016年。

F. R. 利维斯：《伟大的传统》，袁伟译，北京：生活·读书·新知三联书店，2002年。

费尔巴哈：《对莱布尼茨哲学的叙述、分析和批判》，涂纪亮译，北京：商务印书馆，1979年。

费尔巴哈：《基督教的本质》，荣震华译，北京：商务印书馆，1997年。

伏尔泰：《哲学辞典》上下册，王燕生译，北京：商务印书馆，2005年。

弗莱：《诺思洛普·弗莱文论选集》，吴持哲编，北京：中国社会科学出版社，1997年。

弗莱：《批评的剖析》，陈慧、袁宪军、吴伟仁译，天津：百花文艺出版社，1998年。

弗莱：《神力的语言》，吴持哲译，北京：社会科学文献出版社，2004年。

弗莱：《伟大的代码：圣经与文学》，郝振义等译，北京：北京大学出版社，1997年。

弗莱德里克·R. 卡尔：《福克纳传》上下册，陈永国、赵英男、王岩译，北京：商务印书馆，2007年。

弗兰纳里·奥康纳：《暴力夺取》，仲召明译，北京：新星出版社，2011年。

弗兰纳里·奥康纳：《公园深处：奥康纳短篇小说集》，主万、屠珍等译，上海：上海译文出版社，1986年。

弗兰纳里·奥康纳：《好人难寻》，於梅译，北京：新星出版社，2013年。

弗兰纳里·奥康纳：《上升的一切必将汇合》，仲召明译，北京：新星出版社，2012年。

弗兰纳里·奥康纳：《生存的习惯》，马永波译，北京：新星出版社，2012年。

弗兰纳里·奥康纳：《智血》，蔡亦默译，北京：新星出版社，2010年。

弗雷德里克·J. 霍夫曼：《威廉·福克纳》，姚乃强译，沈阳：春风文艺出版社，1994年。

弗雷泽：《金枝》，徐育新、汪培基、张泽石译，北京：中国民间文艺出版社，1987年。

高红霞：《当代美国南方文学主题学研究》，北京：知识产权出版社，2019年。

高红霞：《福克纳家族叙事与新时期中国家族小说比较研究》，北京：人民出版社，2021年。

高红霞、张同俊编著：《20世纪美国南方文学》，兰州：兰州大学出版社，2011年。

高纳华：《基督教教义》，白箴士、谢志伟译，香港：浸信会出版社，1957年。

高卫红：《20世纪上半期美国南方文化研究》，沈阳：辽宁人民出版社，2015年。

管建明：《后现代语境下的福克纳文本》，广州：中山大学出版社，2010年。

H. R. 斯通贝克序、《世界文学》编辑部编：《福克纳中短篇小说选》，陶洁等译，北京：中国文联出版公司，1985年。

H. S. 康马杰：《美国精神》，南木等译，北京：光明日报出版社，1988年。

哈罗德·布鲁姆：《如何读，为什么读》，黄灿然译，南京：译林出版社，2011年。

哈罗德·布鲁姆：《西方正典：伟大作家和不朽作品》，江宁康译，南京：译林出版社，2005年。

哈罗德·布鲁姆：《小说家与小说》，石平萍、刘戈译，南京：译林出版社，2018年。

海德格尔：《存在与时间》修订本，陈嘉映、王庆节译，北京：生活·读书·新知三联书店，2006年。

海德格尔：《荷尔德林诗的阐释》，孙周兴译，北京：商务印书馆，2004 年。

海德格尔：《面向思的事情》，陈小文、孙周兴译，北京：商务印书馆，2007 年。

海德格尔：《时间概念史导论》，欧东明译，北京：商务印书馆，2009 年。

海伦·加德纳：《宗教与文学》，江先春、沈弘译，成都：四川人民出版社，1998 年。

汉斯·昆：《论基督徒》上下册，杨德友译，北京：生活·读书·新知三联书店，1995 年。

汉斯·昆、瓦尔特·延斯：《诗与宗教》，李永平译，北京：生活·读书·新知三联书店，2005 年。

贺江：《孤独的狂欢：科马克·麦卡锡的文学世界》，上海：上海三联书店，2016 年。

黑格尔：《美学》4 卷本，朱光潜译，北京：商务印书馆，1997 年。

洪增流：《美国文学中上帝形象的演变》，北京：中国社会科学出版社，2009 年。

胡家峦：《文艺复兴时期英国诗歌与园林传统》，北京：北京大学出版社，2008 年。

胡塞尔：《内时间意识现象学》，倪梁康译，北京：商务印书馆，2009 年。

华莱士·马丁：《当代叙事学》，伍晓明译，北京：北京大学出版社，2005 年。

黄虚峰：《美国南方转型时期社会生活研究（1877—1920）》，上海：上海人民出版社，2007 年。

黄宇洁：《神光沐浴下的再生：美国作家奥康纳研究》，北京：中国社会科学出版社，2010 年。

J. M. 库切：《内心活动：文学评论集》，黄灿然译，杭州：浙江文艺出版社，2010 年。

J. M. 库切：《异乡人的国度：文学评论集》，汪洪章译，杭州：浙江文艺出版社，2010 年。

J. 希利斯·米勒：《小说与重复——七部英国小说》，王宏图译，天津：天津人民出版社，2008 年。

加缪：《加缪全集·戏剧卷》，李玉民译，上海：上海译文出版社，2010 年。

江宁康：《美国当代文学与美利坚民族认同》，南京：南京大学出版社，2008 年。

杰伊·帕里尼：《福克纳传》，吴海云译，北京：中信出版社，2007 年。

金莉、李铁主编：《西方文论关键词》第二卷，北京：外语教学与研究出版社，2017 年。

卡森·麦卡勒斯：《抵押出去的心》，文泽尔译，北京：人民文学出版社，2012 年。

卡森·麦卡勒斯：《婚礼的成员》，卢肖慧译，上海：上海译文出版社，2022 年。

卡森·麦卡勒斯：《婚礼的成员》，周玉军译，上海：上海三联书店，2005 年。

卡森·麦卡勒斯：《金色眼睛的映像》，陈黎译，上海：上海三联书店，2007 年。

卡森·麦卡勒斯：《金色眼睛的映像》，孙胜忠译，上海：上海译文出版社，2022 年。

卡森·麦卡勒斯：《麦卡勒斯短篇小说全集》，胡织女译，上海：上海译文出版社，2022 年。

卡森·麦卡勒斯：《没有指针的钟》，金绍禹译，上海：上海三联书店，2012 年。

卡森·麦卡勒斯：《启与魅：卡森·麦卡勒斯自传》，杨晓荣译，北京：人民文学出版社，2019 年。

卡森·麦卡勒斯：《伤心咖啡馆之歌：麦卡勒斯中短篇小说集》，李文俊译，上海：上海三联书店，2007 年。

卡森·麦卡勒斯：《伤心咖啡馆之歌》，卢肖慧译，上海：上海译文出版社，2022年。

卡森·麦卡勒斯：《心是孤独的猎手》，陈笑黎译，上海：上海三联书店，2005年。

卡森·麦卡勒斯：《心是孤独的猎手》，宋玲译，上海：上海译文出版社，2022年。

柯恩编：《美国划时代作品评论集》，朱立民等译，北京：生活·读书·新知三联书店，1988年。

科马克·麦卡锡：《长路》，毛雅芬译，北京：九州出版社，2019年。

科马克·麦卡锡：《上帝之子》，杨逸译，郑州：河南文艺出版社，2020年。

科马克·麦卡锡：《守望果园》，黄可译，郑州：河南文艺出版社，2021年。

科马克·麦卡锡：《苏特里》，杨逸译，郑州：河南文艺出版社，2022年。

莱布尼茨：《神义论》，朱雁冰译，北京：生活·读书·新知三联书店，2007年。

勒内·韦勒克、奥斯汀·沃伦：《文学理论》修订版，刘象愚等译，南京：江苏教育出版社，2005年。

李碧芳：《科马克·麦卡锡南方小说研究》，厦门：厦门大学出版社，2018年。

理查德·H. 皮尔斯：《激进的理想与美国之梦》，卢允中、严撷芸、吕佩英译，上海：上海外语教育出版社，1992年。

李文俊：《福克纳传》，北京：现代出版社，2017年。

李文俊：《威廉·福克纳》，北京：人民文学出版社，2010年。

李文俊：《行人寥落的小径》，北京：人民文学出版社，2008年。

李文俊编：《福克纳的神话》，上海：上海译文出版社，2008年。

李文俊编选：《福克纳评论集》，北京：中国社会科学出版社，1980年。

李学欣：《欧洲模因与美国南方文化本土性的建构研究》，上海：上海交通大学出版社，2018年。

李杨：《颠覆·开放·与时俱进：美国后南方的小说纵横论》，北京：中国社会科学出版社，2018年。

李杨：《美国南方文学后现代时期的嬗变》，济南：山东大学出版社，2006年。

李杨：《美国"南方文艺复兴"——一个文学运动的阶级视角》，北京：商务印书馆，2011年。

李杨：《欧洲元素对美国"南方文艺复兴"本土特色的建构》，上海：同济大学出版社，2015年。

梁工：《弥赛亚观念考论》，《世界宗教研究》2006年第1期。

梁工：《圣经叙事艺术研究》，北京：商务印书馆，2006年。

梁工：《西方圣经批评引论》，北京：商务印书馆，2006年。

梁工主编：《莎士比亚与圣经》上下册，北京：商务印书馆，2006年。

林斌：《"精神隔绝"的宗教内涵：〈心是孤独的猎手〉中的基督形象塑造与宗教反讽特征》，《外国文学研究》2011年第6期，第83—91页。

刘道全：《论美国南方小说的救赎意识》，《当代外国文学》2007年第2期，第64—71页。

刘国枝：《威廉·福克纳荒野旅行小说的原型模式》，华中师范大学博士论文，2007年。

刘海平、王守仁主编：《新编美国文学史》四卷本，上海：上海外语教育出版社，2019年。

刘建华：《危机与探索——后现代美国小说研究》，北京：北京大学出版社，2010年。

刘建华：《文本与他者：福克纳解读》，北京：北京大学出版社，2002年。

刘意青：《〈圣经〉的文学阐释——理论与实践》，北京：北京大学出版社，2004年。

路易·加迪等：《文化与时间》，郑乐平、胡建平译，杭州：浙江人民出版社，1988年。

陆建德主编：《传统与个人才能：艾略特文集·论文》，卞之琳、李赋宁等译，上海：上海译文出版社，2012年。

陆建德主编：《批评批评家：艾略特文集·论文》，李赋宁、杨自伍等译，上海：上海译文出版社，2012年。

陆建德主编：《现代教育和古典文学：艾略特文集·论文》，李赋宁、王恩衷等译，上海：上海译文出版社，2012年。

罗伯特·阿尔特：《圣经叙事的艺术》，章智源译，北京：商务印书馆，2010年。

罗伯特·E. 斯皮勒：《美国文学的周期——历史评论专著》，王长荣译，上海：上海外语教育出版社，1990年。

罗德·霍顿、赫伯特·爱德华兹：《美国文学思想背景》，房炜、孟昭庆译，北京：人民文学出版社，1991年。

罗素：《西方哲学史》上卷，何兆武、李约瑟译，北京：商务印书馆，1996年。

马丁·布伯：《我与你》，陈维纲译，北京：生活·读书·新知三联书店，2002年。

马尔科姆·考利：《流放者的归来——二十年代的文学流浪生涯》，张承谟译，上海：上海外语教育出版社，1986年。

马克思：《1844年经济学哲学手稿》，中共中央马恩列斯著作编译局译，北京：人民出版社，2000年。

马克斯·韦伯：《新教伦理与资本主义精神》，康乐、简慧美译，桂林：广西师范大学出版社，2007年。

马修斯·吉恩：《美国当代南方小说》，杜翠琴译，兰州：兰州大学出版社，2018年。

米克·巴尔：《叙述学：叙事理论导论》第二版，谭君强译，北京：中国社会科学出版社，2003年。

埃默里·埃利奥特主编：《哥伦比亚美国文学史》，朱通伯等译，成都：四川辞书出版社，1994年。

莫里斯·迪克斯坦：《途中的镜子：文学与现实世界》，刘玉宇译，上海：上海三联书店，2008年。

潘静文：《奥康纳作品中的宗教意识研究》，成都：四川大学出版社，2017年。

皮埃尔-安德烈·塔吉耶夫：《种族主义源流》，高凌瀚译，北京：生活·读书·新知三联书店，2005年。

萨克凡·伯克维奇：《惯于赞同：美国象征建构的转化》，钱满素等译编，上海：上海译文出版社，2006年。

萨克文·伯科维奇主编：《剑桥美国文学史》第六卷，张宏杰、赵聪敏译，北京：中央编译出版社，2009年。

萨克文·伯科维奇主编：《剑桥美国文学史》第七卷，孙宏主译，北京：中央编译出版社，2005年。

萨特：《萨特文学论文集》，施康强等译，合肥：安徽文艺出版社，1998年。

申丹：《叙事、文本与潜文本——重读英美经典短篇小说》，北京：北京大学出版社，2009年。

申丹、韩加明、王丽亚：《英美小说叙事理论研究》，北京：北京大学出版社，2005年。

史志康:《美国文学背景概观》,上海:上海外语教育出版社,1998年。

苏珊·巴莱:《弗兰纳里·奥康纳:南方文学的先知》,秋海译,北京:世界知识出版社,1998年。

孙丽丽:《一个好人难寻的罪人世界——奥康纳短篇小说中的原罪观探析》,《外国文学研究》2005年第1期,第86—91页。

陶洁:《灯下西窗——美国文学和美国文化》,北京:北京大学出版社,2004年。

陶洁:《福克纳研究》,上海:上海外语教育出版社,2013年。

陶洁选编:《福克纳作品精粹》,石家庄:河北教育出版社,1990年。

田纳西·威廉斯:《田纳西·威廉斯回忆录》,冯倩珠译,开封:河南大学出版社,2018年。

童庆炳:《中国当代文学理论的经验、困局与出路》,北京:北京师范大学出版社,2015年。

V. S. 奈保尔:《南方的转折》,陈静译,海口:南海出版公司,2016年。

王钢:《20世纪西方文学经典研究》,沈阳:辽海出版社,2016年。

王钢:《福克纳小说创作中的"吉诃德原则"》,《东北大学学报》(社会科学版)2009年第5期,第466—470页。

王钢:《福克纳小说的基督教时间观》,《外国文学评论》2012年第2期,第106—118页。

王钢:《论福克纳小说时间主题与奥古斯丁时间观的契合》,《外国文学研究》2017年第5期,第137—144页。

王钢:《文化诗学视阈下的福克纳小说人学观》,天津:南开大学出版社,2013年。

王建平:《沃克·珀西的末世情结与美国南方的历史命运》,《国外文学》2011年第2期,第112—119页。

王立新:《古代以色列历史文献、历史框架、历史观念研究》,北京:北京大学出版社,2004年。

王立新:《历史叙述、人物塑造与话语权力:文化诗学观照下的扫罗与大卫王形象》,《外国文学研究》2008年第5期,第58—69页。

王立新、王钢:《〈八月之光〉:宗教多重性与民族身份认同》,《南开学报》2011年第1期,第9—15页。

王晓玲:《一个独立而迷惘的灵魂——凯瑟琳·安·波特的政治和宗教观》,《当代外国文学》2002年第2期,第110—114页。

威廉·范·俄康纳编:《美国现代七大小说家》,张爱玲等译,北京:生活·读书·新知三联书店,1988年。

威廉·福克纳:《八月之光》,蓝仁哲译,上海:上海译文出版社,2004年。

威廉·福克纳:《坟墓的闯入者》,陶洁译,上海:上海译文出版社,2004年。

威廉·福克纳:《福克纳短篇小说集》,陶洁选编,南京:译林出版社,2001年。

威廉·福克纳:《掠夺者》,杨颖、王菁译,上海:上海译文出版社,2004年。

威廉·福克纳:《去吧,摩西》,李文俊译,上海:上海译文出版社,2004年。

威廉·福克纳:《圣殿》,陶洁译,上海:上海译文出版社,2004年。

威廉·福克纳:《威廉·福克纳短篇小说集》上下册,北京:北京燕山出版社,2020年。

威廉·福克纳:《我弥留之际》,李文俊等

译,桂林:漓江出版社,1990年。

威廉·福克纳:《我弥留之际》,李文俊译,上海:上海译文出版社,2004年。

威廉·福克纳:《我弥留之际》,叶佳怡译,台北:麦田出版社,2020年。

威廉·福克纳:《喧哗与骚动》,李文俊译,上海:上海译文出版社,2004年。

威廉·福克纳:《押沙龙,押沙龙!》,李文俊译,上海:上海译文出版社,2004年。

威廉·福克纳:《野棕榈》,蓝仁哲译,上海:上海译文出版社,2009年。

威廉·福克纳:《野棕榈》,斯钦译,桂林:广西师范大学出版社,2022年。

威廉·福克纳:《寓言》,林斌译,北京:北京燕山出版社,2017年。

威廉·福克纳:《寓言》,王国平译,桂林:漓江出版社,2018年。

魏懿:《凯瑟琳·安·波特小说中的创伤叙事研究》,北京:光明日报出版社,2020年。

吴国盛:《时间的观念》,北京:中国社会科学出版社,1996年。

吴瑾瑾:《罗伯特·潘·沃伦的故土情结与文学创作》,《当代外国文学》2008年第1期,第45—50页。

西蒙·巴埃弗拉特:《圣经的叙事艺术》,李锋译,上海:华东师范大学出版社,2006年。

晓河:《苏联文艺学中的艺术时间研究》,《苏联文学》1989年第4期,第50—54页。

肖明翰:《威廉·福克纳:骚动的灵魂》,成都:四川人民出版社,1999年。

肖明翰:《威廉·福克纳研究》,北京:外语教学与研究出版社,1997年。

肖明文:《舌尖上的身份:美国南方女性小说中的饮食、自我与社会》,广州:中山大学出版社,2022年。

谢大卫:《圣书的子民:基督教的特质和文本传统》,李毅译,北京:中国人民大学出版社,2005年。

谢林:《对人类自由的本质及其相关对象的哲学研究》,邓安庆译,北京:商务印书馆,2008年。

许志伟:《基督教神学思想导论》,北京:中国社会科学出版社,2001年。

杨彩霞:《20世纪美国文学与圣经传统》,北京:中国人民大学出版社,2007年。

杨纪平:《对西方神学和两性关系的颠覆与重构——弗兰纳里·奥康纳作品的女性主义再解读》,北京:外语教学与研究出版社,2010年。

杨纪平:《走向和谐:弗兰纳里·奥康纳研究》,北京:中国社会科学出版社,2014年。

叶舒宪:《圣经比喻》,桂林:广西师范大学出版社,2014年。

叶舒宪编选:《神话—原型批评》增订版,西安:陕西师范大学出版总社有限公司,2011年。

伊利亚德:《神圣的存在》,晏可佳、姚蓓琴译,桂林:广西师范大学出版社,2008年。

尤多拉·韦尔蒂:《金苹果》,刘浡波译,南京:译林出版社,2013年。

尤多拉·韦尔蒂:《乐观者的女儿》,杨向荣译,南京:译林出版社,2013年。

尤多拉·韦尔蒂:《绿帘》,吴新云译,南京:译林出版社,2012年。

虞建华等:《美国文学的第二次繁荣》,上海:上海外语教育出版社,2004年。

虞建华主编:《美国文学大辞典》,北京:

商务印书馆，2015年。

于雷：《基于视觉寓言的爱伦·坡小说研究》，南京：南京大学出版社，2015年。

宇文所安：《中国"中世纪"的终结：中唐文学文化论集》，陈引驰、陈磊译，北京：生活·读书·新知三联书店，2014年。

约瑟夫·弗兰克等：《现代小说中的空间形式》，秦林芳编译，北京：北京大学出版社，1991年。

詹姆斯·B.梅里韦瑟编：《福克纳随笔》，李文俊译，上海：上海译文出版社，2008年。

张立新：《禁忌、放纵与毁灭——福克纳小说中的"乱伦"母题及其意义》，《国外文学》2010年第2期，第143—150页。

张生珍：《论田纳西·威廉斯创作中的地域意识》，《外国文学研究》2011年第5期，第93—98页。

赵敦华：《基督教哲学1500年》，北京：人民出版社，2004年。

赵敦华：《中世纪哲学十讲》，上海：复旦大学出版社，2020年。

赵辉辉：《尤多拉·韦尔蒂身体诗学研究》，北京：中国社会科学出版社，2019年。

赵林：《基督教思想文化的演进》，北京：人民出版社，2007年。

赵林：《在上帝与牛顿之间：赵林演讲集》（1），北京：东方出版社，2007年。

赵林：《在天国与尘世之间：赵林演讲集》（2），北京：东方出版社，2007年。

赵一凡等主编：《西方文论关键词》，北京：外语教学与研究出版社，2006年。

周铭：《"上升的一切必融合"——奥康纳暴力书写中的"错置"和"受苦灵魂"》，《外国文学评论》2014年第1期，第49—64页。

周铭：《神话·献祭·挽歌——试论波特创作的深层结构》，《外国文学评论》2009年第2期，第202—214页。

朱维之：《基督教与文学》，上海：青年协会书局，1941年。

朱维之：《圣经文学十二讲——圣经、次经、伪经、死海古卷》，北京：人民文学出版社，2008年。

朱炎：《美国文学评论集》，台北：联经出版事业公司，1976年。

朱振武：《在心理美学的平面上——威廉·福克纳小说创作论》，上海：学林出版社，2004年。

朱振武等：《美国小说本土化的多元因素》，上海：上海外语教育出版社，2006年。

朱振武等：《美国小说：本土进程与多元谱系》，上海：上海外语教育出版社，2019年。

卓新平主编：《基督教小辞典》修订版，上海：上海辞书出版社，2008年。

宗连花：《卡森·麦卡勒斯关于基督教爱的伦理的隐性书写》，《外国文学研究》2015年第5期，第148—155页。

附录：20 世纪美国南方主要作家作品和重要文献出版年表

威廉·福克纳（1897—1962）

1924 年：《大理石牧神》(The Marble Faun)，诗集
1926 年：《士兵的报酬》(Soldiers' Pay)，长篇小说
1927 年：《蚊群》(Mosquitoes)，长篇小说
1929 年：《沙多里斯》(Sartoris)，长篇小说
1929 年：《喧哗与骚动》(The Sound and the Fury)，长篇小说
1930 年：《我弥留之际》(As I Lay Dying)，长篇小说
1931 年：《圣殿》(Sanctuary)，长篇小说
1931 年：《这十三篇》(These Thirteen)，短篇小说集
1932 年：《八月之光》(Light in August)，长篇小说
1933 年：《绿枝》(A Green Bough)，诗集
1934 年：《马丁诺医生及其他》(Doctor Martino and Other Stories)，短篇小说集
1935 年：《标塔》(Pylon)，长篇小说
1936 年：《押沙龙，押沙龙！》(Absalom, Absalom!)，长篇小说
1938 年：《没有被征服的》(The Unvanquished)，长篇小说
1939 年：《野棕榈》(The Wild Palms)，长篇小说
1940 年：《村子》(The Hamlet)，长篇小说
1942 年：《去吧，摩西》(Go Down, Moses)，长篇小说
1946 年：《袖珍本福克纳文集》(The Portable Faulkner)，作品选集
1948 年：《坟墓闯入者》(Intruder in the Dust)，长篇小说
1949 年：《让马》(Knight's Gambit)，短篇小说集
1950 年：《威廉·福克纳短篇小说集》(Collected Stories of William Faulkner)，短篇小说集
1951 年：《修女安魂曲》(Requiem for a Nun)，长篇戏剧体小说
1954 年：《寓言》(A Fable)，长篇小说
1954 年：《福克纳读本：威廉·福克纳作品选》(The Faulkner Reader: Selections from the Works of William Faulkner)，作品合集
1955 年：《大森林》(Big Woods)，中短篇小说集
1956 年：《福克纳在长野》(Faulkner at Nagano)，讲演与访谈录
1957 年：《小镇》(The Town)，长篇小说
1958 年：《新奥尔良札记》(New Orleans

Sketches),散文集
1959 年:《大宅》(The Mansion),长篇小说
1959 年:《福克纳在大学》(Faulkner in the University: Class Conferences at the University of Virginia, 1957-1958),讲演与访谈录
1962 年:《掠夺者》(The Reivers),长篇小说
1962 年:《早期散文和诗歌》(Early Prose and Poetry),散文和诗歌合集
1964 年:《福克纳在西点》(Faulkner at West Point),讲演与访谈录
1966 年:《散文、演说和公开信》(Essays, Speeches and Public Letters),散文、演说以及公开信合集
1966 年:《福克纳—考利档案》(The Faulkner-Cowley File: Letters and Memories, 1944-1962),书信集
1968 年:《园中之狮》(Lion in the Garden: Interviews with William Faulkner, 1926-1962),访谈录
1973 年:《坟墓里的旗帜》(Flag in the Dust),长篇小说
1974 年:《福克纳杂录》(A Faulkner Miscellany),福克纳散文拾遗与部分作品研究合集
1977 年:《威廉·福克纳书信选》(Selected Letters of William Faulkner),书信集
1977 年:《牵线木偶》(The Marionettes),独幕剧
1979 年:《威廉·福克纳未收集的小说》(Uncollected Stories of William Faulkner),短篇小说续集
1981 年:《密西西比诗歌》(Mississippi Poems),诗集
1981 年:《致海伦:一次求爱》(Helen: A Courtship),诗集
1981 年:《圣殿:原始文本》(Sanctuary: The Original Text),长篇小说
1983 年:《父亲亚伯拉罕》(Father Abraham),中篇小说
1984 年:《春时幻景》(Vision in Spring),诗集
1992 年:《家的思索:福克纳家书》(Thinking of Home: William Faulkner's Letters to His Mother and Father, 1918-1925),书信集

爱伦·格拉斯哥(1873—1945)

1897 年:《子孙》(The Descendant),小说
1900 年:《人民之声》(The Voice of the People),小说
1902 年:《战场》(The Battle-Ground),小说
1913:年:《弗吉尼亚》(Virginia),小说
1925 年:《不毛之地》(Barren Ground),小说
1926 年:《浪漫的喜剧演员》(The Romantic Comedians),小说
1929 年:《他们不惜干蠢事》(The Stooped to Folly),小说
1932 年:《受庇护的生活》(The Sheltered Life),小说
1935 年:《钢铁筋骨》(Vein of Iron),小说
1941 年:《我们的这一生》(In This Our Life),小说
1954 年:《女人的内心世界》(The Woman Within),自传

卡罗琳·戈登(1895—1981)

1935 年:《亚历克·莫里,运动员》(Aleck Maury, Sportsman),小说
1937 年:《没有人会回头》(None Shall Look Back),小说

1945年:《南方的森林》(The Forest of the South),小说

艾伦·泰特(1899—1979)

1928年:《石墙杰克逊:一位好军人》(Stonewall Jackson: The Good Soldier),传记
1928年:《蒲柏先生及其他诗歌》(Mr. Pope and Other Poems),诗集
1929年:《杰弗逊·戴维斯兴衰记》(Jefferson Davis: His Rise and Fall),传记
1930年:《我将表明我的立场》(I'll Take My Stand),理论著作
1936年:《地中海及其他诗歌》(The Mediterranean and Other Poems),诗集
1937年:《诗歌精选》(Selected Poems),诗集
1938年:《父辈》(The Fathers),长篇小说
1941年:《疯狂的理性》(Reason in Madness,),评论
1948年:《有关诗歌及思想的保守散文》(Reactionary Essays on Poetry and Ideas, 1828-1948),评论
1955年:《现代社会中的学者》(The Man of Letters in the Modern World),评论

罗伯特·潘·沃伦(1905—1989)

1938年:《理解诗歌》(Understanding Poetry),文学评论
1939年:《夜骑者》(Night Rider),小说
1943年:《天堂门口》(At Heaven's Gate),小说
1943年:《理解小说》(Understanding Fiction),文学教材
1944年:《诗选》(Selected Poems, 1923-1943),诗集
1946年:《国王的人马》(All the King's Men),长篇小说
1948年:《阁楼上的马戏团》(The Circus in the Attic),短篇小说集
1950年:《充足的世界和时间》(World Enough and Time),小说
1953年:《龙兄弟》(Brother to Dragon: A Tale in Verse and Voices),叙事诗
1955年:《一群天使》(Band of Angels),小说
1957年:《承诺》(Promise: Poems: 1954-1956),诗集
1959年:《山洞》(The Cave),小说
1961年:《荒野:内战传奇》(Wilderness: A Tale of the Civil War),小说
1964年:《洪水》(Flood),小说
1969年:《化身》(Incarnations: Poems 1966-1968),诗集
1969年:《奥杜邦:愿景》(Audubon: A Vision),叙事长诗
1971年:《在绿色峡谷遇见我》(Meet Me in the Green Glen),小说
1977年:《来的地方》(A Place to Come To),小说
1978年:《此时与彼时》(Now and Then: Poems: 1976-1978),诗集

托马斯·沃尔夫(1900—1938)

1919年:《巴克·戈文的归来》(The Return of Buck Gavin),戏剧
1923年:《欢迎来我们的城市》(Welcome to Our City),戏剧
1929年:《天使,望故乡》(Look Homeward,

Angel），长篇小说

1935 年：《时间和河流》（Of Time and the River），长篇小说

1935 年：《从死亡到早晨》（From Death to Morning），短篇小说集

1936 年：《小说的故事》（The Story of a Novel），评论集

1939 年：《蛛网与岩石》（The Web and the Rock），长篇小说

1940 年：《不能再回家》（You Can't Go Home Again），长篇小说

1941 年：《远山》（The Hills Beyond），短篇小说集

1956 年：《书信集》（The Letters of Thomas Wolfe），书信选集

1971 年：《群山》（The Mountains），散文集

1987 年：《短篇小说集》（The Collected Stories），短篇小说集

凯瑟琳·安·波特（1890—1980）

1922 年：《玛丽亚·孔赛普西翁》（Maria Concepcion），短篇小说

1930 年：《开花的犹大树》（Flowering Judas and Other Stories），短篇小说集

1937 年：《中午酒》（Noon Wine），中篇小说

1939 年：《灰色马、灰色骑士》（Pale Horse, Pale Rider），短篇小说集

1944 年：《斜塔》（The Leaning Tower），短篇小说集

1952 年：《过去的日子》（The Days Before），散文集

1962 年：《愚人船》（Ship of Fools），长篇小说

1965 年：《中短篇小说集》（The Collected Stories），短篇小说集

1967 年：《圣诞故事》（A Christmas Story），短篇小说

1977 年：《千古奇冤》（The Never-Ending Wrong），纪实作品

尤多拉·韦尔蒂（1909—2001）

1941 年：《绿帘》（A Curtain of Green），短篇小说集

1942 年：《强盗新郎》（The Robber Bridegroom），长篇小说

1943 年：《宽网》（The Wide Net），短篇小说集

1946 年：《三角洲的婚礼》（Delta Wedding），长篇小说

1949 年：《金苹果》（The Golden Apple），短篇小说集

1954 年：《沉思的心》（The Ponder Heart），长篇小说

1955 年：《英尼斯法轮号上的新娘及其他故事》（The Bride of Innisfallen），短篇小说集

1957 年：《小说中的地点》（Place in Fiction），文学评论

1964 年：《鞋鸟》（The Shoe Bird），儿童文学

1970 年：《败局》（Losing Battles），长篇小说

1971 年：《某时，某地》（One Time, One Place），摄影作品集

1972 年：《乐观者的女儿》（The Optimist's Daughter），长篇小说

1980 年：《月亮湖》（Moon Lake），短篇小说集

1984 年：《一位作家的开端》（One Writer's Beginnings），自传

田纳西·威廉斯（1911—1983）

1935 年：《开罗，上海，孟买》（*Cairo, Shanghai, Bombay*），戏剧
1939 年：《忧郁孩子的场地》（*The Field of Blue Children*），短篇小说
1939 年：《美国布鲁斯：五部短剧》（*American Blues: Five Short Playes*），短剧集
1940 年：《天使之战》（*Battle of Angels*），戏剧
1943 年：《贵客上门》（*The Gentleman Caller*），电影剧本
1944 年：《玻璃动物园》（*The Glass Menagerie*），戏剧
1947 年：《欲望号街车》（*A Streetcar Named Desire*），戏剧
1948 年：《夏与烟》（*Summer and Smoke*），戏剧
1948 年：《独臂》（*One Arm*），短篇小说集
1950 年：《斯通太太的罗马之春》（*The Roman Spring of Mrs. Stone*），长篇小说
1951 年：《玫瑰黥纹》（*The Rose Tatoo*），戏剧
1954 年：《硬糖》（*Hard Candy*），短篇小说集
1955 年：《热铁皮屋顶上的猫》（*Cat on a Hot Tin Roof*），戏剧
1958 年：《去夏骤至》（*Suddenly Last Summer*），戏剧
1959 年：《甜蜜青春小鸟》（*The Sweet Bird of Youth*），戏剧
1961 年：《鬣蜥之夜》（*The Night of the Iguana*），戏剧
1963 年：《运奶火车不再在此停驻》（*The Milk Train Doesn't Stop Here Anymore*），戏剧
1972 年：《小伎俩警示》（*Small Craft Warnings*），戏剧
1975 年：《莫伊斯和理性世界》（*Moise and the World of Reason*），长篇小说
1975 年：《回忆录》（*Memoirs*），自传回忆录
1980 年：《夏日旅馆衣装》（*Clothes for a Summer Hotel*），戏剧

拉尔夫·艾里森（1914—1994）

1952 年：《看不见的人》（*Invisible Man*），长篇小说
1964 年：《影子与行动》（*Shadow and Act*），散文集
1986 年：《走向领地》（*Going to the Territory*），散文集
1999 年：《六月庆典》（*Juneteenth*），长篇小说

沃克·珀西（1916—1990）

1961 年：《看电影的人》（*The Moviegoer*），小说
1966 年：《最后的绅士》（*The Last Gentleman*），小说
1971 年：《废墟里的爱情》（*Love in the Ruins*），科幻小说
1975 年：《瓶子里的信息》（*The Message in the Bottle*），散文集
1977 年：《兰斯洛特》（*Lancelot*），小说
1980 年：《基督再临》（*The Second Coming*），小说
1983 年：《迷失在宇宙中》（*Lost in the Cosmos*），散文集
1987 年：《自我毁灭综合症》（*The Thanatos

Syndrome》，小说

卡森·麦卡勒斯（1917—1967）

1940 年：《心是孤独的猎手》(*The Heart Is a Lonely Hunter*)，长篇小说
1941 年：《金色眼睛的映像》(*Reflections in a Golden Eye*)，小说
1946 年：《婚礼的成员》(*The Member of the Wedding*)，小说
1951 年：《伤心咖啡馆之歌》(*The Ballad of the Sad Café*)，中篇小说
1958 年：《美丽的平方根》(*The Square Root of Wonderful*)，剧本
1961 年：《没有指针的钟》(*Clock Without Hands*)，小说
1999 年：《明亮与暗夜之光》(*Illumination and Night Glare*)，自传

彼得·泰勒（1917—1994）

1948 年：《一个长四度音程及其他》(*The Long Fourth and Others*)，短篇小说集
1950 年：《女财主》(*A Woman of Means*)，中短篇小说集
1954 年：《桑顿的寡妇们》(*The Widows of Thornton*)，中短篇小说集
1959 年：《幸福家庭全一样》(*Happy Families Are All Alike*)，中短篇小说集
1963 年：《莉昂诺拉小姐最后一面及其他》(*Miss Leonora When Last Seen and Other Stories*)，中短篇小说集
1968 年：《短篇小说集》(*Collected Stories*)，中短篇小说集
1977 年：《在米罗地区及其他》(*In the Miro District and Other Stories*)，中短篇小说集
1985 年：《老林故事》(*The Old Forest*)，中短篇小说集
1986 年：《孟菲斯的召唤》(*A Summons to Memphis*)，长篇小说
1994 年：《田纳西的乡间》(*In the Tennessee Country*)，中短篇小说集

弗兰纳里·奥康纳（1925—1964）

1952 年：《智血》(*Wise Blood*)，长篇小说
1955 年：《好人难寻》(*A Good Man Is Hard to Find*)，短篇小说
1960 年：《暴力得逞》(*The Violent Bears It Away*)，长篇小说
1965 年：《上升的一切必将汇合》(*Everything That Rises Must Converge*)，短篇小说
1969 年：《神秘与习俗》(*Mystery and Manners*)，随笔评论
1971 年：《短篇小说全集》(*The Complete Short Stories*)，短篇小说集
1979 年：《生存习惯》(*The Habit of Being*)，书信集

威廉·斯泰伦（1925—2006）

1951 年：《躺在黑暗里》(*Lie Down in Darkness*)，长篇小说
1952 年：《漫长的行程》(*The Long March*)，中篇小说
1960 年：《纵火焚屋》(*Set This House on Fire*)，小说
1965 年：《安静的灰尘》(*This Quiet Dust*)，小说
1967 年：《奈特·特纳的自白》(*The Confessions*

of Nat Turner》，长篇小说
1979 年：《苏菲的选择》（Sophie's Choice），长篇小说
1990 年：《看得见的黑暗：疯狂回忆录》（Darkness Visible: A Memoir of Madness），自传回忆录
1993 年：《潮汐镇的早晨》（A Tidewater Morning: Three Tales of Youth），小说
1994 年：《父与女：自述》（Fathers and Daughters: In Their Own Words），自传作品（与 Mariana Ruth Cook 合著）

雷诺兹·普赖斯（1933—2011）

1962 年：《长久而美好的生活》（A Long and Happy Life），长篇小说
1963 年：《英雄们的名字与面容》（The Names and Faces of Heroes），短篇小说集
1966 年：《慷慨的人》（A Generous Man），长篇小说
1968 年：《爱情与工作》（Love and Work），长篇小说
1970 年：《永久的错误》（Permanent Errors），小说
1972 年：《事情本身》（Things Themselves），小说
1975 年：《地球的表面》（The Surface of Earth），长篇小说
1977 年：《早来的黑暗》（Early Dark），小说
1978 年：《可感知的神》（A Palpable God），小说
1981 年：《光明之源》（The Source of Light），长篇小说
1982 年：《重要储备》（Vital Provisions），诗集
1984 年：《暗自陶醉》（Private Contentment），戏剧
1985 年：《冰的法则》（The Laws of Ice），诗集
1986 年：《凯特·维登》（Kate Vaiden），长篇小说
1988 年：《好心》（Good Hearts），长篇小说
1989 年：《清晰的画面：最初的恋爱，最初的引导》（Clear Pictures: First Loves, First Guides），回忆录
1990 年：《天使之言》（The Tongue of Angels），小说
1990 年：《火的使用》（The Use of Fire），诗集
1990 年：《新音乐》（New Music），戏剧
1992 年：《忧郁的卡尔霍恩》（Blue Calhoun），小说
1993 年：《故事选集》（Selected Stories），诗集
1993 年：《满月》（Full Moon），戏剧
1994 年：《中短篇小说集》（The Collected Stories），短篇小说集
1994 年：《全新生活：我打败了脊椎里的恶魔！》（A Whole New Life），回忆录
1995 年：《休息的承诺》（The Promise of Rest），长篇小说
1998 年：《罗克珊娜·斯雷德》（Roxanna Slade），小说
2000 年：《完美朋友》（A Perfect Friend），儿童文学作品
2000 年：《心灵盛宴》（Feasting the Heart），评论集

安妮·泰勒（1941— ）

1964 年：《倘若清晨来临》（*If Morning Ever Comes*），长篇小说
1972 年：《钟发条钥匙》（*The Clock Winder*），小说
1974 年：《遨游太空》（*Celestial Navigation*），小说
1975 年：《寻找凯莱布》（*Searching for Caleb*），小说
1977 年：《世俗的财产》（*Earthly Possessions*），小说
1980 年：《摩根的去世》（*Morgan's Passing*），小说
1982 年：《思乡餐厅的晚餐》（*Dinner at the Homesick Restaurant*），长篇小说
1988 年：《偶然旅行者》（*The Accidental Tourist*），小说
1988 年：《预产期》（*Breathing Lessons*），小说
1989 年：《呼吸练习》（*Breathing Lessons*），小说
1991 年：《也许是圣徒》（*Saint Maybe*），小说
1996 年：《岁月的阶梯》（*Ladder of Years*），小说
1998 年：《拼凑起来的行星》（*A Patchwork Planet*），小说
2001 年：《回到我们成年的年代》（*Back When We Were Grownups*），小说
2004 年：《业余婚姻》（*The Amateur Marriage*），小说

理查德·福特（1944— ）

1976 年：《我的一片心》（*A Piece of My Heart*），长篇小说
1981 年：《终极好运》（*The Ultimate Good Luck*），长篇小说
1983 年：《美国热带》（*American Tropical*），戏剧
1986 年：《体育记者》（*The Sportswriter*），长篇小说
1987 年：《石泉》（*Rock Spring*），短篇小说集
1990 年：《野性生活》（*Wildlife*），长篇小说
1990 年：《美国最佳短篇小说集》（*Best American Short Stories*），编选作品集
1991 年：《明亮天使》（*Bright Angel*），戏剧
1992 年：《格兰塔系列美国短篇小说》（*Granta Book of the American Short Story*），编撰作品集
1995 年：《独立日》（*Independence Day*），长篇小说
1997 年：《男人和女人》（*Women with Men*），短篇小说集
2002 年：《多重罪恶》（*A Multitude of Sins*），短篇小说集
2006 年：《大地之貌》（*The Lay of the Land*），长篇小说
2007 年：《格兰塔系列美国短篇小说》（*Granta Book of the American Short Story*），编撰作品集

杜鲁门·卡波特（1924—1984）

1945 年：《米丽亚姆》（*Miriam*），短篇小说
1948 年：《其他的声音，其他的房间》（*Other Voices, Other Rooms*），长篇小说
1949 年：《黑夜之树及其他故事》（*A Tree of Night and Other Stories*），短篇小说集
1950 年：《地方色彩》（*Local Color*），游记
1956 年：《听到了缪斯》（*Muses Are Heard*），

游记散文

1957 年：《草竖琴》（The Grass Harp），半自传体小说

1958 年：《蒂凡尼家的早餐》（Breakfast at Tiffany's），小说

1966 年：《冷血》（In Cold Blood），长篇小说

1966 年：《圣诞节的回忆》（A Christmas Memory），小说

1973 年：《犬吠》（The Dog's Bark），短篇小说集

艾丽斯·沃克（1944— ）

1968 年：《一度》（Once），诗集

1970 年：《格兰奇·科普兰的第三次生命》（The Third Life of Grange Copeland），长篇小说

1973 年：《革命的牵牛花及其他诗歌》（Revolutionary Petunias and Other Poems），诗集

1973 年：《爱情与麻烦：黑人妇女故事》（In Love and Trouble: Stories of Black Women），短篇小说集

1974 年：《兰斯顿·休斯》（Langston Hughes），传记

1976 年：《梅丽迪安》（Meridian），长篇小说

1979 年：《开怀大笑时我热爱自己》（I Love Myself When I Am Laug-hing），编辑的佐拉·尼尔·赫斯顿文集

1981 年：《你不能贬低一个好女人》（You Can't Keep a Good Woman Down），短篇小说集

1982 年：《紫颜色》（The Color Purple），长篇小说

1983 年：《寻找我们母亲的花园》（In Search of Our Mothers' Gardens），散文集

1984 年：《骏马使风景更美丽》（Horses Make a Landscape Look More Beautiful），诗集

1989 年：《宠物精灵的圣殿》（The Temple of My Familiar），长篇小说

1991 年：《我们知道她蓝色身体的一切：尘世诗歌，1965—1990》（Her Blue Body Everything We Know: Earthling Poems, 1965-1990），诗集

1992 年：《拥有欢乐的秘密》（Possessing the Secret of Joy），长篇小说

1998 年：《父亲的微笑之光》（By the Light of My Father's Smile），长篇小说

科马克·麦卡锡（1933—2023）[①]

1965 年：《守望果园》（The Orchard Keeper），长篇小说

1968 年：《外围黑暗》（Outer Dark），长篇小说

1973 年：《上帝之子》（Child of God），长篇小说

1979 年：《苏特里》（Suttree），长篇小说

2006 年：《长路》（The Road），长篇小说

---

① 科马克·麦卡锡早期写作南方小说，后转向西部小说，晚期再次转向南方启示录小说。本作品年表仅收录其创作的与南方相关的小说作品，共 5 部。未收录的其创作的西部小说主要包括《血色子午线》（Blood Meridian or the Evening Redness in the West, 1985）、《骏马》（All the Pretty Horses, 1992）、《跨越》（The Crossing, 1994）、《平原上的城市》（Cities of the Plain, 1998）以及《老无所依》（No Country for Old Man, 2005）。

后　记

本书是教育部人文社会科学规划项目"圣经之维：美国南方文学经典的文化诗学阐释"（15YJC752033）和吉林省教育厅"十三五"社科规划重点项目"美国南方文艺复兴文学经典的圣经文化诗学阐释"（JJKH20180799SK）两个项目的最终研究成果。从2008年9月踏入南开大学跟随著名的希伯来圣经文学研究专家王立新教授从事美国南方文学与宗教关系的研究算起，至今已经接近十五年了。在此期间，我完成了题为《基督教文化诗学视阈下的福克纳小说研究》的博士论文，回到吉林师范大学文学院工作、并成为硕士研究生导师后，又不断指导我的研究生跟随我从事美国南方文学的研究，先后进行过福克纳、弗兰纳里·奥康纳、托马斯·沃尔夫、卡森·麦卡勒斯、科马克·麦卡锡等作家的专题研究，内容涉及宗教、生态、伦理、战争、伊甸园神话、身体叙事与民族身份认同等多个维度。随着研究的深入，我愈发对美国南方文学产生了浓厚的兴趣。美国南方作家大都在基督教环境和圣经文化传统中长大，可以说，基督教和圣经文化传统自幼深刻影响着他们的人生观和价值观，并对他们日后的文学创作产生了无法估量的巨大影响。这种影响或隐或显，或深或浅，但始终存在。在此意义上，研究和审视美国南方作家作品与基督教和圣经文化诗学传统之间的内在构成关系便成为一项富有建设性的课题。感谢所有在这两个项目研究过程中为我提供过帮助的师友，感谢我的博士授业恩师、南开大学王立新教授的不断鼓舞，也感谢吉林师范大学学术著作出版基金的资助，使本书得以正式出版。

本书绝大多数内容由我一人独立完成。其中我的硕士研究生沈轶员的学位论文《互文理论视阈下福克纳小说伊甸园神话书写研究》（吉林师范大学硕士学位论文，2019年）经过我较大程度的修改后成为本书第三章第二节的一部分，我与硕士研究生贺小艳共同署名发表的论文《苦难与救赎：〈没有指针的钟〉的人性复活主题》（《名作欣赏》2021年第29期）的部分内容经过我的进一步润色完善成为本书第四章第二节的一部分，在此对两位同学表示感谢。也要感谢新入学的研究生李兴然同学，不辞辛劳多次为我查阅整理相关资料，并核对了本书的全部引文和参考书目。

　　最后还需要特别说明的是，本书书名中的"文化诗学"特定具体指向"圣经文化诗学"，考虑到相关要求，书名删除了"圣经"一词。

　　任何一个短暂的终点都是一个崭新的起点，美国南方文学经典的研究也是如此。我会继续努力，争取未来以更充沛的资料和学理逻辑在这一领域的相关研究中交上最新的、更加满意的答卷。

王　钢

2022年7月于吉林师范大学